Kevin Hearne

DER ERBE DER JEDI-RITTER

DAS STAR-WARS-UNIVERSUM IM BLANVALET VERLAG IN CHRONOLOGISCHER REIHENFOLGE

Tim Lebbon: Der Aufstieg der Jedi-Ritter – Ins Nichts (26982)

John Jackson Miller: Der Vergessene Stamm der Sith. Storys (26931)

Joe Schreiber: Darth Scabrous (37938)

John Jackson Miller: Knight Errant – Jägerin der Sith (26877)

Drew Karpyshyn: Darth Bane – Schöpfer der Dunkelheit (26981) · Darth Bane – Die Regel der Zwei (26596) · Darth Bane – Dynastie des Bösen (37559)

James Luceno: Darth Plagueis (38045) · *James Luceno:* Schleier der Täuschung (26854) · *Michael Reaves:* Darth Maul – Der Schattenjäger (24315) · *Joe Schreiber:* Darth Maul: In Eisen (26983) · *Terry Brooks:* Episode I. Die dunkle Bedrohung (6062) · *Greg Bear:* Planet der Verräter (35886) · *T. Zahn:* Die Kundschafter (36898) · *Alan D. Foster:* Ein Sturm zieht auf (37093) · *R. A. Salvatore:* Episode II. Angriff der Klonkrieger (6063) · *Karen Traviss:* Clone Wars (26635) · *Karen Miller:* Clone Wars – Wilder Raum (26636) · *Karen Traviss:* Clone Wars – Keine Gefangenen (26637) · *Karen Miller:* Clone Wars – Im Verborgenen (26638) · *Karen Miller:* Clone Wars – Unter Belagerung (26639) · *Michael Reaves:* MedStar – Unter Feuer (26811) · *Michael Reaves & Steve Perry:* MedStar – Jedi-Heilerin (26815) · *Matthew Stover:* Mace Windu und die Armee der Klone (36292) · *Steven Barnes:* Obi-Wan Kenobi und die Biodroiden (36394) · *David Sherman & Dan Cragg:* Die Feuertaufe (36163) · *Sean Stewart:* Yoda – Pfad der Dunkelheit (24436) · *James Luceno:* Labyrinth des Bösen (36226) · *Matthew Stover:* Episode III. Die Rache der Sith (6064) · *James Luceno:* Dunkler Lord. Der Aufstieg des Darth Vader (36609) · *John Jackson Miller:* Kenobi (6009) · *Michael Reaves & Maya Kaathryn Bohnhoff:* Der letzte Jedi-Ritter (26959)

Michael Reaves & Steve Perry: Die Macht des Todessterns (26566) · *Joe Schreiber:* Der Todeskreuzer (37560) · *George Lucas:* Eine neue Hoffnung [Episode IV] (6065) · *Kevin Hearne:* Der Erbe der Jedi-Ritter (6008) · *Timothy Zahn:* Treueschwur (36980) · Glücksritter (26957) · Einsame Entscheidungen (37954) · *Martha Wells:* Imperium und Rebellen – Auf Messers Schneide (26403) · *James S. A. Corey:* Imperium und Rebellen – Ehre unter Dieben (6007) · *Donald F. Glut:* Das Imperium schlägt zurück [Episode V] (6066) · *Kevin J. Anderson (Hrsg.):* Kopfgeld auf Han Solo (25008) · *James Kahn:* Die Rückkehr der Jedi-Ritter [Episode VI] (6067) · *Matthew Stover:* Luke Skywalker und die Schatten von Mindor (26599) · *Troy Denning:* Der Geist von Tatooine (26842)

Timothy Zahn: Erben des Imperiums. Jubiläumsausgabe (26914) · Die dunkle Seite der Macht (26407) · Das letzte Kommando (26408)

Peter Schweighofer (Hrsg.): Flucht der Rebellen (24234) · *Jeff Grubb:* Die Geißel (26938) · *Peter Schweighofer & Craig Carey (Hrsg.):* Kampf um die Neue Republik (24235)

Aaron Allston: Operation Eiserne Faust (35142)

DAS ERBE DER JEDI-RITTER: *R. A. Salvatore:* **1.** Die Abtrünnigen (35414) · *Michael Stackpole:* **2.** Die schwarze Flut (35673) · **3.** Das Verderben (35620) · *James Luceno:* **4.** Der Untergang (35822) · **5.** Die letzte Chance (35883) · *Kathy Tyers:* **6.** Planet der Verlorenen (35983) · *Greg Keyes:* **7.** Anakin und die Yuuzhan Vong (36101) · **8.** Die Verheißung (24302) · *Troy Denning:* **9.** Das Ultimatum (24342) · *Elaine Cunningham:* **10.** Jainas Flucht (24347) · *Aaron Allston:* **11.** Rebellenträume (24370) · **12.** Aufstand der Rebellen (24377) · *Matthew Stover:* **13.** Verräter (24408) · *Walter Jon Williams:* **14.** Wege des Schicksals. Mit Bonus-Roman Ylesia (24398) · *Sean Williams & Shane Dix:* **15.** Die Ruinen von Coruscant (24433) · **16.** Der verschollene Planet (24438) · **17.** Wider alle Hoffnung (24459) · *Greg Keyes:* **18.** Die letzte Prophezeiung (24468) · *James Luceno:* **19.** Vereint durch die Macht (24489)

DUNKLES NEST: *Troy Denning:* **1.** Die Königsdrohne (24491) · **2.** Die verborgene Königin (26567) · **3.** Der Schwarmkrieg (26568)

WÄCHTER DER MACHT: *Aaron Allston:* **1.** Intrigen (26603) · *Karen Traviss:* **2.** Blutlinien (26607) · *Troy Denning:* **3.** Sturmfront (26624) · *Aaron Allston:* **4.** Exil (26625) · *Karen Traviss:* **5.** Opfer (26597) · *Troy Denning:* **6.** Inferno (26598) · *Aaron Allston:* **7.** Zorn (26666) · *Karen Traviss:* **8.** Enthüllungen (26684) · *Troy Denning:* **9.** Sieg (26685)

Paul S. Kemp: Gegenwind (37743) · *Paul S. Kemp:* Dunkle Flut (26885) · *James Luceno:* Millennium Falke (37851)

DAS VERHÄNGNIS DER JEDI-RITTER: *Aaron Allston:* **1.** Der Ausgestoßene (26660) · *Christie Golden:* **2.** Omen (26676) · *Troy Denning:* **3.** Abgrund (26677) · *Aaron Allston:* **4.** Rückschlag (26678) · *Christie Golden:* **5.** Die Verbündeten (26679) · *Troy Denning:* **6.** Im Vortex (26680) · *Aaron Allston:* **7.** Verurteilung (26681) · *Christie Golden:* **8.** Aufstieg (26682) · *Troy Denning:* **9.** Apokalypse (26683)

X-WING: *Aaron Allston:* Gnadentod (26936) · *Troy Denning:* Feuerprobe (26958)

Kevin Hearne

STAR WARS™

DER ERBE DER JEDI-RITTER

Aus dem Englischen
von Andreas Kasprzak

LUCAS BOOKS
blanvalet

Die amerikanische Originalausgabe erschien unter dem Titel
»Star Wars™ Heir to the Jedi«
bei Del Rey/The Ballantine Publishing Group, Inc., New York.

MIX
Papier aus verantwortungsvollen Quellen
FSC® C014496
FSC www.fsc.org

Verlagsgruppe Random House FSC® N001967
Das FSC®-zertifizierte Papier *Holmen Book Cream* für dieses Buch
liefert Holmen Paper, Hallstavik, Schweden.

1. Auflage
Deutsche Erstveröffentlichung Dezember 2015
bei Blanvalet, einem Unternehmen der Verlagsgruppe
Random House GmbH, München

Umschlaggestaltung: Isabelle Hirtz, Inkcraft,
nach einer Originalvorlage

Jacket illustration: Larry Rostant
Jacket design: Scott Biel
Redaktion: Rainer Michael Rahn
ue · Herstellung: sam
Satz: omnisatz GmbH, Berlin
Druck und Bindung: GGP Media GmbH, Pößneck
Printed in Germany
ISBN: 978-3-7341-6008-0

Besuchen Sie uns auch auf:
www.facebook.com/blanvalet
www.twitter.com/BlanvaletVerlag
www.blanvalet.de

Es war einmal vor langer Zeit
in einer weit, weit entfernten Galaxis …

Die Zerstörung des Todessterns hat der angeschlagenen Rebellen-Allianz neue Hoffnung geschenkt. Doch die gnadenlose Verfolgung durch Darth Vader und die imperiale Flotte fordert ihren Tribut von den Ressourcen der Allianz. Gegenwärtig halten sich die Rebellen im Äußeren Rand versteckt, von wo aus sie nach einem dauerhafteren Stützpunkt und neuen Verbündeten suchen, die sie mit dringend benötigten Waffen und Ausrüstung versorgen.

Luke Skywalker, der Held der Schlacht von Yavin, hat sich auf die Seite der Rebellen geschlagen und stellt sein bemerkenswertes Können als Pilot in jeder Mission unter Beweis, die seine Vorgesetzten ihm zuteilen. Doch seine allzu kurze Zeit unter den Fittichen von Jedi-Meister Obi-Wan Kenobi geht ihm ebenso wenig aus dem Kopf wie die stetig wachsende Gewissheit, dass die Beherrschung der Macht für ihn den Schlüssel zum Sieg über das Imperium darstellt.

Ohne die Mentorschaft des alten Ben, aber entschlossen, der Rebellion auf jede nur erdenkliche Weise zu dienen, sucht Luke nach Wegen, um seine Machtfähigkeiten zu verbessern und zu perfektionieren ...

1. Kapitel

Jetzt, da Ben tot ist, gibt es niemanden mehr, der all meine Fragen beantworten könnte. Diese traurige Tatsache wird mir jedes Mal von Neuem bewusst, wenn ich mich frage, was ich nun tun soll. Sein braunes Gewand hätte ebenso gut aus reinem Mysterium gewoben sein können; er trug es und ließ auf dem Todesstern nichts weiter von sich zurück. Ich weiß, dass Han nicht viel von der Macht hält, doch wenn der Körper eines Mannes beim bloßen Kontakt mit einem Lichtschwert einfach verschwindet, geht das weit über »simple Tricks und Unsinn« hinaus.

Und ich weiß, dass die Macht existiert. Ich habe sie gespürt.

Um genau zu sein, tue ich das noch immer, aber das Gefühl ist so ähnlich, als wüsste man, dass etwas im Sand vergraben ist, während man mit dem Speeder darüber hinwegbraust. Man sieht Wellen an der Oberfläche, Hinweise darauf, dass sich darunter irgendwas bewegt – vielleicht etwas Kleines, vielleicht etwas Riesiges –, das außerhalb deines Blickfelds ein vollkommen anderes Dasein führt. Und obwohl es ungefährlich und lohnend sein kann nachzusehen, was sich da unter der Oberfläche tummelt, besteht ebenso die Möglichkeit, dass es das Letzte ist, was man im Leben tut. Ich brauche jemanden, der mir sagt, wann ich im Sand graben soll und wann besser nicht.

Während der Schlacht von Yavin glaubte ich einige Male, Bens Stimme zu hören, doch jetzt bin ich mir nicht sicher, ob das tatsächlich der Fall war. Vielleicht habe ich mir das auch bloß eingebildet; vielleicht hat mein Unterbewusstsein zu mir gesprochen – mein Wunschdenken. Seitdem ist Ben stumm geblieben, und ich habe nicht das Gefühl, als könnte ich mit sonst jemandem über die Macht sprechen. Gegenwärtig ist mein engster Vertrauter ein blauweißer Astromech-Droide.

Han und Chewie sind unterwegs und versuchen, genügend Credits zu verdienen, um ihre Schulden bei Jabba dem Hutten zu begleichen. Sie haben das ganze Geld, das sie als Lohn für ihren Einsatz in der Schlacht von Yavin bekamen, längst wieder verspielt, und jetzt sind sie wieder genauso pleite und verzweifelt wie zuvor. Die Galaxis sollte sich also in Acht nehmen.

Leia hat sich zusammen mit den Anführern der Allianz-Flotte in den Sujimis-Sektor zurückgezogen, wo sie sich bei einem Eisplaneten versteckt halten, für den sich seit den Klonkriegen niemand mehr interessiert hat. Allerdings würde sie vermutlich ebenso ungern von meinen Sorgen hören, wie ich sie ihr erzählen möchte. Sie hat wesentlich wichtigere Dinge zu tun, als ihre Zeit damit zu vergeuden, mir meine Verunsicherung auszureden. Dreipeo ist bei ihr und fühlt sich für seine Vorhersagen drohenden Unheils in über sechs Millionen Kommunikationsformen vermutlich wie üblich nicht genügend gewürdigt. Somit steht es Erzwo und mir frei, einen Auftrag für Admiral Ackbar zu erledigen.

Man hat mich nach Rodia entsandt, in dem Bestreben, für die Allianz eine geheime Versorgungsroute zu erschließen. Das

Wort »Schmuggel« wird nicht gern gehört – Ackbar hat ernste Probleme mit der Sache an sich, doch die Wahrheit ist, dass die Allianz gar nicht anders kann, als zu schmuggeln, wenn sie weitermachen will. Da das Imperium versucht, unsere Nachschublieferungen zum Äußeren Rand zu unterbinden, indem es gezielt Schmuggler-Nester aushebt, und es für uns auf den altbekannten Schwarzmärkten im Kern zu gefährlich ist, müssen wir uns nach anderen Bezugsquellen umsehen. Rodia steht zwar unter imperialer Kontrolle, doch Leia meinte, dass der Chekkoo-Clan auf dem Betu-Kontinent womöglich gewillt ist, mit uns zusammenzuarbeiten. Sie sagte, die Chekkoos verachten den momentan herrschenden Chattza-Clan und sind hochspezialisiert in der Herstellung von Waffen, Rüstungen und anderer Ausrüstung, die wir für unseren Kampf gegen das Imperium gut gebrauchen können. Leia war davon überzeugt, dass sie sich dem Imperium allein schon deshalb widersetzen würden, um den Chattza-Clan zu ärgern, was wir uns zunutze machen könnten. Mon Mothma stand dem Vorschlag unschlüssig gegenüber, doch Ackbar überraschte alle, indem er Leia unterstützte, und das gab den Ausschlag.

Keine Ahnung, wie Ackbar es schafft, schwierige Diskussionen gleich im Keim zu ersticken. Vielleicht liegt es an seinem »aalglatten« Wesen, dass ihn niemand herauszufordern wagt. Ich jedenfalls werde mich hüten, mich mit ihm anzulegen.

Sobald das weitere Vorgehen feststand, meldete ich mich freiwillig für die Mission, und sie stellten mir eine wundervolle Privatraumyacht zur Verfügung. Hätte ich es gewagt, mit meinem X-Flügler in den rodianischen Raum einzutreten, hätte das etliche Alarmglocken klingeln lassen, doch eine kleine Yacht mit minimaler Bewaffnung ist kaum der Rede wert. Als Erzwo und ich das Schiff zum ersten Mal im Hangar der *Verhei-*

ßung sahen, einer der Fregatten der Allianz, konnten wir uns ein anerkennendes Pfeifen nicht verkneifen. Die Yacht war ein echtes Prachtstück und machte einiges her.

Sie war rotmetallic lackiert, mit silbernen Verzierungen. Das Cockpit und die Wohnquartiere befanden sich im vorderen Teil des Schiffs, und die Flügel wölbten sich nach hinten wie ein Halbmond, der daran denkt, sich vollends zu entfalten. Das Heck sah ein bisschen aus wie ein Keks, von dem jemand ein Stück abgebissen hat, und war mit großen Sublichttriebwerken, Störsendern, Sensoren und Schildgeneratoren vollgepackt. Von vorne oder von den Seiten war die geballte Leistungsfähigkeit, die in dem Schiff steckte, nicht erkennbar – aus diesen Perspektiven kündete die Yacht allein von Luxus und Dekadenz –, doch das Heck verriet jedem, der einem an den Fersen klebte, dass er nicht allzu lange würde mithalten können. Das Schiff war auf Geschwindigkeit ausgelegt, höchstwahrscheinlich auch für Spionagezwecke, während es gleichzeitig den Eindruck erweckte, nichts anderes als das Spielzeug eines reichen Geschäftsmanns zu sein.

»Hübsch, nicht wahr?«, sagte eine Stimme, die mich dazu brachte, den Blick von der Raumyacht abzuwenden. »Das ist die *Wüstenjuwel.* Die fliegen dann jetzt wohl Sie.« Die Sprecherin war eine groß gewachsene Frau mit dunkler Haut und krausen Locken, die ein schmales Gesicht einrahmten. Sie schenkte mir ein freundliches Lächeln, das ich erwiderte.

»Ist das Ihre Yacht?«, fragte ich.

»Ja. Na ja, eigentlich gehört sie meinem Vater. Doch sowohl sein Schiff als auch seine Tochter stehen gegenwärtig der Allianz zur Verfügung. Bin erst letzte Woche hierhergekommen.« Sie streckte mir eine Hand hin. »Nakari Kelen. Freut mich, Sie kennenzulernen.«

»Kelen?«, sagte ich, ergriff ihre Hand und schüttelte sie. Sie hatte einen starken Händedruck, und ich legte meinen Kopf schief, während ich ihren Namen und den des Schiffs im Geiste einem größeren Kontext zuordnete. »Irgendwelche Verbindungen zu den Kelen-Biolaboren auf Pasher?«

Ihre Augen weiteten sich. »Ja! Fayet Kelen ist mein Vater. Stammen Sie von Pasher?«

»Nein, von Tatooine.«

»Ah, auch ein Wüstenplanet. Dann verstehen Sie ja, warum mich Raumschiffe so faszinieren, die einen weit von zu Hause wegbringen können.«

»Ja, das verstehe ich sehr gut. Ich bin Luke Skywalker.«

»Oh, ich weiß, wer Sie sind«, entgegnete sie und ließ ihre Hand schließlich aus meiner gleiten. »Man hat mir erklärt, dass Sie mein Schiff für so eine Art Geheimmission brauchen, aber niemand sagte mir, dass Sie von Tatooine kommen.«

»Na ja, so geheim ist die Sache auch wieder nicht. Um ehrlich zu sein, das Ganze ist eher so etwas wie ein langweiliger Geschäftsausflug, aber mit diesem Schiff wird kein Imperialer auf die Idee kommen, dass ich der Allianz angehöre.«

»Das hoffe ich. Mein Baby ist stilvoll und elegant und der Rebellion gegenüber offiziell nicht sonderlich gewogen.«

»Apropos ›nicht sonderlich gewogen‹: Darf ich Sie was fragen?«

Nakari nickte.

»Ich habe mich schon immer gefragt, warum Ihr Vater seine Biolabore ausgerechnet auf Pasher betreibt. Eigentlich würde man doch denken, dass ein Dschungelplanet für ein solches Unternehmen besser geeignet wäre, allein schon deshalb, weil es dort viel mehr Flora und Fauna gibt.«

Sie zuckte mit den Schultern. »Er hat auf Pasher klein angefangen. Wie sich zeigte, gibt es für das Gift und die Drüsen von Sandsteinskorpionen und Stachelspinnen medizinische Anwendungsmöglichkeiten.« Sie wies mit dem Kinn auf die *Wüstenjuwel.* »Sehr lukrative Anwendungsmöglichkeiten.«

»Scheint mir auch so.«

»Was haben Sie auf Tatooine so getrieben?«

»Feuchtfarmen. Spektakulär öde. In manchen Wochen war es so langweilig, dass ich mich tatsächlich darauf gefreut habe, zur Tosche-Station zu fahren, um ein paar … Energieumwandler abzuholen. Hah!«

»Was ist?«

»Mir ist gerade eingefallen, dass ich meine letzte Lieferung nie abgeholt habe. Ich frage mich, ob sie wohl noch dort ist?«

»Wir haben doch alle noch unerledigte Angelegenheiten, nicht wahr?« Das war eine ziemlich unerwartete Wendung des Gesprächs, und ich fragte mich, was es damit auf sich hatte. Um ehrlich zu sein, ich fragte mich, was sie *überhaupt* hier machte? Für gewöhnlich neigen die Wohlhabenden nicht dazu, sich in Rebellionen verwickeln zu lassen. Allerdings musste ich zugeben, dass sie nicht wie das privilegierte Kind eines Biotechnologie-Magnaten gekleidet war. Sie trug einen Wüstentarnanzug und braune Stiefel mit dicken Sohlen; an ihrer linken Hüfte saß ein Blaster, und sie hatte sich etwas auf den Rücken geschnallt, das wie ein kompakter Projektilwerfer aussah; er wurde von einem Lederriemen an Ort und Stelle gehalten, der diagonal über ihren Oberkörper verlief.

Ich deutete mit dem Finger auf das Gewehr. »Jagen Sie damit Sandsteinskorpione?«

»Ja. Blaster taugen dafür nicht. Ihre Panzer sind zu hitzeabweisend.«

»Das hab ich schon mal irgendwo gehört.«

»Und da heutzutage so viele Leute blastersichere Körperpanzer tragen, ist eine altmodische Waffe, die die Panzerung durchschlägt, überraschend effektiv, wenn man damit umzugehen weiß.«

»Jagen Sie noch anderes?«

»Natürlich. Tatsächlich war ich vor Kurzem auf Tatooine und habe dort einen Kraytdrachen erledigt. Seine Perlen haben es mir ermöglicht, die *Juwel* ein wenig aufzumotzen. Sie ist zwar nach wie vor Dads Schiff, aber ich habe sie ziemlich aufwändig modifiziert, und ich hoffe, dass ich bald genügend Credits zusammen habe, um sie ihm abzukaufen. Kommen Sie, ich zeige Ihnen mein Baby.«

Wir beide grinsten. Ich war ein bisschen aufgeregt und froh, in diesem eisigen Teil der Galaxis jemanden mit einem ähnlichen persönlichen Hintergrund getroffen zu haben. Zwar kann ich in dieser Hinsicht nur für mich selbst sprechen, nicht für Nakari, aber jemandem mit ähnlichen Erfahrungen zu begegnen, füllte für mich einen Gutteil der Leere hier draußen auf, und das umso mehr, weil sie offensichtlich genau verstand, warum Raumschiffe so wichtig sind: Sie bringen einen von den Wüsten weg – und wenn auch bloß für eine kleine Weile –, um einen fast in dem Glauben zu wiegen, dass man dort nicht verkümmern wird, emotional wie körperlich. Nicht, dass der Rest der Galaxis freundlicher wäre als die Sanddünen. Mein alter Kumpel Biggs zum Beispiel liebte das Fliegen genauso sehr wie ich, schaffte es, Tatooine hinter sich zu lassen, und starb dann in der Schlacht um Yavin. Er fehlt mir, und manchmal frage ich mich, ob er wohl irgendetwas anders gemacht hätte, wenn er gewusst hätte, dass er nie wieder einen Fuß auf einen Planeten setzen würde, sobald er an Bord dieses X-Flüglers kletterte? Ich tröste mich mit dem Gedanken, dass er den Einsatz trotzdem geflogen wäre, weil er glaubte, dass die Sache es wert sei, dafür zu sterben, und das Risiko akzeptabel, doch ich schätze, ob er tatsächlich so dachte, werde ich niemals erfahren. Die Zerstörung des Todessterns hat das Imperium nicht zu Fall gebracht, und die Rebellion geht weiter, sodass ich nichts weiter tun kann, als darauf zu hoffen, dass sich die nächste Mission als jene erweist, die den Imperator stürzt und dem Opfer meines Freundes die Bedeutung verleiht, die es verdient.

Über die Laderampe der *Wüstenjuwel* gelangten wir in den schmalen Gang hinter dem Cockpit. Bedauerlicherweise diente die Rampe gleichzeitig als Fußboden, und solange sie runtergelassen war, konnten wir nicht weitergehen – ein klarer Designfehler –, deshalb schlossen wir sie und ließen den armen Erzwo allein auf dem Hangardeck zurück, damit es uns möglich war, das Cockpit zu betreten.

Nakari wies auf die Luken zu beiden Seiten des Gangs. »Kombüse und Waschraum links, Kojen und Wartungszugang auf der rechten Seite«, erklärte sie. »Ihr Droide kann sich hier einstöpseln. Außerdem gibt es jede Menge Notfallproviant und Überlebensausrüstung, die ausgesprochen nützlich ist. Atemmasken, ein aufblasbares Floß und dergleichen. Die Kojen sind ziemlich schlicht, muss ich leider sagen. Ich habe all meine Credits in Geschwindigkeit und Tarnsysteme gesteckt.«

»Eine kluge Investition«, versicherte ich ihr. »Wer an einer panischen Flucht von einem Sternzerstörer keinen Gefallen findet, kann mit Kojen ohnehin wenig anfangen, geschweige denn mit luxuriösen.«

Sie wedelte mit einem Finger vor meinem Gesicht hin und her. »Ja, genau! Ganz genau! Ich sehe schon, wir ticken verdammt ähnlich. Und das ist gut, weil ich mein Schiff gern wiedersehen möchte.«

»Ich würde …« Ich brach abrupt ab, weil ich unbewusst beinahe erwidert hätte: *Ich würde Sie gern wiedersehen.* Glücklicherweise wurde mir jedoch noch rechtzeitig klar, dass sie das vermutlich falsch verstehen und als unglaublich plumpen Flirtversuch werten könnte. Darum beendete ich den Satz mit: »… sagen, das wäre gut für uns beide.« Ich hoffte, dass ihr die unbeholfene Pause entgangen war.

»Absolut.« Sie winkte mich vorwärts. »Nach Ihnen.«

»Danke.« Fünf weitere Schritte führten mich ins Cockpit, wo ich mich in den Sessel auf der linken Seite sinken ließ. Nakari legte eine Hand auf die Rückenlehne meines Sitzes und deutete mit der anderen auf die Instrumentenreihen. »Das Baby verfügt über hochmoderne Störsysteme und Sensoren von Sollust. Da haben wir einen Holoschirm, der vergleichsweise schlicht ist, weil ich lieber diese leistungsstarken Deflektorschilde haben wollte, und die Zwillingssublichttriebwerke links und rechts lassen einen schneller durchs All sausen, als einen X-Flügler. Oh, und für weite Strecken hat das Schiff einen 8.0-Hyperantrieb.«

»Wow. Irgendwelche Waffen?«

»Eine Laserkanone, die direkt unter der Stelle versteckt ist, wo ich gerade stehe. Sobald man sie scharf macht, wird ein Zielerfassungsdisplay aktiviert.«

Ich zuckte innerlich zusammen. »Nur eine Kanone?«

»Das Schiff ist dazu gedacht, abzuhauen und einen so lange am Leben zu halten, bis man die Schwierigkeiten hinter sich gelassen hat. Am besten ist es natürlich, gar nicht erst in irgendwelche Schwierigkeiten zu geraten.«

»Verstanden.«

»Gut.« Sie klopfte mir auf die Schulter. »Sichere Reise, Luke.«

Ich drehte mich in meinem Sitz um, überrascht über das abrupte Ende der Führung. »Hey, danke. Was machen Sie denn so in der Zwischenzeit?«

Sie öffnete die Einstiegsrampe und wies mit einem Daumen auf den Schaft des Gewehrs hinter ihrer Schulter. »Ich bilde einige Soldaten als Scharfschützen aus. Wir gehen runter, um auf Orto Plutonia auf gefrorene Ziele zu feuern. Ich bin ziemlich beschäftigt.« Ihr Blick schweifte durch den Hangar, und etwas ließ sie lächeln. »Ich glaube, Ihr Droide kann es kaum erwarten, an Bord zu kommen.«

»Ist er Ihnen im Weg?«

»Ein bisschen.«

Sie begann die Rampe hinabzusteigen, und ich rief ihr nach, während sie außer Sicht verschwand: »Tut mir leid! Er macht Ihnen sofort Platz!«

Einige Sekunden später rollte Erzwo ins Schiff, und ich fand den Schalter, mit dem sich die Rampe hinter ihm sichern ließ. Er zwitscherte ungeduldig und schien sauer auf mich zu sein, doch wie üblich verstand ich nicht, was genau er sagte. »Du kannst dich rechts einklinken«, sagte ich; der Droide setzte seine elektronische Schimpftirade fort, während er in Position ging.

Wir mussten mehrere verschiedene Hyperraumstraßen nehmen, um vom Sujimis-Sektor nach Rodia zu gelangen, und mir gefiel die Art und Weise, wie sich die *Juwel* fliegen ließ, weshalb unsere Reise vermutlich ein wenig länger dauerte, als zwingend erforderlich gewesen wäre. Glücklicherweise jedoch waren wir nicht in Eile, und ich genoss jede Sekunde des Trips. Die *Juwel* zu steuern war das reinste Vergnügen, und im Gegensatz zu meinem X-Flügler, der vom schrillen elektronischen Heulen des Triebwerks erfüllt wurde, war es im Cockpit der Raumyacht wunderbar leise.

Erzwo installierte auf dem Bordcomputer der *Juwel* ein Programm, das seine digitalen Piepslaute in lesbare Sprache umwandelte. Seine Worte scrollten über den Holoschirm, auf den Nakari mich hingewiesen hatte, und ich ließ die Gegensprechanlage des Schiffs eingeschaltet, damit er hören konnte, was ich sagte.

»Bring uns nach Llanic, Erzwo. Wir müssen dort einen Zwischenstopp einlegen, um zu sehen, ob wir jemanden finden können, der bereit ist, für uns zu schmuggeln, falls wir mit Rodia ins Geschäft kommen.«

Llanic befand sich an der Kreuzung der Llanic-Gewürzroute und der Triellus-Handelsroute und wimmelte derart von Schmugglern und anderen zwielichtigen Gestalten, dass Ben Kenobi den Ort vermutlich als »erbärmlichen Pfuhl des Abschaums und der Verkommenheit« bezeichnet hätte, auch wenn Llanic nicht halb so heruntergekommen war wie Mos Eisley. Hier wurde jede Menge illegaler Credits umgesetzt, was auch der Grund war, weshalb das Imperium die dortigen Machenschaften im Auge behielt. Leia hatte mich mit allen relevanten Informationen vertraut gemacht und gewarnt, dass Moff Abran Malfour häufig auf der Gewürzroute unterwegs war. Er stellte sozusagen die imperiale Präsenz dar, die der aktuellen Position der Allianz-Flotte am nächsten war. Ich konnte nicht riskieren, ihn womöglich auf den Gedanken zu bringen, dass sich die Flotte irgendwo in seinem Sektor aufhielt.

Als ich das System erreichte, rechnete ich zwar damit, dass der Schirm jede Menge Kontakte anzeigen würde, doch die Masse, mit der ich dann konfrontiert wurde, hatte ich nicht erwartet. Fast augenblicklich tauchte einer von Moff Balfours Sternzerstörern auf, auch wenn er zu weit entfernt war, um mich mit seinem Traktorstrahl zu erwischen oder mir sonst irgendwie gefährlich zu werden. Wesentlich näher dran waren zwei TIE-Jäger, die gerade ein Schiff verfolgten, das außerstande zu sein schien, ihnen viel Widerstand entgegenzusetzen. Die Jäger feuerten auf das Schiff, dessen Schilde im Augenblick noch standhielten, doch ich bezweifelte, dass das noch lange so bleiben würde, insbesondere da das Vehikel langsamer war als die TIEs. Fast konnte ich das nicht näher zu bestimmende Rattern und Klappern an Bord des Schiffs hören, das weniger auf einen katastrophalen Schaden hindeutete, als vielmehr auf einen allgemeinen Zustand der Baufälligkeit und die unmittelbar bevorstehende Zerstörung. Ich dachte, dass das kein sonderlich fairer Kampf war, doch ich hatte nicht die Absicht, mich einzumischen, bis ich feststellte, dass das Schiff von kupohanischer Bauart war. Die Kupohaner hatten der Allianz in der Vergangenheit bereits mehrfach beigestanden und würden dies möglicherweise wieder tun.

Nicht, dass sich notwendigerweise Kupohaner an Bord befanden, oder sogar Kupohaner, die der Allianz freundlich gesonnen waren. Es gab unzählige Gründe, warum es besser gewesen wäre, mich um meine eigenen Angelegenheiten zu kümmern und das Schiff seinem Schicksal zu überlassen, doch zwei Dinge hielten mich davon ab. Erstens: Wenn sie das Imperium derart ärgerten, waren sie zumindest potenziell auf meiner Seite. Und zweitens: Da ich ihnen helfen konnte, sollte ich das auch tun, zumal niemand zugegen war, der mir in diesem Punkt hätte widersprechen können.

»Erzwo, berechne schon mal einen Kurs raus aus dem System«, erklärte ich und beschleunigte auf Abfanggeschwindigkeit. »Hinterher werden wir schleunigst von hier verschwinden müssen. Und halte dich irgendwo fest.« Der Schwerkraftgenerator würde ihn zwar am Boden festhalten, jedoch nicht verhindern, dass die Fliehkräfte der extremen Flugmanöver, die uns bevorstanden, ihren Tribut von ihm forderten. Normalerweise saß er sicher im Droidensockel meines X-Flüglers, sodass man sich um solche Dinge keine Gedanken machen musste, aber das hier war etwas anderes.

Ich aktivierte die bescheidene Laserkanone des Schiffs und wartete, bis das System bereit war; dann steuerte ich seitlich auf die TIE-Jäger zu. Ich fuhr die Deflektorschilde hoch und rief die Zielerfassung auf. Ein Blick auf die Schiffe genügte, um zu wissen, dass sich die TIE-Piloten an dem Sternzerstörer orientierten, von dem sie gestartet waren; sie hatten eine ungefähre Ahnung, wo »oben« war, und hielten daran fest, was im Weltall eine eingeschränkte und sogar gefährliche Sichtweise ist. Sobald man sich außerhalb der Atmosphäre befindet, haben oben und unten keine wirkliche Bedeutung mehr. Ich zog die Yacht im Sinkflug ganz bewusst in eine Rolle, brachte die Nase so in Position, dass ich den vorderen der beiden TIE-Jäger im Visier hatte, und feuerte.

Die Lasersalven der *Wüstenjuwel* waren blau und zu Dreierstrahlen gebündelt. Die erste Salve ging komplett daneben, doch die zweite erwischte den TIE-Jäger und zerstörte ihn. Der andere TIE drehte nach links ab, um auszuweichen, und ich zog die Yacht nach oben, in der Absicht, einen Looping zu fliegen und dann erneut in den Sinkflug überzugehen; das kupohanische Schiff war nach wie vor in Bewegung und wurde fürs Erste nicht länger von Imperialen verfolgt.

Ich rechnete damit, dass der TIE kehrtmachen und versuchen würde, mich ins Visier zu bekommen, und einige Sekunden lang sah alles genau danach aus, doch dann drehte der Raumjäger bei, um seinen Angriff auf das kupohanische Schiff fortzusetzen. Das kam mir ausgesprochen seltsam vor: eine tödliche Gefahr zu ignorieren und jemandem freies Schussfeld auf dein ungeschütztes Schiff zu gewähren, nur um ein fliehendes Zielobjekt zu verfolgen. Ich konnte es kaum glauben und vergewisserte mich, dass sich kein weiteres Schiff auf meinen Scannern befand, das ich irgendwie übersehen hatte und das im Hinterhalt lauerte, doch in unmittelbarer Nähe gab es bloß mich, den verbliebenen TIE und den Kupohaner. Zwar schien es, als sei gerade ein ganzes Geschwader zusätzlicher TIE-Jäger von dem Sternzerstörer gestartet, aber bis die eintrafen, würde es eine Weile dauern.

»Die wollen dieses Schiff um jeden Preis zerstören«, sprach ich meine Gedanken laut aus. Vermutlich hatte der TIE-Pilot vom Sternzerstörer einen Befehl erhalten, der unter dem Strich in etwa so lautete: »Eliminier den Kupohaner oder komm gar nicht erst zurück.« Was mich betraf, so war das umso mehr ein Grund, dem kupohanischen Schiff beizustehen.

Ohne befürchten zu müssen, dass auf mich gefeuert wurde, brachte ich die Yacht erneut in Position und schoss auf den TIE-Jäger, der gerade sein Bestes gab, um den kupohanischen Transporter in Stücke zu ballern. Die Schilde des Kupohaners hielten dem Sperrfeuer stand; der TIE-Jäger hingegen wurde beim ersten Treffer meines Lasers zerfetzt.

»Erwischt«, sagte ich und überprüfte von Neuem die Position des Sternzerstörers. Noch war er nicht in Reichweite, doch der Zerstörer flog mit Höchstgeschwindigkeit, um aufzuholen, und das TIE-Geschwader war noch immer einige Standardminuten entfernt. »Vielleicht kriege ich ja ein paar Antworten, was hier eigentlich los ist. Erzwo, bereite den nächsten Sprung vor und versuch, eine Verbindung zu dem kupohanischen Schiff herzustellen.«

Die Antwort des Droiden erschien auf meinem Holoschirm: SPRUNGBEREIT. INITIIERE KONTAKT.

»Gut. Ich hoffe, die können noch …« Ich brach ab, als das kupohanische Schiff in den Hyperraum sprang, ohne sich auch nur für meine Hilfe zu bedanken. »Tja, ich schätze, sie *können* noch springen. Wir sollten ihrem Beispiel folgen. Bring uns in den Hyperraum, sobald du so weit bist, Erzwo.«

Als ich die Laserkanone deaktivierte, wich die Anspannung aus meinen Schultern, doch meine Mundwinkel verzogen sich vor Bedauern, als die Sterne zu Schemen verschwammen und während des Sprungs als Streifen am Cockpitfenster vorbeizischten. Irgendwie war ich enttäuscht. Ich fragte mich, wer sich wohl an Bord dieses Schiffs befand, warum das Imperium so erpicht darauf war, diese Wesen zu töten – und ob es die Sache wert gewesen war, dafür meine Mission zu gefährden und dieses Schiff auf die imperialen Suchlisten zu bringen? Für die Besatzung des kupohanischen Schiffs war es das zweifellos, immerhin lebten sie noch. Ich hingegen war mir nicht sicher, ob ich der Allianz mit meinem Handeln tatsächlich einen Gefallen getan hatte, und als ich nun Gelegenheit hatte, die Situation objektiv zu beurteilen, wurde mir klar, wie unüberlegt meine Entscheidung gewesen war. Jetzt war ich gezwungen, Llanic komplett zu streichen und geradewegs nach Rodia zu fliegen, in der Hoffnung, dort vor irgendwelchen Imperialen einzutreffen, die nach mir suchten.

Hoffentlich würde es auf Rodia gut für mich laufen. Vielleicht würden Leia und Admiral Ackbar es mir dann nachsehen, dass ich dem Imperium auf die Zehen getreten bin, obwohl wir uns doch eigentlich bedeckt halten wollten.

2. Kapitel

Die *Wüstenjuwel* trat in die Atmosphäre von Rodia ein, ohne bereits von einem TIE-Jäger-Komitee erwartet zu werden. Ich hielt mich an die von Erzwo berechnete Route und ging an der Küste von Betu runter, einen Kontinent entfernt vom Chattza-Clan, dem Hochprotektor und dem Gros imperialer Aktivität auf dem Planeten. Hier lebte der Chekkoo-Clan, und obgleich die Chekkoos nicht offen aufgebehrten, da es ihnen schlichtweg an den Mitteln fehlte, um ihren Herzen zu folgen, verschaffte ihnen allein die geografische Lage ihrer Heimat die Möglichkeit, zumindest passiv Widerstand zu leisten und einige ihrer Geheimnisse zu bewahren.

Die Chekkoo-Enklave thronte hoch oben auf einer Felsklippe, an der sich die Wellen des Meeres brachen. Das Augenfälligste an der Siedlung war ein einzelner grauer Turm, der aus einer Reihe steinerner Mauern aufragte, die sich in fast konzentrischen Kreisen ringsum drapierten, jede einzelne starrend vor Waffenbatterien. Zwischen den Mauern drängte sich eine florierende Stadt, doch der Raumhafen, auf dem wir landeten, lag ein wenig außerhalb. Dahinter wartete der Dschungel, feucht und erfüllt vom Brummen der Insekten und dem gelegentlichen Kreischen von etwas, das fressen wollte oder das Pech hatte, gerade gefressen zu werden.

Ich war nicht auf den Gestank vorbereitet; jemand mit größerem diplomatischem Geschick als ich würde ihn vielleicht als *beißend* bezeichnen. In diesem Moment indes kam mir kein Wort dafür über die Lippen, ob nun diplomatisch oder nicht; ich war vollauf damit beschäftigt, nicht unverhohlen zu würgen, als die Rampe ausfuhr und der Geruch von verdorbenem Käse und Fußpilz hereinwehte, heiß und süßlich und penetrant in meiner Nase und viel zu gewaltig für den Raum, den er ausfüllte, wie ein in einen Ohrensessel gequetschter Hutte.

Am Fuß der Rampe wartete eine Rodianerin auf mich, die vorgab, meine angewiderte Miene nicht zu bemerken. Sie trug eine lange blaue, goldgeränderte Tunika und dazu passende Hosen, die in schnallenbewehrten braunen Stiefeln endeten. Zwischen ihren Fühlern ragte ein Gewirr goldener Stacheln auf, die in einer Linie an der Rückseite ihres Kopfes hinabliefen.

»Willkommen, Luke Skywalker«, sagte sie. »Ich bin Laneet Chekkoo. Ich werde während Ihres Besuchs auf Rodia Ihre Fremdenführerin sein.«

»Schön, Sie kennenzulernen«, entgegnete ich. »Führen Sie mich tatsächlich nur herum oder verhandeln wir auch miteinander?«

»Ich führe Sie bloß herum. Meine Hauptaufgabe besteht darin, dafür zu sorgen, dass Ihre Anwesenheit hier den anderen Clans verborgen bleibt. Wenn Sie mir nun folgen würden, könnten wir nach Toopil aufbrechen.«

»Nach Toopil? Wollen wir denn nicht zur Enklave?«

Laneet ließ ihren Kopf einmal nach links zucken – eine Geste, von der ich annahm, dass sie unter den Rodianern als Verneinung galt. »Hier gibt es zu viele imperiale Spione und sogar noch mehr Schnüffler von den anderen Clans. In der Enklave sind wir demütig und dem Hochprotektor untertan; dort zeigen wir nur sehr wenig von unserem wahren Reichtum und unserer Macht. In Toopil sieht die Sache vollkommen anders aus. Sie werden sehen. Hier entlang, bitte.«

Ich folgte Laneet aus dem relativ ruhigen Raumhafen hinaus auf einen gut besuchten Freiluftmarkt mit labyrinthartigen Gängen, durch die sich eine wogende Schar von Kunden wälzte, die dem, was man Diskretionsabstand nannte, offenkundig recht ablehnend gegenüberstanden. Ein komplett neues Spektrum von Gerüchen attackierte meine Nase. Ich glaube, einige davon sollten eigentlich appetitanregend sein, da ich Essensdüfte darunter ausmachte, doch meinen Appetit regten sie nicht im Geringsten an. Erzwos Kuppel drehte sich hin und her, während er mir folgte und schweigend alles ringsum in sich aufnahm.

Wir bogen um mehrere Ecken, bevor wir uns zu einem Elektronikstand begaben, der jede Menge Schwarzmarkt-Störsysteme und andere nützliche Ausrüstung für den anspruchsvollen Kopfgeldjäger feilbot. Der Stand selbst erwies sich seinerseits als wahrer Irrgarten mit mehreren Etagen und Waren, die – thematisch sortiert – in kleinen Räumen jeweils von einem eigenen, ortsansässigen Händler angeboten wurden. Von jeder Kammer führten mehrere Ausgänge in andere Ausstellungsräume. Als wir eine weitere Ecke umrundeten und in einen Showroom mit Ständern voller Neuraldisruptoren gelangten, in dem sich nur ein riesiger Ithorianer aufhielt, gab Laneet ihm mit ihrer rechten Hand ein Zeichen, und der Ithorianer schleppte sich vorwärts, um mit seiner Masse den schmalen Durchgang hinter uns zu versperren. Solange er dort stand, würde sich niemand an ihm vorbeiquetschen können, und wir nutzten die Gelegenheit, um in einen Korridor zu huschen, der hinter einem Wandregal mit Waffen verborgen war, die aussahen, als wären sie dazu gedacht, innere Organe zu schmelzen. Sobald sich die Paneele hinter Erzwo geschlossen hatten, blieb Laneet in der schwach erhellten Passage stehen und sah uns an.

»Wir wollen lediglich sichergehen, dass uns niemand folgt. Weiter vorn wartet unser Transportmittel, aber bitte, bewegt euch so leise wie möglich. Wir befinden uns immer noch auf dem Markt, und die Wände sind dünn. Wir wollen nicht, dass irgendjemand etwas von diesem Geheimgang erfährt.«

Ich nickte und folgte in der Beinahe-Dunkelheit unserer Führerin; die einzige Helligkeit stammte von fahlen Leuchtstreifen, die in weiteren Abständen angebracht waren, als dem menschlichen Sehvermögen angenehm war. Durch die Wände links und rechts drang der Lärm des Basars: Händler, die mit Kunden feilschten oder Passanten spezielle Angebote zuriefen, in der Hoffnung, das Interesse einer vollen Geldbörse zu wecken. Schließlich erreichten wir das Ende des Gangs, wo zwei bewaffnete Wachen und ein Gewirr automatischer Geschütze in den Wänden ihre Kanonen auf uns richteten. Laneet gab sich zu erkennen und stellte uns vor, und nachdem irgendjemand hinter all diesen Waffen sein Okay gegeben hatte, durften wir passieren und eine Rampe zu einer kleinen Andockplattform hinuntersteigen, wo am Eingang eines unterirdischen Tunnels ein Privatspeeder wartete. Wir stiegen ein, und Laneet aktivierte die Repulsoren, ehe wir vielleicht zehn Minuten lang durch den Tunnel flitzten.

»Jetzt können wir reden«, erklärte sie. »Bitte, verzeihen Sie mir die unerfreulichen Sicherheitsmaßnahmen. Wir sind offen für Geschäfte aller Art, wissen Sie, besonders für solche, die dem Chattza-Clan oder dem Imperium ungelegen sind. Aber wir müssen vorsichtig sein. Dass wir uns so bedeckt halten, dient nicht bloß unserem eigenen Schutz, sondern ebenso dem Ihren.«

»Na, Wirkung zeigen Ihre Maßnahmen jedenfalls«, entgegnete ich. »Ich habe noch nie etwas von Toopil gehört.«

»Offiziell existiert Toopil auch gar nicht«, erklärte Laneet. »Eigentlich sind es bloß eine Cantina, ein paar Versammlungsräume und einige Schlafplätze unter den Anlagen der *Utheel Ausrüstungswerke. Utheel* stellt von Tarnanzügen bis hin zu gewaltigen Granatwerfern so ziemlich alles her. Sie testen ihre Produkte im umliegenden Dschungel und laden potenzielle Kunden zur Jagd ein; deshalb gibt es auf dem Gelände Schlafsäle. Doch unter denen befinden sich noch weitere geheime Quartiere, in die man bloß durch gut gesicherte Zugänge wie den gelangt, den wir gerade genommen haben. So verschleiern wir unseren Energieverbrauch. Darüber hinaus haben wir einen Hangar und ein Schmuggelversteck mit einem getarnten Eingang von der Luft aus, groß genug für die meisten leichten Frachtraumer. In dem Hangar wickeln wir alle möglichen Geschäfte ab, alles verborgen vor den neugierigen Blicken des Imperiums und anderer Clans. Das Geld wird dann mittels *Utheel* gewaschen.«

Mir kam der Gedanke, dass Han von diesem System beeindruckt gewesen wäre; ich war es jedenfalls. »Und das Imperium hat wirklich keine Ahnung, was ihr hier so treibt?«

Laneet schnaubte verächtlich; durch ihre rodianische Schnauze klang es wie ein verschleimtes Niesen. »Mit Sicherheit hegen sie einen Verdacht, aber mehr auch nicht. Abgesehen davon vermuten wir, dass alle anderen Clans ähnlich vorgehen.«

Wir gelangten in einen Hangar, der auf den ersten Blick unbewacht wirkte, obwohl ich irgendwie spürte, dass das nicht der Fall war. Nach all den Sicherheitsmaßnahmen auf dem Weg hierher konnte ich mir beim besten Willen nicht vorstellen, dass sie diesen Bereich einfach ungeschützt ließen. Laneet bemerkte meine irritierte Miene und deutete sie richtig. »Auch hier gibt es Wachen. Sie tragen Tarnanzüge.«

»Ach, tatsächlich? Ich habe noch nie einen Tarnanzug gesehen.«

Laneet gab einen Laut von sich, der einem Glucksen ähnelte, jedoch eher nach einem Verdauungsproblem klang. »Daher der Name.«

Das erinnerte mich an Bens Worte darüber, dass die Augen einen täuschen können. Die Macht würde mir helfen, solche Illusionen zu durchschauen, wenn ich nur lernte, wie. »Stellen Sie die Tarnanzüge selbst her?«

»Ja. Die Produktpalette von *Utheel* ist ausgesprochen breit gefächert. Das Unternehmen betreibt keine Schiffswerften und produziert auch keine schwere Artillerie, aber dafür findet man hier nahezu alles, das eine Nummer kleiner ist, vielleicht mit Ausnahme von Blastern. Andere Hersteller verstehen sich besser auf die Produktion solch einfacher Waffen. Wir stellen ein breites Spektrum hochwertiger Produkte in kleineren Mengen her. Sie werden schon sehen. Kommen Sie.«

Wir stiegen aus dem Speeder und fanden uns auf einer verwaisten Betonplattform mit einer Tür am Ende eines kurzen, gewölbten Gangs wieder, der von automatischen Blastergeschützen gesäumt wurde. Vermutlich tummelten sich dort auch einige der eben erwähnten Wachen in Tarnanzügen. Angesichts der hier konzentrierten gewaltigen Feuerkraft kamen mir ernste Zweifeln, ob es selbst einem Jedi gelingen würde, unbeschadet zu der Tür zu gelangen. Ohne einen schweren Sturmangriff kam hier niemand durch, der nicht durchkommen sollte. Laneet blieb vor der Tür stehen, sprach einige Worte in eine Computerkonsole, ließ ihre Hände und ihre Augen scannen, und dann glitt die Tür – begleitet von einem Signalton – auf. Ich folgte ihr hindurch. Wir gelangten in einen kleinen, magnetisch versiegelten Raum. Laneet deutete erst auf den Boden, auf dem einige Verfärbungen zu erkennen waren, und dann zur Decke hinauf, die dazu passende Flecken aufwies. »Sollte es jemand ohne Erlaubnis bis hierher schaffen, kommt die extra beschwerte Decke runter. Hat schon mindestens einen Chattza-Spion zerquetscht.«

Die Innentür summte, bevor sie sich öffnete, und der schmale Korridor dahinter wies weitere Abwehrmaßnahmen auf, ehe wir schließlich in einen recht luxuriösen Versammlungsraum gelangten, in dem dick gepolsterte Sessel an mehreren Tischen standen. Der Raum war mit Teppich ausgelegt und von Lüstern erhellt. Diener in Livree statt Droiden standen bereit, um sich um die Bedürfnisse der Gäste zu kümmern. Selbst die Tischdecken wirkten nobel. Ich hatte den Eindruck, als hätten sich die Rodianer große Mühe gegeben, dafür zu sorgen, dass es für Menschen angenehm roch, doch die widerstreitenden Gerüche von Rodianern und Blumenarrangements machten es dennoch schwer, die Luft zu atmen.

Mehrere Rodianer warteten darauf, mir vorgestellt zu werden, allesamt Mitarbeiter unterschiedlicher Abteilungen der *Utheel Ausrüstungswerke*, die hier waren, um mit dem Abgesandten der Rebellen-Allianz übers Geschäft zu reden, und ich gebe zu, dass mir dieser Gedanke gefiel. Mal abgesehen von dem Geruch war diese Art der Arbeit wesentlich unterhaltsamer als die eines Feuchtfarmers.

An den Wänden des Raums standen lange Tische, auf denen statt eines kalten Büfetts Waffen ausgebreitet lagen. Nach einem Drink und einer kurzen Unterhaltung, in der ich meine Bewunderung für die Chekkoo-Sicherheitsmaßnahmen zum Ausdruck brachte, die ich bislang bewundern durfte, präsentierten sie mir die Waffen; einige davon waren noch Prototypen, von denen mir mehrere als kostenlose Muster überreicht wurden. Sie überließen mir eine Annäherungsbetäubungsmine, einen mobilen EMP-Detonator und eine Nadelpistole, die ich vermutlich niemals benutzen würde. Allerdings erkundigte ich mich beim Gedanken an Nakaris Projektilwerfer und ihre Behauptung, dass das Gewehr in Situationen effektiv war, in denen Blaster es nicht waren, ob sie möglicherweise etwas mit einer ähnlichen Durchschlagskraft zu bieten hatten, etwas mit rüstungsbrechenden Hochgeschwindigkeitskugeln? Einer der Waffeningenieure erklärte, er würde etwas Entsprechendes auftreiben, das ich mir am nächsten Tag ansehen könne.

»Falls es nicht zu viele Umstände macht, würde ich mir gern das Schmuggelversteck ansehen, das Laneet vorhin erwähnt hat, bevor wir irgendwelche Geschäfte abschließen. Ihre Waren sind hervorragend, nützen uns jedoch nichts, wenn wir sie nicht sicher von diesem Planeten fortschaffen können.«

Wir einigten uns darauf, dass dieses Vorgehen das sinnvollste war, und da auf Rodia bereits der Abend dämmerte und das Ende ihrer Arbeitsschicht nahte, erklärten sie kurzerhand, dass Laneet mir den Hangar zeigen solle, ehe wir unsere Gespräche am nächsten Tag fortsetzen würden.

Erzwo und ich folgten Laneet in einen Frachthangar unter den *Utheel Ausrüstungswerken*, in dem geschäftiges Treiben herrschte, gegenüber dem Dock, durch das wir reingekommen waren. Dort sausten wir mit einem anderen Speeder einige

Klicks durch einen wesentlich breiteren Tunnel, bis wir zu einem riesigen Aufzug gelangten, der dazu diente, große Frachtpaletten oder sogar Fahrzeuge zu befördern. Laneet steuerte den Speeder geradewegs in den Lift, und wir fuhren nach oben, zu einer gewaltigen, aus dem Felsgestein gehauenen Höhle. Laneet drückte auf einen Knopf, um eine Schiebetür zu aktivieren, die in einer schmalen Schlucht ein Stück Felswand beiseitegleiten ließ. Die von der nahenden Nacht bereits in Schatten getauchte Schlucht ragte über uns empor; die Wolken wurden von der untergehenden Sonne lila gefärbt. Laneet deutete in die Höhe. »Wir sind hier tief genug, dass die Felsen uns einen natürlichen Schutz vor Satellitenüberwachung bieten. Man betritt und verlässt die Schlucht auf diesem Weg«, erklärte sie und deutete nach links. »Folgt man ihr bis zum Ende, gelangt man zu einem Wasserfall, der so etwas wie eine Touristenattraktion ist, keine zehn Klicks vom Raumhafen in der Nähe der Enklave entfernt. Die Pracht und Schönheit des Wasserfalls sind für viele Schiffe Grund genug herzukommen, sodass sich niemand etwas bei dem gelegentlichen Flugverkehr denkt, den wir hier haben.«

»Hm. Viel gibt's hier ja nicht zu sehen«, sagte ich, während ich mich in der leeren Höhle umschaute.

»Hier wird ausschließlich Fracht aus- und eingeladen. In Zeiten, wenn nichts los ist, schalten wir den Strom ab, um zu verhindern, dass die Höhle gescannt wird«, erklärte Laneet. »Und bei Betrieb patrouillieren wir in den Außenbereichen, um sicherzugehen, dass niemand das Gebiet überfliegen und sie entdecken kann. Sollte jemand schlafen, sich entspannen oder auftanken wollen, kann er das alles im Raumhafen tun. Diese Anlage wurde im Hinblick auf völlige Diskretion konzipiert.«

Ich nickte anerkennend. »Ja, ich denke, damit können wir uns arrangieren. In Ordnung, ich schlage vor, wir gehen zurück und fangen an, übers Geschäft zu reden.«

»Ausgezeichnet. Ich informiere Soonta. Darf ich ihr sagen, dass Sie ihr morgen beim Frühstück Gesellschaft leisten?«

»Sicher.« Laneet bezog sich auf Taneetch Soonta, eine der Rodianerinnen, die ich vorhin getroffen hatte. Ich glaube, sie hat sich mir als Verkaufsleiterin der *Utheel Ausrüstungswerke* vorgestellt.

Als wir zum Aufzug zurückgingen und Laneet mit einem weiteren Knopfdruck die Höhlenwand schloss, sagte sie: »Ich bringe Sie jetzt zu Ihrem Zimmer in Toopil. Haben Sie alles, was Sie brauchen?«

»Fast. Eine Energieleitung für meinen Droiden und etwas zu essen wären sehr willkommen.«

»Natürlich. Und Ihr Droide kann unsere Bestands- und Preisliste runterladen, die Sie sich dann in Ruhe anschauen können.«

Mein Zimmer im Geheimkomplex von Toopil erwies sich als mein bisheriger Lieblingsort auf Rodia, da man sich bemüht hatte, sämtliche Gerüche zu entfernen, statt sie mit einem Übermaß an Parfüm zu übertünchen. Sobald er es runtergeladen hatte, zeigte Erzwo mir das Verzeichnis. Beim Anblick der Preise runzelte ich die Stirn. Zwar wusste ich nicht genau, wie es um die finanziellen Mittel der Allianz bestellt war, doch ich war mir nicht sicher, ob wir uns irgendwelche Großbestellungen überhaupt leisten konnten. Krieg war kostspielig – und zwar nicht bloß im Hinblick auf die Leben, die er kostete. Ich nahm mir vor, die Waffen morgen zu testen, um mich selbst davon zu überzeugen, dass sie derart hohe Preise tatsächlich wert waren.

Als es Zeit wurde, sich mit Soonta zum Frühstück zu treffen, ließ ich Erzwo in meinem Zimmer zurück. Laneet klopfte leise an meine Tür und brachte mich auf einer der oberen Etagen des Komplexes der *Utheel Ausrüstungswerke* in einen ganz besonderen Raum: eine Art Wintergarten, der gleichzeitig als Café fungierte, auch wenn hier keine Familien Kaff tranken. Stattdessen schien der Wintergarten einer sehr exklusiven Klientel vorbehalten zu sein. Rodianer in teurer Kleidung sowie Vertreter mehrerer anderer Spezies unterhielten sich mit gedämpften Stimmen, während die Klänge einer Bith-Symphonie aus verborgenen Lautsprechern drangen. Durch ein großes Panoramafenster aus korrosionsbeständigem Glas, das vom Boden bis zur Decke reichte, filterte Sonnenlicht herein, das alle Speisenden in buntes Licht hüllte. Vor uns auf einem kleinen runden Bistrotisch standen weiße Porzellantassen auf dazu passenden Untertassen, und dank der Fenster hatte jede Tasse einen anderen Farbton. Ich war ebenfalls weiß gekleidet; Soonta hingegen trug ein dunkelgrünes, von schimmernden silbernen Fäden durchsetztes Kostüm. Die Leute an den anderen Tischen hielten ihre Stimmen gesenkt; ihre Unterhaltungen waren bloß ein leises Murmeln vor dem Hintergrund der Bith-Musik, und ich fragte mich, ob womöglich dieses erstaunliche Fenster für die sonderbar ehrfürchtige Atmosphäre hier verantwortlich zeichnete? Die anderen Besucher, die mit den Rodianern zusammensaßen, waren zweifellos ebenso sehr an Chekkoo-Waffen interessiert wie die Allianz, und es kam mir ein wenig sonderbar vor, dass in einer so heiteren Umgebung über den Kauf tödlicher Waffen verhandelt wurde. Normalerweise haftete Geschäften dieser Art eine gewisse Zwielichtigkeit an, die die Rodianer offenbar absichtlich zu vermeiden versuchten.

Nachdem der Kellner unsere Bestellung aufgenommen und Soonta sich höflich danach erkundigt hatte, wie ich geschlafen habe, erwartete ich, dass sie fragen würde, ob ich Gelegenheit gehabt hätte, mir ihren Warenkatalog anzusehen, um mir dann für einige Produkte ein Sonderangebot zu machen oder dergleichen. Doch sie überraschte mich.

»Verzeihen Sie, falls dies jetzt unpassend ist, Freund Skywalker«, begann sie. »Doch als Sie sich gerade setzten, ist mir etwas Ungewöhnliches aufgefallen – nur ein flüchtiger Blick auf etwas, das offensichtlich niemand sehen soll, aber doch so interessant, dass ich Ihnen zwar nicht zu nahe treten will, aber auch nicht umhin kann zu fragen, ob Sie da tatsächlich ein Lichtschwert bei sich tragen?«

Ich erstarrte. Mein Lichtschwert war wirklich unter meiner äußeren Tunika verborgen, doch offensichtlich war ich beim Ankleiden nicht sorgsam genug darauf bedacht gewesen sicherzustellen, dass es niemand sah. Wenn ich unterwegs war, ließ ich die Waffe nicht gern herumliegen, um zu vermeiden, dass jemand sie entdeckte, darum trug ich sie stets bei mir. Denn obwohl Lichtschwerter grundsätzlich nicht verboten waren, machte ihre Verbindung zu den Jedi denjenigen, der sie besaß, in den Augen des Imperiums automatisch zum Schuldigen. Womöglich ging die Bereitschaft der Chekkoos, Handel mit der Rebellion zu treiben, nicht so weit, dass sie sich mit einem Jedi-Sympathisanten abgaben. Mit einem Mal bewegten wir uns auf recht unsicherem Terrain.

»Das ist eine interessante Frage«, entgegnete ich vorsichtig. »Nehmen wir einfach mal spaßeshalber an, es wäre so. Wären Sie dann schockiert oder empört? Oder würden Sie sich womöglich sogar verpflichtet fühlen, mich den imperialen Behörden zu melden?«

»Ganz im Gegenteil, ganz im Gegenteil!«, versicherte sie mir. »Ich muss zugeben, dass meine Meinung über die Jedi nicht der offiziellen Meinung des Imperiums entspricht.«

»Ach, ja? Und wie sehen Sie die Jedi?«

»Das lässt sich schwer in Worte fassen. Ich nehme an, dass ich gewisse Zweifel hege, was die Version des Imperiums bezüglich der jüngsten Ereignisse angeht. Schließlich sehen die Siegreichen die Geschichte nur selten so wie die Unterlegenen.«

»Dann sind Sie also nicht der Ansicht, dass die Jedi den Imperator verraten haben?«

»Ich glaube, dass sie zweifellos eine ernste Meinungsverschiedenheit mit ihm hatten, und es fällt mir nicht schwer zu glauben, dass er sich persönlich tatsächlich verraten fühlte. Sein Verhalten in der Öffentlichkeit und seine Rhetorik deuten darauf hin, dass er zu der Sorte Mann gehört, die jede Unstimmigkeit als Verrat versteht. Ich habe allerdings nicht das Gefühl, dass es dem Wesen der Jedi entspricht, andere zu verraten oder zu hintergehen. Ich denke, dass sie sich eher an Schwüre halten, als sie zu brechen. Natürlich kann ich nichts davon mit Bestimmtheit sagen. Das ist bloß mein persönlicher Eindruck, nichts weiter.«

»Ich hoffe, Sie verzeihen mir, wenn ich sage, dass das ein bemerkenswerter Eindruck ist«, entgegnete ich. »Was bringt Sie zu dieser Auffassung?«

»Ein Mitglied unseres Klans war ein Jedi-Ritter. Um genau zu sein, mein Onkel, und obwohl seine Verpflichtungen gegenüber dem Orden ihn für gewöhnlich von Rodia fernhielten, sah ich ihn einige Male, als ich jung war. Natürlich war er dann in Jedi-Angelegenheiten hier – und natürlich pflegen die Jedi keine Familienbande –, aber man sagte mir, wer er ist, und einoder zweimal hatte ich sogar Gelegenheit, ihn persönlich zu treffen. Er wirkte auf mich wie die Verkörperung der Ehrhaftigkeit schlechthin.«

Dieses Gefühl war mir nur allzu vertraut, da Ben Kenobi das Gleiche bei mir ausgelöst hatte. Er war zwar nur für kurze Zeit Teil meines Lebens gewesen, doch ich war ihm von Anfang an mit Vertrauen und Respekt begegnet, obgleich ich rein logisch betrachtet nur wenig Grund hatte, einem vollkommen Fremden zu trauen. Als ich in Soonta nun jemanden gefunden hatte, der ebenfalls persönlich einem Jedi-Ritter begegnet war, fiel es mir schwer, meine Aufregung zu verbergen. Am liebsten hätte ich gerufen: *Unglaublich! Ich will alles darüber wissen!* Stattdessen jedoch zwang ich meine Züge zu einem höflichen Lächeln und sagte: »Das ist wirklich faszinierend, Soonta. Ich würde Sie gern etwas fragen, falls es Ihnen nichts ausmacht. Wie war Ihr Onkel sonst, mal abgesehen von ehrenhaft?«

»Sein Name war Huulik. Er war ein guter Pilot – oder zumindest ziemlich stolz auf seine fliegerischen Fähigkeiten. Doch er sprach oft von einem Jedi, der fliegen könne wie kein Zweiter und ebenfalls Skywalker hieß. Daher hat der flüchtige Blick auf Ihr Lichtschwert auch sofort mein Interesse geweckt. Ich nehme nicht an, dass Sie irgendwelche Verwandten in den Reihen der Jedi hatten?«

Mein Herz schlug schneller. »Doch. Mein Vater war ein Jedi. Er kämpfte in den Klonkriegen.«

Soonta blinzelte und legte ihren Kopf schief. »Der *Sohn* eines Jedi-Ritters? Ich dachte, es ist einem Jedi nicht erlaubt, Liebesbeziehungen einzugehen.«

Das entlockte mir ein ironisches, schiefes Grinsen. »Tja, ich schätze, dann bin ich wohl nicht legitim.«

»Jedenfalls erklärt das diesen bemerkenswerten Zufall. Mein Onkel muss von Ihrem Vater gesprochen haben. Offenbar hat ihm dieser Skywalker in der Schlacht von Sedratis das Leben gerettet. Sie wurden von Droidenjägern attackiert, und die Schilde meines Onkels waren am Zusmmenbrechen, als sich Skywalker zwischen ihn und die nächste feindliche Salve setzte, die ihn umgebracht hätte. Skywalker schaltete die unmittelbare Bedrohung aus und gab Huuliks Schilden Gelegenheit, sich wieder aufzuladen. Letzten Endes trugen sie an jenem Tag den Sieg davon, und soweit ich weiß, haben sie danach gemeinsam noch so manche Schlacht geschlagen.«

Das war der erste ausführlichere Bericht über die Jedi-Aktivitäten meines Vaters, der mir je zu Ohren gekommen war. Es war schön zu hören, dass er das Leben eines Freundes gerettet hatte.

»Danke, dass Sie mir das anvertraut haben.«

»Hat Ihr Vater die Klonkriege überlebt?«, fragte Soonta.

»Nein«, sagte ich kopfschüttelnd. »Er wurde von Darth Vader verraten.«

»Das tut mir leid zu hören. Aber woher wissen Sie das so genau?«

»Ein anderer Jedi hat es mir erzählt, Obi-Wan Kenobi.«

»Kenobi! Ich kenne diesen Namen! Er kam während der Klonkriege nach Rodia, um dabei zu helfen, ein Kind zu retten, das von einem anderen Klan entführt worden war. Soll das etwa heißen, dass er noch lebt?«

Einen Moment lang schnürte es mir die Kehle zu, doch schließlich riss ich mich zusammen und sagte: »Leider nicht. Er starb in der Schlacht von Yavin.«

»Ah! Dann war also *doch* ein Jedi an der Zerstörung des Todessterns beteiligt! Jetzt ergibt der Sieg der Allianz in dieser Schlacht viel mehr Sinn. Irgendwie neigen die Jedi dazu, beängstigende Herausforderungen zu Routinejobs zu machen.«

Ich entschied, nicht zu erwähnen, dass ich derjenige gewesen war, der den vernichtenden Torpedo in die Lüftungsöffnung gefeuert hatte. Und abgesehen davon hatte Obi-Wan mir ja *tatsächlich* geholfen. »Was genau ist Ihrem Onkel zugestoßen?«, erkundigte ich mich.

»Er wurde verraten, genau wie Ihr Vater. Er wurde von Klontrupplern erschossen, die eigentlich auf seiner Seite stehen sollten. Er schaffte es noch in sein Schiff, nahm mit seinem Astromech eine kurze Nachricht über das auf, was ihm widerfahren war, und gab dem Droiden die Anweisung, ihn hierher zurückzubringen. Ihm fiel kein Ort in der gesamten Galaxis ein, an dem es sicherer gewesen wäre als hier – ein wirklich trauriger Gedanke, finde ich, denn dies war nie ein sicherer Planet. Wie auch immer, als das Schiff schließlich landete, war er bereits tot; seine Verletzungen waren zu schwer, als dass er die Reise hätte überleben können.«

»Das ist ja schrecklich«, sagte ich. »Tut mir sehr leid. Hat zumindest sein Astromech den Flug überstanden?«

»Nur in physischer Hinsicht. Der Klan hat seinen Speicher gelöscht, um zu verhindern, dass gewisse Informationen in die falschen Hände fallen und wir dadurch in Gefahr geraten könnten. Da wir nicht wussten, was wir sonst tun sollten, demontierten wir sein Schiff und errichteten draußen im Dschungel ein kleines Grabmal für meinen Onkel.«

»Oh. Ich nehme nicht an, dass ... Also, hören Sie, Soonta: Ja, das, was Sie da an meinem Gürtel gesehen haben, *ist* ein Lichtschwert. Mein Vater hat es mir hinterlassen, und sofern es mir möglich ist, möchte ich eines Tages selbst ein Jedi werden. Ich hoffe, es ist nicht unhöflich von mir, Sie das zu fragen, aber dürfte ich Ihrem Onkel meinen Respekt erweisen?«

Die an Saugnäpfe auf kurzen Stielen erinnernden Fühler auf

Soontas Kopf zogen sich überrascht zurück. Vielleicht war es statt Überraschung auch der Schreck und ein gewisses Maß an Entrüstung. Ich bin nicht sonderlich bewandert, was rodianische Körpersprache betrifft, und meine Schultern verkrampften sich, während ich mich auf eine zornige Erwiderung meines Gegenübers einstellte. Stattdessen schien Soonta über mein Gesuch erfreut zu sein.

»Das wäre überaus aufmerksam von Ihnen. Ich selbst sollte das auch mal wieder tun, denke ich.« Soona nahm einen Schluck aus ihrer Kaff-Tasse und sagte dann: »Sie sind ein potenzieller Kunde. Wenn Sie wollen, borgen wir uns zwei Speeder für eine Testfahrt und fahren hin. Das Grab ist nicht allzu weit entfernt.«

»Das klingt großartig«, sagte ich. »Um ehrlich zu sein, ich habe keinen Hunger. Wenn Sie es einrichten können, könnten wir sofort aufbrechen.«

»Dann los.«

Den stillen Wintergarten hinter sich zu lassen und durch die Anlage der *Utheel Ausrüstungswerke* zu marschieren war gleichermaßen belebend wie ungemütlich. Es war gut und schön, sich in freiem Gelände zu bewegen statt in unterirdischen Tunneln oder der Enge eines Raumschiffs, doch Fabriken sind nicht gerade für Ruhe und Frieden bekannt. Der Lärm von Schweißarbeiten und das Surren von Maschinen attackierten unsere Ohren, und die Vibrationen von bearbeitetem Metall gingen uns derart durch Mark und Bein, dass ich die Stille des Alls zu vermissen begann.

Taneetch Soonta sprach mit dem Lagerhallenaufseher und besorgte uns zwei Speederbikes für einen Tagesausflug. Durch das Gewirr des Dschungels schossen wir nach Norden und durchschnitten die feuchte Luft, als würden wir Wasserski fahren. Ich überließ Soonta die Führung, um ihr dichtauf zu folgen, und brauste im Slalom zwischen den Bäumen hindurch, unmittelbar unter dem Blätterdach und knapp über dem Unterholz. Die Luftfeuchtigkeit war jenseits von Gut und Böse, und selbst der Fahrtwind hatte der klammen Schwüle nichts entgegenzusetzen. Schweiß rann meinen Hals und meinen Rücken hinunter, meine Kleidung klebte mir an der Haut, und ich kam mir vor wie ein mariniertes Stück Fleisch. In der trockenen Hitze von Tatooine kam man sich manchmal vor wie in einem Backofen; das hier erinnerte mehr daran, in einem Schmortopf zu garen. Nachdem wir die Schlucht überflogen hatten, die ich als jene erkannte, die zum Schmugglerversteck führt, sanken wir einen Klick tiefer, bis die Bäume nicht mehr so dicht beieinander wuchsen. Entwässerungskanäle speisten einen von grünen Algen durchsetzten Sumpf voll dunklem Wasser. Allerdings wurde die Wasserfläche immer wieder von kleinen Inseln aus schwammigem Lehm durchbrochen, wo Bäume und Büsche Wurzeln schlagen konnten. Soonta dirigierte mich zu einer Insel, die zudem mit festem Fels aufwartete und so dicht von Bäumen und verschlungenem Unterholz bewachsen war, dass wir lediglich am »Ufer« ein freies Fleckchen fanden, wo wir landen konnten. Ich sah das Mausoleum erst, als wir kaum einen halben Meter über dem Sumpf auf einem moosbedeckten Felsschelf aufsetzten. Das kleine steinerne Bauwerk war unter dem Wipfel eines Thinekk-Baums verborgen und zudem von Ranken überwuchert, die es noch zusätzlich tarnten. Bevor das Heulen unserer Speeder-Repulsoren verklang, forderte Soonta mich auf, so leise wie möglich abzusteigen. Die Anspannung in ihrer Stimme war selbst über das gelangweilte Quaken der Frösche und das monotone Geschnatter fremdartiger Vögel hinweg nicht zu überhören.

»Wir sollten uns lieber vom Ufer fernhalten«, sagte Soonta. »Nur für den Fall, dass sich Ghests in der Nähe tummeln.«

»Ghests?«

»Ja«, bestätigte sie, legte mir eine Hand aufs Kreuz und schob mich sanft, aber bestimmt von den Speedern fort ins Dickicht der Büsche, die sich kaum durchqueren ließen, ohne dass man von Dornen gestochen und zerkratzt wurde. »Das sind riesige Biester, die sich lautlos im Wasser bewegen, bevor sie plötzlich auftauchen und sich ihr Fressen von der Uferlinie schnappen, besonders Herbivoren und Vögel, und wir sind gerade vom Himmel herabgestiegen und genau dort gelandet ...«

Soonta brach abrupt ab, als mit einem Mal eine gewaltige, schuppige Kreatur aus dem Sumpf schoss und sich auf mein Speederbike stürzte, es mit krallenbewährten Pranken packte und sich mit einem Maul voller scharfer Zähne in die vorderen Lenkplatten verbiss. Wir wichen hastig zurück, während das Ghest brüllte – erzürnt darüber, dass seine Beute kein Fleisch war – und den Speeder mit seinen kraftvollen Armen so brutal gegen das Felsschelf donnerte, dass die Lenkplatten zerstört wurden; damit war das Bike praktisch schrottreif. Dann richtete das Ghest seine blassen, runden Augen auf uns und zischte, während es sich wieder ins Wasser gleiten ließ und komplett untertauchte; zurück blieben wir, mit klopfenden Herzen in der Brust und nur noch einem funktionstüchtigen Speederbike.

»Ein wirklich kluger Rat, sich vom Ufer fernzuhalten«, kommentierte ich. »Wird das Ding es noch mal versuchen?«

»Ja, zweifellos«, sagte Soonta. »Wenn wir hier verschwinden wollen. Ghests ziehen es vor, aus dem Hinterhalt anzugreifen. Das Biest weiß jetzt, dass die Speeder kein Futter sind, wir aber schon. Es wird uns beobachten.« Mir wurde bewusst, dass wir unsererseits keine Möglichkeit hatten, das Ghest im Auge zu behalten. Das schlammige Sumpfwasser gab nichts von dem preis, was sich unter der Oberfläche abspielte.

»Können wir das Vieh erschießen?«, fragte ich.

»Ja. Allerdings sind Ghests berüchtigt dafür, dass sie es einem ausgesprochen schwer machen, einen tödlichen Schuss auf sie abzugeben, bevor sie einen in zwei Hälften beißen. Heute wird zwar nicht mehr so häufig Jagd auf sie gemacht wie früher, aber falls doch, jagt man sie in Teams, die am Ende häufig mit einem erlegten Ghest und mindestens einem toten Rodianer zurückkehren.«

»Hmm. Und auf der Insel lässt es uns in Ruhe?«

»Dass es uns hier erwischt, ist zwar technisch möglich, aber höchst unwahrscheinlich. Ghests sind an Land wesentlich langsamer als im Wasser. Sie ziehen es vor, schnell und überraschend zuzuschlagen.«

Einige Minuten lang standen wir schweigend da und suchten das dunkle Wasser nach irgendwelchen Bewegungen ab. Doch die Oberfläche verharrte reglos und verriet nicht, ob uns etwas aus der Tiefe belauerte. In diesem Moment wurde mir bewusst, dass Soontas »Reiseplanung« eine einzige Katastrophe war.

»Warum sind wir so nah am Ufer gelandet?«

»Sonst gibt es hier nirgendwo freie Flächen. Das haben Sie beim Anflug doch selbst gesehen.«

»Dann setzen Sie sich also jedes Mal, wenn Sie die letzte Ruhestätte Ihres Onkels besuchen, dem Risiko aus, angegriffen zu werden?«

»Nicht immer. Wenn wir zusammen herkommen, macht jemand aus der Familie vorher den Weg und den Landebereich frei. Doch der Dschungel ist zäh; die Pflanzen wachsen im

Handumdrehen nach, und es ist schon zu lange her, seit zuletzt jemand hier war. Möglicherweise war ich die Letzte, und das ist schon fast ein Standardjahr her.«

»Und wie kommen wir wieder zurück?«

»Wir müssen zu zweit mit meinem Speederbike fahren.«

Ich wies auf das unbewegte Wasser, in dem das Ghest lauerte. »Aber dieses Ding wird uns niemals starten lassen. Können Sie nicht jemanden anrufen, damit man uns abholt?«

»Aus Erfahrung weiß ich, dass ich hier keine Komm-Verbindung kriege.«

»Was ist mit einem Notsignal?«

Die Rodianerin ließ ihren Kopf einmal flüchtig nach links rucken. »Diese Vorführmodelle sind abgespeckt und eher auf Geschwindigkeit als auf Sicherheit ausgelegt. Unsere Kunden wollen immer nur wissen, wie schnell die Bikes sind; um eine Demonstration der verfügbaren Notfallmaßnahmen hat noch nie jemand gebeten.«

Ich seufzte frustriert. »Nun, lassen Sie eins einfach tun, weshalb wir hergekommen sind. Darüber, wie wir hier wieder wegkommen, können wir uns hinterher auch noch Gedanken machen«, schlug ich vor.

»Einverstanden«, sagte Soonta, und wir wandten uns dem Mausoleum zu. Sie holte einen mobilen Schallschneider hervor, um den Weg durchs Unterholz frei zu machen; das erlaubte es uns, das Bauwerk schon nach wenigen Minuten zu erreichen und unserer Kleidung und Haut Kratzer und Risse zu ersparen.

Das Mausoleum wies keine Grabplatte oder Inschrift auf, die verraten hätte, wer hier beigesetzt lag. Soonta kniete auf der weichen Erde vor der grauen Steintür nieder; ich folgte ihrem Beispiel und neigte mein Haupt. Sie sagte einige Sätze in ihrer Heimatsprache, die ich nicht verstand, die jedoch feierlich und respektvoll klangen, und ich hoffte, dass mein Schweigen ebenso wirkte. Allerdings konnte ich nicht umhin, mich zu fragen, was sich wohl in dem Grab befand? Gewiss, Soonta hatte erzählt, dass man den Leichnam ihres Onkels nach der Landung in seinem Raumschiff gefunden hatte, aber war er immer noch da? *Existierten* seine sterblichen Überreste noch? Ich glaube nicht, dass ich den Anblick von Obi-Wans leerer Robe je vergessen werde. Diese Art des Sterbens war für mich noch immer unvorstellbar – obgleich ich es mit eigenen Augen mit angesehen hatte. Ich fragte mich, ob sich dieser Huulik am Ende womöglich ebenfalls in Nichts aufgelöst haben mochte?

Als Soonta ihr Ritual beendet hatte, sagte ich daher: »Verzeihen Sie, falls Sie meine Frage als unschicklich erachten, aber ... könnten wir ihn uns vielleicht ansehen?«

Die Rodianerin neigte ihren Kopf fast unmerklich in meine Richtung und musterte mich mit ihren riesigen schwarzen Augen. »Haben Sie vorhin die Wahrheit gesagt? Wollen Sie eines Tages wirklich selbst ein Jedi werden, oder war das bloß müßige Phantasterei?«

»Nein, ich wünsche mir wirklich, ein Jedi zu werden. Das will ich mehr als alles andere.«

»Dann sollten wir hineingehen.«

Ich half ihr, die Tür des Mausoleums zu öffnen, und der Geruch im Innern war genauso klamm und schimmelig wie der draußen. Eine Horde von Schnecken und eine Schlange flohen vor der plötzlichen Helligkeit des hereinfallenden Sonnenlichts. In der Mitte der Kammer thronte ein fast vollständig von einem Flechtenteppich bedeckter Sarkophag.

»Da drin ist etwas für Sie«, erklärte Soonta und deutete mit einem grünen Finger auf den Sarg.

»Ich … ach ja? Und was?«

»Helfen Sie mir, den Deckel zu bewegen.«

Da das ohnehin genau das war, was ich vorhatte, widersprach ich dem nicht, auch wenn mich ihr Eifer verwirrte. Gleichwohl, ich wusste nur wenig über den rodianischen Totenkult und beschloss, einfach zu tun, was sie sagte. Gemeinsam hoben wir eine Ecke der Steinplatte an und wuchteten sie beiseite, bis die obere Hälfte von Huuliks Leichnam sichtbar wurde. Viel war nicht von ihm übrig, doch offensichtlich war er nicht in einen anderen Existenzzustand übergegangen wie Obi-Wan. Abgesehen von den Knochen waren auch noch Fetzen seiner Robe übrig, wenn auch kaum mehr als ein paar gekräuselte Klumpen robuster Fäden, die sich den Elementen und Sumpfbewohnern so lange widersetzt hatten. Soonta beugte sich vor und steckte ihre Hand in den Sarkophag, versperrte mir dabei den Blick auf das, was sie tat. Als ihre Finger wieder zum Vorschein kamen, umklammerten sie einen schlanken, schwarzen Zylinder.

»Ich glaube, dies ist Huuliks Lichtschwert«, erklärte sie. »Da wir nicht wussten, was wir sonst damit machen sollten, haben wir es zusammen mit ihm beigesetzt.«

»Funktioniert es noch?«

»Keine Ahnung.« Sie reichte es mir. »Probieren Sie's aus. Es gehört Ihnen.«

Ich blinzelte. »Sie wollen es mir schenken? Denken Sie nicht, dass jemand aus Ihrer Familie dagegen Einwände hätte?«

Soonta zuckte mit ihren Fühlern. »Ich nehme an, ich bin ohnehin die Einzige aus meiner Familie, die noch herkommt, um ihn zu besuchen. Und wenn es hier weggesperrt bleibt, hat niemand etwas davon. Ich denke, dass dieses Erbstück bei Ihnen wesentlich besser aufgehoben ist als bei mir. Vielleicht können

Sie etwas daraus lernen und irgendwann ein Jedi werden, wie Ihr Vater und mein Onkel. Ich finde, es wäre gut, wenn die Jedi zurückkehren würden.«

Das Lichtschwert war ein bemerkenswertes Geschenk, und ich hatte Mühe, eine Erwiderung zustande zu bringen. »Danke«, brachte ich nach einer Weile hervor, auch wenn das dem Präsent keineswegs gerecht wurde. »Ich fühle mich geehrt.«

Huuliks Lichtschwert war für die Hand eines Rodianers entworfen und passte nicht so recht in meine Faust. Das Schwertheft war mattschwarz lackiert und fühlte sich sonderbar glatt an – ich wusste nicht, ob das beabsichtigt war oder ob das Metall von irgendeinem Schmodder überzogen war, der sich erst während der langen Jahre im Mausoleum gebildet hatte. Ich richtete die Spitze sorgsam von uns beiden weg, drückte mit dem Daumen auf den Schalter und rechnete damit, dass die Energiezelle längst den Geist aufgegeben hatte. Doch das Schwert erwachte unverzüglich zum Leben, brummend vor Energie, und eine gleißende, amethystfarbene Laserklinge schoss hervor.

»Mit so etwas«, sagte Soona, »überstehen Sie womöglich sogar den direkten Angriff eines Ghests.«

Ich brauchte einen Moment, um zu begreifen, worauf sie hinauswollte, doch als der Credit schließlich fiel, starrte ich sie gelinde verwirrt an. »Sie meinen, ich soll da als Köder rausmarschieren und dabei das Lichtschwert vor mich halten?«

»Sie haben doch jetzt zwei, oder nicht? Die Chancen, dass das Ghest eins davon zu spüren bekommt, bevor es Sie frisst, stehen ziemlich gut.«

Ich grinste. Soonta hatte einen schrägen Sinn für Humor – und außerdem nicht ganz unrecht. Mit zwei Lichtschwertern würde ich mich zweifellos besser gegen einen Überraschungsangriff schützen können, als mit einem einzelnen Blaster, mit dem ich innerhalb von Sekundenbruchteilen zielen und schießen musste, um nicht als Ghest-Snack zu enden. Ich deaktivierte das rodianische Lichtschwert und fragte: »Ich nehme nicht an, dass Huulik noch etwas anderes mit nach Hause gebracht hat, wie beispielsweise eine Schritt-für-Schritt-Anleitung, wie man ein Jedi wird?«

»Nein, bedauerlicherweise nicht. Wäre das der Fall gewesen, hätte ich es vielleicht sogar selbst probiert, auch wenn ich die Macht nicht fühlen kann.«

»Nun, ich bin jedenfalls ausgesprochen dankbar hierfür.« Ich drehte den Lichtschwertgriff in meinen Händen und dachte nach. »Sie sagten, er wurde von seinen eigenen Klontrupplern erschossen?«

»So steht es zumindest in den Aufzeichnungen. Natürlich hatten wir keine Möglichkeit, das zu überprüfen. Sich bei der hiesigen Truppler-Garnison zu erkundigen, ob vielleicht jemand anderswo einen rodianischen Jedi-Ritter erschossen hat, hätte die falsche Art von Aufmerksamkeit erregt. Doch es ist faszinierend, diesen Gedanken in Erwägung zu ziehen, nicht wahr? In diesem Licht betrachtet waren es nämlich wohl eher die Jedi, die verraten und betrogen wurden, nicht der Imperator.«

Nicht zum ersten Mal wünschte ich mir, ich hätte die Möglichkeit gehabt, mehr Zeit mit Ben zu verbringen. Er hätte mich nicht bloß in den Wegen der Macht unterweisen, sondern auch viele meiner klaffenden Wissenslücken bezüglich der Klonkriege schließen können. Die Version der Ereignisse, die das Imperium propagierte, zwar zweifellos eigennützig, doch eine andere gab es nicht. Meine Tante und mein Onkel haben sich stets geweigert, mit mir darüber zu sprechen, ganz gleich, wie eindringlich ich sie darum bat. Ich fühlte mich durch meine Unwissenheit eingeschränkt und benachteiligt.

»Sie haben mir eine Menge gegeben, über das ich nachdenken muss. Zumindest, wenn es mir gelingt, uns von hier wegzubringen.« Denn selbst wenn Soonta alleine fortflog, um Hilfe zu holen, und ich so lange hierblieb, musste sie vorher sicher zu ihrem Speederbike gelangen – und ob sie das schaffen würde, stand in den Sternen. Falls das Ghest noch immer im Sumpf lauerte, bestand durchaus die Möglichkeit, dass es zuschlug, bevor sie abheben konnte. Nein, wir mussten die Bedrohung eliminieren, bevor einer von uns versuchte, auf das Speederbike zu steigen. Ich zog mein eigenes Lichtschwert aus dem Gürtel, ging mit einer Waffe in jeder Hand auf den Rand der Insel zu und schaltete beide ein. Ich huschte geduckt vorwärts, um ein möglichst kleines Ziel abzugeben, hielt die Lichtschwerter parallel zum Boden und angewinkelt, um meine beiden Flanken zu schützen, sodass ich selbst quasi die Grundlinie eines Dreiecks bildete. Das Ghest würde extrem flink und behände sein müssen, um mich zu erwischen, ohne dabei selbst etwas abzubekommen. Das Problem war nur, dass die Kreatur vorhin gewirkt hatte, als *wäre* sie so flink und behände.

Das dunkle Wasser gab keinen Hinweis auf die Position des Ghests; stattdessen barg der Sumpf das Versprechen, dass ich in der Nahrungskette hier nicht an der Spitze stand. Schon mich dem Gewässer zu nähern verschaffte mir das Gefühl, auf jemandes Speisezettel zu stehen.

Ringsum summten und zirpten und quakten weiter Insekten und Vögel und Amphibien, blind für meine Schwierigkeiten, doch der Krach, den sie machten, existierte noch auf einer anderen Ebene als der akustischen. Als ich meine geistigen Fühler ausstreckte und das Ghest mit der Macht aufzuspüren versuchte, gewann ich lediglich einen überwältigenden Eindruck von dem Leben, das mich umgab, jedoch nichts Spezielles wie einen einzelnen Vogel oder Fisch – oder ein gefährliches Raubtier. Ich wusste, dass viele der Geschöpfe hungrig waren und andere Kreaturen fressen wollten, doch falls ein bestimmtes davon es auf mich abgesehen hatte, konnte ich es nicht ausmachen.

Da stand ich also, die brummenden Lichtschwerter in den Händen, verlagerte mein Gewicht ein wenig von einem Fuß auf den anderen und bewegte mich ein bisschen, um lebendig zu wirken. Fünf Minuten lang regte sich nichts.

»Vielleicht ist das Vieh weitergezogen«, sagte ich schließlich. »Wie wär's, wenn Sie einfach den Speeder nehmen und später zurückkommen, um mich abzuholen? Ich passe auf dem Weg zum Bike auf Sie auf.«

»Ich schätze …«, begann Soonta, doch der Rest des Satzes verlor sich, als das Ghest mit einem Mal links von mir aus dem Sumpf schoss, so schnell, dass ich die Bewegung mit bloßen Augen kaum nachvollziehen konnte. Reflexartig stieß ich die Klinge in meiner Linken nach dem Ungetüm, während ich gleichzeitig zurückwich und einen Sekundenbruchteil später auch mit meiner Rechten zuschlug. Beide Klingen trafen ihr Ziel, doch das Ghest erwischte mich ebenfalls. Sein Schädel schoss in die Höhe und durchbrach meine unbeholfene Verteidigung; dann gruben sich seine Zähne in das weiche Gewebe zwischen meiner linken Schulter und meinem Hals. Allerdings versuchte das Biest nicht, mir direkt an die Gurgel zu gehen, und als wir auf dem Boden aufschlugen, waren der Kopf und die Schultern der Kreatur nicht mehr mit dem Rest ihres Leibes verbunden. Der Hieb meines Lichtschwerts hatte das Ghest horizontal komplett gespalten. Und auch wenn die Zähne des toten Ungetüms in meinem Fleisch steckten, hatte ich zumindest überlebt.

Soonta eilte herüber, um mir zu Hilfe zu kommen. »Sind Sie in Ordnung?«, fragte sie.

»Ich lebe noch ... glaube ich.«

»Die meisten Leute überleben Ghest-Angriffe nicht, Sie haben sich also gut geschlagen.«

Der triefende Schädel auf meinem Körper vermittelte mir nicht unbedingt das Gefühl, der große Sieger zu sein. »Hmpf. Das war nicht wirklich eine Frage des Könnens. Das waren eher panische Reflexe und gute Waffen. Sie hatten recht: Ich hätte es unmöglich geschafft, rechtzeitig eine Blastersalve abzufeuern.« Ich deaktivierte die Lichtschwerter und versuchte, etwas Adrenalin und auch den Gedanken abzuschütteln, wie knapp ich dem Tod entgangen war. Ein paar Zentimeter weiter, und das Ghest hätte meine Kehle zu packen gekriegt, und dann wäre ich so oder so verblutet.

Die Kiefer des Ghests waren nicht geschlossen, sodass es eher schmerzhaft als schwierig war, sie aufzustemmen. »Wir müssen Sie zur Medistation bringen«, erklärte Soonta und warf den Kopf in den Sumpf, bevor sie mir auf die Beine half. Der lange, schlangenartige Leib des Ghests reichte bis ins Wasser zurück, wie ein grünlicher Baumstamm, der bei einem blutigen Felsen endete. »Je schneller, desto besser.«

Bevor wir aufbrachen, machte sie mit ihrem Datenpad Holoaufnahmen vom beschädigten Speeder und dem Ghest-Kadaver. »Wenn ich den Schaden nicht aus eigener Tasche bezahlen will, muss ich erklären können, was passiert ist«, kommentierte sie.

Wir drängten uns auf das verbliebene Speederbike; ich schlang meinen rechten Arm um Soontas Hüfte und tat mein

Bestes, um mit ihrem beißenden Körperduft fertigzuwerden. Ich wusste, dass ich später auf dieses Erlebnis zurückblicken und es im Großen und Ganzen als etwas Positives betrachten würde, da niemand zu sagen vermochte, was ich dank Huuliks Lichtschwert alles lernen konnte. Doch in diesem Moment, als ich erschöpft und benommen von dem Blutverlust, den üblen Gerüchen und der extremen Luftfeuchtigkeit hinter der Rodianerin auf dem Bike kauerte, konnte ich mir beim besten Willen keine schlimmere Speeder-Fahrt vorstellen.

3. Kapitel

Nachdem man mich medizinisch versorgt hatte und ich mich wieder in meinem Zimmer in Toopil befand, war ich zu müde zum Schlafen, und mir fiel nichts Besseres ein, als Soontas Geschenk genauer in Augenschein zu nehmen.

Ich versuchte mich zu entspannen und der Macht zu öffnen, aktivierte Huuliks Lichtschwert und wunderte mich erneut darüber, dass sich das Heft irgendwie nicht ganz *richtig* anfühlte. Obwohl ich es mit einem feuchten Lappen abgewischt und allen Schmutz entfernt hatte, wirkte die Waffe durch die schlüpfrige, viskose Oberfläche nach wie vor, als wollte sie meinem Griff entfliehen – ganz anders als bei meinem eigenen Lichtschwert. Lag das daran, dass es nicht für einen Menschen, sondern für einen Rodianer hergestellt worden war? Oder passte mein Lichtschwert besser zu mir, weil es von meinem Vater konstruiert wurde?

Natürlich bestand die Klinge nicht aus reinem Licht, sondern aus Energie; Quelle dafür war die gleiche Art von Energiezelle, mit der auch Blaster betrieben wurden. Ein Kyberkristall wandelte diese Energie dann in superheißes Plasma um, das am oberen Ende umknickte und zum Griff der Waffe zurückverlief, um eine Laserklinge zu bilden, die ihre gewaltige Wärme nur abgab, wenn man damit etwas Festes berührte; die übrige Zeit wurde ihre Energie von einem Kraftfeld im Zaum gehalten. Doch das war auch schon so ziemlich alles, was ich darüber wusste. Ich wollte sehen, wie das Schwert funktionierte – wie es aufgebaut war. Ich hätte es nie gewagt, mein eigenes Lichtschwert auseinanderzunehmen, aus Angst, es anschließend nicht wieder zusammensetzen zu können. Doch Soonta hatte mir Huuliks Lichtschwert überlassen, damit ich etwas daraus lernte, daher war ich gewillt, das Risiko einzugehen.

Ich deaktivierte es und inspizierte eingehend den Griff. Da waren keine Schrauben oder Verschlüsse oder irgendwelche anderen Merkmale der Montage. Abgesehen von dem Knopf, um die Waffe ein- und auszuschalten, und dem Regler, um die Kraft der Klinge zu justieren, schien es sich um ein solides Artefakt zu handeln, als habe die Natur selbst es so geformt. Möglicherweise war der Griff aus einem Stück gefertigt – wenngleich innen hohl –, der dann über den Rest der Technik gestülpt wurde, die das Lichtschwert antrieb. Und vielleicht war der Öffnungsmechanismus mit bloßem Auge nicht zu sehen.

In meinem Zimmer gab es einen einfachen Tisch samt Stuhl. Ich setzte mich und legte das Lichtschwert so vor mir auf den Tisch, dass der Emitter von mir weg wies – sicherheitshalber. Wie zuvor öffnete ich mich der Macht, doch diesmal versuchte ich, mich auf das Lichtschwert zu konzentrieren und die Macht zu fühlen, die ihm innewohnte. Ich schloss die Augen und erkundete mit meinen Fingern die Oberseite des Griffs, unmittelbar unter dem Emitter, auf der Suche nach irgendwelchen ertastbaren Hinweisen. Die Oberfläche behielt dieses sonderbar glitschige Gefühl, obwohl ich an der Oberseite nichts Ungewöhnliches feststellen konnte, ebenso wenig wie rings um den Knopf oder den Regler oder am gesamten übrigen Griff. Als ich jedoch mit meinen Fingern erst im und dann gegen den Uhrzeigersinn einmal komplett um die Unterseite fuhr – die Augen noch immer geschlossen und bemüht, die Macht zu fühlen –, wurde mit einem *Klack* ein winziger Spalt sichtbar, der den Griff der Länge nach hinablief; nach einem weiteren leisen *Klick* öffnete sich das Gehäuse, um darunter eine weitere Metallschicht zu enthüllen, die der meines Lichtschwerts ähnelte und sichtbare Schrauben aufwies. Erzwo löste sie für mich, sodass ich eine Hälfte der Ummantelung entfernen und das Innere freilegen konnte.

Die Energiezelle am unteren Ende war isoliert und für mich nicht weiter von Interesse. Unmittelbar darüber befand sich die Halterung für den Hauptfokussierungskristall, der dem Lichtschwert seine Farbe verlieh. Und darüber wiederum saßen zwei weitere Kristalle, die so locker in ihren Aufhängungen hingen, dass sie sich leicht daraus lösen konnten – und genau das war beim Auseinandernehmen der Waffe offenbar passiert. Sie saßen schief, und selbst wenn ich alles korrekt wieder zusammenbaute, würde das Lichtschwert jetzt nicht mehr richtig funktionieren. Solange die Kristalle nicht perfekt ausgerichtet waren, ließ sich unmöglich sagen, was passieren würde, wenn ich versuchte, das Schwert einzuschalten. Es könnte explodieren. Und diese Kristalle von Hand neu zu justieren, war ein Ding der Unmöglichkeit. Ich spürte instinktiv, dass dazu die Macht nötig war, und nur die Macht allein würde mir verraten, ob sie richtig ausgerichtet waren oder nicht. Zudem waren die Kristalle hauchdünn, wunderschöne, klare Amethyste, die womöglich zerkratzt oder getrübt wurden, wenn man sie mit der bloßen Hand berührte. Nur indem man sie ganz präzise mit der Macht bewegte, konnte man sicher sein, dass sie makellos blieben.

Die Bauweise des Lichtschwerts bestätigte mir, was ich bereits vermutet hatte: Die Macht war alles andere als bloß ein Gefühl der Verbundenheit, das dein Handeln leiten konnte, oder eine Methode, um Lebewesen mit schwachem Willen auszutricksen; vielmehr ließen sich mit der Macht feste Dinge bewegen. Allerdings überstiegen die Fähigkeiten, die nötig waren, um ein Lichtschwert zu konstruieren – oder auch nur, dieses hier wieder richtig zusammenzusetzen –, mein gegenwärtiges Können um etliche Parsec.

Während ich den Rest auseinandernahm, ließ ich Erzwo Holoaufnahmen machen, die ich später in Ruhe studieren wollte. Dann kam mir der Gedanke, dass es wohl am klügsten war, an meinen Machtfähigkeiten zu arbeiten, wenn ich jemals imstande sein wollte, das Lichtschwert wieder zusammenzusetzen oder gar mein eigenes zu bauen.

Obi-Wan hatte mit mir nie über das Thema Telekinese gesprochen. Gut möglich, dass ich nicht stark genug war, um gleich mit dem Training auf einem so fortgeschrittenen Studiengebiet zu beginnen. Doch ich könnte ja mit irgendetwas Kleinem, Harmlosem anfangen. In der hinteren Ecke des Tisches stand ein Teller mit etwas Gemüse, das vom Essen übrig geblieben war. Ich malte mir aus, dass insbesondere die Krankerwurzel dort unglücklich wirkte, wo sie war, und bestimmt nichts dagegen hätte, sich ein winziges Stückchen zur Seite zu bewegen. Die Wurzel, die demütigste aller rodianischen Gemüsesorten, lag gedünstet und pampig in einer kleinen Öllache auf dem Porzellanteller. Die Aussicht der Wurzel würde sich gewaltig verbessern, wenn sie dem tristen Tal des Tellers entkäme und sich, sagen wir mal, zum Rand des Tellers bewegen würde, von wo aus sich ihr das grandiose Panorama des Tisches und der verstreuten Einzelteile von Huuliks Lichtschwert bieten würde.

Bevor ich anfing, gestattete ich mir, auch scheitern zu dürfen. Immerhin war dies mein erster Versuch, und es brachte nichts, mich zu ärgern oder sogar wütend auf mich selbst zu sein, falls ich es nicht sofort hinbekam. Obi-Wan sagte, dass Darth Vader, der Mann, der meinen Vater getötet hat, von der Dunklen Seite der Macht verführt wurde. Bislang nahm ich an, dass er sich damit auf dunkle Emotionen wie Furcht, Zorn und Schuld bezog, doch seine Wortwahl kam mir seltsam vor; ich würde dunkle Gefühle, die dazu neigten, ganz bewusst jemanden zu korrumpieren, beim besten Willen nicht als verführerisch bezeichnen. Für mich waren Emotionen etwas, das durch Ereignisse ausgelöst wurde, die man besonders intensiv erlebte, ehe sie wieder vergingen, und kein natürlicher Daseinszustand. Allerdings wusste Obi-Wan vermutlich, wovon er redete, und ich glaubte nicht, das Risiko eingehen zu dürfen, Bens Warnung einfach in den Wind zu schlagen; ich hatte nicht vor, Vaders Beispiel zu folgen. Das bedeutete, dass ich extrem vorsichtig sein musste, da es niemanden gab, der mich hätte anleiten können. Die Krankerwurzel wirkte durch und durch ungefährlich. Zwar hatte ich die Geschichten über jene nicht gelesen, die von der Dunklen Seite »verführt« worden waren, doch ich bezweifelte, dass auch nur einer von ihnen von einem Gemüse mit fragwürdigem Nährwert korrumpiert worden war. Mir konnte nichts passieren.

Ich zog den Teller dichter zu mir, sodass er mein Blickfeld auf dem Tisch vollends ausfüllte. Die Krankerwurzel lag träge, verbittert und phlegmatisch im gefilterten gelben Schein der Leuchtstreifen des Zimmers. Ihr Gewicht war unerheblich. Es sollte keine große Sache sein, sie mit der Macht vom Teller zu heben, besonders da die Voraussetzungen dafür optimal waren.

Der erste Schritt – und der einzige, den ich wirklich kannte –

bestand darin, meinen Geist zu klären und mich der Macht zu öffnen. Das war jedoch leichter gesagt als getan. Manchmal passierte das einfach so bei mir, doch wann immer ich mich tatsächlich vorsätzlich bemühte, meinen Verstand zu klären, hingen die Worte irgendwie in einem Bewusstsein fest, wie ein Schaubild mit weißen Buchstaben auf grünem Grund: KLÄRE DEINEN GEIST. Das war wenig hilfreich. Und zu denken: JA, DU BIST GEMEINT, war auch keine große Hilfe. Selbst andere Gedanken zu denken, um die alten aus meinem Hirn zu tilgen, löste das Problem nicht. Wie bekamen die Jedi das bloß zuverlässig und nach eigenem Willen hin?

Allein an einem ruhigen Ort zu meditieren war irgendwie etwas vollkommen anderes, als die Macht im Kampf zu fühlen, oder während man flog oder mit Drohnen übte. Wenn ich mich in diesen Situationen der Macht öffnete, war das eher ein instinktiver Vorgang als eine bewusste Entscheidung; dann fühlte ich mich auf beinah mühelose Weise geleitet und gewarnt, was in diesen Momenten vielleicht an meinem kampfbereiten Gemütszustand lag, der einem keine Zeit zum Nachdenken ließ, wie auch an einem profunden Gefühl von Angst um das eigene Leben.

Die Krankerwurzel repräsentierte so ziemlich das absolute Gegenteil von Gefahr. Und vielleicht war genau das mein Problem: Ich brauchte Druck, um meine Fähigkeiten nutzen zu können, um mich in einen instinktiven Zustand zu versetzen, in dem ich nicht nachdachte. Doch selbst wenn das zutraf, half mir das jetzt auch nicht weiter. Ich musste imstande sein, es aus eigener Kraft hinzubekommen, ganz bewusst. Oder konnte ich meinen Verstand nur unbewusst klären?

KLÄRE DEINEN GEIST, sagte ich mir von Neuem. Die Worte verweilten hartnäckig, wo sie waren, und begannen zu blinken, um nachdrücklich meine Aufmerksamkeit zu fordern. So funktionierte das nicht.

Ich seufzte, und dabei kam mir die Idee, mich auf meine Atmung zu konzentrieren. Jeder Atemzug beruhigte das Tosen meiner Gedanken ein kleines bisschen mehr. Die drei blinkenden Wörter, die mich ärgerten und verhöhnten, verblassten nach und nach, während sich meine Lungen füllten und leerten, füllten und leerten, in einem Rhythmus, der sich auf alles andere übertrug. Die Macht wirbelte um mich herum und durch mich hindurch, Strudel von Energie, die ich fühlen und wahrnehmen konnte, jedoch noch nicht zu manipulieren oder gar zu kontrollieren vermochte. Mit geschlossenen Augen streckte ich meine Machtfühler aus und suchte nach dem Teller, einer kalten Porzellanscheibe. Ich fand die »tote« Krankerwurzel, die sich grundlegend von dem Teller unterschied. Das war schon mal ein Anfang. Und was jetzt? Wenn ich mir vorstellte, dass sich die Wurzel bewegte, würde sie es tun? Was, wenn ich …

Laneet Chekkoo stürmte herein. »Verzeihen Sie mir, Freund Skywalker, aber wir haben ein ernstes Problem. Das Imperium hat eine planetenweite Suche nach einem Schiff gestartet, dessen Beschreibung auf Ihres passt, und wenn Sie nicht unverzüglich verschwinden, wird man Sie hier möglicherweise entdecken.«

»Was? Können wir uns nicht einfach in der Schmuggler-Höhle verstecken?«

»Das Risiko, von Spionen gesehen zu werden, ist einfach zu groß. Natürlich versuchen wir, diejenigen, von denen wir wissen, daran zu hindern, den Raumhafen zu überprüfen, aber wir können sie nicht ewig hinhalten, und vermutlich gibt es noch weitere Spione, die uns unbekannt sind. Wir können vielleicht Waren zur Allianz schmuggeln, aber wir können uns dem Hochprotektor oder dem Imperium gegenwärtig nicht offen widersetzen.«

»Schon okay, ich verstehe das. Nur einen Moment.« Ich sammelte die Einzelteile von Huuliks Lichtschwert ein und verstaute sie in einer kleinen Tasche. »Komm mit, Erzwo«, sagte ich. »Es wird mal wieder Zeit zum Versteckspiel.«

4. Kapitel

Für unsere Rückkehr zur Flotte wählten wir eine längere, umständliche Route, im Zuge derer wir eine neue Hyperraumverbindung zwischen Kirdo und Orto Plutonia herstellten – jedoch erst, nachdem wir das Schiff auf Peilsender und Spionageprogramme gescannt hatten. Ohne unmittelbare Bedrohungen und ohne Zeitdruck konnte Erzwo das Risiko, das man immer eingeht, wenn man auf unbekannten Hyperraumstraßen unterwegs ist, gemeinsam mit dem Navigationscomputer der *Wüstenjuwel* weitestgehend minimieren.

Admiral Ackbar und Prinzessin Leia überraschten mich, als sie vom Kommandoschiff – der *Vergeltung* – aus eine Raumfähre nahmen und zur *Verheißung* rüberkamen, auf der ich mit der *Wüstenjuwel* gelandet war. Sie wollten mich unverzüglich sehen und trafen kurz darauf mit C-3PO im Schlepptau im Kapitänsquartier ein. Der Protokolldroide wirkte, als habe er unlängst ein Ölbad und eine Politur genossen, und schien hocherfreut zu sein, R2-D2 zu sehen.

»In gewisser Hinsicht war die Reise erfolgreich«, erklärte ich. »Erzwo hat den gesamten rodianischen Waffenkatalog …«

»Ausgezeichnet«, keuchte Ackbar, tat meine Ausführungen

jedoch zugleich mit einem Wink als unwichtig ab, zumindest fürs Erste. Mir fiel auf, dass der Mon Calamari häufig jedes Gespräch abwürgte oder vernachlässigte, das ihn seinem gegenwärtigen Ziel nicht unmittelbar näher brachte. »Allerdings interessieren wir uns mehr dafür, was Ihnen im Llanic-System widerfahren ist.«

Wie war es möglich, dass sie davon erfahren hatten? »Ich konnte leider keinen Zwischenstopp auf Llanic einlegen«, sagte ich. »Da war dieses Schiff in Nöten, und ich konnte nicht einfach tatenlos mit ansehen, wie es von TIE-Jägern zerstört wird, also half ich ihm zu entkommen. Ich weiß, dass das töricht war und die Mission, womöglich sogar die Sicherheit der Flotte gefährdet hat, und dafür bitte ich um Verzeihung.«

»Wir werden jemand anderen nach Llanic schicken, Luke«, erklärte Leia. Ihr langes dunkles Haar war zu einem Zopf geflochten, der über ihren Rücken fiel; sie trug ein praktisches Ensemble aus Hosen, Tunika und Stiefeln. »Und keine Sorge: dass du diesem Schiff geholfen hast, war ungleich wichtiger, da es Informationen an Bord hatte, die das Blatt für uns wenden könnten.«

»Ach, tatsächlich?«

»Auf diesem Schiff befand sich ein kupohanischer Spion, der uns entscheidende Informationen zukommen ließ. Offenbar ist gerade eine Givin-Frau auf Denon eingetroffen, die sich – sofern die Berichte stimmen – in nahezu jedes System einklinken kann. Sie ist ein Kryptographie-Genie und kann intuitive Gedankensprünge machen, zu denen Droiden nicht imstande nicht, um ihre eigene Hardware dann entsprechend anzupassen. Das Imperium hält sie dort in einer Art Luxusgefängnis fest und versucht, sie davon zu überzeugen, ihre Fähigkeiten einzusetzen, um unsere Codes und die anderer Gruppierungen zu knacken, die sie überwachen. Sie kann sich zwar frei auf dem Planeten bewegen, wird jedoch rund um die Uhr bewacht. Über einen kupohanischen Kontaktmann auf Denon hat sie eine komplett aus mathematischen Formeln bestehende Nachricht rausgeschmuggelt, für die Dreipeo fast einen ganzen Tag brauchte, um sie zu entschlüsseln. Sie schreibt, dass sie bereit ist, uns beim Kampf gegen das Imperium zu unterstützen, wenn wir erst ihre Familie und dann sie selbst nach Omereth bringen, damit sie wieder vereint sind.«

»Wo liegt Omereth?«

»Jenseits des Hutten-Raums«, entgegnete Ackbar. »Omereth ist ein Wasserplanet mit einigen wenigen Archipelen. Ich habe Holos davon gesehen. Sieht wunderschön aus, hat abgesehen von Fisch jedoch nicht allzu viel zu bieten, das für die meisten anderen Spezies der Galaxis von Interesse wäre, weshalb er praktisch unbewohnt ist.«

»Gibt es dort keine intelligenten Wasser-Spezies?«

»Soweit mir mitgeteilt wurde, bloß Draufgänger von anderen Planeten, die dort etwas Nervenkitzel suchen, denn das Problem ist, dass viele der dort heimischen Fische ausgesprochen groß und hungrig sind, was die Gewässer sehr gefährlich macht. Nicht unbedingt die Art von Ozean, in dem ich gern schwimmen würde.«

»Major Derlin und seine Leute können sich um die Umsiedelung der Familie kümmern«, sagte Leia. »Aber wir möchten, dass du auf Denon die Kryptographin einsammelst und sie nach Omereth fliegst, Luke.«

»Warum ich?«

»Weil du einer der besten Piloten bist, die wir haben, und es einiges an fliegerischem Können brauchen wird, um sie da rauszuholen. Sobald das Imperium mitbekommt, dass sie fort ist, werden sie alles in ihrer Macht Stehende tun, um sie zurückzuholen. Das wissen wir, weil sie die Kupohaner so gnadenlos verfolgt haben. Hättest du ihnen nicht geholfen, hätten sie es nicht geschafft.«

»Seid ihr euch da sicher? Ihnen waren bloß zwei TIEs auf den Fersen, die ich problemlos ausschalten konnte. Ich meine, einer von denen versuchte anzugreifen und drehte dann absichtlich bei, wie um mir ein freies Schussfeld zu verschaffen. Was, wenn das Ganze eine Falle ist?«

»Das glaube ich nicht«, entgegnete Ackbar. »Die Schutzschilde der kupohanischen Schiffe waren nahezu am Boden, sodass die TIEs sie innerhalb der nächsten paar Minuten in jedem Fall vernichtet hätten. Sie konnten nicht ahnen, dass Sie dort auftauchen würden. Sie taten ihr Bestes, um die Kupohaner zu eliminieren und ihre Sicherheitslücke zu schließen.«

»Der *Millennium-Falke* steht uns nach wie vor nicht zur Verfügung«, fuhr Leia fort. »Daher denke ich, dass die *Wüstenjuwel* im Hinblick darauf, dass du für diese Mission ein sehr schnelles Schiff mit Platz für mindestens einen Passagier und einen Droiden benötigst, unsere beste Option ist.«

»Die *Juwel* steht jetzt auf den Fahndungslisten«, erinnerte ich sie, doch Leia zuckte nur die Schultern.

»Der *Millennium-Falke* wird überall in der Galaxis gesucht. Wir wechseln einfach die Transpondercodes, und alles ist bestens.«

»Aber die *Juwel* ist praktisch unbewaffnet«, merkte ich an. »Das ist ein gewaltiger Nachteil, wenn wir auf ernst zu nehmende imperiale Präsenz stoßen. Wir müssen uns verteidigen können. Ohne solide Waffensysteme ist dieses Schiff für diese Art von Einsatz ungeeignet.«

Leia tauschte einen unsicheren Blick mit Admiral Ackbar.

»Die Waffen eines so einzigartigen Schiffs aufzurüsten könnte sich als schwierig erweisen«, sagte Ackbar; die Konsonanten kamen gedehnt und die Vokale blubbernd über seine Lippen. Er war an Wasser gewöhnt, und die trockene Luft an Bord des Raumschiffs bereitete ihm gewisse Schwierigkeiten.

»Warum?«

»Weil der Allianz das Geld fehlt. Wir haben bereits Probleme, unsere vorhandene Flotte zu unterhalten, ganz zu schweigen davon, sie aufzurüsten. Allerdings haben wir noch etwas Zeit, bevor Sie aufbrechen müssen. Die Kupohaner brauchen ein paar Wochen, um sich mit den alltäglichen Routinen der Givin-Frau vertraut zu machen und nach einer Schwäche in ihrer Sicherheit zu suchen, damit Sie die bestmöglichen Erfolgschancen haben. Falls es Ihnen bis dahin irgendwie gelingt, die Mittel aufzutreiben, um das Schiff nach Ihren Vorstellungen aufzurüsten, können Sie das gerne tun.«

Irgendetwas passte da nicht recht zusammen. »Sie haben mich gerade erst zu den Rodianern geschickt, um potenzielle Waffenkäufe einzufädeln, und jetzt sagen Sie, Sie können sich gar keine neuen Waffen leisten?«

»Das Geld dafür werden wir bekommen, Luke«, versicherte Leia ihm. »Wir wissen nur nicht mit Sicherheit, wann genau. Davon auszugehen, dass eine Rebellion über einen verlässlichen Zufluss an Geldmitteln verfügt, ist …« Sie hielt inne, um nach einem angemessenen Vergleich zu suchen, und sagte dann: »… als würde man erwarten, dass Han Solo sich wie ein normaler Mensch benimmt.« Sie wandte sich dem Droiden zu. »Dreipeo, du berechnest doch gern solche Dinge. Was ist wahrscheinlicher: ein regelmäßiger Geldzufluss für die Allianz oder ein rationales Verhalten von Han Solo?«

»Obgleich die Wahrscheinlichkeit in beiden Fällen ausgesprochen gering ist, dürfte ein regelmäßiger Geldzufluss um einiges realistischer sein.«

Sie blickte nachdenklich drein. »Das dachte ich mir.«

Mir kam der Gedanke, dass Leia möglicherweise einen gewissen Groll gegen Han hegte, weil er fort war, um seinen eigenen Hals aus der Schlinge zu ziehen, statt der Allianz beizustehen. Natürlich würde ich ihm gegenüber kein Wort davon verlieren, da Han das Ganze dahingehend interpretiert hätte, dass sie ihn vermisste. Und apropos vermisste Leute ...

»Ist Nakari Kelen schon wieder von dieser Ausbildungsmission zurück?«, fragte ich.

»Ja«, entgegnete Ackbar. »Warum?«

»Weil sie womöglich in der Lage ist, das Finanzierungsproblem zu lösen. Sofern ich mich nicht irre, ist ihr Vater schwerreich.«

»Das ist uns bekannt, doch ihr zufolge beschränkt sich seine Bereitschaft, uns zu unterstützen, gegenwärtig darauf, dass wir sein Schiff nutzen dürfen.«

»Vielleicht ändert er seine Meinung ja, wenn Nakari direkt involviert ist. Könnte sie mir in dieser Angelegenheit beistehen? Ich brauche ohnehin jemanden, der mir den Rücken freihält, und wenn sie den Rest der Truppen am Projektilwerfer ausbildet, muss sie ziemlich gut damit umgehen können.«

»*Meisterhaft* trifft es wohl besser«, sagte Ackbar. »Ich habe keine Einwände, dass sie Sie begleitet.«

»Großartig.« Ich verspürte so etwas wie Triumphgefühle und fragte mich, warum? Die naheliegendste Antwort war, dass ich bei unserer bislang einzigen kurzen Begegnung möglicherweise Gefallen an ihr gefunden hatte, doch ich hoffte, dass dem nicht so war. Schließlich kannte ich sie ja kaum. Ich wusste nur, dass das, was ich von ihr gesehen hatte, genügte, damit ich mehr über sie erfahren wollte. Und wer konnte mir verübeln zu wünschen, dass sie sich als so wahrhaft liebenswert erwies, wie sie eingangs gewirkt hatte? In der Hoffnung, dass weder meine Stimme noch meine Miene etwas von meinen Gefühlen verriet, sagte ich: »Dreipeo, wärst du so gut, Nakari Kelen zu bitten, sich zu uns zu gesellen? Sie hält sich irgendwo an Bord auf.«

»Natürlich, Master Luke.«

Ich war mir nicht sicher, ob meine Stimme bei diesen Worten neutral blieb. Leias Augen verengten sich zu Schlitzen, und sie schürzte die Lippen, wie um eine Frage zu stellen, doch ich kam dem zuvor, indem ich mich über den Chekkoo-Schmugglhangar und ihre zwielichtigen Geschäfte unter den Hallen der *Utheel Ausrüstungswerke* ausließ. Sobald die Schatzkammer der Rebellion wieder gefüllt war, stünde ihr mit *Utheel* auf Rodia ein erstklassiger Ausrüster zur Verfügung.

Als Nakari sich uns anschloss, schenkte sie mir ein breites Grinsen. Diesmal erschien sie nicht in Kampfmontur; statt Stiefeln trug sie flache Schuhe, und sie war unbewaffnet. »Danke, dass Sie mein Schiff in gutem Zustand zurückgebracht haben«, sagte sie.

»Kein Problem«, entgegnete ich. Wir informierten sie mit wenigen Sätzen darüber, was wir vorhatten. »Glauben Sie, Ihr Vater wäre möglicherweise bereit, Ihr Schiff für eine derartige Mission aufzurüsten?«, fragte ich.

Sie schüttelte den Kopf. »Er investiert sein Geld in nichts, das nicht in irgendeiner Form seinen Geschäftsinteressen dient. Der einzige Grund, warum er mir überhaupt erlaubt hat, die *Wüstenjuwel* zu fliegen, ist, dass ich neue Planeten erforschen und dort nach Möglichkeit seltene Kreaturen mit gewissen biologischen Eigentümlichkeiten einfangen sollte, als

Testobjekte für seine Labore. Den Großteil des Schiffs habe ich selbst umgebaut, aber er half mir, den Hyperantrieb zu beschaffen. Allerdings nur, weil ein schnelleres Schiff die Unternehmung beschleunigte und damit einen potenziellen Vorteil gegenüber seiner Konkurrenz bedeutete.«

»Oh.« Das war zwar enttäuschend, aber nachvollziehbar. Und mir fiel beim besten Willen kein Grund ein, inwiefern es seinen Biolaboren helfen würde, das Schiff zu bewaffnen, um sich das Imperium vom Hals zu halten.

»Allerdings gelingt es uns vielleicht auf andere Weise, seine Dankbarkeit zu gewinnen«, sinnierte sie. »Sie sagten, wir haben noch ein paar Wochen Zeit, richtig?«

»Ja. Da wir noch auf weitere Informationen warten, haben wir zeitlich einen gewissen Spielraum.«

»Nun, soweit ich weiß, ist kürzlich die Verbindung zu einem seiner Beschaffungsteams abgebrochen, und er will unbedingt einen Bergungstrupp losschicken, um der Sache nachzugehen.«

»Was ist ein Beschaffungsteam?«

»Im Wesentlichen eine Gruppe aus Jägern und Sammlern. Vier oder fünf Leute, die zu verschiedenen Planeten reisen, um Proben für die Labore zu beschaffen.« Sie senkte ihre Stimme und presste ihr Kinn gegen den Hals, um ihren Vater nachzuahmen. »Geht, meine Lakaien, und besorgt mir dreihundert Yathik-Säureschnecken!« Ihre Stimme und Körperhaltung wurden wieder normal. »Etwas in der Art.«

Ich lächelte, amüsiert über ihre Darbietung, doch ein Lachen verkniff ich mir, weil Admiral Ackbar ungeduldig mit seinen riesigen Augen blinzelte. »Okay, verstanden.«

»Na, jedenfalls hat einer von Dads Spähern auf einem Mond, der einen Planeten im Galaktischen Kern umkreist, irgendetwas entdeckt, und als Dad davon erfuhr, schickte er ein komplettes Team los – sein bestes. Mittlerweile hat er seit mehreren Wochen nichts von seinen Leuten gehört und will wissen, ob sein Beschaffungsteam immer noch vor Ort ist, und falls ja, ob sich irgendetwas von Nutzen bergen lässt. Insbesondere interessiert ihn, ob sich irgendwelche lebenden oder toten Crewmitglieder oder Viecher an Bord des Schiffs befinden. Für alle diesbezüglichen Neuigkeiten wird er sich zweifellos finanziell erkenntlich zeigen.«

»Warum schickt er nicht einfach jemand anderen los, um der Sache auf den Grund zu gehen?«

»Weil es hier, wie ich schon sagte, um eine neue Entdeckung geht und er es vorzieht, die Sache nicht an die große Glocke zu hängen. In seinem Geschäft ist Industriespionage ein gewaltiges Problem. Ein Tipp an die Konkurrenz kann den Beschaffungsteams eine Menge Bares extra einbringen. Das weiß er aus erster Hand, weil er die Teams seiner Konkurrenten ebenfalls besticht. Er hatte gehofft, ich würde mich allein darum kümmern, weil er sonst eigentlich niemandem traut, doch ich erklärte ihm, dass ich jetzt der Allianz diene. Hinzu kommt, dass die Hyperraumrouten in diesem System bislang noch in der Kinderschuhen stecken, und all die Masseschatten im Kern machen das Ganze noch gefährlicher. Er braucht also jemanden, der ihm nicht bloß treu ergeben, sondern zudem bereit ist, sich diesem Risiko auszusetzen. Die Navigationscomputer der *Juwel* sind zwar ziemlich gut, aber ob sie *so* gut sind, vermag ich nicht zu sagen.«

»Mit einem Astromech-Droiden an Bord ist man vermutlich auf der sicheren Seite«, sagte ich, in Gedanken bei R2-D2.

»Schon möglich. Ich vermute jedenfalls, dass mein Vater eher früher als später irgendwen für die Sache anheuern wird, weil er unter Zeitdruck steht. Ich meine, natürlich wird er behaupten, dass er sich um das Team sorgt, das vielleicht noch am Leben ist und Hilfe benötigt, doch in Wahrheit fürchtet er vielmehr, dass seine Mitbewerber irgendwie von dem Mond erfahren und ihn ausbeuten, bevor er selbst die Chance dazu hat. Luke, der springende Punkt ist: Wenn wir das durchziehen wollen, müssen wir uns beeilen. Wir sollten dort hinfliegen, rausfinden, was passiert ist, und meinem Vater die entsprechenden Neuigkeiten überbringen – *irgendwelche* Neuigkeiten; dann stünde er in unserer Schuld, und wir könnten die *Wüstenjuwel* noch rechtzeitig für diese Mission auf Denon aufrüsten.«

Ackbar schaltete sich in das Gespräch ein. »Wie heißen dieser Planet und der Mond, wenn ich fragen darf?«

»Der Name des Planeten ist Sha Qarot; er umkreist eine rote Sonne. Der Mond heißt Fex, ein sonderbarer, violetter Trabant.«

»Weiß das Imperium von Sha Qarot und Fex?«

»Vielleicht. Ich bin mir nicht sicher, wer sie entdeckt hat, wie lange das zurückliegt oder an wen die Information über ihre Existenz noch verkauft wurden, außer an meinen Vater. Mein Vater ist der Ansicht, dass kaum jemand darüber Bescheid weiß.«

»Gibt es dort irgendwelche intelligenten Spezies?«

»Nicht, dass ich wüsste. Ich glaube nicht, dass bislang schon jemand seinen Fuß auf den Planeten gesetzt hat – die Atmosphäre ist giftig, und es gibt massive vulkanische Aktivitäten. Uns liegen lediglich Holos und Scans aus dem Orbit vor. Fex hingegen ist ausgesprochen interessant, auch wenn wir dort bislang noch kein intelligentes Leben entdeckt haben.«

»Wenn Ihnen die Suche nach diesem vermissten Beschaffungsteam tatsächlich die Credits einbringt, die erforderlich sind, um Ihr Schiff aufzurüsten, denke ich, Sie sollten es tun«, sagte Ackbar zu Luke. »Außerdem könnte das Ganze noch einem anderen Zweck dienen – einem wesentlich wichtigeren, soweit es mich betrifft. Es besteht die Möglichkeit, dass der Mond ein idealer Stützpunkt für die Allianz wäre, daher möchte ich, dass Sie ihn mit diesem Gedanken im Hinterkopf auskundschaften. Halten Sie die Augen nach der imperialen Flotte offen und platzieren Sie Peilsender zur späteren Orientierung, falls Sie geeignete Örtlichkeiten entdecken – aber verlieren Sie dabei nicht die Zeit aus dem Blick! Diese Kryptologin von Denon auszufliegen hat nach wie vor oberste Priorität.«

5. Kapitel

Nakari fragte mich, wann ich aufbrechen wolle, und nickte, als ich sagte, so schnell wie möglich. An Bord einer Nebulon-B-Fregatte wie der *Patience* gibt es nur wenig Abwechslung. Man atmet wiederaufbereitete Luft und trinkt wiederaufbereitetes Wasser, und die Möglichkeit, einem kuriosen lilafarbenen Mond einen Besuch abzustatten, klang für mich nach einem willkommenen und spannenden Abenteuer. Ich erinnere mich noch gut an all die Jahre tödlicher Langeweile auf Tatooine, wo jeder Sonnenuntergang eine weitere verpasste Gelegenheit repräsentierte, etwas Aufregenderes zu erleben als Sanddünen und Feuchtigkeitsevaporatoren, daher erfüllte mich die Aussicht, einen noch unerforschten Lebensraum zu erforschen, mit echter Begeisterung. Aufpassen zu müssen, dass man nicht zum Pausensnack eines Ghests wurde, war mir allemal lieber, als auf dem Hangardeck Däumchen zu drehen.

Anscheinend erging es Nakari nicht viel anders; auch sie konnte es kaum erwarten abzureisen.

»Ich mache mich nur kurz frisch und packe ein paar Sachen zusammen«, erklärte ich. »Außerdem könnte ich einen Bissen vertragen. Treffen wir uns in zwei Stunden beim Schiff?«

»Glauben Sie, Sie sind so schnell fertig?«, fragte Nakari.

»Noch schneller«, entgegnete ich. »Keine Sorge.«

Sie grinste und strich sich eine gelockte Haarsträhne hinters Ohr. »In Ordnung. Dann bis nachher.«

Ich verabschiedete mich von Leia und Admiral Ackbar und schob mich auf dem Weg hinaus an den Droiden vorbei. R2-D2 folgte mir auf dem Fuße, während sich C-3PO in aller Ausführlichkeit über eine Mikrosekunden-Verzögerung in seinen Lateralschaltkreisen beschwerte. »Warte! Wo willst du hin?«, rief er. Erzwos Antwort gefiel ihm nicht. »Aber du bist doch gerade erst hier eingetroffen, und ich habe dich noch nicht vollständig gereinigt!« Die zugleitende Tür schnitt den Rest seiner Tirade ab, und Erzwo zwitscherte eine Frage an mich.

»Wir brechen in Kürze wieder mit der *Wüstenjuwel* auf«, erklärte ich. »Hoffentlich hat dir das Schiff gefallen. Ich verlasse mich darauf, dass ihr beide uns sicher in den Galaktischen Kern rein- und auch wieder rausbringt.« Ich verstand seine Erwiderung zwar nicht, doch da sein Zirpen grundsätzlich positiv klang, schien von seiner Warte aus alles in Ordnung zu sein.

»Luke? Warte!«, rief Leia hinter mir. Ich blieb überrascht stehen, drehte mich um und wies Erzwo an, sich schon mal in mein Quartier zu begeben. Als sie sah, dass ich auf sie wartete, wurden Leias Schritte langsamer, und als sie bei mir anlangte, ergriff sie nicht sofort das Wort. Stattdessen sah sie mich mit ernster Miene an, stemmte die Hände in die Hüften und tigerte vor mir auf und ab. Ich warf einen Blick in den Korridor hinter mir, in der Hoffnung, dass sie vielleicht auf jemand anderen sauer war, doch außer uns beiden war hier niemand, was bedeutete, dass ihre Verärgerung mir galt.

»Was ist?«, fragte ich. »Was hab ich getan?«

»Es geht eher darum, was du *vorhast.*«

»Und das wäre?«

»Du nimmst eine schlecht kartografierte Hyperraumroute zu einem Planeten, auf dem Leute verschwunden sind, weil du diese Frau hübsch findest.«

»Also, das eine hat mit dem anderen nichts zu …« Das Aufblitzen in Leias Augen ließ mich abbrechen und zurückrudern. »In Ordnung, ja, sie *ist* hübsch, aber das ist nicht der Grund, warum ich mich auf die Sache einlasse. Ich mache das, weil das Schiff Waffen benötigt, wenn wir diese Mission auf Denon durchziehen wollen, und du hast Admiral Ackbar doch selbst gehört: Möglicherweise ist dieser Mond ein großartiges Versteck für uns.«

»Wir könnten genauso gut jemand anderen hinschicken, um den Mond zu erkunden, und es gibt mit Sicherheit einen sichereren Weg, die Credits zu beschaffen, die du brauchst, um das Schiff aufzurüsten. Du musst dieses Risiko nicht eingehen.«

»Inwiefern ist das riskanter als alles andere, was ich gemacht habe? Also, ich fand die Schlacht um Yavin eigentlich ziemlich gefährlich.«

»Zumindest warst du da von Leuten umgeben, auf die du dich verlassen konntest.«

Ich blinzelte. »Oh, ich verstehe. Du denkst, sie arbeitet in Wahrheit für das Imperium.«

Leia schüttelte den Kopf und schnaubte verärgert. »Nein, nicht wirklich. Aber sie ist eine unbekannte Größe, und ich traue ihr nicht – jedenfalls *noch* nicht.«

Das war enttäuschend; ich brauchte schon einen besseren Grund als diesen, um mir das mit der Mission noch mal zu überlegen. Einerseits wollte ich alles tun, was in meiner Macht stand, um Leia zu beruhigen, andererseits hatten wir jetzt Admiral Ackbars Befehle. Wir brauchten wirklich dringend ein besseres Versteck. Ich wusste zwar, dass die Führungsebene einige Ideen hatte, wo man einen neuen Stützpunkt errichten könnte, doch bislang gab es diesbezüglich noch keine konkrete Entscheidung.

»Ach, komm schon«, sagte ich. »Ich kann die ganze Sache nicht einfach abblasen, bloß weil ich nicht alle Parameter kenne. Wie soll man zu jemandem Vertrauen fassen, wenn man den Leuten keine Chance gibt zu beweisen, dass sie es wert sind?«

»Das ist eine sehr noble Einstellung, Luke, aber auch eine sehr gefährliche.«

»Stünde unsere persönliche Sicherheit immer an erster Stelle, würden wir vermutlich niemals mit irgendwem reden.«

»Hier geht es nicht um edelmütige Pauschalaussagen. Wenn dich jemand verrät, dann garantiert niemand, der aussieht wie Vader. Verrat kleidet sich stets ins freundlichste Gewand. Das war so ziemlich das Erste, das ich im Senat gelernt habe.«

»Okay, ich verstehe, worauf du hinauswillst. Ich stimme dir zu, dass bei jedem Neuen ein gewisses Maß an Argwohn angebracht ist, aber es bringt nichts, in Paranoia zu verfallen. Du klingst, als hättest du einen ganz bestimmten Grund dafür, ihr zu misstrauen. Was verschweigst du mir? Wovor soll ich mich deiner Meinung nach in Acht nehmen?«

Sie verschränkte die Arme vor der Brust und wandte gereizt den Blick ab. »Keine Ahnung. Vielleicht vor etwas unter ihrem Gewand?«

Ich schnaubte, was sie mit einem Kichern quittierte, und dann lachten wir beide.

Leia hielt sich die Hand vor den Mund. »Tut mir leid. So hatte ich das nicht gemeint.«

»Ich weiß. Lustig ist's trotzdem.«

»Für gewöhnlich achte ich sorgsamer auf meine Wortwahl.« Das Lächeln auf ihrem Antlitz verblasste, vertrieben von grimmigeren Gedanken. »Allein das sollte dir bereits zeigen, wie besorgt ich bin.« Sie deutete den Gang entlang zu dem Raum, in dem sie Admiral Ackbar zurückgelassen hatte. »Ich weiß, dass wir die Sache jetzt, wo es sich offiziell um eine Erkundungsmission für die Allianz handelt, nicht mehr abblasen können«, sagte sie, bevor sie ihre Hand wieder sinken ließ. »Aber, bitte, sei vorsichtig … und nicht zu vertrauensselig.«

»Verlass dich drauf.«

»In Ordnung.« Sie schlang die Arme um meinen Hals, um mich flüchtig zu umarmen. »Pass auf dich auf, Luke. Und komm gesund zurück.«

»Danke, das werde ich«, entgegnete ich, auch wenn ich auf einmal nicht mehr so begierig darauf war aufzubrechen wie noch einige Minuten zuvor. Es tat gut zu sehen, wie Leia ihr ach so rationales Verhalten für kurze Zeit ablegte und auf persönlicher, freundschaftlicher Ebene mit mir sprach – besonders, weil Han nicht da war. Doch ich konnte einfach nicht näher auf sie eingehen, schließlich wartete eine Mission auf mich.

Zwischen uns machte sich unbehagliches Schweigen breit. Schließlich sagte Leia: »Ich sollte lieber wieder zurückgehen.« Sie schenkte mir ein knappes Grinsen. »Bis bald.«

»Genau. Bis bald.« Ich machte mich wieder auf den Weg zu meinem Quartier, während Leia in die Richtung zurückging, aus der sie gekommen war. Ich fragte mich, warum mir nicht die richtigen Worte eingefallen waren? Das musste daran liegen, dass mir unzählige Dinge in den Sinn gekommen waren, die ich vielleicht gern gesagt hätte, von denen jedoch die meisten in dieser Situation die falschen gewesen wären. Ich konnte lediglich darauf hoffen, dass ich es beim nächsten Mal besser machen würde.

Eine Stunde später hatte ich geduscht, mich angezogen, gepackt und eine Portion Suppe und Cracker gegessen. Da ich nichts Besseres zu tun hatte, begab ich mich frühzeitig in den Hangar, in der Absicht, mir einige der Waffen im Katalog der Rodianer näher anzuschauen, um zu sehen, was am besten für die *Wüstenjuwel* geeignet wäre, doch Nakari wartete bereits auf mich.

»Scheint, als könnte ich es ebenfalls kaum erwarten aufzubrechen«, sagte sie. »Ich kann endlich mal etwas anderes tun, als hier rumzusitzen und darauf zu hoffen, dass das Imperium uns nicht findet. Ich verkrieche mich nicht gern. Momentan geht es vielleicht nicht anders, aber auf Dauer ist das nichts für mich.«

Ich ahmte die Geste nach, die sie gemacht hatte, als wir einander das erste Mal begegnet waren, wedelte mit einer Hand vor ihrem Gesicht herum und sagte: »Geht mir genauso!«

Wir ließen Erzwo als Ersten an Bord gehen und folgten ihm die Rampe hinauf.

»Unterwegs müssen wir einen Zwischenstopp auf Pasher einlegen, um uns von meinem Vater mit sämtlichen verfügbaren Informationen versorgen zu lassen«, erklärte Nakari. »Außerdem denke ich, dass es nicht verkehrt wäre, uns Körperpanzer zu besorgen. Die Kreaturen, hinter denen das Beschaffungsteam her war, sind angeblich nicht ungefährlich.«

»Was für Kreaturen sind das?«

»Keine Ahnung. Zu den Grundprinzipien meines Vaters gehört, dass er in fernübermittelten Nachrichten niemals spezifische Angaben macht, für den Fall, dass sie jemand abfängt. Doch das werden wir vermutlich noch früh genug erfahren.

Außerdem werde ich ihm deutlich machen, dass dies eine besondere Gefälligkeit für ihn ist, für die wir eine angemessene Gegenleistung erwarten.«

Sie überließ mir den Pilotensitz, zufrieden damit, die Kopilotin zu sein. »Ich bin bereits mit dem Schiff vertraut und weiß, was es kann und was nicht. Sie könnten vielleicht noch ein bisschen mehr Zeit brauchen, um das richtige Gefühl für die *Juwel* zu entwickeln.«

Da hatte sie nicht unrecht: Noch war mir die Bedienung der *Wüstenjuwel* längst nicht in Fleisch und Blut übergegangen, doch bislang hatte das Schiff all meine Erwartungen erfüllt und sogar übertroffen. Die *Juwel* hatte jeden bewundernden Blick, den sie erntete, redlich verdient.

Pasher lag im Inneren Rand, in einer Art interstellarer Sackgasse. Als wir das System ereichten und den Planeten aus dem Orbit betrachteten, fühlte ich mich an Tatooine erinnert, auch wenn Pasher keinerlei Monde besaß. Da die Welt nicht an einer Hyperraumrouten-Kreuzung lag wie Tatooine, tummelten sich hier kaum Schmuggler. Das größte Unternehmen auf dem Planeten war *Kelen-Biolabore,* und dementsprechend war Fayet Kelen ein vielbeschäftigter Mann, doch als wir im ausgedehnten Komplex seines Industriekönigreichs eintrafen, nahm er sich so viel Zeit für seine Tochter wie möglich. Vermutlich hinterließ ich bei ihm nicht den besten Eindruck, aber daran war Nakari nicht unschuldig. Wie sich zeigte, traf die vormalige Imitation ihres Vaters den Nagel auf den Kopf, sodass ich mir mein albernes Grinsen in seiner Gegenwart nicht verkneifen konnte, was er vermutlich recht irritierend fand. Mit Gewissheit ließ sich das nicht sagen. Er war korpulent, hatte sich dazu entschieden, sich den Schädel komplett kahl zu rasieren, statt krampfhaft an einem letzten dürftigen Haarkranz festzuhalten, und war mit ausgeprägten Wangen gesegnet. Mit seiner tiefen Stimme erteilte er seinen Angestellten Anweisungen – die er tatsächlich Lakaien nannte –, um seine harschen Worte dann abzuschwächen, indem er noch so etwas hinzufügte wie »weil ich dich so schätze« oder »weil nur du zu derlei imstande bist«. Als wir sein Büro betraten, wandte er sich an eine bereitstehende Assistentin und bellte: »Lakai! Bring uns Kaff!« Nur um seinen ruppigen Tonfall dann unverzüglich zu ändern und freundlich nachzusetzen: »Aber bloß, weil du ein freundliches Wesen bist und demnächst einen langen, bezahlten Urlaub antreten wirst.« Ich nehme an, seine Mitarbeiter kannten ihn gut genug, um mit seinem Verhalten umgehen zu können, oder wurden zumindest so gut für ihre Dienste entlohnt, dass sie über seine persönlichen Eigenarten hinwegsahen. Allerdings entging ihm mein Grinsen nicht, und er blaffte Nakari an: »Tochter! Wer ist dieser Kerl, und warum lacht er mich aus?«

»Das ist Luke Skywalker, Daddy. Er gehört zur Allianz und wird mich nach Fex begleiten.«

»Ich freue mich, Sie kennenzulernen, Sir«, sagte ich und nickte ihm zu.

»Hmpf! Skywalker. Wo habe ich diesen Namen schon mal gehört?«

»Er ist derjenige, der den Todesstern zerstört hat, Daddy.«

»Ah! Der Pilot!« Er senkte seine Stimme und sagte zu seiner Tochter: »Dann hast du dich also doch entschieden, nach Fex zu reisen? Gute Idee, einen Kriegshelden mitzunehmen!«

»Ja, wir werden uns nach Fex begeben, doch dafür erwarten wir eine angemessene Entschädigung.«

»Eine Entschädigung? Wofür?«

»Dafür, dass wir das Beschaffungsteam suchen und von ihrer Expedition bergen, was immer wir können.«

»Ah! Also, gut! Je mehr ihr mir bringt, desto lockerer sitzt meine Börse. Doch ihr solltet auf keinen Fall unvorbereitet aufbrechen. *Lakai!*«, bellte er. Ein anderer Assistent, ein schlanker, groß gewachsener älterer Mann, trat durch eine in die Wand zu unserer Linken eingelassene Tür und erkundigte sich bei Fayet Kelen, wie er ihm zu Diensten sein könne. »Hol für meine Tochter und ihren Piloten unverzüglich zwei der neuen fexianischen Körperpanzer-Prototypen! Und eine Kiste mit Schockstäben! Lass alles so schnell wie möglich an Bord ihres Schiffs bringen! Und«, fügte er ruhiger hinzu, »bitte richte deiner Familie meine besten Wünsche aus. Ich hoffe, dein Sohn kommt an der Universität gut zurecht.«

Der Mann verbeugte sich und verschwand, ohne die Anweisung oder die Grüße an seine Familie auch nur mit einem Wort zu kommentieren. Allerdings wäre seine Erwiderung vermutlich ohnehin ungehört geblieben, da Fayet seine Aufmerksamkeit bereits wieder uns zugewandt hatte und nun auf R2-D2 wies, der neben uns stand. »Kann ich Koordinaten und andere Daten an Ihren Droiden übermitteln?«, fragte er.

»Natürlich«, entgegnete ich.

»Interagiert dieser Droide noch mit anderen außer Ihnen?«

»Gelegentlich erledigt er Aufgaben für andere Angehörige der Allianz«, erklärte ich. »Aber im Grunde ist er mein persönlicher Astromech.«

»Es ist angenehm, einen Lakaien zu haben, nicht wahr?«

Erzwo piepste irgendetwas, und obwohl ich ihn nicht verstand, machte sein Tonfall seine Verärgerung über eine derart geringschätzige Bezeichnung seiner Person mehr als deutlich. Fayet Kelen hielt inne, musterte den Droiden und sah mich dann an. »Sie sollten ihn für seine treuen Dienste regelmäßig mit Komplimenten bedenken.«

»Oh, das mache ich. Er ist der beste Droide der Galaxis.«

Fayet nickte zufrieden, ohne auf Erzwos empörtes Gefiedel zu achten. »Kehrt ihr nach eurem Besuch hier zur Allianz zurück oder reist ihr geradewegs nach Fex?«

»Geradewegs nach Fex«, entgegnete Nakari.

»Gut. Ich möchte, dass sämtliche Daten, die ich euch anvertraue, nach Abschluss der Mission vollständig aus dem Speicher des Droiden gelöscht werden. Sind wir uns da einig?«

»Natürlich«, sagte ich. Ich konnte Erzwo problemlos veranlassen, zur Auswertung durch die Allianz alles selbst aufzuzeichnen, falls wir uns entschließen sollten, den Mond als Stützpunkt zu nutzen. Wir würden alles löschen, was er uns gab, hätten anschließend aber unsere eigenen Daten.

»Ausgezeichnet.« Er nahm ein Datenpad von seinem Schreibtisch zur Hand und tippte in Schnellfeuermanier mit einem dicken Finger darauf herum. *»Droide!* Ich lade jetzt die verschlüsselten Missionsdateien auf unser System, sodass du darauf zugreifen kannst. Die Dateien werden dir fünfzehn Minuten lang zur Verfügung stehen, und du kannst dich auf dem Rückweg zu eurem Schiff von jeder Schnittstelle aus einloggen. Der Dateiname ist *Fex*, das Download-Passwort lautet *Violet*, und die Files lassen sich mit *Skywalker* dekodieren. Bestätigen!«

Erzwo piepte zustimmend, während Kelens erste Assistentin mit beinahe lachhaft winzigen Kafftassen zurückkehrte, die kaum einen halben Schluck enthielten, dafür aber auf Porzellanuntertassen gereicht wurden. Wir unterbrachen das Gespräch, um den Kaff zu trinken, die Tassen auf die Untertassen zurückzustellen und der Assistentin dafür zu danken, dass sie uns das Gebräu gebracht hatte, bevor sie sich dezent zurückzog.

»Und nun, meine Tochter«, sagte Fayet, der vortrat und seine massigen Hände links und rechts auf Nakaris Wangen legte, »geh und kehre wohlbehalten zu mir zurück. Du bist mein Leben, mein ganzer Stolz, und meine Liebe für dich ist so gewaltig wie das Dünenmeer jenseits unserer Stadtmauern. Das weißt du doch, oder?«

»Ja, Daddy.«

Er nickte zufrieden. »Gut.« Er ließ seine Hände sinken, wedelte dann jedoch mit dem erhobenen Zeigefinger vor ihrem Gesicht herum. »Denk immer daran, dass dieser Mond ein extrem gefährlicher Ort ist. Verlass das Schiff nicht ohne deinen Körperpanzer. Und studiere unterwegs sorgsam die Unterlagen, die ich euch habe zukommen lassen.«

»Das mache ich.« Sie gab ihm einen Kuss auf die Wange. »Ich weiß, dass du sehr beschäftigt bist und noch andere Termine warten.« Sie umarmte ihn flüchtig und trat zurück. »Danke, dass du uns empfangen hast.«

»Selbstverständlich.« Sein Blick fiel auf mich, und er donnerte: »Und Sie, Pilot!«

»Ja?«

»Lassen Sie auf Ihrer Reise Umsicht walten. Spielen Sie nicht den Helden. Beweisen Sie Ihre Fähigkeiten, indem Sie sie wohlüberlegt einsetzen.«

»Verstanden, Sir.«

»Und hören Sie auf, mich so anzugrinsen!«

Ich tat mein Bestes, um meine Miene unter Kontrolle zu bringen, und sagte: »Ja, Sir.«

»Kommen Sie, Luke, mein Vater hat gleich ein Meeting«, sagte Nakari, zupfte mich am Ärmel und führte mich zur Tür. Noch bevor wir draußen waren, brüllte Fayet Kelen bereits nach einem weiteren Lakai.

Im Empfangsbereich des Büros befand sich eine Datenbuchse an der Wand, über die Erzwo die für diese Mission relevanten Dateien runterladen konnte. Der große, schlanke Gentleman, dessen Sohn zur Uni ging, erwartete uns mit drei schwarzen Frachtkisten beim Schiff. »Zwei Körperpanzer und diverse Schockstäbe, wie gewünscht«, erklärte er. »Ich an Ihrer Stelle würde mich intensiv mit den Anzügen vertraut machen, bevor Sie sie unter Einsatzbedingungen tragen.«

»Warum?«, fragte Nakari.

»Ich nehme an, Meister Kelen hat Ihnen unsere Aufklärungsfiles zukommen lassen. Schauen Sie sich das Holo der Kreatur an, die Sie jagen, und Sie werden verstehen, was ich meine.« Mit dieser rätselhaften Bemerkung wünschte er uns eine sichere Reise und verschwand; sein Erschaudern bei der Erwähnung unserer »Beute« indes war mir nicht entgangen.

»Na, jetzt bin ich aber neugierig«, sagte ich.

»Und ich erst. Wozu brauchen wir Körperpanzer und Schockstäbe? Warum können wir unsere Blaster nicht einfach auf Betäubung stellen?«

»Ich vermute, weil wir keine Möglichkeit haben werden, uns aus sicherer Entfernung um diese Kreaturen zu kümmern. Das würde zumindest die Anzüge und die Nahkampfwaffen erklären.«

Nakari runzelte die Stirn. »Ja, das denke ich auch. Allerdings begreife ich nicht, warum es uns nicht möglich sein sollte, auf Abstand zu bleiben, bevor wir zuschlagen?«

»Vielleicht erfahren wir mehr darüber, wenn wir uns die Daten Ihres Vaters ansehen.«

Während wir die Atmosphäre von Pasher hinter uns ließen, dekodierte Erzwo das *Fex*-File und berechnete anhand der darin enthaltenen Koordinaten unseren Kurs. Ich bat ihn, zunächst eine sichere Route in ein gut kartografiertes Kernsystem zu wählen, bevor wir versuchten, den Kern zu durchfliegen. Bei einem derart gefährlichen Hyperraumsprung war es immer am besten, zwischendurch zu stoppen, die eigene Position zwischen den Sternen zu ermitteln und auf Basis der aktuellsten Daten eine neue Kursberechnung durchzuführen.

»Ihr Vater gefällt mir«, sagte ich, während wir auf den ersten Sprung warteten.

Nakari studierte mein Gesicht, um zu sehen, ob ich das ernst meinte oder bloß höflich war. »Er ist ein bisschen exzentrisch.«

»Ja, aber offenbar auf eine positive Art und Weise.«

»Nicht jeder betrachtet seine Rumbrüllerei als etwas Positives.«

»Aber dem lässt er stets etwas Freundliches folgen. Oder ist das bloß Theater?«

»Nein, in Wahrheit ist er ein sehr liebenswerter Bursche. Wenn überhaupt, dann ist das Rumgebrülle Theater.«

»Warum macht er das?«

»Das kann ich nicht mit Bestimmtheit sagen, aber ich habe mehrere Theorien.«

»Und haben Sie diese Theorien schon überprüft?«

»Das kann ich nicht, weil er mir gegenüber nicht ehrlich wäre oder auch nur auf meine Fragen antworten würde. Ich hab ihn nämlich schon mal danach gefragt, wissen Sie. ›Warum schreist du deine Lakaien an, Daddy?‹, habe ich ihn gefragt. ›Und warum bezeichnest du sie als Lakaien? Ist das nicht irgendwie respektlos?‹«

»Was hat er darauf erwidert?«

Wieder ahmte sie seine Stimme und sein Gebaren nach. »›Denk darüber nach, Tochter!‹ Das tat ich und tue es nach wie vor. Ich entwickle meine Theorien, lasse sie eine Weile wachsen und gedeihen – sofern Sie mir diese landwirtschaftliche Metapher erlauben – und schaue dann, welche im Schein der Wintersonne erblühen oder verkümmern.«

»Und welche Theorie gedeiht bislang am prächtigsten?«

»Oh, nein, so leicht kriegen Sie nichts aus mir raus. Denken Sie darüber nach, Pilot!«

Ich lächelte. »Okay, das ist nur fair.«

»Die beste Erklärung ist allerdings, dass es immer zahlreiche praktikable Alternativen gibt. Mehr als eine Lösung für ein Problem. Wie ist *Ihr* Vater denn so?«

Ich zuckte die Schultern. »Keine Ahnung. Ich bin ihm nie begegnet. Er kämpfte als Jedi-Ritter in den Klonkriegen und war ein guter Pilot, aber das ist auch schon alles, was ich über ihn weiß.«

»Ihr Vater war ein Jedi? Wie ist denn das passiert?«

»So, wie dergleichen meistens passiert, würde ich annehmen.«

»Und er war ein guter Pilot, hm? Wie der Vater, so der Sohn?«

Ich zuckte erneut die Schultern. »Kommt hin, schätze ich.«

»Tut mir leid, falls ich da gerade einen wunden Punkt berührt habe.«

»Oh.« Mir wurde klar, dass mein Gesichtsausdruck ihr einen falschen Eindruck vermittelt haben musste. »Nein, keine Sorge, das hat nichts mit Ihnen oder der Frage an sich zu tun. Mir macht bloß die Ungewissheit zu schaffen. Ich würde gern glauben, dass er ein guter Kerl war, aber da ich ihn nie getroffen habe, kann ich nichts weiter tun, als ihn auf ein Podest zu stellen und mich in Wunschdenken zu ergehen. Vielleicht hatte er in Wahrheit ja den Charme eines Banthas.«

Nakari nickte und wechselte unvermittelt das Thema, was

mir den Eindruck vermittelte, als wollte sie es vermeiden, als Nächstes Geschichten über unsere Mütter auszutauschen. »Schauen wir uns doch mal diese Dateien an.«

»In Ordnung.« Ich aktivierte die Gegensprechanlage des Schiffs und erkundigte mich bei Erzwo, ob er inzwischen alles entschlüsselt und bereitgestellt hatte, damit wir uns mit dem Material befassen konnten.

ERST DER SPRUNG, DANN DAS HOLO, schrieb er. Als wir in den Hyperraum sprangen, dehnten sich die Sterne zu Streifen, und dann erschien vor uns in der Luft ein blaues Holobild von Fayet Kelen. Nakari hatte nicht gescherzt, als sie meinte, ihr Holoprojektor sei nicht mehr der Jüngste.

»Obacht, meine Lakaien!«, dröhnte Kelen. Offensichtlich hatte er diese Botschaft aufgezeichnet, bevor er wusste, dass Nakakri und ich die Mission übernehmen würden. »Ihr seid auf dem Weg nach Fex, zu einem Mond, der möglicherweise die profitabelsten biotechnischen Entdeckungen seit Jahrzehnten birgt. Die rote Sonne des Systems hat eine ungewöhnliche, lilafarbene Landschaft erschaffen, deren Farbgebung von blassem Lavendel bis hin zu dunklen Violetttönen reicht. Der hohe Silizium- und Mineralgehalt der Erde hat einige faszinierende Kristallstrukturen hervorgebracht, die eine andere Abteilung auswerten soll, doch in erster Linie interessiert uns, inwiefern sich diese Umweltbedingungen auf die Tierwelt auswirken. So wachsen vielen Herbivoren beispielsweise außergewöhnliche kristalline Stacheln oder Hörner um den Schädel, während andere die Fähigkeit besitzen, wie Schildkröten ihre Köpfe in einen Hohlraum unter ihrem Panzer einzuziehen.« Eine Reihe von Standbildern flackerte auf, um Fayet zu ersetzen, der die Aufnahmen jedoch aus dem Off kommentierte. Die abgebildeten Kreaturen hatten alle massige, alptraumhafte Schädel voller Stacheln und anderer deutlich hervortretender Auswüchse sowie lange Leiber mit Schwänzen, um das zusätzliche Gewicht auszubalancieren. »Diese Neigung zu einer natürlichen Rüstung führt dazu, dass die Geschöpfe auf Fex häufig bis zur Mitte des Rückens gepanzert sind, ohne dass sich dies auf die Gliedmaßen oder den Unterkörper auswirkt. Der Bauch ist ungeschützt. Wir haben diese Schädel-und-Schulter-Panzerung sogar bei Raubtieren entdeckt, was wir ausgesprochen eigentümlich finden. Welche ökologischen Gefahren auf Fex stellen eine derartige Bedrohung für den Kopf dar, dass Herbivoren und Karnivoren gleichermaßen einen derart extremen Schutz davor entwickelt haben? Wir vermuten, dass dort möglicherweise so etwas wie ein in den Bäumen lebendes oder sogar fliegendes Hyper-Raubtier existiert, das die Köpfe von allem attackiert, was ihm in die Quere kommt, weshalb unser erstes Beschaffungsteam auch mit Körperpanzern ausgerüstet war, die allerdings nicht annähernd so widerstandsfähig waren wie die, die ihr jetzt mit euch führt. Bedauerlicherweise musste dieses erste Team auf höchst unschöne Weise feststellen, warum ein solcher Kopfschutz nötig ist. Drei Mitglieder des Teams erkundeten den Mond und sammelten Proben, während ihr Schiff, die *Harvester*, im Orbit kreiste. Ich spiele jetzt ein Vid ab, wie sie ums Leben kamen; diese Aufnahmen wurden von ihren eigenen Helmkameras gemacht.«

»Hm«, sagte ich. »Sehen wir jetzt, wie sie enthauptet wurden?«

»Keine Ahnung«, flüsterte Nakari.

Das Holo wechselte zu den Helmaufnahmen eines Bith in voller Rüstung, der durch die Wälder von Fex stapfte. Er trug einen riesigen Helm, der seinen fleischigen, knolligen Kopf zur Gänze bedeckte, und als er sich kurz umdrehte, um nach seinen Gefährten zu schauen, sah man durch das Visier seine schwarzen Augen. Er ging der Person mit der Kamera voraus und berichtete von dem, was sich seinen Blicken darbot; seine Fremdweltler-Sprache wurde dabei von einer monotonen Übersetzung in Basic überlagert, die nichts von der Aufregung – und späteren Panik – vermittelte, die er offenkundig verspürte. Dann wechselte die Aufnahme unverkennbar zu seinem Vidfeed, da der Bith verschwand und wir jetzt bloß noch den Wald voraus sahen; zudem verwandelte sich das Komm-Knistern in das gedämpfte, interne Echo, das man häufig in der Enge eines Helms hört.

»Die kristallinen Blumen, die wir gesehen haben, sind bereits ohne irgendwelche Bearbeitung von großem Interesse für die Schmuckindustrie, von den medizinischen Anwendungsmöglichkeiten ganz zu schweigen«, erklärte er. »Und …« Die Kamera wackelte, als ihn irgendetwas wuchtig am Kopf traf. »Aaargh! Bei Chobbs Knoten! Was war das?«

Das Holo wechselte wieder zur ersten Perspektive, sodass wir sahen, wie sich der Bith duckte, ruckartig den Kopf schüttelte und mit den Armen nach etwas schlug, das sich über ihm zu befinden schien, außerhalb des Aufnahmebereichs der Kamera. Als seine Hände in Sicht kamen, waren sie blutbesudelt.

»*Gaaah!* Da ist was auf meinem Kopf! Nehmt es weg!«

»Was? Wo?« Das war die Stimme der Person mit der ersten Helmkamera. »Ich kann nichts erkennen!«

»Genau obendrauf! Ich glaube, es versucht, durch den Helm zu kommen! Schnell! *Agkh!*«

Mit einem Mal hörte der Bith auf, sich zu bewegen – oder besser: Er hörte auf, sich zu wehren. Seine Arme fielen schlaff an seinen Seiten nach unten, und er stürzte mit dem Gesicht voran zu Boden, ohne dass sich sagen ließ, was ihn eigentlich umgebracht hatte. An seinem Kopf oder dem Helm war nichts Merkwürdiges zu entdecken.

»Was bei allen Welten …«, begann der erste Sprecher, und dann wurde sein Helm ebenfalls durchgeschüttelt. »Ahh, nein! Nicht! Was ist das? Hafner, verpass mir einen Stromschlag, schnell! Betäub meinen Kopf, und den von Priban auch!« Die Kamera schwang herum, und ein drittes Mitglied der Expedition wurde sichtbar, ein grünhäutiger Duros, dessen rote Augen hinter seiner Gesichtsplatte schreckgeweitet waren.

»Was? Ich verstehe nicht.« Die Darstellung wechselte zum Blickwinkel des Duros namens Hafner, der den ersten Sprecher, einen panisch gestikulierenden Menschen, anstarrte. Hinter diesem Menschen konnten wir Pribans leblosen Körper auf dem Waldboden erkennen.

»Jetzt betäub mich schon, oder ich bin genauso tot wie Priban! Los!«

Hafners Kamera wackelte; ich nahm an, weil er nach seinem Blaster griff.

»Schnell! Es bohrt sich durch! *Agh!*«

Die Glieder des Menschen erschlafften, seine Augen verdrehten sich, und er stürzte ebenso wie vor ihm der Bith. Hafner hatte endlich seine Waffe gezogen, auch wenn es längst zu spät war, und feuerte einen Betäubungsschuss auf den anonymen Menschen und den Bith ab. Leises Quieken folgte, und dann wurden die Übeltäter plötzlich sichtbar: kleine, sechsbeinige Kreaturen mit dürren Beinen, die in klauenbewehrten Fingern endeten, perfekt, um ihre Beute zu packen und sich an ihr festzuklammern. Ihr Köpfe bestanden aus einem langen Rüssel, über dem sich ein rundlicher Schädel mit acht gleichmäßig verteilten Augen wölbte. Scharfe, gezackte Kämme in vier Viererreihen, die steil abstanden, zogen sich über ihre Körper, sodass jeder, der versuchte, die Kreaturen beiseitezuwischen, sich daran stach. Bei jedem der Expeditionsmitglieder hatten die Wesen ihre Rüssel durch Löcher in den Helm gestreckt. Hafner beugte sich zu dem Menschen hinab, um sich die Sache besser ansehen zu können.

»Könnt ihr das durch die Übertragung erkennen, *Harvester*? Was ist das? Ich konnte es vorher nicht sehen. Es erschien erst, als es betäubt war. Das lässt auf einen äußerst potenten natürlichen Tarnmechanismus schließen. Es hat sich geradewegs durch den Helm gebohrt! Ich glaube, ihr solltet uns jetzt abholen. Für so etwas sind wir nicht ausgerüstet.«

Hafner schob die Mündung seines Blasters unter den Hals der Kreatur und zog ihren biegsamen Rüssel aus dem Loch, nur um festzustellen, dass es noch einen zweiten, dünneren Rüssel gab, wie ein durchsichtiger Schlauch, der sich innerhalb des äußeren befand. Als er zum Vorschein kam, tropften Blut und Gehirnbröckchen heraus und landeten mit einem nassen Klatschen auf dem Helm.

»Ich wusste es! Diese Wesen fressen Gehirne! Darum sind alle Tiere auf diesem Mond so gepanzert.« Hafner hob den Kopf und musterte die Äste, die hoch über ihm herabhingen. »Sie lassen sich von den Bäumen herunterfallen. Falls sie dort oben bleiben, würde ein Wesen hier unten am Boden sie vermutlich nicht rechtzeitig wittern können. Und sehen kann man sie auch nur, wenn sie bewusstlos sind. Oder tot, schätze ich. Aber wie haben sie …« Die Kamera richtete sich wieder auf die Kreatur. »Dieser Saugrüssel konnte unmöglich ein Loch in den Helm bohren, und der äußere Rüssel sieht aus, als wäre er nur normale Haut über einem Knorpel. Ich werde mir das mal genauer ansehen, solange es noch betäubt ist, und dann von hier verschwinden. Ich hoffe, ihr seid bereits auf dem Weg, *Harvester*.«

Eine verzerrte Antwort erklang. »Wir sind unterwegs.«

Ich muss zugeben, Wissenschaftler machen mich ein wenig nervös. Die meisten Leute würden nicht ruhig um Abholung bitten, wenn sie gerade gesehen hätten, wie zwei Kollegen von unsichtbaren Wesen das Gehirn ausgesaugt wird, sondern kreischend einen Luftschlag fordern, um die gesamte Oberfläche des Planeten in Glas zu verwandeln. Anstatt die gehirnschlürfende Kreatur genauer in Augenschein zu nehmen, hätte Hafner eigentlich davonrennen und seine Rüstung einnässen sollen.

Als er den Blaster auf dem Boden ablegte, fuhr Nakari hoch und schrie das Holo an. »Nein! Was denkst du dir nur? Leg nicht deine Waffe weg – das Ding kann jeden Moment aufwachen!«

»Wir wissen doch, dass das kein gutes Ende nehmen wird«, sagte ich. »Das hat dein Vater bereits durchblicken lassen.«

Darum bemüht, nicht die Stachelkämme zu berühren, hob Hafner das leblose Geschöpf mit seinen Schutzhandschuhen auf. »Nicht schwer. Farben schimmern dort, wo immer ich es berühre.« Das konnten wir auf dem Holo nicht sehen, zumindest nicht deutlich. Da waren Andeutungen von Farbe, aber die schlechte Qualität des Projektors färbte alles mit einem kräftigen Blau ein, sodass alle Feinheiten verloren gingen. Die Farbänderungen rings um die Stellen, wo seine Finger Druck ausübten, ließen sich aber zumindest erahnen. »Alles deutet auf ein hochentwickeltes, chromatophores System in ihrer Haut hin.« Hafner hielt die Kreatur mit der linken Hand an ihren unteren Gliedmaßen und griff mit der Rechten nach dem Rüssel. Der durchsichtige Nahrungsschlauch zog sich reflexartig zurück, als er ihn berührte. Der Duros setzte seinen Kommentar fort: »Hm. Der Rüssel sieht flexibel aus, aber das scheint nicht ganz der Fall zu sein. Da ist ein Knochen, der innen an der Seite entlangführt … Moment. Er hat sich nach unten bewegt. Wie seltsam.«

»Das ist nicht seltsam, das Ding wacht auf!«, rief Nakari. »Lauf, du Trottel!«

Hafners Finger betasteten den Knochen, und er verschob sich erneut. »Seht ihr das? Der Knochen, der im Inneren des Rüssels verläuft, lässt sich um dreihundertsechzig Grad drehen. Da muss sich ein außergewöhnliches Gelenk und Muskelgewebe an der Schädelbasis befinden. Der Saugrüssel muss tief hineinreichen, um solche Bewegungsfreiheit zu erhalten.«

Seine Finger schlossen sich um das Ende des Rüssels. »Hier unten, nahe der Öffnung, befindet sich ein Knochenring. Ja, es ist wirklich ein Ring. Ich frage mich, ob …«

Er drückte zu, zog die Außenhaut des Rüssels zurück – und enthüllte einen grausigen Anblick. Es handelte sich um eine Kreissäge aus Zähnen, nach innen gerichtet und in einem solchen Winkel angeordnet, dass sie nicht das Innere des Rüssels zerfetzte. Doch sie hatte keine Schwierigkeiten gehabt, den Helm und anschließend einen Schädelknochen zu durchbohren. Die Zähne waren verfärbt, davon abgesehen aber unbeschadet.

»Das ist unglaublich«, murmelte Hafner. »Sie benutzten diese Zähne und die Rotationsbewegung, um sich durch die Schädel ihrer Beute zu bohren und das Gehirn zu schädigen. Sobald ihre Beute dann stürzt, rammen sie ihnen diesen Saugrüssel in den Kopf und … nun ja. Fressen. Woraus sie wohl bestehen, dass sie diese Helme so mühelos durchdringen konnten? Vielleicht ein kristalliner Überzug der Zähne, so hart wie Diamant?«

Das Bild wackelte, als etwas auf Hafners Kopf herabfiel. »Oh!

Ich hab einen auf meinem Helm! *Harvester*, beeilt euch! Ich werde mich selbst und das Biest betäuben!« Wir sahen, wie er den Blaster aufhob, und hörten den Betäubungsschuss, dann kippte der Bildausschnitt nach unten und zur Seite, als Hafner auf dem Waldboden landete. Anschließend erschien wieder Fayet Kelen.

»Unglücklicherweise traf die *Harvester* nicht rechtzeitig ein, um Hafner zu retten. Die Biester waren bereits alle wieder aufgewacht, hatten ihre Mahlzeit beendet und waren verschwunden. Die *Harvester* landete nicht, sondern barg die Toten mit Klauen und Drähten, außerdem betäubten sie die Leichen, um sicherzugehen, dass keines dieser Wesen an Bord gelangte. Danach haben sie das System verlassen, um mir Meldung zu machen.

Die Gehirne waren vollständig aus den Schädeln der Opfer entfernt worden. Der Bith, Priban, war zudem vergiftet; diese Stacheln enthalten ein Toxin. Davon abgesehen waren sie unversehrt, aber ihr Tod hat die größte biotechnologische Entdeckung seit Langem enthüllt. Eine giftige, anpassungsfähige Gattung mit einem natürlichen Bohrmechanismus, der die meisten Rüstungen durchdringen und jeden Waffensensor zum Narren halten kann. Allein das Potenzial dieser einen Kreatur ist Millionen Credits wert, ganz zu schweigen von den anderen Spezies auf Fex.

Fürs Erste nennen wir die Wesen fexianische Schädelbohrer. Ich habe eine weitere Mannschaft losgeschickt – die, die ihr finden sollt. Sie hatten verbesserte Rüstungen und Infrarotbrillen, um die Kreaturen auch getarnt zu erkennen. Die Rüstung, die ihr nun habt, ist sogar noch besser als die der anderen, ihr könnt damit aber nicht die Brillen benutzen. Verlasst das Schiff nur, wenn ihr die Rüstung tragt, und betäubt alles, was ihr an Bord bringt, damit sich keine getarnten Schädelbohrer einschleichen. Falls ihr mir ein paar Schädelbohrer bringen könnt, tot oder lebendig, erwartet euch eine gewaltige Belohnung. Zumindest brauche ich aber Gewissheit, ob die Mannschaft tot oder lebendig ist, und einen Bericht über den Zustand ihres Schiffes, der *Harvester*. Sie war mit einem fernaktivierten Peilsender ausgestattet, und falls er nicht zerstört wurde, sollte er ein Signal senden, wenn ihr die Codes benutzt, die ich an diese Datei angehängt habe. Ich füge außerdem weitere Aufnahmen und Berichte bei, die ihr euch ansehen solltet. Viel Glück und gute Jagd.«

Das Holo verblasste, und Nakari blickte zu mir herüber. »He, Luke.«

»Ja?«

»Ich weiß, es ist viel zu früh, und wir haben noch nicht einmal das System erreicht, aber dürfte ich trotzdem behutsam vorschlagen, dass die Allianz nicht versuchen sollte, eine Basis auf diesem Mond zu errichten?«

»Ja, ich schätze, das ist ein guter Rat.«

»Jetzt wissen wir auch, wofür die Betäubungsstöcke sind. Das ergibt Sinn.«

»Ich frage mich: Hatte die zweite Mannschaft, die dorthin geschickt wurde, wohl auch welche?«

»Vielleicht gehört das ja zu den anderen Informationen, die er uns mitgegeben hat.«

»Vielleicht. Wir sollten uns alles ansehen.« Ich rief: »Erzwo, zeig uns alles, was Nakaris Vater in die Datei gepackt hat.«

SCHON DABEI, erschien die Antwort. Es folgte ein Toxizitätsbericht, der darauf hindeutete, dass der Bith an einem Herzversagen gestorben wäre, wenn der Schädelbohrer sich nicht vorher in sein Gehirn gefressen hätte – nach ihnen zu schlagen, war also keine Option. Es gab auch einige spekulative Texte über das Skelett der Kreatur und die Zusammensetzung seiner Sägezähne. Die Helme, die die erste Mannschaft getragen hatte, waren auf der Härteskala mit einer Acht bewertet, was bedeutete, dass die Zähne mindestens eine Neun, vielleicht sogar eine Zehn hatten, zumal wenn man bedachte, wie schnell sie sich durch das Material gebohrt hatten. Unsere Helme hatten nun einen Wert von neun Komma fünf, einschließlich der Gesichtsplatte, während der Rest der Rüstung dem Standard entsprach und nur modifiziert worden war, um Betäubungsschüsse abzuwehren. Da es sich als effektiv erwiesen hatte, die Viecher zu betäuben, stand der Einsatz der Schockstäbe ganz oben auf der Liste der empfohlenen Taktiken im Falle eines Angriffs.

»Ich nehme zwei davon mit«, erklärte Nakari. »Und wenn eines der Biester auf meinem Kopf landet, hauen Sie mir gefälligst mit Ihren Stäben auf den Helm, verstanden?«

»Das Gleiche wollte ich auch gerade sagen«, erwiderte ich mit einem Nicken. »Wir sehen nach, was wir von dem Schiff bergen können, und verschwinden. Keine Spaziergänge unter diesen Bäumen.«

»Ganz sicher nicht.« Wir verfielen in Schweigen, und Nakari beugte den Kopf, sodass ihr Gesicht hinter einem Vorhang dunkler Locken verschwand. Das wäre vermutlich der richtige Moment für eine clevere Bemerkung gewesen, aber mein Kopf war leer. Ich war noch immer schockiert angesichts dessen, was ich gesehen hatte. Vielleicht erging es Nakari ebenso, und in dem Fall hätte es ohnehin nichts gegeben, womit ich sie hätte aufmuntern können. Ich konnte aber nicht umhin, mich über ihren Vater zu wundern. Was für eine Person setzte sein Kind einer solchen Gefahr aus, wenn doch jemand anderes das

Risiko eingehen könnte? War er so überzeugt von der neuen Rüstung? Oder war er so überzeugt von Nakari? Ihren nächsten Worten nach zu schließen, hatte sie gerade über das Gleiche nachgedacht.

»Ich kann nicht glauben, dass er mich dorthin schickt«, sagte sie.

»Nun, sagten Sie nicht, dass Sie schon einen Kraytdrachen gejagt haben? Sicher ist er überzeugt, dass Sie der Sache gewachsen sind.«

»Vielleicht«, meinte sie, dann lachte sie, zu gleichen Teilen aus Belustigung und Reue. »Oder vielleicht hat er mehr Vertrauen in seine Rüstung und glaubt, dass jeder die Mission erledigen kann. Sie hoffen nur, dass es das eine ist und nicht das andere. Manchmal glaube ich, jedes Wesen in der Galaxie hat Vaterkomplexe.«

»Auf die ein oder andere Weise stimmt das vermutlich sogar«, stimmte ich zu.

6. Kapitel

Wir waren noch mehrere Stunden vom Kern entfernt und hatten also Zeit totzuschlagen. Nakari holte zwei gefrorene Nerf-Steaks aus dem Gefrierschrank der Bordküche.

»Nicht schlecht«, bemerkte ich.

»Genießen Sie es. Danach gibt es nur noch Proteinbrei.« Sie übertrug mir die Verantwortung für das Fleisch und deutete auf die Ansammlung eingelagerten Gemüses, das sie zubereiten würde. Es war wirklich gerade genug für eine Mahlzeit. Sonst gab es nur diverse Protein- und Nährstoffrationen.

»Warum haben Sie so wenig echtes Essen an Bord?«, fragte ich sie.

»Bei Missionen wie dieser hat man normalerweise nicht genug Zeit, um es zuzubereiten oder zu genießen. Sobald wir angekommen sind, werden wir ununterbrochen arbeiten und alarmbereit sein. Dann ist Nahrung nur noch Treibstoff.«

»Gut, aber warum heben wir nicht ein wenig auf? Dann hätten wir noch was, wenn die Arbeit erledigt ist.«

»Das käme mir vor, als wären wir zu siegessicher. Außerdem motiviert mich das Verlangen nach echtem Essen, so schnell wie möglich wieder nach Hause zurückzukehren.«

Wie sich herausstellte, hatte keiner von uns beiden große Erfahrung in den kulinarischen Künsten. »Sie wissen wirklich, wie man ein Nerf-Steak auftaut«, war so ziemlich das einzige Lob, mit dem Nakari aufwarten konnte, nachdem sie den ersten Bissen genommen hatte. Und sie hatte recht: Ich hatte das Fleisch gründlich aufgetaut und dann weitergemacht, bis es zu einem trockenen, zähen Stück Leder verbrannt war.

Ich spießte eine Knolle mit meiner Gabel auf und beäugte sie skeptisch, während sie auf beiden Seiten nach unten sackte. Eigentlich hätte sie ihre Form beibehalten sollen. »Nicht schlecht. Dieses Gemüse ist mal richtig gedünstet«, kommentierte ich.

Wir blickten einander mehrere Sekunden an, um zu sehen, ob sich der andere angegriffen fühlte, dann brachen wir beide in Gelächter aus und sagten im selben Moment »Entschuldigung«.

Nach dem Essen warteten die Rüstungen darauf, anprobiert zu werden. Der Anzug bestand aus robustem, aber recht leichtem isoliertem Gewebe, am Torso und entlang der Wirbelsäule gepolstert und wohl dazu entworfen, dass kinetische Geschosse und Klauen daran abglitten. Die Helme hingegen waren beinahe absurd schwer und sperrig. Zuerst mussten wir eine dicke Isolierungsmaske aus Gummi überstreifen, die uns laut Anleitung gegen den unvermeidlichen Einsatz der Schockstäbe auf unseren Helmen schützen sollte. Sie hing bis über das Schlüsselbein hinab und deckte die gesamte Breite meiner Schulterblätter ab. Anschließend wurde der Helm darübergestülpt, und der war so schwer, dass es eine Herausforderung darstellte, das Gleichgewicht zu halten. Jede plötzliche Bewegung nach vorne oder hinten würde unsere Körper in diese Richtung ziehen, wie ich mit einem Versuch, nach unten zu blicken, demonstrierte. Nakari warf den Kopf in den Nacken, um mich auszulachen, und kippte nach hinten, wobei sie erfolglos versuchte, sich an der Wand festzuhalten. Wir schalteten beide unsere Komms ein und lachten über den anderen.

»Erinnern Sie sich noch an den Kerl auf Pasher, als wir an Bord gingen?«, fragte ich. »Er hat vorgeschlagen, wir sollten Purzelbäume in diesen Dingern üben!«

»Ganz sicher nicht!«, erwiderte Nakari. »Er muss uns auf den Arm genommen haben.«

»Ja, muss er. Ich bin nämlich nicht sicher, ob ich jetzt überhaupt noch aufstehen kann.«

»Was? Das könnte wirklich ein Problem werden.«

Es war ein Problem, wenn auch kein unlösbares. Wir schafften es, uns wieder auf die Füße hochzukämpfen, aber es dauerte eine Weile, und es war überaus anstrengend. Falls wir auf Fex zu Boden gingen, würden wir nicht gleich wieder aufspringen können, und mehr als ein paar Schritte zu rennen war vermutlich unmöglich.

»Haben die diese Dinger überhaupt getestet, bevor sie sie uns mitgegeben haben?«, wunderte ich mich laut, während ich mich an den Wänden des Ganges abstützte.

»Wir sollten die Schockstäbe ausprobieren«, schlug Nakari vor.

»Ja. Denken Sie nur daran, was für ein Schlamassel das erst auf der Oberfläche von Fex wird, falls wir jetzt schon keinen Schlag wegstecken können. Es würde uns ebenso ergehen wie der ersten Mannschaft, und vielleicht auch der zweiten.«

»Wer darf zuerst?«

»Nur zu, probieren Sie es an mir aus«, sagte ich. »Das ist nur gerecht. Schließlich habe ich die Nerf-Steaks ruiniert.«

»Also gut, die Steaks sollen gerächt werden.« Nakari stolperte zu der Kiste mit den Schockstäben hinüber, zog zwei heraus und schaltete sie beide ein. Einen Moment lang ließ das Energiefeld die Luft wabern. Hinter ihrer Gesichtsplatte grinsend kam sie auf mich zu, dann holte sie mit der rechten Hand aus und schlug mir auf den Kopf, was ich im Innern des Helms zwar spüren, aber kaum hören konnte.

Knisternd drang ihre Stimme aus dem Komm. »Etwas gespürt?«

»Ich bin nicht bewusstlos. Nehmen wir das als gutes Zeichen«, sagte ich.

»Verstanden. Jetzt kommt ein Doppelschlag.« Beide Stäbe sausten auf die Oberseite meines Helmes herab, aber ich spürte nur die Anzeichen eines leichten Aufpralls. Sie schlug nicht fest zu, aber das sollte ja auch nicht nötig sein.

»Keine Wirkung«, erklärte ich ermutigt. »Versuchen Sie es an den Seiten und an der Gesichtsplatte.«

Wir experimentierten weiter und entdeckten dabei, dass die Gesichtsplatten nicht ganz so gut abgeschirmt waren. Der Schockstab raubte mir nicht das Bewusstsein, aber ich spürte einen Stromschlag, zuckte unwillkürlich zurück und stürzte unter dem Gewicht meines Helms nach hinten.

»Also schön, gut zu wissen«, sagte ich.

»Ja, gut zu wissen, dass sie funktionieren«, schob Nakari nach, als sie mir aufhalf. »Ich werde meinem Vater seitenweise Verbesserungsvorschläge für diese Anzüge machen, aber ich denke, sie sollten uns lange genug am Leben halten, um alles zu betäuben, was auf uns landet.«

Bei all den ereignislosen Stunden, die vor uns lagen, war es nicht nur machbar, sondern ratsam, uns ein paar Stunden schlafen zu legen, also baten wir Erzwo, uns zu wecken, sobald er bereit für den Sprung in den Kern war. Das tat er dann auch, und nachdem wir ein wenig schwarzen, bitteren Instant-Kaff getrunken hatten, der auf Kosten unserer Geschmacksknospen unsere Köpfe klärte, verärgerte ich den Astromech damit, dass ich ihn seine Koordinaten dreimal mit dem Navcomputer der *Wüstenjuwel* abgleichen ließ. Er brauchte dafür zwar weniger als zehn Sekunden, trotzdem klang er beleidigt.

»Tut mir leid, Erzwo, aber ich bin noch nie in den Kern gesprungen. Dort ist ziemlich viel los, und die Route ist noch nicht fest etabliert. Ich finde, ein Übermaß an Vorsicht ist da angebracht.« Das schien ihn zu beschwichtigen, und ich ließ ihn den Sprung einleiten. Es dauerte nur fünfzehn Minuten, bis sich die weißen Streifen der Sterne wieder in Stecknadelköpfe verwandelten und wir das Sha-Qarot-System erreichten, eine rote Sonne und ein schwarzer Planet, überzogen von einem Netz bizarrer, orangefarbener Verwerfungslinien. Aus dem Orbit erschien Fex wie ein friedlicher Gegenpol zu diesem wütenden Planeten, eine kühle, sanfte, pflaumenblaue Eiskugel. Andererseits wirkte das gesamte System vom Orbit aus friedlich, und da wir uns im Kern befanden, standen die Sterne am Himmel dicht an dicht. Ich erinnerte Erzwo daran, Holos für die Allianz aufzuzeichnen, auch wenn wir Fex wohl nicht als Basis nutzen würden. Vielleicht erwies sich ja der Orbit selbst als nützlich. Ich wollte ihn in jedem Fall in Erinnerung behalten, schließlich gehörten wir zu den ersten Personen überhaupt, die Sha Qarot und Fex mit eigenen Augen sahen.

Nakari sendete das Signal, um den Peilsender der *Harvester* zu aktivieren, und wir setzten Kurs darauf, sobald wir ihn erfasst hatten. Während die *Juwel* uns per Autopilot auf unser Ziel zutrug, stiegen wir in unsere klobige Rüstung; die Helme wollten wir aber erst aufsetzen, wenn sich die Luftschleuse öffnete.

Wir folgten dem Signal zu einem Feld mit lavendelfarbenem

Gras, am Rand eines Waldes, dessen Blätterdach aussah wie purpurne Baumwolle, die man auf Zahnstocher gesteckt hatte. Dort stand die *Harvester*, allem Anschein nach unbeschädigt.

»So weit, so gut«, sagte Nakari, nachdem sie die *Wüstenjuwel* auf der anderen Seite der *Harvester* gelandet hatte, sodass sie sich zwischen uns und dem Wald befand. »Zwischen den Schiffen kann schon mal nichts auf uns herabfallen.«

Scans zeigten Lebensformen an Bord an, aber zu wenige, als dass es die gesamte Besatzung der *Harvester* hätte sein können. Unsere Versuche, jemanden per Komm zu erreichen, waren erfolglos, also blieb uns nichts anderes übrig, als selbst nachzusehen. Gehüllt in unsere Rüstungen und unter dem Gewicht der Helme schwankend setzten wir unsere gepanzerten Stiefel auf die Oberfläche von Fex und stapften auf das Schiff zu, in jeder Hand einen Schockstab und einen Blaster an der Hüfte. Erzwo zwitscherte noch etwas, das eine Mahnung zur Vorsicht sein mochte, bevor sich die Rampe hinter uns schloss. Die *Harvester* war ein leichter corellianischer XS-800-Frachter, der vom Boden aus durch eine Luftschleuse am Bauch betreten werden konnte – hinter dem Cockpit und vor den Mannschaftsunterkünften –, aber auch über zwei Lifte in den Frachträumen, die sich zu beiden Seiten des Schiffes befanden.

»Die Frachträume zuerst, einverstanden?«

»Ja.«

Wir näherten uns dem Frachtbereich auf der Steuerbordseite, und Nakari übermittelte die Codes, um die Liftplattform herunterzulassen. Sie sank auf den Boden, und es lagen auch keine Leichen darauf. Das war ermutigend. Die Plattform hatte eine primitive Konsole, die mit dem Rest des Schiffes verbunden war, und Nakari tippte die Befehle ein, um die Beleuchtung an Bord zu aktivieren. Als wir anschließend mit ächzender Hydraulik nach oben fuhren, gab es außer den Glühfeldern und Frachthaken an der Decke aber nur wenig zu sehen. Könnte es sein, dass sich ein fexianischer Schädelbohrer jetzt in diesem Moment dort oben versteckte, unsichtbar für unsere Augen?

»Schockstäbe bereit?«, fragte sie.

»Bereit.«

Das Klacken unserer Stiefel auf dem Deck klang gedämpft und weit entfernt, also würde jemand durch einen anderen Teil des Schiffes stapfen.

Eine Palette mit Kisten unter einer Plane kam in der vorderen Ecke des Raums in Sicht, als die Plattform schließlich verharrte, und weiter hinten, entlang der rechten Wand, befand sich eine Reihe von Probenbehältern aus dickem, durchsichtigem Glas, jeweils drei übereinander, wie man sie manchmal am Marktstand eines Haustierverkäufers sieht. Ich bezweifelte aber, dass diese Behälter das Versprechen tierischer Freundschaft bargen.

»Überprüfen Sie erst die Kisten. Wir lassen nichts zurück«, sagte Nakari.

Die Kisten unter der Plane entpuppten sich als Nahrungsrationen – größtenteils Proteinbreimischungen.

»Unser Speiseplan für die unmittelbare Zukunft«, erklärte ich. »Sonst nichts.«

»Okay, dann gehen wir nach achtern.« Dort gab es eine luftdichte Luke, die zum Maschinenraum, den Erfrischern und der Bordküche führte. Von dort könnten wir in den anderen Frachtraum gelangen; wir könnten aber auch nach vorne gehen, durch die Unterkünfte, und überprüfen, wie es um die Brücke bestellt war. Als wir näher kamen, zeigte sich, dass die meisten der Probenbehälter leer und deaktiviert waren, mit Ausnahme der zehn, die der Luke am nächsten standen. Wir trampelten darauf zu, um sie genauer zu begutachten, und sahen, dass fünf Behälter in der mittleren Reihe fexianische Schädelbohrer enthielten. Sie lagen auf der Seite, und da wir sie sehen konnten, mussten sie entweder bewusstlos oder – was wahrscheinlicher war – tot sein.

»Wissen Sie, was mich wundert?«, fragte Nakari. »Wie schaffte man es, dass ein fexianischer Schädelbohrer in Gefangenschaft überlebt? Gibt es irgendwo einen Markt für Gehirnmasse?«

»Ich bin sicher, Schlachtbetriebe könnten Nerf-Gehirne oder etwas in der Art liefern«, warf ich ein.

»Igitt.«

»Die Schädelbohrer sehen das vielleicht anders.«

»Oh. Luke, sehen Sie sich das an.«

»Was?«

Nakari deutete auf die oberen fünf Behälter, die dem hinteren Ausgang des Frachtraums am nächsten standen. Aus dem dicken Polymerglas – dem Material, aus dem auch unseren Gesichtsplatten bestanden – waren kleine Segmente mit ungleichmäßigen Rändern herausgeschnitten worden. Die Einheiten funktionierten noch insofern, als die Glühfelder am Deckel leuchteten und Wärme spendeten; sie waren so eingestellt, dass sie das UV-Licht und die Strahlung von Sha Qarots Sonne imitierten. Doch die Wesen, die sich einmal in ihrem Inneren befunden hatten, waren verschwunden.

»Ich bin sicher, der Boden ist voller Glassplitter, aber ich will nicht nach unten sehen, ansonsten liege ich vermutlich selbst gleich am Boden«, sagte Nakari. Ich vermutete, dass es sich bei den Glasresten eher um Klumpen als um Splitter handelte.

»Bedeutet das, dass sich fünf Schädelbohrer frei auf dem Schiff herumtreiben?«

»Vielleicht. Falls wir Glück haben, haben sie sich leise und unsichtbar an uns vorbei geschlichen, als wir den Frachtaufzug herunterließen.«

»Ich bezweifle, dass wir so viel Glück haben.«

»Ja. Ich frage mich, warum nur die fünf oberen entkommen sind und nicht auch die fünf unter ihnen?«

»Vielleicht hat einer von ihnen herausgefunden, dass er sich durch das Glas bohren kann, und die anderen haben es gesehen und ihm nachgeeifert.«

»Gut, das ergibt Sinn. Die unteren hätten überhaupt nichts gesehen, außer den herunterfallenden Glasscherben.«

»Oder die Schädelbohrer in den unteren Behältern waren bereits tot.«

»Ja. Ich hoffe, dass es so war. Denn ob die oberen fünf nun einem Anführer folgten oder selbstständig gehandelt haben, legt das eine Intelligenz zugrunde, mit der ich es lieber nicht zu tun bekommen würde. Gehen wir weiter. Wir müssen die Mannschaft finden – die Expedition bestand aus sechs Leuten. Vielleicht reagieren sie ja auf eine bordweite Durchsage.« Nakari trat an die Luke, die zum Rest des Frachters führte, und wir stellten fest, dass sie teilweise offen stand. Sie hatte versucht, sich automatisch zu schließen, aber etwas hatte das verhindert: der in einem Stiefel steckende, rechte Fuß von … jemandem.

»Oh nein«, stöhnte Nakari.

»Das bedeutet, dass sie in den Rest des Schiffes gelangt sind.«

»In der Tat. Aber vielleicht konnte sich jemand in einem sicheren Raum einschließen.« Sie benutzte das Kontrollfeld an der Wand neben der Luke, um das Komm zu aktivieren. »*Harvester*, hier ist die Rettungsmannschaft der Kelen-Biolabore.

Wir befinden uns im backbordseitigen Frachtraum. Falls jemand am Leben ist, bitte melden Sie sich.«

Sie nahm den Finger von der Taste, und wir warteten auf eine Antwort. Nichts. Sie wiederholte ihre Nachricht, und wieder warteten wir vergebens. »Also gut, gehen wir weiter«, wandte sie sich an mich, dann drückte sie den Knopf für die Luke und presste sich gegen den Rand des Durchgangs, sodass sie nach unten sehen konnte, ohne ihr Gleichgewicht einzubüßen. Ich tat es ihr auf der anderen Seite der Luke gleich.

Ein Cereaner in der Standarduniform der Kelen-Biolabore – mit anderen Worten, ohne Helm – lag mit dem Gesicht nach unten auf dem Boden. Hinten an seinem konischen Schädel prangten zwei Löcher, eins für jedes seiner beiden Gehirne.

»Sie haben keine Rüstung getragen«, sagte ich. »Sie glaubten, sie wären an Bord sicher, solange die Schädelbohrer eingesperrt sind.«

»Wie lange er wohl schon hier liegt?«, wunderte sich Nakari.

»Genauso lange wie die anderen«, antwortete ich.

»Wie meinen Sie das?«

»Das Schiff hat nicht abgehoben, aber es ist noch funktionstüchtig. Die Schädelbohrer haben also entweder alle getötet oder sie von der Brücke abgeschnitten. Andernfalls wäre die *Harvester* wohl kaum noch hier.«

Nakari presste die Lippen hinter ihrer Gesichtsplatte zu einem schmalen Strich zusammen. »Also gut. Wir gehen gemeinsam von Raum zu Raum, durchsuchen sie und verriegeln sie dann hinter uns.«

»Können die Viecher sich durch die Luken bohren?«

»Wäre schön, wenn wir diese Information jetzt hätten. Nun, wir werden es ja sehen. Fangen wir ganz hinten an. Vielleicht hat es jemand zu einer der Rettungskapseln geschafft.«

Ich trat an ihr vorbei in den nächsten Raum, einen Mehrzweckbereich, in dem wissenschaftliche Geräte aufgebaut waren. Zudem gab es einen Erfrischer und eine Bordküche, beide verwaist. Die Rüstungen, die die Mannschaft hätte tragen sollen, lagen auf einem Stapel in der Ecke neben dem Erfrischer, und die Infrarotbrillen, die es ihnen erlaubt hätten, die Kreaturen zu sehen – die Brillen, die nicht über unsere Helme passten –, waren in einer Kiste unter einem Tisch verstaut. Zentral an der hinteren Wand befand sich eine Doppeltür, die zum Maschinenraum und den Rettungskapseln führte.

Eine rudimentäre Werkstatt war im Maschinenraum eingerichtet worden, aber jemand hatte sie auf der verzweifelten Suche nach einer Waffe zertrümmert – und nun lag dieser jemand tot auf dem Boden, mit dem Gesicht nach unten, ebenso wie der Cereaner. Ein Schraubschlüssel lag nur wenige Zentimeter von seiner rechten Hand entfernt. Nakari sog den Atem ein, als sie die Leiche sah.

»Ich kenne ihn. Kannte ihn.«

»War das der Pilot?«

»Nein, ein Wissenschaftler. Ich war einmal im selben Beschaffungsteam wie er.«

»Ich kann kein Blut auf dem Schraubschlüssel sehen«, sagte ich. »Obwohl ich natürlich keine Ahnung habe, wie Schädelbohrerblut aussieht. Unmöglich zu sagen, ob er eins der Viecher getroffen hat oder nicht.«

»Falls er ihn nicht bereits in der Hand gehabt hat, hätte er wohl kaum genug Zeit für einen Schlag gehabt, als der Schädelbohrer auf seinem ungeschützten Kopf landete. Wir haben ja gesehen, wie schnell sie sich selbst durch eine Rüstung bohren können.«

Ich schauderte. »Gutes Argument.«

Nebeneinander dahinschreitend, überprüften wir beide Rettungskapseln und den Rest des Maschinenraums, aber da waren keine weiteren Mannschaftsmitglieder. Und keine toten Schädelbohrer.

»Nakari.«

»Was?«

»Es ist ziemlich wahrscheinlich, dass eines der Viecher hier ist, oder? Die Tür war geschlossen.«

»Nicht unbedingt. Es hätte fliehen können, als jemand anderes hereinkam oder hinausging. Und wir dürfen nicht ausschließen, dass sie clever genug sind zu lernen, wie man die Türen benutzt. Die Mannschaft hat sie vielleicht nicht verriegelt, sodass sie weiter auf einen einfachen Knopfdruck reagieren. Die Kreaturen hatten ja auch genug Intelligenz, um sich aus ihren Käfigen zu bohren.«

»Zumindest eine Gruppe von ihnen.«

»Ja. Nun, bislang hat uns noch nichts angesprungen, und ich denke mal, wenn ein Exemplar hier eingesperrt gewesen wäre, wäre er jetzt ziemlich hungrig. Sagen wir also, dass der Bereich sicher ist, und gehen wir weiter«, schlug Nakari vor. »Wir sollten uns aber erst den Frachtraum auf der Steuerbordseite ansehen, bevor wir die Unterkünfte und die Brücke überprüfen.«

»Gut.« Wir verließen den Maschinenraum, und Nakari trat an die Türen des steuerbordwärtigen Frachtraums, aber als sie sie mit einem Knopfdruck zu öffnen versuchte, leuchtete ein rotes Licht auf, und ein Surren verlangte die Eingabe des vollständigen Codes. Vorsichtig gab sie mit einer Hand die Zahlen ein, während sie die beiden Schockstäbe in der anderen balancierte. Die Türen glitten zur Seite, und ich trat ein, die Arme beiderseits ausgestreckt, um das Gleichgewicht zu halten und für alles gewappnet zu sein.

Der Frachtraum beherbergte weitere Ausrüstungskisten und zwei Speederbikes, die von lavendelfarbenem Staub bedeckt waren, aber, soweit wir sehen konnten, keinerlei Leichen oder gehirnaussaugende Raubtiere. Angesichts ihrer natürlichen Tarnfähigkeit fragte ich mich, ob die bisherigen Räume wirklich sicher waren oder ob die Biester vielleicht nur ein Nickerchen gemacht hatten. Falls ein Schädelbohrer die Füße stillhielt, woher sollten wir dann wissen, ob er da war?

»Wissen Sie«, begann ich, »nachdem wir das Schiff auf diese Weise durchkämmt haben, möchte ich es noch mal abgehen, mit nur einem Schockstab und einem tragbaren Scanner, um sicherzugehen, dass wir nicht irgendwo ein paar versteckte Viecher übersehen haben.«

»Gute Idee«, sagte Nakari. »Bereit weiterzugehen?«

»Ja. Wie viele Kabinen gibt es?«

»Acht, vier auf jeder Seite des Ganges, der zur Brücke führt. Aber zuerst sollten wir durch einen Gemeinschaftsbereich kommen.« Ihre Finger verharrten über dem Datenfeld neben der Tür. »Bereit?«

Ich hob die Arme und sagte: »Los«, woraufhin sie den Türöffner drückte. Im Gegensatz zum Eingang des Frachtraums war diese Tür nicht verriegelt; sie glitt rasch zur Seite und gab den Blick auf ein wahres Blutbad frei.

Da waren drei Leichen. Eine von ihnen, ein Sullustaner mit Hängebacken und wulstigen Lippen, saß noch immer auf einem Sessel, mit einem Datenblock in seinem Schoß, die großen, runden Augen geöffnet und im Tod getrübt; er war gestorben, bevor er auch nur hatte aufstehen können. Eine menschliche Frau war leblos neben der Luke zu den Kabinen zusammengesunken, und nicht weit entfernt lag ein männlicher Zabrak mit dem Gesicht nach unten auf dem Boden und blockierte den Durchgang zur Krankenstation. Die Rückseite seines Schädels war eine aufgerissene, blutige, wenn auch inzwischen getrocknete Masse.

»Sie müssen hier drin sein«, sagte ich und machte einen Schritt nach vorne, damit Nakari mir in den Raum folgen konnte. »Zumindest ein paar von ihnen.« Der Helm erlaubte keinen großen Bewegungsspielraum, aber ich konnte hoch oben an den Wänden Kratzer und Blutspuren erkennen. Ihre Spuren hatten die Schädelbohrer nicht tarnen können.

Die Tür schloss sich hinter uns mit einem Zischen, und ich hielt inne. Jeden Moment erwartete ich einen Angriff, aber die Zeit verrann, und nichts geschah.

»Sichern wir die Krankenstation, bevor wir weitergehen«, schlug Nakari vor.

Zabrak haben Hörner auf ihren Köpfen, aber sie sind kurz und stummelig und augenscheinlich nicht geeignet, einen Schädelbohrer zurückzuhalten, da sie nicht auf der verwundbaren Oberseite des Schädels wachsen. Die Leiche des Zabrak lag halb in der Krankenstation – genau wie der Cereaner, den wir vorhin entdeckt hatten, hatte auch er nach einem Ausweg oder vielleicht nach Hilfe gesucht. Als ich an ihm vorbei in den Raum spähte, konnte ich einen Untersuchungstisch und die Metallarme diverser Scanner und chirurgischer Werkzeuge ausmachen; solche Krankenstationen waren für gemischtrassige Besatzungen wie diese ausgelegt und voller Instrumente und Arzneimittel, für die ein Mensch keinerlei Verwendung hatte. Die knäuelartige Apparatur über dem Untersuchungstisch schien mir besonders anziehend für eine Kreatur, die gerne auf Ästen herumhing, während sie auf Beute wartete.

»Diese Tür sollte sich ohne Code vollständig öffnen lassen«, sagte Nakari, »zumal sie sich nie ganz geschlossen hat.«

»Ich verstehe.« Mit dem Ellbogen stieß ich sie an, und die Tür glitt zurück, sodass ich mich an der Leiche des Zabrak vorbeischieben konnte. Drei Schritte später spürte ich, wie etwas auf meinem Helm landete. »Sie sind hier drin!«, rief ich, während ich von beiden Seiten mit den Schockstäben auf meinen Kopf schlug. Der linke traf nur den Helm, aber der rechte berührte irgendetwas, das nachgiebiger war, etwas wie Fleisch. Da war kein Kreischen oder etwas Derartiges, aber das Gewicht rutschte von meinem Helm und klatschte auf meine Schulter, was mich zusammenfahren ließ. Ich wollte sehen, was es war, als es zu Boden fiel, aber ich drehte den Kopf zu schnell, und der klobige Helm brachte mich aus der Balance; ich konnte noch zurücktaumeln und die Hände nach unten strecken, um den Fall abzufedern, aber der Sturz selbst war unvermeidbar. Im selben Moment, als ich auf dem Boden aufprallte, fiel ein weiteres Gewicht auf mich herab, und dann, unmittelbar danach, noch ein zweites. *Plonk, plonk.* Sie landeten direkt auf meiner Gesichtsplatte, obwohl ich nichts sehen konnte. In dem Polymer erschien ein weißer Kreis direkt über meinem linken Auge, und ich hörte das Material kreischen, als es von der unsichtbaren Kreatur zerfetzt wurde, die sich direkt auf meinen Kopf zubohrte. Seine Zähne würden mühelos durch mein Auge in das dahinterliegende Gehirn dringen. Ich schlug mit den Schockstäben auf die Stelle, aber das Wesen bohrte weiter, während ein Körper sichtbar wurde, und ich verlor ein paar wertvolle Sekunden, ehe ich erkannte, was geschehen war: Ein zweiter Schädelbohrer war auf der Bestie gelandet, die ich betäubt hatte, aber der andere war noch immer unsichtbar und hungrig nach Gehirn. Mit meinen Schockstäben konnte ich ihn nicht erreichen, und er kam mir derweil spürbar näher. Ich ließ die Stäbe fallen, griff nach meinem

Blaster, hob ihn vor die Gesichtsplatte, ohne die Einstellung zu überprüfen, und drückte ab. Der Strahl roten Plasmas blendete mich kurzzeitig, aber er ließ das Schrillen des Bohrvorgangs verstummen – außerdem hinterließ er eine Brandspur quer über der Gesichtsplatte.

»Luke! Alles in Ordnung?«, fragte Nakari.

»Ja. Damit hätten wir drei erledigt, richtig?«

»Allerdings. Man kann sie wunderbar sehen, wenn man ihnen mit einem Blaster zu Leibe rückt. Die ganze Krankenstation ist voller widerlichem, violettem Schleim.«

»Was ist mit dem anderen? Den ich betäubt habe?«

Nakari ließ einen ihre Stäbe fallen und zog ihren Blaster, anschließend feuerte sie auf die bewusstlose Kreatur, die sich außerhalb meines Blickfelds befand. »Der wird auch nicht mehr aufwachen. Ich bin nicht daran interessiert, diese Biester lebend zurückzubringen. Sie haben meine Freunde umgebracht.«

»Freunde?«

Sie deutete mit ihrem Blaster. »Diesen Zabrak kannte ich ebenfalls. Er konnte gut … kochen.« Ihre Augen huschten hinter der Gesichtsplatte in meine Richtung. »Tut mir leid. Ich wollte damit keine Kritik an Ihren Nerf-Steaks üben.«

Ich hatte nicht einmal daran gedacht, bis sie es aussprach. Das war so ziemlich das Letzte, was mich in diesem Moment interessierte. Mich hatte beschäftigt, dass ich genau wusste, wie sie sich fühlen musste. Wenn man einen Freund tot auffindet, dann ist eine der ersten Fragen, die man sich im Schockzustand stellt, wie man sich an die Person erinnern wird. Dinge wie »er konnte kochen« oder »er konnte singen« oder »er war mein bester Freund, und ich werde ihn immer vermissen«. Die Woge der Trauer folgt rasch, aber manchmal kann man sie eine Weile aussperren, bis man Zeit hat, sich damit auseinanderzusetzen; ich wusste, dass es noch viel gab, mit dem *ich* mich auseinandersetzen musste. Vermutlich zog Nakari gerade ebenfalls eine Mauer um ihre Gefühle hoch. »Kein Problem«, sagte ich. »Das mit Ihrem Freund tut mir leid. Können Sie mir aufhelfen?«

»Sicher.« Sie steckte ihren Blaster ins Halfter und trat vor, die rechte Hand ausgestreckt, während sie in der linken Hand weiter den Schockstab hielt. Sie musste ihren Körper vorsichtig ausbalancieren, um sich vorbeugen zu können, aber bevor ich ihre Hand ergreifen konnte, zuckte sie zurück, und ihre Linke hieb mit dem Stab auf ihre rechte Hand. Ein Schädelbohrer erschien und rutschte von ihrer Rüstung ab, aber noch im selben Moment ließ Nakari den Schockstab fallen und schrie auf. Sie riss den Blaster hervor und feuerte auf ihren linken Handrücken, wobei sie eine weitere der Kreaturen tötete – aber dabei wurde auch ein wenig ihres eigenen Blutes vergossen.

»Ah!« Der Blaster entglitt ihren Fingern, und sie presste die verletzte Hand gegen ihre Brust. »Warum haben sie meine Hände angegriffen?«

Ich rollte mich herum und zog mich in eine stehende Position hoch. »Sie sind schlau, genau, wie Sie vermuteten. Problemlöser. Sie sahen, wie wir die anderen mit den Waffen in unseren Händen töteten. Also haben sie Ihre Hände angegriffen, um Sie kampfunfähig zu machen, und danach hätten sie sich geholt, worauf sie es abgesehen haben.«

»Oh. Sie haben recht! Diese Biester besitzen zumindest Semi-Intelligenz. Wir sollten bei ihnen kein Risiko eingehen. Und was diesen letzten angeht, der nur benommen ist: Wenn Sie nichts dagegen hätten ...«

Ich überlegte, ob ich die Kreatur einfach aus dem Schiff werfen sollte, aber dann könnte sie uns wieder angreifen, wenn wir zur *Juwel* zurückkehrten, und das wäre nicht gut. Also erschoss ich sie, und damit hatten wir fünf tote Schädelbohrer, passend zu den fünf leeren Käfigen. »Zumindest sind wir schon auf der Krankenstation«, meinte ich. »Mal sehen, ob wir Sie wieder zusammenflicken können.«

Der Schädelbohrer hatte ein Loch in ihren Handschuh gebohrt, als bestünde er aus Papier, und sich dann in das Netz von Sehnen in ihrem Handrücken gefressen. Doch zumindest hatte er keine Knochen erreicht; Nakari hatte ihn in Gelee verwandelt, bevor er tief genug vordringen konnte. Dennoch war es ihr nun unmöglich, die Faust zu ballen. Ich klatschte ein Bacta-Pflaster auf die Wunde, gab ihr etwas gegen die Schmerzen und ließ das automatische Medisystem den Rest erledigen. Sie würde einen echten Chirurgen brauchen, um den Schaden zu beheben, aber das System konnte sie stabil halten und Infektionen verhindern.

»Ich werde mir den Rest des Schiffes ansehen, nur um auf Nummer sicher zu gehen«, erklärte ich. »Ein Mannschaftsmitglied fehlt uns noch, oder?«

Nakari nickte und biss sich auf die Unterlippe. Das Schmerzmittel wirkte noch nicht, und ihr Adrenalinspiegel sank wieder.

»Ich bin zurück, so schnell ich kann«, sagte ich. »Aber erst will ich sehen, ob ich das Schiff starten kann.«

»Ich frage mich, wie Sie überhaupt etwas sehen können«, erwiderte sie zwischen hastigen Atemzügen. »Bei der angebohrten Stelle und dem Brandfleck auf Ihrer Gesichtsplatte ist es ein Wunder, dass Sie nicht vollkommen blind sind.«

»Ich werde vorsichtig sein. Und um auf der sicheren Seite zu sein, nehme ich zwei Schockstäbe mit.«

Nakari bat mich, ihr die beiden Stäbe zu reichen, und erst

als sie sich ausreichend bewaffnet fühlte, ließ sie sich auf den Tisch zurücksinken, damit das medizinische Programm seine Arbeit erledigen konnte. Bevor ich aufbrach, ließ sie mich noch die Codes für die Türen aufsagen.

Obwohl meine Theorien für jeden mit einem besseren Verständnis für Biologie lachhaft erscheinen mussten, fragte ich mich, ob die Intelligenz der Schädelbohrer vielleicht mit dem Material zu tun hatte, das sie fraßen. Trugen die Prionen und Neuronen, die sie verschlangen, irgendwie dazu bei, ihre Gedankenprozesse zu verbessern? Falls so etwas möglich war, könnte ihre angepasste, verfeinerte Taktik dann damit erklärt werden, dass sie sich am Zwillingsgehirn eines Cereaners gütlich getan hatten – denn sie *waren* einer taktischen Strategie gefolgt, als sie Nakaris Hände angriffen. Und als ich so darüber nachdachte, fiel mir ein, wie einer von ihnen auf dem anderen gelandet war, als sie es auf mein Gesicht abgesehen hatten. Auch das war schlau gewesen – mit den Schockstäben hatte ich dem unteren nichts anhaben können, und zu dem Zeitpunkt hatten sie die Blaster noch nicht in Aktion gesehen, hatten sich also nicht darauf einstellen können. Die Möglichkeit warf jedoch andere Fragen auf. Der Schädelbohrer, der auf dem Rücken des anderen gelandet war, war gewiss von den Stacheln des anderen aufgespießt worden, falls das also geplant war, war es ein geplantes Opfer gewesen. Konnten sie einander überhaupt sehen, wenn sie getarnt waren? Vielleicht war diese Doppeldeckerattacke reiner Zufall gewesen. Doch die beiden, die Nakari angefallen hatten, hatten ihren Angriff ganz offensichtlich koordiniert. Bei diesem Gedanken wunderte ich mich, wie sie wohl miteinander kommunizierten. Wir hatten keine Geräusche bei ihnen wahrgenommen, bis wir ihnen Schmerzen zugefügt hatten.

Die einfachste Erklärung – und verglichen mit der These, dass sie durch den Verzehr von Gehirnen intelligenter wurden, auch die wahrscheinlichere – war, dass die Schädelbohrer von Natur aus semiintelligent waren, wenn sie nicht sogar in vollem Umfang als intelligent gelten mussten. Doch sie hatten die ersten beiden Beschaffungsteams getötet, und nun hatten wir sie erledigt; da war keine Zeit geblieben, über ihren Status nachzugrübeln.

Nun, sollten doch die Kelen-Biolabore meine Fragen beantworten. Ich hatte jedenfalls kein Problem damit, ihnen diese Sache zu überlassen. Ich tippte die Kombination in den Datenblock, der die Luke zu den Unterkünften öffnen sollte. Im Gang erwarteten mich keine Leichen, aber ich musste über die Leiche der Menschenfrau vor der Tür steigen, um den Korridor zu betreten. Sämtliche Kabinen waren geschlossen, und bei jeder gab ich den Code ein; die ersten Räume zu beiden Seiten waren verlassen, obwohl es Anzeichen dafür gab, dass jemand hier gewesen war – Dokumente auf Schreibtischen, halbleere Kaff-Tassen, zerwühlte Bettdecken und in einem Fall eine gleichgültig auf den Boden geworfene Unterhose. Das sechste und letzte Besatzungsmitglied der *Harvester* fand ich hinter der dritten Tür, die ich öffnete. Es war ein männlicher Mensch, auf seiner Koje zusammengesunken, aller Wahrscheinlichkeit nach tot. Seine Lippen waren rissig und trocken, seine Haut blass. Obwohl sein Schädel noch intakt war, hatte er nicht auf Nakaris bordweite Durchsagen reagiert, obwohl ihm die nötigen Mittel zur Verfügung standen – das weiß ich, weil ich es überprüfte. Die Konsole neben der Tür funktionierte noch.

Vielleicht hatte er sich hier drinnen eingeschlossen, als ihm klar geworden war, dass die Schädelbohrer an Bord Amok liefen und er die Kabine ohne seine Rüstung nicht verlassen konnte. Mehrere leere Wasserflaschen lagen über den Boden verstreut, aber ich konnte keine Nahrungspakete sehen. Wer konnte schon sagen, wann er zum letzten Mal etwas getrunken oder gegessen hatte? Doch er war lieber verdurstet, als sich das Hirn durch einen Rüssel aussaugen zu lassen – eine nachvollziehbare Entscheidung.

Ich sah ein altmodisches, von Hand geschriebenes Tagebuch auf seinem Schreibtisch; zweifelsohne würde es seine letzten Tage erhellen. Um auf Nummer sicher zu gehen, kniete ich mich neben ihn und beugte mich vor, bis sich meine Gesichtsplatte direkt über seinem offenen Mund und seiner Nase befand. Nach ein paar Sekunden beschlug das Glas sichtlich. Der Mann atmete noch! Er war aber sicher mehr tot als lebendig – ich musste ihn sofort zur Krankenstation bringen.

Nachdem ich den Schockstab in meiner linken Hand deaktiviert hatte, legte ich ihn auf den Schreibtisch und stupste den Mann ein paarmal mit dem Finger an, um ihn aufzuwecken. Als er nicht reagierte, schaltete ich auch den zweiten Schockstab aus und legte ihn beiseite, dann warf ich mir den Forscher unbeholfen über die linke Schulter und kehrte zur Krankenstation zurück; aber nicht, ohne vorher wieder einen der Stäbe in die rechte Hand genommen zu haben.

»Nakari, ich habe jemanden gefunden«, rief ich, als ich eintrat. Zwei von der Decke hängende Roboterarme hüllten gerade ihre linke Hand in einen dicken, schützenden Verband.

»Lebt er noch?«, fragte sie.

»Ja, aber es sieht nicht gut aus.«

»Nun, ich bin hier ohnehin fertig«, sagte sie etwas undeutlich. Die Schmerzmittel hatten offenbar zu wirken begonnen. Sie wies mit der verletzten Hand in Richtung der medizinischen Apparatur über ihr. »Er kann die Operation nicht durchführen, die für so etwas nötig wäre. Diese Dinger sind dazu gemacht, einen am Leben zu erhalten, und Sehnen zu flicken steht nicht auf ihrer Liste lebenserhaltender Dienste.«

Sie erhob sich vom Untersuchungstisch, um Platz zu machen, und ich legte den Mann darauf ab. »Haben Sie ihn auch gekannt?«, wollte ich wissen, sobald sie sein Gesicht sehen konnte.

»Nein.« Nakari schüttelte den Kopf. »Aber ich bin sicher, mein Vater wird erfreut sein, ihn lebend wiederzusehen.«

»Würde es Ihnen was ausmachen, nach ihm zu sehen?«, fragte ich. »Ich möchte den Rest des Schiffes überprüfen.«

»Natürlich, nur zu«, antwortete sie, woraufhin sie sich in einen Stuhl an der Wand fallen ließ. Angesichts ihres leicht benommenen Eindrucks programmierte ich den Autodoc, mit der Untersuchung des Mannes zu beginnen, bevor ich den Raum verließ.

Die verbliebenen Kabinen waren leer, die Brücke fand ich in einwandfreiem Zustand vor. Da ich außerdem nicht noch einmal angegriffen worden war, aktivierte ich die bordweite Sprechanlage und erklärte: »Nakari, das Schiff ist sauber, soweit sich das ohne einen Scan sagen lässt. Ich werde die Triebwerke starten und eine Vorflugkontrolle durchführen, dann komme ich zurück. Mit einem Scanner, nur, um Gewissheit zu haben.« Sie bestätigte, und dann machte ich mich an die Arbeit. Die *Harvester* hatte ausreichend Treibstoff, und alle Systeme waren im grünen Bereich, wenn man von der drastischen Unterbesetzung absah. Ich schleifte alle Opfer in den Bereich zwischen Bordküche und Erfrischer, wo ihre unbenutzten Rüstungen lagen, dann kehrte ich kurz zur *Wüstenjuwel* zurück, um einen kleinen Lebensform-Scanner zu holen und die *Harvester* gründlich zu überprüfen. Der Frachter war in der Tat sauber, also fragte ich Nakari, was sie als Nächstes tun wollte. »Wie sollen wir dieses Schiff von hier fortbringen?«

»Koppeln Sie es an den Navcomputer der *Wüstenjuwel* und fliegen Sie uns zurück nach Pasher. Ich werde an Bord bleiben, für den Fall, dass der Kerl aufwacht und versucht, die Sauerei hier aufzuwischen.«

»Klingt nach einem Plan.«

»Ja. Ich hoffe nur, dass wir für das hier *richtig* gut bezahlt werden.«

7. Kapitel

Fayet Kelen stand bereits auf der Landeplattform, die man uns zugeteilt hatte, und wartete auf uns, als wir Pasher erreichten – nun, zumindest wartete er auf Nakari und die *Harvester*, und mit ihm ein kleines Gefolge von Angestellten. Erzwo und ich gesellten uns zu ihnen, nachdem wir mit der *Wüstenjuwel* gelandet waren.

Nakari hatte ihrem Vater offenbar bereits eine kurze Zusammenfassung der Ereignisse gegeben, denn als ich zu ihnen trat, dröhnte er: »Pilot! Gut gemacht und willkommen! Ich habe gehört, Sie haben auf Fex ganze Arbeit geleistet.« Das war vielleicht ein bisschen übertrieben, da ich im Grunde wenig mehr erreicht hatte, als am Leben zu bleiben, aber sein Blick sank zu Erzwo, und er fuhr fort, bevor ich etwas erwidern konnte. »Ihr Droide hat alle Daten gelöscht, die ich Ihnen zur Verfügung gestellt habe?«

»Erzwo, bitte lösche die Dateien, die Mister Kelen uns gegeben hat.« Der Droide zirpte bestätigend, und Kelen gluckste.

»Gut, gut. Ich hoffe, Sie verzeihen, aber ich hätte gerne größere Gewissheit, dass meine Interessen geschützt sind.« Seine Wurstfinger fischten einen Datenchip aus der Tasche seiner

Tunika, den er mir anschließend überreichte. »Das hatte ich für Ihre Ankunft vorbereitet. Es wird bestätigen, dass sämtliche Dateien, die Ihnen bereitgestellt wurden, aus dem Speicher des Droiden gelöscht sind, und außerdem alle, die zufällig übersehen wurden, ebenfalls löschen, mehr nicht.«

Nachdem ich bereits zugesichert hatte, dass alles gelöscht wäre, hätte eine Weigerung nur Misstrauen geweckt, also führte ich den Chip ein, damit Erzwo das Programm durchlaufen ließ, und ein paar Sekunden später spuckte der Droide ihn wieder aus. Nakari zwinkerte mir jedoch zu, als hätte sie womöglich irgendwo eine eigene Kopie der fexianischen Koordinaten abgespeichert.

»Ausgezeichnet«, sagte Kelen. Seine Hand tanzte über seinen persönlichen Datenblock, und fügte hinzu: »Ich überweise eine großzügige Summe auf ein Treuhandkonto, auf das Ihr Droide zugreifen kann, um die Summe an Sie beide zu verteilen. Ich danke Ihnen dafür, dass Sie mein Schiff zurückgebracht haben. Und die lebenden ebenso wie die toten Mitglieder meiner Mannschaft. Und eine außerirdische Lebensform, an der meine Wissenschaftler eine wahre Freude haben werden.«

Nakari schien zu spüren, dass er seine Aufmerksamkeit anderen Dingen zuwenden und sich von uns verabschieden wollte, denn sie sagte: »Papa, schicke bitte niemanden mehr dorthin, bis du meinen vollständigen Bericht gelesen hast. Diese Wesen könnten intelligent sein. Und selbst falls du meinen Rat ignorierst, musst du zumindest am Bewegungsfreiraum der Rüstungen feilen.«

Er legte ihr eine Hand auf die Schulter. »Ich werde mir deine Aufzeichnungen zu Gemüte führen, bevor ich eine Entscheidung treffe. Im Moment gilt meine Hauptsorge deiner Hand.

Ein Chirurg soll sich die Wunde ansehen. Siehst du, da kommen meine Lakaien. Geh mit ihnen.«

»Was?« Ein Ambulanzgleiter kam nahe dem Schiff zum Stehen, dann stiegen zwei ernst dreinblickende Sanitäter aus und fragten Fayet Kelen, wer verletzt sei.

»Bringt meine Tochter schnellstens zum besten Chirurgen der Stadt. Er soll es auf meine Rechnung schreiben. Los!«

»Papa, warte! Was ist mit Luke?«

»Keine Sorge, dein Pilot darf sich in aller Ruhe erholen, bis du wieder aufbrechen kannst.«

»Fliegen Sie nicht ohne mich los, Luke!«, rief sie noch über die Schulter, als die Sanitäter sie zu dem Ambulanzgleiter führten.

»Werde ich nicht«, versprach ich, wenngleich ich nicht sicher war, ob sie mich auf meiner Mission, die Givin von Denon fortzubringen, begleiten könnte. Natürlich würde sie sich früher oder später erholen, aber ich bezweifelte, dass sie schon bald wieder zu hundert Prozent einsatzfähig sein würde. Admiral Ackbar hatte uns bei der Operation zwar einen gewissen zeitlichen Spielraum zugestanden, aber allzu viel Luft hatten wir nicht.

Fayet Kelen wandte sich mir zu, sein Mund zu einem freundlichen Grinsen verzogen. »Es wird nicht lange dauern, Pilot. Sie werden schon sehen. Ich wäre jedenfalls überrascht, wenn Sie nicht morgen früh schon verarztet und reisebereit wäre.« Seine Finger bearbeiteten erneut den Datenblock, während er sprach. »In der Zwischenzeit sind Sie eingeladen, den Abend in Pashers bestem Hotel zu verbringen. Auf meine Kosten. Ich werde jemanden rufen, der Sie dorthin bringt. Lassen Sie Ihren Droiden nach der Datei *Skywalker* suchen, Passwort *Juwelenpilot*, und Sie können auf die Bezahlung zugreifen, von der ich sprach. Sie können Sie dann auf ein Konto Ihrer Wahl überweisen. Danke für Ihre Dienste. Mögen die Sterne über Sie wachen.«

Bevor ich Gelegenheit zu einer Erwiderung hatte, wandte er sich ab und marschierte in beeindruckendem Tempo zu den Arbeitern hinüber, die die *Harvester* entluden. Er begann sofort, sie anzublaffen, und ich blieb mit offen stehendem Mund zurück.

R2-D2 stieß einen Schwall digitalen Gezwitschers aus, bei dem es sich wohl um eine trockene Bemerkung handelte.

»Sieht aus, als hätten wir eine Nacht Urlaub vom Krieg, Erzwo. Erzähl bitte Dreipeo nichts davon. Er würde uns ewig damit in den Ohren liegen.«

Das Hotel war in der Tat äußerst luxuriös, aber nachdem ich das Bett angetestet hatte, hatte ich keine Verwendung mehr für seine anderen Annehmlichkeiten. Die Matratze war so bequem, und ich war so erschöpft, dass ich noch in meinen Kleidern einschlief und Erzwo mich am nächsten Morgen aufwecken musste. Dass ich all den Überfluss und den Prunk nicht genossen hatte, störte mich nicht weiter; eine unbeschwerte Nachtruhe war für mich in diesem Moment der größte Luxus überhaupt.

An der Rezeption wartete eine Nachricht von Nakari auf mich: »Beeilen Sie sich. Ich warte beim Schiff.«

»Komm, Erzwo, wir müssen Waffen kaufen.« Bei dem Geld, das Fayet Kelen uns überwiesen hatte, handelte es sich in der Tat um eine fürstliche Summe. Wir würden zwar jeden Credit für die Modifikationen der *Wüstenjuwel* benötigen, aber die Aussicht auf ein paar maßgeschneiderte Überraschungen war für mich genug Grund zur Vorfreude. Die Allianz hatte nur selten die nötigen Mittel für etwas Ausgefallenes.

Nakari winkte mir von der Laderampe des Schiffes mit ihrer linken Hand zu, die nunmehr von einer dünnen, schützenden und mit Bacta gefüllten Hülle umschlossen war. »Sie müssen ja wirklich süße Träume gehabt haben«, begrüßte sie mich mit einem Lächeln.

»Ja, ich fühle mich ausgeruht. Was ist mit Ihnen?«

»Ich bin von den Schmerzmitteln benebelt, und es wird ein paar Tage dauern, bis ich meine Hand wieder normal benutzen kann, aber davon abgesehen: einsatzbereit und froh, hier zu sein.«

»Großartig. Haben Sie einen Vorschlag, an wen wir uns wegen der Modifikationen wenden sollten?«

»Das Gleiche wollte ich gerade Sie fragen.«

Ich überlegte. Seit dem imperialen Alarm wegen der *Wüstenjuwel* waren ein paar Tage vergangen, und es stand zu bezweifeln, dass noch irgendjemand in der Chekkoo-Enklave nach dem Schiff suchte, aber für alle Fälle sollten wir besser die notwendigen Schritte unternehmen, um keinen Argwohn zu erregen.

»Gibt es auf Pasher einen Ort, wo wir die *Juwel* umlackieren lassen können? Bevor wir nach Denon fliegen, wäre das ohnehin nötig.«

Nakari zuckte mit den Schultern. »Sicher, da wird sich schon was finden.«

»Was halten Sie dann davon, wenn wir das Schiff auf Rodia aufrüsten lassen? Ich habe dort gerade Kontakte geknüpft, und sie haben alles, was wir brauchen.«

»Klingt gut.«

Wir fanden einen Mann, eingehüllt in eine Wolke aus Zigarra-Rauch, der bereit war, die *Juwel* mit einer Gruppe von Freunden auf die Schnelle umzulackieren. Nakari trug ihm auf, das rote und silberne Muster in Blau und Gold zu verwandeln, und am Nachmittag waren sie fertig. Sobald wir wieder unterwegs waren und durch den Hyperraum flogen, ließ ich Erzwo im Cockpit den Katalog der *Utheel Ausrüstungswerke* auf den Haupptschirm projizieren, sodass wir die Waffen auswählen konnten, die uns gegen die Imperialen von Nutzen sein würden. Als wir die Preise mit dem Betrag auf unseren Konten abglichen, mussten wir unsere Wunschliste ein wenig stutzen, aber ich fand, dass wir trotzdem ein furchterregendes Schiff unser Eigen nennen würden, sobald diese Extras eingebaut waren.

Das Problem war nur, dass Taneetch Soonta unseren Besuch nicht erwartete. Zwar ließ man uns auf dem Raumhafen außerhalb der Chekkoo-Enklave landen, aber wir waren nicht gerade willkommen. Im Gegensatz zu meinem ersten Besuch, bei dem man mich höflich begrüßt und zu den *Utheel Ausrüstungswerken* eskortiert hatte, wurde ich angefeindet, kaum dass ich meinen ersten Atemzug in der stinkenden rodianischen Luft gemacht hatte. Ein aggressiver Rodianer mit blauer Haut und einem petrolfarbenen Overall stand am Fuß der Rampe und verlangte, den Grund meines Aufenthalts zu erfahren.

»Wir sind hier, um Waffen von den *Utheel Ausrüstungswerken* zu kaufen«, erklärte ich.

»Für ein Schiff wie das da? Das glaube ich kaum.«

»Glauben Sie es ruhig.«

»Utheel stattet keine interstellaren Schiffe aus. Sie rüsten die kleinen Speeder von Jägern auf, hin und wieder vielleicht auch einen Atmosphärengleiter. Sie sind zur falschen Firma gekommen. Versuchen Sie's beim Chattza-Clan auf dem anderen Kontinent – die können Ihnen ein Angebot machen.«

»Nein, hören Sie, ich muss mit Taneetch Soonta sprechen. Sie kennt mich und weiß, wonach ich suche.«

»Ich kenne niemanden, der so heißt.«

»Tja, es gibt aber jemanden, der so heißt.«

Er hielt einen Datenblock in die Höhe. »Sehen Sie das? Hier ist eine Liste aller Mitglieder des Chekkoo-Clans, und eine Taneetch Soonta ist nicht darunter. Sie irren sich. Warum suchen Sie also nicht woanders nach Ihren Waffen, denn wir haben sie nicht.«

Nakari trat hinter mich, und ihre Stimme wehte über meine Schulter. »Wo liegt das Problem, Luke?«

»Keine Ahnung. Ich weiß nur, dass dieser Kerl uns von hier verscheuchen will. Er behauptet, dass meine Kontaktperson nicht existiert und die Firma die Waffen überhaupt nicht produziert, die wir im Katalog gesehen haben.«

»Wäre es möglich, dass er recht hat und sie beim letzten Mal nur hereingelegt wurden?«

»Nun, möglich wäre es wohl.« Die ganze Sache hätte ein äußerst aufwändiger Trick der Imperialen sein können, an dem ein Großaufgebot an Agenten beteiligt war. Doch das hielt ich für äußerst unwahrscheinlich. Plausibler erschien mir da schon, dass dieser Rodianer andere Absichten verfolgte. Es musste einen Weg geben, an ihm vorbeizukommen, ohne dass die Angelegenheit auf unangenehme Weise eskalierte – und dann fiel mir plötzlich ein, was für ein Weg das war. Ich atmete tief ein, schloss die Augen, griff nach der Macht und öffnete die Augen dann erneut, um meinen Blick auf den Rodianer zu richten. Ich wollte ihn dazu zwingen, meine Worte zu akzeptieren. »Wir sind hier, um ein Geschäft mit den *Utheel Ausrüstungswerken* abzuschließen.«

Die Fühler des Rodianer neigten sich, und er durchschnitt die Luft mit seiner Handkante. »Und ich habe bereits erklärt, dass sie keine interstellaren Schiffe ausstatten. Sie müssen zu den Chattza gehen.«

Das hatte offensichtlich nicht funktioniert, aber ich hatte etwas vergessen, das vielleicht den Ausschlag geben konnte. Als Ben den Sturmtruppen in Mos Eisley erklärt hatte, dass Erzwo und Dreipeo nicht die Droiden waren, nach denen sie suchten, hatte er eine unmerkliche Handbewegung vollführt, wie um die Bedenken der Truppen hinwegzufegen.

»Sie müssen sich wegen uns keine Sorgen machen«, sagte ich und beschrieb einen winzigen Bogen mit meiner Hand, wobei ich die Finger in einer Wellenbewegung krümmte und mich ganz darauf konzentrierte, meinem Willen Nachdruck zu verleihen.

»Und ob ich mir Sorgen machen muss«, entgegnete der Rodianer. »Ich habe eine ganze Liste voller Schiffe, die hierherkommen, um Geschäfte zu machen, und ich brauche diese Landebucht. Also tun Sie mir den Gefallen und verschwinden Sie, ja? Sie verschwenden meine Zeit.«

Ich musste es noch einmal versuchen. »Sie müssen sich wegen uns keine Sorgen machen«, wiederholte ich, begleitet von derselben Handbewegung.

»Hören Sie, ich weiß, dass Menschen nicht die schnellsten sind, aber ich fang an zu glauben, dass Sie selbst für einen Ihrer Art außergewöhnlich begriffsstutzig sind«, sagte der Rodianer.

Hinter mir wisperte Nakari: »Luke, was tun Sie da?«

»Wie es aussieht, verschwende ich unsere Zeit«, flüsterte ich zurück.

Das Komm des Rodianers spie ein schrilles Signal aus, und als er es aktivierte, schlug ihm ein kehliger Wortschwall entgegen, den ich nicht verstehen konnte. Er antwortete mit einer knappen Bestätigung, und während er das Komm wieder einsteckte, erklärte er an mich gewandt: »Das ändert die Sache. Willkommen zurück auf Rodia, Master Skywalker. Falls Sie mir bitte folgen würden. Ich bringe Sie zu Taneetch Soonta.«

»Was? Sie sagten, doch, es gäbe keine Person mit diesem Namen?«

»Und jetzt sage ich, dass ich Sie zu ihr bringen werde. Versuchen Sie bitte, Schritt zu halten.«

»Wer sind Sie?«

Der Rodianer antwortete nicht, drehte sich stattdessen um und ging davon, wobei er uns hinter sich herwinkte. Nakari stieß mich sanft an, und ich stieg die Rampe hinunter, aber erst nachdem ich Erzwo zugerufen hatte, er solle uns begleiten. Während ich hinter dem Rodianer in seiner petrolfarbenen Kleidung hermarschierte, fragte ich mich, ob ich diese Farbe von nun an wohl immer mit schlechten Manieren in Verbindung bringen würde. Aber nachdem ich Zeit gehabt hatte, mich zu beruhigen, wurde mir klar, dass der eigentliche Grund meiner Frustration nicht unser Empfangskomitee war, sondern mein Versagen. Ich wusste, dass Ben etwas mit dem Geist dieses Sturmtrupplers angestellt hatte, nur leider nicht, was es war, oder auch nur, wie er es genannt hätte. Er hatte erklärt, dass die Macht die Willensschwachen beeinflussen konnte – oder etwas in der Art –, aber ich war so schlecht ausgebildet, dass ich nicht abschätzen konnte, ob ich es richtig angestellt hatte und der Rodianer nur einfach zu willensstark gewesen war, oder ob ich die Sache falsch angegangen war. Das verstärkte nur das Gefühl, dass ich jemanden brauchte, der mich trainierte.

Der Weg, den wir durch den rodianischen Basar nahmen, war ein anderer, aber das Resultat war das Gleiche: Wir fanden uns in einem schlecht beleuchteten Geheimgang wieder, in dem Taneetch Soonta offen mit uns sprechen konnte.

»Verzeihen Sie das Missverständnis am Raumhafen«, begann sie. »Aus Sicherheitsgründen gehen wir sehr konservativ mit Informationen über unsere gesetzeswidrigen Geschäfte um. Bis zu Ihrer Ankunft gab es keinen Grund, diesem Arbeiter mitzuteilen, wer Sie sind.«

»Schon in Ordnung«, sagte ich, dann stellte ich ihr Nakari vor.

Soonta begrüßte sie und fragte: »Wie kann ich Ihnen zu Diensten sein?«

Wir ließen Erzwo die Katalogeinträge der Waffen aufrufen, die wir kaufen wollten, einschließlich der Preise, und erklärten, dass alles so bald wie möglich in die *Wüstenjuwel* eingebaut werden sollte. »Da fallen natürlich auch Arbeitskosten an«, erinnerte uns Soonta, und nachdem sie auf ihrem Datenblock herumgetippt hatte, zeigte sie mir eine Summe.

Ich nickte ihr zu und sagte: »Das hatten wir bereits eingerechnet.«

»Hervorragend. Und wie möchten Sie bezahlen?« Wir schlugen vor, die Hälfte des Betrags sofort zu überweisen und den Rest folgen zu lassen, sobald die Arbeiten abgeschlossen wären und wir die Systeme inspiziert hätten.

»Betrachten Sie es als Demonstration, bei der Sie zeigen können, von welchem Nutzen die *Utheel Ausrüstungswerke* der Allianz sein werden«, meinte ich.

Nachdem ich Erzwo autorisiert hatte, die erste Zahlung zu tätigen, bestätigte Soontas Datenblock die Überweisung, und die Rodianerin gab ein zufriedenes Gurgeln von sich.

»Ausgezeichnet, Master Skywalker. Bevor morgen die Sonne untergeht, werden Sie voll bewaffnet aufbrechen können.«

8. Kapitel

Unser Vertrauen in die Chekkoo war natürlich nicht grenzenlos, und so flogen wir die *Wüstenjuwel* zu einem neutralen Planeten, wo wir das Schiff auf Peilsender scannen und die Computer auf Würmer und andere unerwünschte Software überprüfen konnten. Ich war ebenso erleichtert wie glücklich, als sämtliche Scans ergebnislos blieben. Wir konnten zur Allianz zurückkehren, ohne uns Sorgen um einen imperialen Spion in den Reihen unserer neuen Verbündeten machen zu müssen – zumindest fürs Erste.

Die Flotte versteckte sich noch immer im Orto-Plutonia-System, und als wir uns näherten, wirkten die Schiffe wie winzige Flusen auf einer schwarzen Decke. Leia war erfreut über unsere sichere Rückkehr, Admiral Ackbar hingegen ein wenig enttäuscht, als er erfuhr, dass Fex gänzlich ungeeignet für eine Basis war. Die Nachricht, dass wir die *Wüstenjuwel* aufgerüstet und dabei gleichzeitig unsere neuen rodianischen Kontakte auf die Probe gestellt hatten, munterte ihn aber wieder auf.

Er und Leia gesellten sich im Besprechungsraum der *Verheißung* zu mir, und Nakari, R2-D2 und C-3PO waren natürlich ebenfalls zugegen.

»Wir haben jetzt eine Kontaktperson auf Denon für Sie«, begann Ackbar. »Eine Kupohanerin, die hin und wieder Aufträge für das bothanische Spionagenetz und andere ausführt. Sie betreibt einen Nudelimbiss, der als Fassade für ihre Spionageaktivitäten dient. So hat sie einen sicheren Ort für Treffen und kann unter dem Vorwand, Speisen auszuliefern, Operationen in einem wichtigen Sektor von Denon ausführen. Sie war auch diejenige, die die Nachricht der Kryptographin von dort herausgeschmuggelt hat. Sie werden sie nach Ihrer Ankunft aufsuchen und eine ungewöhnliche Bestellung aufnehmen. C-3-PO, was sollte er bestellen?«

»Corellianische Buchweizennudeln mit Rancorsauce, Sir«, ereiferte sich der Droide.

»Rancorsauce.« Ackbar schauderte, und die Fleischfalten um seinen Mund flatterten hörbar. »Wie gut, dass ich das nicht essen muss.«

Nakari erbleichte. »Ich kann nicht glauben, dass jemand überhaupt auf den Gedanken kommt, so etwas zuzubereiten. Wir müssen das doch nicht essen, oder?«

»Nein, nur bestellen«, entgegnete Leia mit einem Lächeln. »Damit Ihre Kontaktperson weiß, dass wir Sie schicken.«

»Ihr Name ist Sakhet«, fuhr Ackbar fort. »Sie wird Ihnen Akten und Aufklärungsberichte über die Zielperson zur Verfügung stellen. Welche Strategie Sie anhand dieser Informationen wählen, liegt dann ganz bei Ihnen.«

»Wo bringen wir sie hin, wenn wir den Planeten verlassen haben?« wollte Nakari wissen. Diesen Teil hatte sie bei der letzten Missionsbesprechung versäumt.

»Sie möchte nach Omereth gebracht werden«, antwortete Ackbar. Er drückte einen Knopf auf einer Fernbedienung, und ein Holo erwachte summend zum Leben: die farbige, gestochen scharfe Darstellung einer blauen Welt, besprenkelt mit kleinen Perlenketten von Inseln. »Ein Wasserplanet, dünn besiedelt, mit Archipelen und bewaldeten Inseln. Ein ausgefallener Zufluchtsort für all jene, die der Hektik der Galaxie entkommen wollen.«

»Was er damit sagen will: Der Planet ist beliebt unter lebensmüden Anglern«, warf Leia ein. »Große, hungrige Geschöpfe leben in diesen Ozeanen.«

Nakari deutete mit dem Finger auf das Holo. »Warum diese Welt? Sie hat keinerlei Ähnlichkeit mit der Heimatwelt der Givin.«

»Vielleicht ist gerade das der Grund«, erwiderte Leia. »Wir arrangieren dort gerade ein Treffen mit ihrer Familie. Sie wird weiterhin für die Allianz arbeiten, dort, wo sie nicht die Aufmerksamkeit des Imperiums erregen wird.«

»Hat diese Zielperson auch einen Namen?«, erkundigte ich mich.

»Ja. Drusil Bephorin. Sie wird schwer bewacht.« Ackbar hielt inne, und der Blick seiner riesigen Augen wanderte zwischen meinem und Nakaris Gesicht hin und her. »Unter Umständen müssen Sie sich um diese Wachen kümmern.«

Bei Euphemismen für Mord wird mir meistens unwohl zumute, aber diese Formulierung fand ich stets besonders verstörend. Jemanden zu töten ist schließlich das genaue Gegenteil von Sich-um-jemanden-Kümmern.

Nakari hingegen hatte keine derartigen Skrupel. Mit einem Nicken erklärte sie: »Damit habe ich kein Problem.«

9. Kapitel

Wir nahmen uns ein wenig mehr Zeit, um die Reise nach Denon vorzubereiten, da es praktisch sicher war, dass wir uns früher oder später mit imperialen Truppen herumschlagen mussten. Wir packten mehrere Kleider zum Wechseln ein, die uns als schlichte Verkleidung dienen mochten, dazu ein wenig Knetmasse und Schminke für eine ausgefeiltere Tarnung. Außerdem verpassten wir der *Wüstenjuwel*, passend zu ihrer neuen Lackierung, einen anderen Transpondercode. Nachdem die Waffen auf Rodia installiert worden waren, hatte die *Juwel* einen Teil ihrer Schnittigkeit eingebüßt, was zusätzlich half, sie wie ein anderes Schiff erscheinen zu lassen. Sollten Imperiale noch nach den Schurken suchen, die im Llanic-System zwei TIE-Jäger zerstört hatten, würden sie sich schwertun, die neue *Wüstenjuwel* als dieses Schiff zu identifizieren.

Wir waren fast schon bereit zum Aufbruch, als Leia durch den Hangar auf uns zueilte; 3PO stakste hinter ihr her, so schnell er nur konnte. »Luke! Warte! Da ist etwas, das du wissen musst.« Als sie mich erreichte, musste sie erst ein paarmal Atem holen. »Ein Glück, dass ich dich noch erwischt habe.«

»Was ist denn los?«

»Dreipeo hat mich an einen Begrüßungsbrauch der Givin erinnert, den ich beinahe vergessen hätte. Da gibt es mehrere Grußgleichungen, die du kennen musst.«

»Grußgleichungen?«

»Ja, es ist unter den Givin Brauch, mittels mathematischer Formeln Hallo zu sagen. Falls du nicht zumindest die Sprache der Mathematik beherrschst, wird kein Givin dir trauen, du musst diese Fähigkeit also sofort demonstrieren. Beinahe jede Formel ist in Ordnung, aber ich rate dir, es einfach zu halten«, sagte sie. »Und was immer du tust, fordere sie nie auf, die lineare Angleichung einer nicht linearen partiellen Differenzialgleichung zu berechnen, denn das gilt als Beleidigung. So, als wolltest du sie verspotten.«

Dieses Gespräch war drauf und dran, die bizarrste Unterhaltung zu werden, die ich je mit Leia geführt hatte, aber ich ließ mich darauf ein. »Sie inwiefern verspotten?«

»Sie haben eine grundlegende Abneigung gegen Angleichungen. Anstelle eines konkreten Wertes nach einer Angleichung zu fragen, zeugt selbst im besten Fall von fehlendem Vertrauen in ihre Fähigkeiten; im schlimmsten Fall interpretieren sie es so, als würdest du sie dumm nennen.«

»Oh. Gut, dass du mir das gesagt hast. Aber wie du schon vorgeschlagen hast, das Beste wird es wohl sein, die Sache einfach zu halten.« Ich hoffte, dass mit *einfach* eine simple Plus- oder Minus-Rechnung gemeint war.

Der Hauch eines amüsierten Lächelns umspielte Leias Mund, und sie nickte. »Gut.«

»Die Zahl deiner Talente scheint wohl unendlich zu sein. Bist du jetzt etwa auch eine Mathematikerin? Woher weißt du das alles?«

»Ich hatte während meiner Zeit im Senat mit Givin zu tun.

Damals habe ich mir ein paar Gleichungen eingeprägt, die du benutzen kannst.«

»Gut, aber nachdem ich gesagt habe, was immer du mir beibringst, wird Drusil doch mit einer Gleichung antworten, die ich lösen muss, richtig? Was soll ich dann tun?«

»Nun, ich schlage vor, du löst die Gleichung.«

»Komm schon. Ich kann vielleicht einfache Algebra im Kopf ausrechnen, aber ganz sicher keine Differenzialgleichungen!«

»Das sollte kein Problem sein, Master Luke«, schaltete sich Dreipeo ein. »Die wahrscheinlichste Lösung lautet drei.«

»Was? Woher willst du das wissen?«

Der Protokolldroide stand bereits kerzengerade vor mir, aber angesichts dieser Gelegenheit, pedantisch zu sein, schien er noch größer und stolzer zu werden. »Im Lauf der Jahre haben sich die Givin daran gewöhnt, dass andere Spezies nicht in der Lage sind, sie angemessen zu grüßen. Um höflich zu sein, benutzen sie also eine Gleichung, deren Lösung drei ist, um ihrer traditionellen Begrüßungsform genüge zu tun, aber beiden Seiten die Verlegenheit zu ersparen, dass der Angesprochene die Antwort nicht kennt. Falls Sie Ihre Kontaktperson beeindrucken möchten, können Sie sie um eine *echte* Begrüßung bitten, dann wird sie Ihnen eine willkürliche und deutlich anspruchsvollere Gleichung zu lösen geben.«

»Nein, nein. Drei klingt gut, mit drei komme ich zurecht.«

»Gut, dann fangen wir an«, sagte Leia, bevor sie mir und Nakari gewissenhaft zwei verschiedene Gleichungen und deren Lösungen einbläute; die sollten wir benutzen, wenn wir Drusil Bephorin trafen. Es ging aber nicht gerade um simple Addition, sodass mehrere Durchgänge nötig waren, bis wir uns alles gemerkt hatten.

Als das erledigt war und wir endlich zum Abflug bereit waren, blickte Leia sich im Hangar um; was sie sah, schien sie ein wenig zu enttäuschen. Hätte ich raten müssen, hätte ich darauf getippt, dass sie nach dem *Millennium-Falken* suchte und enttäuscht war, dass Han und Chewie sich nicht irgendwie hereingeschlichen hatten, während sie anderweitig beschäftigt gewesen war. Vermutlich machte sie sich Sorgen, dass wir die beiden nie wieder sehen würden. Aber sie hörte nie auf, für die Leute zu kämpfen, die sie sehen *konnte*: Sie setzte das Beispiel, dem wir alle folgten. Zum Abschied umarmte sie mich kurz und ermahnte mich, vorsichtig zu sein. Wie üblich in diesen Momenten brachte ich nur ein Nicken zustande, als wir uns voneinander lösten, und dann drehte ich mich um und ging an Bord des Schiffes, bevor mir noch etwas Unbeholfenes herausrutschte.

Wir verließen Orto Plutonia auf einem umständlichen Kurs, um sicherzugehen, dass wir nicht auf die imperiale Division stoßen würden, mit der ich zuvor schon Bekanntschaft gemacht hatte. Sobald wir unseren Kurs über eine der geschäftigeren Hyperraumrouten berechnet hatten, konnten wir uns schließlich entspannen.

Da nichts außer der stundenlangen Monotonie verwischter Sterne vor uns lag, sagte ich: »Darf ich Sie etwas fragen? Ich hoffe, Sie halten mich nicht für unhöflich.«

Nakari wandte mir nicht den Kopf zu, aber sie zog eine Augenbraue hoch, und ihre Augen bewegten sich in meine Richtung. »Nun, falls es unhöflich sein sollte, werde ich es Sie bestimmt wissen lassen.«

»Ich hoffe, Sie verzeihen mir in dem Fall. Aber die Sache ist die: Leute, die mehr oder weniger wohlhabend sind – so wie Sie und Ihr Vater –, sind nur selten so unzufrieden mit dem Status Quo, dass sie entscheiden, die Dinge zu ändern. Meistens ist es nämlich dieser Status Quo, dem sie ihren Wohlstand zu verdanken haben, verstehen Sie …«

»Sie wollen wissen, warum ich mich der Rebellion angeschlossen habe?«, brachte Nakari es auf den Punkt.

»Genau.«

Sie senkte den Blick, presste die Kiefer zusammen und ballte ihre heile Hand zu einer Faust. Es schien sie große Mühe zu kosten, sich zu beruhigen und mir gefasst zu antworten. »Das Imperium hat meine Mutter wegen eines Liedes umgebracht.«

»Was?«

»Meine Mutter war eine Liedtexterin und Backgroundsängerin in einer Band.«

»Wirklich? Welche Band?«

»Lachen Sie nicht, ja? Der Name war nicht ihre Idee. Sie nannten sich Hakko Drazlip und die Tuttelfrüchtchen.«

»Die Tuttelfrüchtchen?«

Nakari seufzte mit einem Anflug von Ungeduld. »Ich weiß, wie lächerlich es klingt, wenn jemand sagt, seine Mutter war ein Tuttelfrüchtchen. Ich weiß nicht mal, was eine Tuttelfrucht ist, in Ordnung? Aber wie dem auch sei, sie schrieb ein politisches Lied für die Gruppe, sie nahmen es auf, und es wurde ihr größter Hit. Das Problem war nur, sie landeten dafür alle in den Gewürzminen von Kessel.«

»Aber das bedeutet doch, dass sie noch am Leben sein könnte.«

»Nein«, entgegnete sie tonlos. »Das war vor zehn Jahren. Es ist völlig ausgeschlossen, dass sie noch lebt.«

Wir wussten beide, dass die Lebenserwartung in den Minen ein oder zwei Jahre nicht überschritt. »Oh. Es tut mir leid. Ich verstehe natürlich, dass Sie so etwas zum Widerstand motiviert hat.« Ich hielt inne, begierig, mehr zu erfahren, aber unwillig, nachzuhaken. Schließlich gewann die Neugier aber doch die Oberhand. »Das scheint mir eine ziemlich extreme Reaktion auf ein bisschen Musik zu sein. Was war das für ein Lied – kenne ich es vielleicht?«

»Kommt drauf an, ob Sie öfter Schmuggelware in die Finger bekommen haben. Der Song hieß ›Darth Vaders künstliche Teile‹.«

»He, das kenne ich! Zum Totlachen! Ich wusste aber nicht, dass die Band dafür bestraft wurde.«

»Oh, es geschah ganz plötzlich.« Sie blickte auf ihren Schoß hinab, ihre Stimme ganz leise. »Nur wenige Tage nach der Veröffentlichung. Lord Vader hat keinen Sinn für Humor.«

»Ja, er scheint mir nicht der Typ dafür zu sein.« Ich zögerte einen Moment. Es fiel mir noch immer schwer, darüber zu sprechen. »Er ist verantwortlich für den Tod meines Vaters.«

»Dann haben wir also etwas gemeinsam.«

»Nur, dass Sie wissen, was Ihre Mutter tat. Ich habe keine Ahnung, warum mein Vater verraten wurde.«

»Ich bin sicher, er hat den Tod ebenso wenig verdient wie meine Mutter, Luke.«

»Danke. Ich nehme an, nach der Sache mit Ihrer Mutter hat das Imperium Ihren Vater lange und intensiv beobachtet.«

»Das hat es, ja. Die Kelen-Biolabore haben einige Verträge mit den Imperialen, die wir am liebsten verbrennen würden, aber das geht natürlich nicht. Mein Vater muss ihnen gegenüber höflich und entgegenkommend sein. Und das ist auch der Grund, warum er die Allianz nicht mit Geld unterstützen kann; das Imperium hat Spione in seiner Organisation. Er muss so tun, als wüsste er nichts davon, aber sie behalten seine Finanzen genau im Auge. Ich bin nicht durch solche Fesseln gebunden. Ich habe die Freiheit, Widerstand zu leisten.«

»Die Freiheit, Widerstand zu leisten – eine gute Art, es auszudrücken. Ich glaube, viele Leute hassen das Imperium, aber sie glauben, nicht mehr tun zu können, als es im Stillen zu verabscheuen. In gewisser Weise hat mich das Imperium befreit, schätze ich. Wenn auch natürlich auf die schlimmstmögliche Weise. Sie suchten nach den gestohlenen Plänen für den Todesstern und töteten meine Tante und meinen Onkel. Danach gab es auf Tatooine nichts mehr für mich.«

Nun wandte Nakari sich endlich zu mir um, eine Furche zwischen ihren Augen, den Mund in einer besorgten Miene nach unten verzogen. »Was ist mit Ihrer Mutter?«

»Sie starb kurz nach meiner Geburt. Ich wuchs bei meiner Tante und meinem Onkel auf.«

»Haben Sie Ihnen auch von Ihrem Vater, dem Jedi, erzählt?«

»Sie haben dieses Thema gemieden, so gut sie nur konnten. Wann immer ich sie danach fragte, wechselten sie das Thema. Es lief folgendermaßen – das ist eine echte Unterhaltung, die wir hatten, in Ordnung? Ich sagte: ›Erzähl mir von meinem Vater, Onkel‹, und er hatte einen Hustenanfall. Dann antwortete er: ›Er hat sich Sorgen wegen der Evaporatoren auf dem westlichen Hügel gemacht, genau wie ich. Also geh und kümmer dich um sie.‹ Fast so, als wären sie auf die imperiale Hetze hereingefallen, die die Jedi als ehrlos darstellte.«

»Was, wenn sie es wirklich waren?«

»Was?«

»Ich weiß, dass das Imperium wahrscheinlich Lügen verbreitet, verstehen Sie mich also nicht falsch. Aber was, falls da ein Körnchen Wahrheit in dem steckt, was die Imperialen über die Jedi verbreiten.«

»Ein Körnchen Wahrheit kann mich nicht von dem Wunsch abbringen, alles zu erfahren. Es ist kaum noch möglich, etwas herauszufinden. Das Imperium hat ganze Arbeit geleistet, jegliches Wissen über die Jedi auszulöschen. Aber das verrät ja eigentlich schon, dass die Wahrheit dem widerspricht, was das Imperium uns glauben machen will. Andernfalls würden sie die Informationen frei zugänglich machen.«

Jedes Wort von gespielter Empörung erfüllt, sagte Nakari: »Was denn, glauben Sie etwa nicht, dass die Zensur von Informationen zu Ihrem eigenen Besten ist? Ich bin *schockiert*, guter Mann, schockiert!«

Ich ahmte ihren Tonfall nach und erwiderte: »Nicht nur das. Ich hatte auch große Zweifel daran, dass der Todesstern der Galaxie Frieden gebracht hätte.«

Nakari lachte, dann deutete sie mit der rechten Hand auf mich. »Im Ernst, Luke. Da haben Sie Ihre Antwort. Das Imperium hat nicht an alles gedacht, als es den Todesstern baute. Und ebenso wenig ist es ihnen gelungen, sämtliches Wissen über die Jedi auszulöschen. Die Galaxie ist groß. Ich bin überzeugt, dass sie nicht alles vernichtet haben, und irgendwo gibt es jemanden oder etwas, das Ihnen helfen kann, in Erfahrung zu bringen, was immer Sie wissen möchten.«

»Vielleicht.« Erst wollte ich es dabei bewenden lassen, aber dann erkannte ich, dass ich eine verständnisvolle Zuhörerin neben mir hatte, und genug Zeit, um über die Sache zu reden, also fuhr ich fort: »Eine Zeit lang dachte ich, Ben würde mich unterrichten. Außer Leia habe ich das nie jemandem erzählt, aber ich hörte seine Stimme in meinem Kopf, nachdem er auf dem Todesstern gestorben war.«

Nakari drehte abrupt den Kopf und sah mich an, als wunderte sie sich, welchen Irrsinn ich wohl als Nächstes ausspucken würde. Vielleicht deutete ich ihre Miene auch falsch, aber das erschien mir weniger wahrscheinlich; Leute, die behaupten, Stimmen in ihrem Kopf zu hören, hält man nur selten für geistig gesund. Und ich begann allmählich selbst, an meiner geistigen Gesundheit zu zweifeln.

»Oder zumindest glaubte ich, sie zu hören. In gewisser Weise war es wohl nicht weiter wichtig – ob es nun wirklich Ben war oder eine durch den Stress der Schlacht ausgelöste Halluzination, sein Rat hat mir geholfen. Aber seitdem habe ich nichts mehr gehört. Ich weiß nicht, ob das bedeutet, dass er mir nichts mehr zu sagen hat oder ob er verschwunden ist oder dass ich etwas falsch mache. Vielleicht hat er auch das Interesse an mir verloren.«

Ein hämischer Unterton stahl sich in Nakaris Stimme. »Dann war es also keine Stimme in Ihrem Kopf, die Ihnen gesagt hat, Sie sollten mit der Hand vor diesem Rodianer herumfuchteln und verlangen, dass er uns zu Soonta bringt, obwohl er gerade erst erklärt hatte, dass er nichts dergleichen tun würde? Das würde nämlich einiges erklären.«

Hitze stieg mir in die Wangen, als ich an mein Versagen zurückdachte. »Nein. Aber ich habe einmal gesehen, wie Ben das bei einem Sturmtruppler tat. Er benutzte die Macht, und irgendwie brachte er den Soldaten dazu, uns ziehen zu lassen.«

»Und diese Handbewegung hat auch dazu gehört?«

»Ich weiß es nicht. Das habe ich nur getan, weil er es auch getan hatte. Er hat mir nie erklärt, wie genau es funktioniert, und ich hoffte, mich mit Glück und guten Absichten durchmogeln zu können.«

»Soll ich Ihnen was sagen? Wenn diese Sache hier vorbei ist, dann helfe ich Ihnen, jemanden zu finden, der Sie zum Jedi ausbildet.«

»Wirklich? Ich meine, danke, aber warum sollten Sie so etwas tun wollen?«

Ihr Blick huschte zu mir herüber, und ein Ausdruck trat auf ihr Gesicht, den ich kokett nennen würde. Doch dann sah sie wieder nach vorne und zuckte mit den Schultern. »Sie haben mir mit meinem Schiff geholfen. Das ist das Mindeste, was ich tun kann.«

10. Kapitel

Denon ist ein Stadtplanet wie Coruscant, eine gewaltige Metropole, die die gesamte Landmasse bedeckt und für Nahrungsmittel und Rohmaterialien auf Importe angewiesen ist. Ich stamme von einem ländlichen Planeten mit weit verstreuter Bevölkerung, insofern war ich nicht an endlose Reihen von Gebäuden gewöhnt, die nachts hell beleuchtet sind, und ebenso wenig an all die Schiffe, die zwischen ihnen umherhuschen, als wären es Blumen, die bestäubt werden müssen. In gewisser Weise erinnerte der Planet tatsächlich an ein Feld starrer, leuchtender Blumen, auf dem es vor fremdartigen Insekten wimmelte – abgesehen davon natürlich, dass er längst nicht so friedlich wirkte wie ein Feld. Die Flut visueller Eindrücke war schwindelerregend, und ich glaubte, selbst im Orbit das konstante Pulsieren des Planeten zu hören, das durch meine Knochen vibrierte.

Unsere Koordinaten führten uns zu einer Landeplattform auf einem Dach am Rande des Grammill-Distrikts. Dieser Bezirk grenzte an den Lodos-Distrikt, wo sich unser Ziel aufhielt. Die Grenzen zwischen den Stadtvierteln bestanden aus einer willkürlichen Ansammlung von Straßen, die sich in meinen

Augen glichen wie ein Ei dem anderen, die für die alteingesessenen Bewohner aber vermutlich unterschiedlicher nicht sein könnten.

Unser kupohanischer Kontakt, Sakhet, hatte Admiral Ackbar versichert, dass es unsere Flucht erleichtern würde, falls wir nicht am Zielort, sondern in einem benachbarten Distrikt landeten, denn jeder dieser Distrikte hatte seinen eigenen Sicherheitsdienst. Die kurze Verzögerung, bis die jeweiligen Behörden sich koordiniert hatten, sollte uns zum Vorteil gereichen.

Unsere Ankunft kurz nach Sonnenuntergang resultierte in einem Luftslalom durch den Berufsverkehr, als Leute in Speedern und Shuttles versuchten, es rechtzeitig zur Nachtschicht oder zu einem Abendessen zu schaffen. Wir ließen Erzwo in unserem Hotel und nahmen ein unauffälliges Droidentaxi, bei dessen Programmierung Sicherheit höhere Priorität genossen hatte als Geschwindigkeit. Ich hatte aber nichts gegen die vorsichtige Fahrweise, denn so hatte ich mehr Zeit, Eindrücke von den Straßen des Lodos-Distrikts in mich aufzusaugen. Leuchtende Werbetafeln für Geschäfte waren neben der galaktischen Standardschrift oft auch in anderen Alphabeten bedruckt, und einige der Buchstabenformen waren mir völlig fremd. Hier unten am Boden brach zudem ein Lärmgemisch über uns herein, das von angenehmer Musik bis zu den schrillen Wortgefechten eines neimoidianischen Pärchens in identischen Goldroben reichte. Ich spürte, wie sich Kopfschmerzen hinter meiner Stirn zusammenbrauten, und obwohl ich nicht sagen konnte, ob es vielleicht ein Virus war, den ich mir eingefangen hatte, oder ob es an der Reizüberflutung lag, hätte ich mein Geld doch auf letztere Option gesetzt.

Nakari und ich mischten uns unter den Strom von Wesen,

die eine schmale, von Verkaufsständen gesäumte Gasse hinabschlenderten. Hier wurden Andenken, Eiscreme, Stim-Stäbchen und allerlei andere Waren feilgeboten, für die es eine Nachfrage gab, die aber keinerlei Nutzen boten. An einer Stelle verbreiterte sich die Gasse zu einem winzigen Platz mit einem Brunnen in der Mitte. An seinem Rand saßen diverse Spezies mit Speisen und Getränken, die sie an den Ständen gekauft hatten. Ein kleiner Laden an der nordwestlichen Ecke des Platzes verkaufte Nudeln; dort sollten wir uns mit der kupohanischen Spionin, Sakhet, treffen.

»Ich möchte gar nicht an diese Abscheulichkeit denken, die wir bestellen sollen«, sagte Nakari, als wir uns am Ende der langen Schlange anstellten. Sakhets Nudeln genossen bei den Einheimischen offensichtlich große Beliebtheit. »Bestellen Sie es, in Ordnung?«

»Und was möchten Sie?«

Sie betrachtete die Speisekarte, eine von Hand und in Standardbasic beschriebene Tafel über dem Stand. »Buchweizennudeln und Nerf-Happen mit Zwiebeln.«

Als wir das Verkaufsfenster erreichten, sah ich im Inneren zwei Kupohanerinnen, von denen eine Bestellungen annahm und die andere in einem winzigen Küchenbereich fettige Transportschachteln aus Flimsikarton mit Nudeln, Fleisch und Gemüse füllte. Ich war nicht sicher, ob ich Sakhet vor mir hatte oder nicht, aber ich wiederholte Nakaris Bestellung und verlangte anschließend nach den corellianischen Buchweizennudeln in Rancorsauce. Abgesehen von einem unmerklichen Zucken ihrer Basis- und Primärohren ließ sich die Kupohanerin durch nichts anmerken, dass mein Wunsch in irgendeiner Weise ungewöhnlich wäre. Sie machte sich eine Notiz auf einem altmodischen Abrisszettel aus Papier, den sie anstatt eines Datenblocks benutzte, und knurrte der Köchin etwas zu, ihre Lippen über den großen, flachen Zähnen zurückgezogen. Anschließend nahm sie meine Credits, und ich fürchtete schon, dass ich tatsächlich etwas mit Rancorsauce bekommen würde. Sie entnahm ihrer Kasse eine Quittung und kritzelte etwas darauf.

»Bestellung Nummer neunundachtzig«, grollte die Kupohanerin mich an, gefolgt von einem feucht klingenden Schnauben durch ihre drei Nasenschlitze, das meinen Appetit nicht gerade anregte. »Vergessen Sie nicht Ihre Quittung, Freund.« Sie schob den Zettel zu mir hin und wies mit dem Kopf nach links. »Sie können Ihr Essen am Fenster um die Ecke mitnehmen.«

»Danke«, erwiderte ich, während ich die Quittung nahm. Erst nachdem Nakari und ich den Platz vor dem Fenster freigemacht hatten, blickte ich auf den Zettel. Oben stand groß und eingekreist die Zahl 89, aber am unteren Rand war in winzigen Buchstaben geschrieben: *Kommen Sie morgen um 0900 wieder.*

Ich zeigte Nakari die Quittung. »Eher unwahrscheinlich, dass die so früh schon Nudeln verkaufen«, kommentierte sie.

»Allerdings. So sollten wir genug Zeit haben, uns zu unterhalten.«

»Und was tun wir jetzt? Ich habe schon viele zwielichtige Dinge für meinen Vater erledigt, aber nie so etwas wir das hier.«

»Wir holen unsere Nudeln. Schließlich sind wir nur zwei hungrige Menschen, die einen Happen essen wollen, schon vergessen?«

»Toll. Lassen Sie mich bitte ein Holo machen, wenn Sie Ihre Rancorsauce probieren.«

»Oh ja, richtig.« Mein Magen zog sich leicht zusammen. »So hungrig bin ich gar nicht.«

Sie lächelte. »Wir können Ihnen etwas anderes besorgen.«

»Das wäre vielleicht wirklich besser«, räumte ich ein.

»Nummer neunundachtzig!«, rief eine Stimme hinter dem Abholfenster. Ich zeigte der Kupohanerin, die hier arbeitete – eine dritte, die ich zuvor nicht gesehen hatte, mit einem roten Kopftuch, das schützend über die frequenzfilternden Organe zwischen Basis- und Primärohren geschlungen war –, meine Quittung. Sie warf einen Blick darauf und dankte mir, wobei sie zwei heiße Schachteln mit Einweg-Essstäbschen vor mir platzierte.

»Keine Sorge«, sagte sie mit gedämpfter Stimme, und ihre vier dunklen Augen funkelten vor Belustigung. »Wir haben Ihnen zweimal die Nerf-Happen gegeben.«

»Das weiß ich zu schätzen«, sagte ich voll ernstgemeinter Dankbarkeit. »Man sieht sich.«

Das Tablett in der Hand, blickte ich zu dem Platz zurück, aber ich musste feststellen, dass es dort keine freien Sitzplätze gab. Nakari erspähte einen kleinen Pavillon ein Stück weiter die Gasse entlang, wo man sechs Picknicktische aufgestellt hatte. Die meisten waren besetzt, aber an einem gab es noch Platz für zwei.

Wir trugen unsere dampfenden Schachteln hinüber zu dem fraglichen Tisch und fragten das nette Gran-Pärchen, das sich dort niedergelassen hätte, ob es in Ordnung wäre, falls wir uns dazusetzten. Sechs Stielaugen schwenkten herum, um uns zu mustern, dann brummten die Gran zustimmend.

»Sie können die Plätze haben«, sagte einer von ihnen. »Wir sind fertig.« Anschließend nahmen sie ihre Essensreste und wünschten uns einen schönen Abend. Wie wir nun sahen, war der Tisch großzügig mit Salz und Pfeffer für unsere Nudeln ausgestattet, und die Bänke mit einer reichen Auswahl an Splittern für unsere Hintern.

»Also, wie viel wissen Sie schon über die …« Nakari hielt inne, blickte sich um und senkte die Stimme. »Diese spezielle Gruppe, der Ihr Vater angehörte?« Es wäre vermutlich unklug, das Wort *Jedi* hier laut auszusprechen. Es war unwahrscheinlich, dass sich jemand für unsere Essensunterhaltung interessierte, und zweifelhaft, dass sich unsere Stimmen aus dem Lärm auf dem Platz herausfiltern ließen, dennoch gab es keinen Grund, unvorsichtig zu werden. Nakari streute ein wenig Pfeffer über ihre Nerf-Happen. »Oder sollte ich besser fragen, was Sie noch in Erfahrung bringen wollen?«

»Praktisch alles. Jetzt gerade spüre ich die … äh …« Ich wartete, bis Nakari zu mir aufblickte, dann formte ich mit den Lippen lautlos das Wort »Macht«. Als sie verstehend nickte, fuhr ich fort: »Im Kampf verleiht sie mir schnellere Reflexe, und vielleicht kann ich ein paar Dinge auch vorher erahnen. Zum Beispiel bin ich wirklich gut darin abzuschätzen, was mein Gegner als Nächstes tun wird. Aber ich bin sicher, das ist nur der erste Schritt in eine größere Welt. Da ist diese suggestive Kraft, über die wir schon gesprochen haben. Außerdem habe ich keine Ahnung, wie ich je mein eigenes … meine eigene Waffe zusammenbauen soll.«

Sie blickte mich aus zusammengekniffenen Augen an. »Müssen Sie das denn tun?«

»Vermutlich nicht. Ich habe schon ein Lichtschwert. Aber die Fähigkeit, eines herzustellen, würde bedeuten, dass ich die … Energie zu beherrschen weiß.«

»Inwiefern?«

»Man kann so eine Waffe nur erschaffen, wenn man die Fokussierungskristalle mit seinem Geist ausrichtet.«

»Sie meinen Telekinese?«

»Ja. Es will mir einfach nicht gelingen, aber eigentlich sollte ich dazu in der Lage sein. Wenn diese Energie wirklich alles durchströmt und umgibt, dann muss es möglich sein, durch sie einen Gegenstand zu bewegen. Wenn ich zum Beispiel kämpfe, dann lenkt sie meine Aktionen – oder zumindest beeinflusst sie mein Gehirn, um meine Aktionen zu lenken. Trotzdem: Ich glaube nicht nur, dass es so ist; es ist eine konkrete Manifestation ihrer Kraft. Sie kann körperlichen Einfluss auf mich ausüben, also sollte sie auch körperlichen Einfluss auf andere Dinge ausüben können. Und ich sollte in der Lage sein, sie dazu zu bringen.«

»Haben Sie es denn versucht?«

»Ja. Mit etwas Kleinem. Einem schmierigen Stück Gemüse auf Rodia.«

»Und hatten Sie Erfolg?«

»Es war ein Reinfall. Obwohl ich zu meiner Verteidigung hinzufügen muss, dass ich unterbrochen wurde.«

Nakari fischte eine Nudel aus ihrer Essensschachtel und platzierte sie auf dem Tisch so, dass sie wie ein kraftloser Graswurm zwischen uns lag. »Fein. Bewegen Sie die Nudel.«

»Was? Hier?«

»Ja, hier. Schauen Sie nur hin, Luke. Sie hat keinerlei Kraft, wurde bis zur völligen Unterwerfung weich gekocht. Diese Nudel wird ganz sicher keinen Widerstand leisten. Also bewegen Sie sie.«

»Oh, Sie machen sich über mich lustig.«

»Nein, Sie können es schaffen. Zwingen Sie die Nudel, hier rüberzukriechen. Ich werde Sie nicht unterbrechen, höchstens schmatzen, während ich mein Abendessen genieße.« Nachdem sie ausgesprochen hatte, schob sie sich eine gewaltige Portion in den Mund und stöhnte. »Oh ja«, sagte sie durch einen Mundvoll Nudeln, von denen ein paar noch von ihren

Lippen hingen und zuckten wie Tentakel, die um Hilfe schrien.
»Mmm. Die besten Nerf-Happen der Galaxie. Ich habe keine Ahnung, was Sie da drüben anstellen, ich esse hier nur. Und pfeife dabei auf Tischmanieren.«

Ich musste lächeln, was vermutlich ihre Absicht gewesen war. Da war kein Druck, nur freundschaftliche Ermutigung. Mit einem Mal fühlte ich mich angespornt – im Gegensatz zu meinem Versuch auf Rodia, wo mich das schiere Gewicht meiner Unwissenheit überwältigt hatte. Zudem wusste ich, was jeder über Nudeln weiß: Sie haben nicht gerade den stärksten Willen. Vielleicht war diese einzelne, feuchte Nudel das perfekte Objekt für einen ersten Versuch. Und sollte nichts geschehen, war es auch nicht schlimm. Dann wäre das hier nur ein ganz normales Abendessen mit einer Freundin.

Ich entspannte mich, schloss die Augen, öffnete meinen Geist, um die Macht um mich herum zu fühlen – und fand die Nudel. Ich stellte mir vor, wie sie von mir wegkroch, zurück zu Nakaris Schachtel, eine detaillierte Animation in meinem Kopf, die vielleicht eine halbe Minute andauerte, und ich stellte mir die Macht vor, wie sie auf eine ganz bestimmte Weise dahinströmte, um diese Bewegung möglich zu machen. Nakaris Johlen unterbrach meine Konzentration.

»Sie haben es geschafft!«

»Wirklich?« Ich öffnete die Augen und sah eine feuchte Schlangenlinie, wo sich die Nudel ursprünglich befunden hatte. Nun lag sie mehrere Zentimeter von dieser Position entfernt, völlig anders gekrümmt. Sie hatte nicht den ganzen Weg bis zur Essensschachtel zurückgelegt, wie eigentlich beabsichtigt, aber daran, dass sie sich bewegt hatte, bestand kein Zweifel.

»Ja, wirklich! Sie sind mir ja ein kleiner Nudelschieber!«

»Moment mal, nehmen Sie mich gerade auf den Arm? Haben Sie sie bewegt, während ich die Augen geschlossen hatte?«

Nakaris strahlendes Lächeln verschwand, und sie legte ihre verbundene Hand auf meine. »Nein, natürlich nicht! So etwas würde ich nicht tun, Luke. Ich weiß, dass Ihnen das viel bedeutet, und ich versichere Ihnen: Das waren ganz allein Sie. Die Nudel ist gleichmäßig über den Tisch gekrochen, wie eine Schlange, die einen Spaziergang durch die Nachbarschaft macht.«

Trotz der Erleichterung über meinen Erfolg spürte ich deutlich, dass sie die Wahrheit sagte – in meinem Kopf gab es nicht den geringsten Zweifel daran, als hätte die Macht für mich einen Lügendetektortest gemacht. Normalerweise fühlte ich nicht so, wenn ich mit Leuten sprach, aber vielleicht lag das ja an dieser jüngsten Verbindung mit der Macht. Dass die Nudel sich bewegt hatte, lag jedenfalls ganz sicher daran. Dass es wirklich geschehen war, was für einen Triumph dies darstellte – all das wurde mir nun vollends bewusst. »Unglaublich. Ich habe es tatsächlich geschafft.«

Nakaris Lächeln kehrte zurück, ein wenig selbstgefällig diesmal, und sie deutete mit ihren Essstäbchen auf mich. »Ich wusste, dass Sie es können.«

»Wussten Sie nicht.«

»Ihre Nudeln werden kalt.«

Obwohl ein wenig abgekühlt, waren es die besten Nudeln, die ich je gegessen hatte. Das Wissen, dass Telekinese möglich war – nicht nur für Jedi, sondern für mich –, ließ mich zuversichtlicher in die Zukunft blicken, als mir dies seit langer Zeit vergönnt gewesen war.

11. Kapitel

Wie sich herausstellte, war Sakhet die Kupohanerin mit dem roten Kopftuch, und sie trug es noch immer, als wir am Morgen zu ihrem Nudelimbiss zurückkehrten. Mir fielen nun einige Details auf, die im gedämpften Licht ihres Ladens nicht zu erkennen gewesen waren. Sie trug sechs Ringe um ihren Hals, was bedeutete, dass sie in ihrem sechsten Lebensjahrzehnt war, und ihre unteren Ohren wurden vom Gewicht ihrer silbernen Statusohrringe heruntergezogen. Bei den Kupohanern diente Schmuck einem Zweck, nicht der Zierde, und Sakhets Ohrringe zeigten an, dass sie bei ihrem Volk größeres Prestige genoss, als man eigentlich im Falle einer Nudelverkäuferin erwarten würde. Sie deutete auf einen Liefer-Speeder, der in der Nähe stand, und sagte: »Steigen Sie ein.«

SAKHETS NUDELN stand an den Seiten des Fahrzeugs, und es roch nach Speiseöl, außerdem lagen im Inneren mehrere Tüten mit Schachteln, die augenscheinlich frische Gerichte enthielten. Für Erzwo wäre da kein Platz mehr gewesen, insofern war ich froh, dass wir ihn überredet hatten, einmal mehr im Hotel zu bleiben. Ich hatte das Gefühl, dass er während der Befreiungsaktion eine wichtige Rolle spielen könnte, aber im

Moment wäre er wohl kaum eine Bereicherung für die Gruppe.

»Wofür ist das alles?«, fragte ich, während ich mich neben die Schachteln setzte.

»Das ist unsere Tarnung«, erklärte Sakhet. »Wir liefern Nudeln aus. Auf Denon gibt es rund um die Uhr Leute, die etwas essen wollen.« Nach einer kurzen Fahrt erreichten wir einen urbanen Grüngürtel, der als Erholungsgebiet für diesen Distrikt diente. Jeder von uns nahm sich ein paar Tüten, und dann folgten wir Sakhet zu einer hohen Fußgängerbrücke, von der man auf den Park hinabblicken konnte. Die Sonne spiegelte sich auf ähnlichen Fußwegen gegenüber von diesem, und unser erhöhter Aussichtspunkt offenbarte Pfade unten im Park, die sich zwischen Bäumen und Heckenskulpturen hindurchwanden. Außerdem gab es da weite Grasflächen, wo man allerlei Aktivitäten nachgehen konnte, und zahlreiche Bänke zum Entspannen. Ein paar Leute waren dort unten unterwegs und ließen ihre Haustiere Bälle oder Stöcke apportieren.

Sakhet tat so, als wäre das nur eine ganz normale Essenslieferung und die Szenerie um uns schrecklich langweilig, dann sagte sie: »Die Zielperson geht jeden Morgen spazieren, und ihr Ziel ist an jedem Tag der Woche ein anderes. Heute wird sie zwischen zehn und elf in dem Park unter uns sein, morgen geht sie in den botanischen Garten, am Tag darauf in ein Café, wo eine Gruppe ungewaschener Wesen aus der Nachbarschaft Musik macht. Und so weiter. Ich gebe Ihnen einen Wochenplan und die nötigen Stadtpläne, wenn wir wieder beim Speeder sind. Lassen Sie die Tüten hier stehen.« Sie stellte die Nudelgerichte an der Türschwelle einer anonymen Adresse ab, und wir platzierten unsere daneben, anschließend drückte sie kurz die Klingel und begann, zurück zu ihrem Gleiter zu gehen, ohne auf eine Antwort zu warten. Ich fragte mich, ob überhaupt jemand an dieser Adresse Nudeln bestellt hatte oder ob Sakhet ihnen ein kostenloses Überraschungsmahl gebracht hatte.

»Das Gute ist, dass die Zielperson eine Routine entwickelt hat und sich in der Öffentlichkeit bewegt – was natürlich kein Zufall ist. Sie wartet darauf, dass Sie Ihren Zug machen. Die Sache hat aber auch einen Nachteil: Ihre Bewacher haben ebenfalls eine Routine entwickelt.«

»Wer sind diese Bewacher? Sturmtruppen?«

»Nein, Agenten des imperialen Sicherheitsbüros. Sie verstehen ihr Handwerk, haben einen Beobachter hier oben und einen auf der Überführung uns gegenüber postiert. Mit einem einfachen Kommruf können sie Sturmtruppen und sogar Luftverstärkung anfordern, und Sie können sich keine langwierige Konfrontation leisten – wenn Sie nicht gleich Erfolg haben, sollten Sie die Sache abblasen, es sei denn, Sie sehnen sich nach dem Tod. Ich schlage vor, Sie kommen nachher hierher zurück und beobachten sie. Mich würde das Sicherheitskommando wiedererkennen. Darum sollten Sie von nun an auch nicht mehr mit mir gesehen werden.«

»Was ist mit Ihrem Arbeitsplatz? Kommen wir vielleicht dort an sie heran?«

»Vergessen Sie's. Das ist eine imperiale Todesfalle. Da haben Sie noch bessere Chancen, wenn Sie versuchen, sie ihren Bewachern zu entreißen. Jetzt nicht stehen bleiben. Sie sind Angestellte, die der guten, alten Sakhet helfen, Nudeln auszutragen.«

Wir zwängten uns wieder in den Speeder, und Sakhet fuhr zurück zum Nudelimbiss. Unterwegs übertrug sie die Ergebnisse ihrer Nachforschungen in Sachen Drusil Bephorin auf Nakaris Datenblock: Stadtpläne, Fotos, Notizen über Sicherheitsvorkehrungen, die Position imperialer Truppen in der

Nähe der individuellen Plätze und eine Schätzung, wie schnell sie den Ort des Geschehens erreichen könnten, sollten sie alarmiert werden.

»Da ist auch eine chiffrierte Datei, die Sie mit dem Passwort *Rancorsauce* entschlüsseln können. Tun Sie das aber erst, wenn es nötig ist, und löschen Sie alles, sobald Sie die Mission abgeschlossen haben.«

»Was ist das für eine Datei?«

»Eine Liste kupohanischer Kontakte auf diversen Welten, die Ihnen helfen können, falls Sie fliehen müssen.«

»Ich wusste nicht, dass die Kupohaner ein solches Netzwerk haben.«

»Offiziell haben wir das auch nicht. Wir sind nicht so gut organisiert wie das bothanische Spionagenetz. Aber das waren doch Sie, die diese TIE-Jäger bei Llanic abgeschossen haben, oder?«

»Ja, das war ich.«

»Meine Tochter war an Bord dieses Schiffes. Sie hat gestern Abend Ihre Nerf-Happen gekocht. Sie würde nicht mehr leben, hätten Sie nicht eingegriffen. Also biete ich Ihnen einen Unterschlupf, sollten Sie einen brauchen. Kontaktieren Sie eine der Personen auf dieser Liste und sagen Sie, dass sie Freunde von Sakhet auf Denon sind und dass ich die besten Nerf-Happen mache, die Sie je gekostet haben. Dann werden sie Ihnen helfen, wo sie nur können.«

»Danke. Hoffentlich wird das nicht nötig sein. Was sind wir Ihnen schuldig?«

»Ihr Admiral hat mich bereits für meine Dienste bezahlt. Viel Glück.« Sie stieg aus dem Speeder und überließ uns unserem Schicksal, nun, da sie ihre Verpflichtung erfüllt hatte.

Wir kehrten in unser Hotel zurück und holten Erzwo ab, bevor wir mit einem gemieteten Gleiter wieder zum Park flogen. Wir wollten nicht nur Drusil Bephorin beobachten, sondern vor allem sehen, wie sich ihre Bewacher gebärdeten und ob ihr Verhalten dem Bericht entsprach, den Sakhet uns gegeben hatte. Erzwo war voll damit beschäftigt, lokale Kommnetzwerke zu scannen, nach codierten Übertragungen zu suchen und sie zu ihrer Quelle zurückzuverfolgen; natürlich kannte er die imperialen Codes nicht, aber falls jemand in einem öffentlichen Park verschlüsselte Nachrichten erhielt und sendete, dann wies ihn das ebenso unzweifelhaft als Imperialen aus, als würde er die Rüstung eines Sturmtrupplers tragen.

Nakari und ich hatten identische Uniformen angezogen, um den Eindruck zu erwecken, als wären wir Besatzungsmitglieder eines Passagierkreuzers, die gerade gemeinsam ein paar freie Stunden genossen. Wir trugen beide Kappen, die bis tief in die Stirn gezogen waren, zudem hatten wir ein wenig Synthfleisch-Knetmasse auf unsere Gesichter geklebt, um die Form unserer Wangen, Nasen und Kinne zu ändern, und in einer kleinen Reisetasche trugen wir überdies Kleidung zum Wechseln bei uns. Wir betraten den Park von Süden, wobei Erzwo hinter uns herrollte, dann suchten wir uns eine Bank, von der wir den Rest der Grünflächen überblicken konnten, und warteten.

Zunächst tauchte ein fliegender Überwachungsdroide auf, eine schwarze Kugel, die vor Blastern und Sensoren nur so starrte und das Gebiet absuchte. Zweifelsohne erfasste er dabei auch unsere Gesichter und glich sie mit den imperialen Datenbänken ab. Mit meinem veränderten Aussehen würde ich zu keiner Datei passen, die sie womöglich über Luke Skywalker hatten. Da wir zudem unbewaffnet waren – ich hatte mein Lichtschwert diesmal vorsichtshalber zurückgelassen – und auch sonst keinen bedrohlichen Eindruck machten, glitt der Droide nach einem oberflächlichen Scan davon, um andere Parkbesucher zu überprüfen.

Nakari lenkte meine Aufmerksamkeit erst auf sich und dann mit gezielten Augenbewegungen auf die erhöhten Fußwege über dem Park. Zwei Männer in weiter, aber trotzdem ausgebeulter Kleidung hatten dort Position bezogen, einer auf jeder Seite, sodass sie einen ausgezeichneten Blick auf den Grüngürtel hatten. Sie hätten ganz normale Bürger sein können, die die Aussicht genossen, wäre da nicht ihr militärischer Haarschnitt und der alarmbereite Ausdruck auf ihren Gesichtern gewesen, der einfach nicht zu Touristen passte. Davon abgesehen trugen sie vermutlich Rüstungen unter ihrer Freizeitkleidung.

Sobald ich wusste, worauf ich achten musste, entdeckte ich mehrere andere Imperiale, die durch den Park streiften – vier, um genau zu sein: allein umherwandelnde Personen, blind gegenüber dem Charme des Parks, die alle anderen Besucher argwöhnisch musterten. Einer von ihnen ging nicht weit von uns entfernt vorüber, sein Mund ein schmaler, ungehaltener Strich unter seiner Nase. Ich vermutete, wir entsprachen nicht seiner Vorstellung von denonianischen Parkbesuchern. Falls seine Miene immer so mürrisch war, überlegte ich, wie er dann wohl erst dreinschauen würde, nachdem wir mit seiner Schutzbefohlenen geflohen waren.

Nakari und ich achteten darauf, über nichts zu sprechen, was mit der Mission zu tun hatte; wir wussten, dass womöglich ein Distanzmikrofon auf uns gerichtet war. Diese Dinge würden wir später besprechen; jetzt unterhielten wir uns über Mannschaft und Passagiere unseres fiktiven Kreuzfahrtschiffes und deren Marotten, wobei wir so taten, als würden wir unserem Frust Luft machen. Unsere Augen registrierten derweil die Gewohnheiten der Imperialen.

Zu guter Letzt erschien unser Ziel, flankiert von zwei Leibwächtern in schwarzer Kleidung, die im Gegensatz zu den anderen Sicherheitsleuten nicht versuchten, mit der Menge zu verschmelzen. Die Überwachungsdrohne, die wir vorhin schon gesehen hatten, kehrte zurück und schwebte über Drusil her, wobei sie sich aber weit genug hinter ihr hielt, um sie nicht mit dem Summen seines Triebwerks zu belästigen.

Bephorin selbst war in eine lange, fließende Tunika gehüllt, die bis über ihre Knie reichte und von einem braunen Gürtel um ihre Hüfte zusammengehalten wurde. Ich konnte nicht abschätzen, ob sie in gutem gesundheitlichem Zustand war.

Für menschliche Augen sehen die Givin aus wie traurige Skelette, denn ihre Köpfe ähneln Totenschädeln, mit Brauen, die nach oben geneigt sind und in der Mitte zusammentreffen; das wiederum vermittelt den Eindruck, als wären sie in endloser Trauer gefangen, oder als wären sie entsetzt, weil irgendetwas Haariges über ihr Essen kroch. Die Bedingungen auf ihrer Heimatwelt waren so harsch, dass ihre Organe vor der unwirtlichen Atmosphäre verborgen waren und sie für kurze Zeit sogar im Vakuum überleben konnten – was bedeutete, dass ich keinerlei Anhaltspunkte hatte, um sie einzuschätzen. Sie besaßen keine Augen und einen vergleichsweise unbeweglichen Mund, der kaum Emotionen preisgab. Ich würde also erst erfahren, wie es ihr ging, wenn sie es mir sagte, und soweit ich wusste, selbst dann nicht, weil sie es in Form einer komplexen Rechnung ausdrückte.

Die Leibwächter in Schwarz gingen zwei Schritte hinter Drusil, und mir fiel auf, dass sie genau darauf achteten, hinter ihr zu bleiben, außerhalb ihres Blickfeldes. Vielleicht wollte sie sich einreden können, dass sie nicht bewacht wurde, und das Imperium gönnte ihr diese Illusion. Sie war eine Gefangene mit Privilegien – aber nichtsdestotrotz eine Gefangene.

Drusil ging an den Bänken vorbei und wählte ganz bewusst einen Platz im Gras, um sich zu setzen. Die Beine hatte sie unter ihrem Körper verschränkt, die langfingrigen Hände lagen auf ihren Knien, der Rücken war steif und gerade, als wäre sie hier, um die richtige Körperhaltung zu demonstrieren. Sie saß so, dass sie ein Familienpicknick beobachten konnte; ein paar Erwachsene, die an einem Metalltisch saßen und an ihren Getränken nippten, während Kinder in der Nähe auf der Wiese spielten, sich einen Ball zuwarfen und lachten. Ich konnte aber nicht erkennen, ob ihr der Anblick Freude bereitete.

Die beiden Leibwächter behielten ihre Position bei, die Gesichter von Drusil abgewandt, um nach Ärger Ausschau zu halten. Der Droide hing reglos über ihnen und rotierte im Wachmodus. Bunte Lichter blinkten, während er die Umgebung auf Gefahren scannte und Radarsignale in den Park hinaussandte. Zweifellos hatte er alles und jeden in Sichtweite mit einem Zielkreuz versehen. Die Sicherheitsleute in Zivil hielten Abstand und rotierten im Uhrzeigersinn, während die beiden Männer auf der Fußgängerbrücke auf ihrem Beobachtungsposten verharrten.

Nach ein paar Minuten, während derer Drusil Bephorin vollkommen reglos geblieben war, kam mir der Gedanke, dass sie vielleicht gar nicht die Kinder beobachtete, sondern meditierte. Für mich war es unmöglich, das abzuschätzen, aber vielleicht waren ihre Augen ja geschlossen.

Die Augen des Überwachungsdroiden waren dafür umso wachsamer, und er war darauf programmiert, tödliche Gewalt einzusetzen, wie sich zeigte, als der Ball von den Kindern fort auf Drusil zusegelte. Seine Flugbahn hätte ihn bis auf den Sprengradius einer Granate in Richtung Drusil getragen, aber bevor er den Boden berühren konnte, wirbelte der Droide herum, feuerte seine vorderen Laser ab und löste den Ball in seine Atome auf. Die Kinder schrien, und ihre Eltern, aus ihrer geselligen Runde aufgeschreckt, stießen ebenfalls ein paar verspätete Rufe aus. Es hatte sich ausgespielt.

Drusil zuckte bei dem Lärm zusammen, dann stand sie auf und drehte sich zu den Leibwächtern, um sie zu rügen, als wären sie diejenigen, die den Ball zerschossen hatten.

»Es ist doch nicht so entspannend hier im Park«, sagte Nakari, als sie sich von der Bank erhob. »Ich denke, wir sollten besser gehen.«

»Ja.« Da die meisten anderen Anwesenden sich ebenfalls zurückzogen, würden wir nur auffallen, falls wir blieben. Außerdem hatten wir bereits alle Informationen, die wir brauchten: zwei als solche zu erkennende Leibwächter, vier Leute in Zivil, zwei weitere in erhöhter Position und ein auf Aggressivität programmierter Überwachungsdroide. Und alles andere, was uns womöglich entgangen war, das Erzwo aber aufgeschnappt hatte; wir würden ihn bald danach fragen können.

Es dauerte eine Weile, zum Hotel zurückzukehren, da wir sichergehen wollten, dass uns niemand folgte. Nachdem wir unseren Mietgleiter abgestellt hatten, entfernten wir im Erfrischer eines öffentlichen Restaurants das Synthfleisch vom Gesicht, zogen die unauffällige Kleidung aus der Tasche und stülpten uns Kapuzen über den Kopf, um uns beim Verlassen des Ladens vor etwaigen Überwachungskameras zu verbergen. Erzwos Identität zu verschleiern war da schon schwieriger, also versuchten wir es gar nicht erst. Wir mussten das Risiko eingehen und ihn allein zum Hotel zurückschicken, in der

Hoffnung, dass ihn auf der kurzen Strecke niemand ansprach. Nakari erklärte, dass es für die Passanten aussehen würde, als wäre er auf einem Botengang, und nicht so, als würde er orientierungslos umherirren. Zum Glück blieb er von Schwierigkeiten verschont, und so wartete er neben dem Eingang, als kurze Zeit später auch wir dort eintrafen. Anschließend folgte er uns zu einem weiteren Etablissement, da wir das Hotel nicht betraten; wir wollten erst sicher sein, dass wir etwaige Verfolger abgeschüttelt hatten, und außerdem gab es viel zu tun.

Wir verbargen uns in einer gut abgeschirmten Nische eines luxuriösen Restaurants und bestellten heiße Getränke, die uns von einem Droiden serviert wurden. Anschließend gingen wir die Daten durch, die Sakhet auf Nakaris Datenblock heruntergeladen hatte, und verglichen mittels einer Schnittstelle Erzwos Beobachtungen bezüglich der Sicherheitsmaßnahmen mit unseren eigenen Eindrücken.

Der Astromech hatte anhand lokaler Kommsignale dieselben Bewacher wie wir ausgemacht, und durch diese Signale würde er sie an jedem Ort aufspüren können, falls wir sie nicht sehen sollten; es erschien unwahrscheinlich, dass wir noch einmal einen so guten Überblick haben würden wie an diesem Morgen.

»Ich glaube nicht, dass wir es morgen im botanischen Garten durchziehen können, selbst wenn wir wollten.«

»Nein, das wäre zu früh«, stimmte Nakari zu. »Außerdem würden wir bei all den Blumen und Ästen und Baumstämmen nicht sehr weit sehen können.«

»Aber dieses Café am Tag darauf, das scheint mir vielversprechend«, sagte ich.

Nakari beugte sich herüber, und als sie über meine Schulter blickte, streiften ein paar ihrer ungezähmten Locken mein Ohr.

Sie roch nach Zitrusgewächsen und Minze. »Kommt drauf an, wo sie sitzt. Drinnen können wir es nicht wagen.«

»In Sakhets Notizen steht, dass sie an einem der Tische im Freien sitzt und die Passanten beobachtet.«

»Also schnappen wir sie uns in aller Öffentlichkeit auf der Straße?«

»Nun, ich bezweifle, dass dort am frühen Vormittag viel los sein wird. Der Frühstücksansturm ist um die Zeit vorbei, wir sollten also nur auf die Leute treffen, die verschlafen haben, oder auf Leute, die ihren Geschäften in Cafés nachgehen. Davon abgesehen werden Zivilisten die Imperialen ebenso behindern wie uns. Und schauen Sie mal, da.« Ich deutete auf das Holo des Cafés, das Sakhet uns zur Verfügung gestellt hatte.

»Oh. *Oh!* Das könnte tatsächlich funktionieren.«

»Schön, dass Sie das auch so sehen.« Ich drehte mich zu meinem Droiden um. »He, Erzwo. Wie würde es dir gefallen, ein wenig aufgerüstet zu werden?«

12. Kapitel

Falls ich das richtig verstanden habe, ist der menschliche Geruchssinn im Vergleich zu dem der meisten anderen Spezies unterentwickelt, und manchmal denke ich, dass das wirklich schade ist; es gibt attraktive Düfte, die vielleicht noch betörender wären, wenn sie mehr Tiefe hätten. Doch wenn der Geruch, der mir in die Nase steigt, von der unangenehmen Sorte ist, dann bin ich froh, dass wir in diesem Punkt eingeschränkt sind. Meine Besuche auf Rodia hatten mir Grund gegeben, dankbar für die unterentwickelten Geruchsnerven meiner Spezies zu sein, und die gleiche Dankbarkeit empfand ich auch zwei Tage später, als ich in einem denonianischen Abwasserkanal kauerte, der nicht nur voller Unrat war, sondern auch voller Wesen, die sich von Unrat ernährten und anschließend ihren eigenen Unrat kreierten.

Den vorigen Tag hatten wir damit verbracht, uns intensiv auf die Befreiung von Drusil Bephorin vorzubereiten, angefangen damit, dass wir an einem toten Briefkasten der Allianz eine Nachricht hinterließen, mit dem Inhalt, dass Major Derlins Team die Familie der Givin sofort nach Omereth bringen sollte. Anschließend hatten wir das Café in Augenschein genommen und alles Nötige gekauft, das meiste davon für Erzwos Aufrüstung, aber auch zusätzliche Kleidung für einen schnellen Garderobenwechsel. Nach viel zu wenig Schlaf und einem gehetzten Frühstück hatten wir die frühen Morgenstunden über an den Notfallplänen gefeilt, die wir in der vorigen Nacht ausgeheckt hatten, und nachdem wir einige von ihnen verworfen hatten, war es schließlich Zeit, in Position zu gehen, bevor Drusil das Café erreichte.

Indem ich in Gedanken die »Begrüßungsgleichungen« der Givin durchging, die Leia mich gelehrt hatte, lenkte ich mich ein wenig von dem Umstand ab, dass ich bis zu den Knöcheln in Schleim kauerte und beinahe spüren konnte, wie sich Schimmelsporen und Moder an meinen Lungenbläschen festsetzten. Es herrschte Dunkelheit, abgesehen von dem schwachen Licht, das durch ein Abflussgitter um die Ecke herabfiel. Ich konnte hören, wie Tiere im Wasser plantschten oder auf der Suche nach einer Mahlzeit – oder vielleicht einem Ausweg – durch den Unrat krochen. Etwas Kleines kreischte, dann verstummte es abrupt, und etwas Größeres rülpste. Ich starrte auf mein neues Kommgerät hinab, als könnte ich es mit meinen Gedanken dazu zwingen, zum Leben zu erwachen und mir den Befehl zum Losschlagen zu geben. Tatenlos warten zu müssen ist furchtbar, aber tatenlos in einem Abwasserkanal warten zu müssen ist noch schlimmer.

Ich begann, mich zu sorgen, dass das Signal den Zement über mir vielleicht nicht durchdringen könnte, dass ich das Signal verpassen und alles schiefgehen würde. Wir hatten die Verbindung gestern zwar geprüft, aber Technologie ist immer nur so lange verlässlich, bis sie es nicht mehr ist.

Doch da empfing ich ein Zirpen; das Zeichen dafür, dass Erzwo und Nakari an ihrer jeweiligen Position waren. Es folgte ein weiteres Zirpen, welches mir verriet, dass unser Ziel sich dem Café näherte. Diese Signale waren nichts weiter als bedeutungslose Piepser, bar jeglichen Inhalts, den der imperiale Überwachungsdroide als Bedrohung interpretieren könnte. Für mich bargen sie hingegen wichtige Informationen. Erzwos drittes Zirpen stellte den Startschuss für unsere Operation dar; nicht ganz eine Minute danach würde er in Aktion treten. Ich zog meinen Blaster und überprüfte zum inzwischen vermutlich fünften Mal, ob er auf die stärkste Stufe eingestellt war, dann erhob ich mich aus meiner kauernden Position und presste den Rücken gegen die Wand des Kanals. Falls der Überwachungsdroide meine Bewegungen erfasste, umso besser; das würde ihn von Erzwo ablenken – davon, wie er eine winzige Luke an seiner Kuppel öffnete und den winzigen Ionenblaster freilegte, den wir am Vortag installiert hatten. Der Astromech würde auf die Drohne feuern und sie außer Gefecht setzten – das war der eigentliche Schlüssel zum Erfolg unserer Operation. Ohne deren Speicher und seine Aufzeichnungen über die Entführung würden sich die Agenten des ISB auf Informationen verlassen müssen, die sie von menschlichen Quellen erhielten. Um diesen Teil des Problems würde sich Nakari kümmern.

Das finale Zirpen erklang, und ich setzte mich in Bewegung. Ich umrundete die Ecke zu meiner Linken und eilte auf ein großes Ablaufgitter an der Decke zu, das sich direkt neben dem Randstein vor dem Außenbereich des Cafés befand. Erzwo musste bereits auf sein Ziel gefeuert und getroffen haben, denn elektrisches Zischen und Knistern hallte zu mir herab, gefolgt von einem lauten Knall, einem trommelnden Klappern und den Schreien mehrerer panischer Wesen. Ich trug meinen Teil zu dem Lärm bei, indem ich auf die Ecken des Gitters feuerte, bis es herabfiel. Das entstandene Loch in der Straße war groß genug, um hineinzufallen – oder bewusst hineinzuspringen. Als ich fertig war, waren einige der Stimmen abgeebbt; die schreienden Wesen hatten angesichts explodierender Ablaufgitter und abstürzender Droiden die Flucht ergriffen. Was bedeutete, dass man mich nun auf der Straße hören konnte.

»Drusil Bephorin!«, rief ich, so laut ich nur konnte. »Ich komme von der Allianz, ihre Familie ist bei uns! Beeilen Sie sich bitte! Hier herunter!«

Die Givin bewegte sich mit erstaunlicher Schnelligkeit: Ich hörte, wie ihr Stuhl umkippte, so eilig hatte sie es, dann tauchte ihr blasser Kopf über dem rechteckigen Loch auf. Ihre eingefallenen Augenhöhlen starrten zu mir herab, und die Neigung ihrer Brauen erweckten den Eindruck, als wäre sie von mir entsetzt. Ich war ziemlich sicher, dass ich mich nie mit ihrer Miene anfreunden würde.

»Wo ist meine Familie?«, rief sie. Ihre Stimme klang gedämpft und klebrig, als hätte sie den Mund voller Nussbutter. Vielleicht hatte sie das sogar – schließlich hatte sie in einem Café gesessen.

»Unterwegs nach Omereth, wie Sie es wünschten! Wir müssen uns beeilen, also springen Sie bitter zu mir runter!«

Sie platzierte ihre Zehen am Rand der Öffnung, beugte sich vor, bis ihre Hände den anderen Rand umschlossen, und rutschte dann nach unten. Einen Moment lang baumelte sie noch in der Luft, bevor sie sich den letzten halben Meter herabfallen ließ. Sie beugte die Knie, um den Aufprall abzufedern, und als sie sich wieder aufgerichtet hatte, drehte sie sich herum und musterte mich mit diesen schwarzen Löchern, die ihre Augen waren. Nebenbei rückte sie den Riemen ihrer Tragetasche zurecht, der während der Kletteraktion verrutscht war. Vermutlich befand sich ihr Datenblock darin, und vielleicht noch ein paar andere Sachen.

»Normalerweise folge ich Menschen nicht an dunkle Orte«, informierte sie mich, »aber so schnell, wie Sie mich von meinen Aufpassern befreit haben, ist es wohl recht wahrscheinlich, dass Sie sind, wer Sie zu sein behaupten.«

»Grüße von der Allianz. Es ist mir eine Ehre, Sie kennenzulernen. Ich bin Luke Skywalker.« Es war Zeit, die Gleichung wiederzukäuen, die ich mir heute Morgen noch einmal eingeprägt hatte. »Während wir den Rest Ihrer Wachen hinter uns lassen, würde es Ihnen etwas ausmachen, mir die Eigenwerte und Eigenvektoren drei mal drei Matrix eins, minus drei, drei, dann drei, minus fünf, drei und sechs, minus sechs vier zu nennen?«

»Sehr erfreut, Luke Skywalker! Schön, Sie kennenzulernen!« Ich führte sie um die Ecke in den ersten Abwasserkanal, wo man uns von der Straße aus nicht mehr sehen konnte, aber ich hatte erst ein paar Schritte gemacht, als wieder ihre Stimme hinter mir erklang. »Um Ihre Frage zu beantworten, die Eigenwerte dieser Matrix sind vier, minus zwei und minus zwei, und die assoziierten Vektoren sind: Quadratwurzel von zwei geteilt durch das Sechsfache des Vektors minus eins, null, null – normiert und rationalisiert, versteht sich.«

»Natürlich«, erwiderte ich, obwohl ich nur eine sehr vage Ahnung davon hatte, was sie meinte. Es gewährte mir aber einen kurzen Einblick in den atemberaubenden mathematischen Intellekt hinter diesem emotionslosen Gesicht. Kaum zu glauben, dass sie das so schnell im Kopf berechnet hatte. Leia hatte angeboten, mir die Lösung Schritt für Schritt zu erklären, aber ich wusste, dass es selbst mit einer quadratischen Formel und zusammengebissenen Zähnen mindestens fünf

Minuten gedauert hätte. Drusil hingegen hatte das Ergebnis binnen weniger Sekunden ermittelt. In der Hoffnung, dass sie vielleicht vergessen würde, mir eine ähnliche Frage zu stellen – selbst nach meinem Schnellkurs war ich nicht sicher, was ein Eigenvektor eigentlich war –, schob ich nach: »Wir müssen schnellstmöglich durch die Kanäle. Am Ausgang wartet ein Speeder auf uns. Damit fliegen wir zur Landeplattform im nächsten Distrikt. Dort haben wir ein Schiff, um Sie von hier fortzubringen. Je schneller wir dort sind, desto größer die Chance, dass wir schon unterwegs sind, wenn das Imperium den abfliegenden Verkehr blockiert.«

Wir wateten immer tiefer durch den Unrat, während wir weiterhasteten, denn immer wieder strömten Zuflüsse gurgelnden Schleims in den Kanal. Platschend und in respektablem Eilschritt kämpften wir uns durch den Schmutz, wobei meine Taschenlampe den Pfad erhellte. Ich nahm dieselbe Route, auf der ich hergekommen war. Rufe und die Echos unserer Verfolger hallten irgendwo hinter uns von den Wänden wider, aber Drusil Bephorin ignorierte die Geräusche. Sie war fest entschlossen, mir eine gebührende Begrüßung zuteilwerden zu lassen.

»Ich will mich nach Kräften beeilen, Luke Skywalker. Während wir fliehen, könnten Sie mir vielleicht Mathe, Mathe mit Vektor, Wurzel, Mathe, Mathe?«

Sie benutzte natürlich korrekte Begriffe und exakte Zahlen, aber ich kann nicht mehr sagen, was genau sie von mir wollte oder wie sie es ausgedrückt hatte. Es klang aber zumindest, als gäbe es eine eindeutige Lösung anstelle einer ganzen Reihe von Werten und Vektoren. »Ähm, sehen wir mal. Das müsste … drei sein.«

Ein feucht klingendes Geräusch, das ein Kichern sein mochte, drang aus der Kehle der Givin. »Ausgezeichnet.«

Ja, es war ausgezeichnet. Den Sternen sei Dank für Dreipeos und Leias Erfahrung mit Givin. Es folgte eine Pause in unserer Unterhaltung, sodass ich besser lauschen konnte. Vielleicht bildete ich es mir nur ein, aber ich hatte den Eindruck, als würden unsere Verfolger näher kommen. Ich wusste, dass Nakari zumindest die beiden Leibwächter in Drusils unmittelbarer Nähe ausgeschaltet hatte, und dass Erzwo sich um den Überwachungsdroiden gekümmert hatte – andernfalls wäre die Givin nicht hier –, aber da waren noch immer sechs ISB-Agenten, die uns verfolgen und Verstärkung rufen konnten, um uns gefangenzunehmen. Oder wahrscheinlicher: um Drusil gefangenzunehmen und mich zu exekutieren.

Ich wollte die Givin nach ihren verbliebenen Aufpassern fragen, aber sie kam mir mit ihrer eigenen Frage zuvor. »Habe ich das richtig verstanden, dass Sie die erste Person Plural benutzten, als Sie von Ihrem Fluchtschiff sprachen? Falls ich mich recht entsinne, waren Ihre Worte: ›Wir haben dort ein Schiff, um sie von hier fortzubringen.‹ Könnte das bedeuten, dass Sie Verbündete haben?«

»Ja, einen Droiden und eine Scharfschützin. Sie werden später zu uns stoßen.«

»Ah! Die beiden, die meine Bewacher angegriffen haben. Ich verstehe. Falls sie sich schnell genug zu einem Punkt vor uns zurückziehen, sollte ihnen nichts geschehen, aber ich muss Ihnen mitteilen, dass unsere Chancen nicht so gut stehen. Meinen Berechnungen zufolge werden wir vermutlich ergriffen, ehe wir Ihren Treffpunkt erreichen.«

»Wie wollen Sie das berechnen können? Sie wissen doch nicht einmal, wohin wir gehen.«

»Ich weiß es nicht mit Gewissheit, deswegen sagte ich ja auch *vermutlich* und nicht *sicher*. Aber ausgehend von den bestehenden Variablen kann ich eine ziemlich genaue Vermutung anstellen, was unser Ziel angeht, und ich kann abschätzen, dass unsere Verfolger uns einholen werden, bevor wir den Ausgang erreichen. Es sei denn, sie begehen einen Fehler, versteht sich.«

»Ist das denn keine Ihrer bestehenden Variablen?«

»Das abzuschätzen ist kaum möglich. Wie Sie vielleicht wissen, ist die menschliche Dummheit im Gegensatz zu Kinetik, Zeit oder Entfernung unberechenbar.«

»He, ich … na schön. Ich schätze, dagegen lässt sich nichts einwenden. Versuchen wir lieber, unsere Chancen zu erhöhen und die Wahrscheinlichkeit dieser Gefangennahme zu verringern.«

»Das wäre in der Tat weise.«

Indem wir unsere Schritte beschleunigten, verursachten wir auch mehr Lärm, und die Gefahr, auszurutschen und mit dem Gesicht in etwas Unaussprechlichem zu landen, wuchs ebenfalls, aber das war immer noch besser, als von hinten erschossen zu werden.

Meine Gedanken waren jedoch so auf die ISB-Agenten fokussiert, dass ich die anderen Bewohner dieser Abwasserkanäle vergaß. Als wir eine Kreuzung erreichten, an der wir links abbiegen mussten, warnten mich ein Grollen und das Aufblitzen von Zähnen noch rechtzeitig, aber es war denkbar knapp. Eine gedrungene, vierbeinige Kreatur segelte an mir vorbei, während ich zurückzuckte, und ihre Kiefer schnappten nach der Taschenlampe und schlossen sich darum. Es tat so weh, dass ich glaubte, sie hätte meine Fingerkuppen durchgebissen. Das Licht verschwand im Bauch der Kreatur, und Dunkelheit schlug über uns zusammen. Wir befanden uns hier tief in den Kanälen, und weit und breit war kein Abflussgitter an der Decke in Sicht.

»Bleiben Sie zurück!«, warnte ich Drusil, als ich hörte, wie die Kreatur würgte und die Lampe ausspuckte. Leider funktionierte sie nicht mehr; vielleicht hatte das Biest nur den Ausschalter berührt, und sie war nicht kaputt, aber ich würde ganz sicher nicht in der Finsternis den Boden danach abtasten, während ein hungriges Tier in der Nähe lauerte. Wir brauchten Licht, also zog ich mein Lichtschwert vom Gürtel, in der Hoffnung, dass es genug Helligkeit erzeugen würde, um die Kreatur zu erspähen, bevor sie wieder angriff. Ich hielt die Waffe in Verteidigungsposition vor mir und aktivierte sie. Im selben Moment hörte ich, wie sich das Wesen knurrend durch den Schmutz bewegte. Dann erblühte die blaue Plasmaklinge, und meine in der Düsternis geweiteten Augen sahen, wie das Maul des Monsters aufklappte, als es die mächtigen Hinterbeine anspannte, um mir an die Kehle zu springen. Seine Zähne sahen aus wie schleimige grünliche Eiszapfen – obwohl das auch eine vom schwachen Licht erzeugte Illusion sein mochte –, außerdem besaß die Kreatur lange Nasenschlitze, zwei winzige Augen und blasse Haut; kein Fell zu haben war hier unten sicher ein Segen. Die Nasenschlitze flatterten, die Ohren zuckten in meine Richtung, und dann stieß sich das Biest mit aufgerissenem Maul vom Boden ab, sicher, dass ich besser schmecken würde als die Taschenlampe. Ich hatte weder Zeit noch Platz, um etwas anderes zu tun, als zur Seite auszuweichen und reflexhaft in Richtung der Bedrohung zu schlagen; ich bin sicher, jeder, der in den Kampfkünsten bewandert ist, hätte angesichts meines Hiebes nur den Kopf geschüttelt. Doch in der Beengtheit des Kanals war er effektiv genug: Die Klinge trennte dem Biest einen Teil seiner Wange ab und schlug ihm vielleicht auch ein paar Zähne aus. Der Schwung ihrer Bewegung ließ sie im Vorbeifliegen gegen meine Schulter prallen, aber anstelle einer Verletzung hinterließ dies nur eine schleimige Spur verbrannten Fleisches. Vor Schmerz und Furcht jaulend, rollte die Kreatur sich herum, nachdem sie auf dem Boden gelandet war, und rannte davon. Sie war daran gewöhnt, ihre Mahlzeiten aus dem Hinterhalt zu überfallen; dass ein ausgespähtes Opfer zurückschlug, war augenscheinlich nicht nach ihrem Geschmack.

Unglücklicherweise hatte ihr Angriff und anschließender Rückzug den ISB-Agenten wegen des Lärms nicht nur unsere Position verraten, sondern ihnen auch Zeit gegeben, die Entfernung zu verringern.

»Sie sind da hinten!«, hörte ich einen von ihnen rufen, als Drusil sagte: »Bemerkenswert! Ist das ein Lichtschwert? Die Chance, heutzutage jemandem mit einem Lichtschwert zu begegnen, sind astronomisch klein. Die Wahrscheinlichkeit ist …«

»Kommen Sie!«, schnappte ich. »Folgen Sie dem Lichtschwert. Wir müssen hier nach links.«

Anstatt mir sofort zu folgen, schüttelte Drusil den Kopf, was ich allein daran erkannte, dass die fahlen Balken ihrer Wangenknochen von einer Seite zur anderen tanzten. »Sie müssen sich um mich keine Sorgen machen, Luke Skywalker. Meine Augen sind deutlich besser als die eines Menschen. Ich kann gut genug sehen, um etwaigen Hindernissen auszuweichen.«

Ein Blasterstrahl zuckte an uns vorbei, und das Geräusch des Schusses hallte verstärkt durch den Kanal. Bei den Lichtpunkten im Tunnel hinter uns musste es sich um Taschenlampen handeln, wie der, die ich gerade verloren hatte.

»Das haben Sie dann wohl auch gesehen. Gehen wir.«

»Ja, schnell.« Wir umrundeten eine Ecke, als unsere Verfolger erneut feuerten, aber diesmal klang es anders – das verzerrte, elektrische Pulsieren eines Betäubungsstrahls. In der Beengtheit der Kanäle würde er sich ausbreiten und den gesamten Bereich von Boden bis Decke ausfüllen; es wäre völlig unmöglich, ihm auszuweichen. Zum Glück waren wir gerade hinter der Ecke verschwunden, sodass der Strahl an uns vorbeizuckte, geschwächt nach der langen Strecke und kurz davor, sich vollends aufzulösen. Sein Glühen erhellte kurz den Weg vor uns, wofür ich äußerst dankbar war.

Drusil fragte: »Nähern wir uns schon dem Ausgang, von dem Sie sprachen? Mit jeder Sekunde, die wir in den Kanälen bleiben, steigt die Wahrscheinlichkeit unseres Ablebens.«

»Wir müssen nur noch einmal rechts abbiegen, dann sollten wir das Abflussgitter sehen. Nur mit dem Lichtschwert könnte es aber schwer sein, die Abzweigung zu erkennen. Ich weiß nicht, ob ich sie in dieser Dunkelheit finden werde.«

»Ist es die erste rechte Abzweigung entlang dieser Passage?«

»Ja, warum?«

»Sie sind gerade daran vorbeigegangen.«

Ich versuchte ruckhaft stehen zu bleiben, rutschte im Schlamm aus und wappnete mich für eine wenig elegante Landung, während ich versuchte, mich nicht selbst mit dem Lichtschwert aufzuspießen. Der Aufprall war viel weicher, als von mir befürchtet, aber ich wollte nicht daran denken, welche Substanzen meinen Sturz wohl abgefedert hatten. Als ich aufstand, erklangen schmatzende Geräusche, die mich später bis in meine Träume verfolgen sollten, und der Geruch war so übel, dass ich fast würgen musste. Vermutlich hätte ich mich übergeben, wäre ich nicht in solcher Eile gewesen.

»Schnell. Sie kommen«, drängte Drusil. »Soll ich vorangehen? Ich kann nicht jedes Detail ausmachen, aber ich sehe gut genug, um uns durch diesen Kanal zu führen.«

»Ja, gehen Sie voraus«, sagte ich und streckte die linke Hand aus. Sie war mit Schleim bedeckt, außerdem war sie von dem Biest vorhin aufgekratzt und gebissen worden, aber die Givin ergriff sie dennoch und zog mich hinter ihr her. Kurz bevor wir in dem Gang verschwanden, den ich in der Dunkelheit übersehen hatte, sah ich rechts von mir die Strahlen der ISB-Taschenlampen, und ich hörte ihre gehetzten Schritte. Sie waren bereits schrecklich nahe.

»Wir sollten gleich Licht von oben sehen können«, erklärte ich. »Und eine Leiter auf der linken Seite, die nach oben zur Oberfläche führt. Da ist ein Wartungszugang auf der Straße zwischen zwei Gebäuden. Dort oben sollte ein Speeder auf uns warten.«

»Ja, ich sehe Licht. Das sollte uns beiden weiterhelfen. Können Sie schneller rennen?«

»Ja, ich schaffe es schon.« Dieser Kanal litt nicht unter demselben Schleim- und Schmutzbefall wie die vorigen; er wurde benutzt, um Regenwasser in die tieferen Tunnel abfließen zu lassen; das Einzige, was den Boden rutschig machte, war also das Rinnsal, das noch von den Güssen der vorigen Nacht kündete. Vor uns sah ich Sonnenstrahlen, die von der Straße in die Düsternis hinabstachen, und dieser Orientierungspunkt gab mir genug Sicherheit, um wieder längere Schritte zu machen. Die Stimmen und das Platschen hinter uns waren in der Zwischenzeit ziemlich laut geworden, und als ich über die Schulter blickte, sah ich zwei Taschenlampen, die an unserer Position vorbeihuschten, dann folgte eine dritte, die innehielt und in unsere Richtung herumschwang, und die Person, die sie hielt, rief den anderen zu, sie sollten zurückkommen. Vermutlich hätte ich das Lichtschwert deaktivieren sollen, sobald das Sonnenlicht sichtbar wurde; dann hätte es vielleicht ein paar Sekunden länger gedauert, bis sie ihren Fehler erkannten und zur Abzweigung zurückkehrten. Doch da sie uns nun entdeckt hatten, war ich froh, die Waffe in meiner Hand zu wissen. Ich nahm sie von der Rechten in die Linke, dann könnte ich sie abwehrend schwingen, während ich die Leiter hochkletterte. Meine Fingerspitzen brannten noch immer, und die Handfläche war mit Schleim bedeckt, aber benutzen konnte ich die Hand trotzdem.

»Sie zuerst. Beeilen Sie sich«, wies ich Drusil an. »Oben sollte eine Menschenfrau mit dunklem, lockigem Haar und einem Astromech-Droiden auf Sie warten. Gehen Sie mit ihnen.«

Sie gehorchte und begann die Leiter zu erklimmen. Dabei rief sie zu mir herunter: »Und was ist mit Ihnen?«

»Ich bin direkt hinter Ihnen.«

Der Agent, der uns entdeckt hatte, wartete, bis seine Kollegen bei ihm waren, bevor sie gemeinsam in den Kanal eilten. Die Strahlen dreier Taschenlampen näherten sich mir, und die Männer, die sie hielten, gehörten bestimmt zu den Imperialen, die vor zwei Tagen im Park umhergestapft waren. Ich fragte mich, ob sie wohl je Darth Vader begegnet waren und gesehen hatten, was er mit einem Lichtschwert anstellen konnte. In dem Fall wussten sie vielleicht mehr über diese Waffe als ich. Sollten sie das Feuer auf mich eröffnen, könnte ich vielleicht ein oder zwei Blasterstrahlen mit der Klinge abwehren – so, wie ich es an Bord des *Millennium-Falken* mit dem Trainingsdroiden geübt hatte –, aber ich bezweifelte, dass meine beschränkten Machtfähigkeiten ausreichen würden, um mehrere Schüsse aus drei Blastern gleichzeitig zu parieren. Und was, falls sie Betäubungsstrahlen benutzten? Ich wusste nicht genau, was dann geschehen würde, aber einem Impuls folgend verriegelte ich den Aktivierungsschalter in der *An*-Position.

Drusil hatte drei Viertel des Weges nach oben zurückgelegt, und ich begann unbeholfen mit zwei Beinen und nur einem Arm, hinter ihr hochzuklettern, während ich das Lichtschwert hinter mich streckte, um meine Verfolger zu täuschen. In der Dunkelheit würden sie ihr Feuer natürlich auf die Lichtquelle konzentrieren, und da ich fest damit rechnete, in ein paar Sekunden unter Beschuss zu geraten, hielt ich es für das Beste, ihr Ziel möglichst weit von mir entfernt zu halten. Das würde mir zwar nur ein paar Sekunden oder Sekundenbruchteile verschaffen, aber vielleicht war das ja genug, um zu entkommen.

Wie schwer es für die Agenten sein würde, unter diesen Bedingungen Distanzen abzuschätzen, hatte ich aber nicht bedacht. Ich hörte sie darüber streiten, wie weit ich noch entfernt war, weil sie nicht zu früh das Feuer eröffnen wollten, und dadurch schenkten sie mir weitere, wertvolle Sekunden. Doch dann öffnete Drusil die Einstiegsluke, und ein Rechteck aus Tageslicht tauchte uns beide in Helligkeit. Nun erkannten die Imperialen, dass sie viel näher waren, als sie bislang vermutet hatten – und dass wir drauf und dran waren zu entwischen.

»Da sind sie!«

»Ich sehe sie!«

»Betäubt sie!«

Das war's dann wohl. Ganz gleich, was mit mir geschehen sollte, ich hoffte, dass Drusil entkommen und der Allianz in diesem Krieg einen Vorteil verschaffen würde. Nakari zerrte die Givin grob durch die Luke nach oben, um mir den Weg freizumachen, aber ich wusste, ich würde es nicht durch die Öffnung schaffen, bevor die ISB-Agenten abdrückten. Sie legten mit ihren Blastern auf mich an und feuerten sich ausweitende blaue Lichtringe ab, die mein Nervensystem außer Gefecht setzen und mir das Bewusstsein rauben würden – oder mich vielleicht sogar umbrachten, immerhin würde ich beinahe gleichzeitig drei Treffer abbekommen. Dass sie auf Plasmageschosse verzichteten, legte aber den Schluss nahe, dass sie mich erst verhören wollten, bevor sie mich hinrichteten.

Ich hielt das Lichtschwert vor mir, die Klinge horizontal ausgestreckt und leicht in Richtung der Agenten geneigt, sodass die Strahlen zuerst auf die Spitze treffen würden. Es gab keine Möglichkeit auszuweichen, keine Machtfähigkeiten, die mir helfen könnten – entweder würde das Lichtschwert die Schüsse ablenken oder nicht. Und in gewisser Weise lenkte es sie ab. Ein Knistern wurde hörbar, als die Strahlen auf die Klinge trafen, dann lösten sie sich in ein blaues Spinnennetz aus schimmernder Energie auf. Ich war noch bei Bewusstsein, und die Imperialen waren fassungslos. Doch bevor sie sich auflöste, stieg ein Teil der Energie in meine Hand, und der Griff des Lichtschwertes entglitt meinen Fingern. Bei einem einzigen Betäubungsstrahl wäre das vielleicht nicht passiert, aber bei dreien drang ein Teil der Ladung durch. Jetzt mussten die Agenten nur noch einmal abdrücken, und ich wäre außer Gefecht.

»Nakari! Hilfe!«, schrie ich, während ich von der Leiter heruntersprang, meinen Blaster zückte und auf die Imperialen schoss, die erst mit Verspätung erkannten, dass sich die Situation abrupt verändert hatte. Sie erholten sich jedoch schnell, nachdem der Erste von ihnen aufschrie und mit einem verkohlten Loch in der Brust zu Boden ging; welche Rüstung er auch tragen mochte, sie hatte einem auf Maximalemission eingestellten Blaster nichts entgegenzusetzen. Der zweite Agent, der in der Mitte des Kanals stand, gab einen Betäubungsschuss ab, aber da wurde er bereits von einem Blasterstrahl aus meiner Waffe durchgeschüttelt, sodass der blaue Ring wirkungslos in die Decke fuhr. Der dritte Verfolger hatte jedoch freie Schussbahn; er hatte seinen Blaster leicht nach unten geneigt, sodass ich die volle Wucht des Betäubungsstrahls abbekommen würde.

Einer der Vorteile, wenn man jemanden betäuben möchte, ist, dass man kein guter Schütze sein muss, da die Ladung kreisförmig ausfächert. Doch in diesem Fall war ich derjenige, der davon profitierte, denn der untere Rand des Energiekreises glitt über den nassen Boden und berührte die Klinge meines Lichtschwertes, das noch immer aktiviert vor mir lag. Im selben Augenblick löste die Klinge den Strahl mit demselben elektrischen Knistern auf, das ich schon zuvor gehört hatte.

Nakari erschoss den letzten Agenten von oben, bevor ich Gelegenheit dazu hatte. Ich hob den Kopf und sah ihren Kopf und ihren rechten Arm durch die Zugangsluke herabbaumeln; obwohl sie praktisch auf dem Kopf stehend hatte zielen müssen, hatte sie sicher ihr Ziel getroffen.

»Danke«, sagte ich.

»Kein Problem. Einen Moment.« Ruhig gab sie noch einmal einen Schuss auf jeden der gefallenen Agenten ab.

»Warum haben Sie das getan?«

»Um auf Nummer sicher zu gehen. Sie werden ein paar Sekunden schutzlos sein, während Sie hier hochklettern, und sollte einer von ihnen noch am Leben sein, könnte er Sie in aller Seelenruhe ins Visier nehmen.«

Das war ein berechtigtes Argument, aber keines, über das ich bislang nachgedacht hatte, und falls doch, hätte ich vermutlich nicht noch einmal auf sie geschossen. Etwas daran erschien mir blutrünstig – oder vielleicht auch schlichtweg falsch. Diese Gedanken behielt ich jedoch für mich, während ich meinen Blaster ins Halfter steckte, mein Lichtschwert aufhob und es wieder an meinen Gürtel hängte, nachdem ich es deaktiviert hatte. Jetzt hatte ich auch endlich Gelegenheit, mir meine linke Hand genauer anzusehen; um die Knöchel und an den Fingerkuppen war ein wenig Haut abgerissen, und sie blutete noch immer; außerdem war sie völlig verschmutzt und sah eklig aus. Ich würde sie eingehend mit Seife sauber scheuern und dann eine ganze Flasche Desinfektionslösung darüberschütten müssen.

Doch noch waren wir nicht außer Gefahr, und das würde auch noch eine ganze Weile so bleiben, da war ich sicher. Am liebsten hätte ich mir die Zeit genommen, mich ein wenig zurechtzumachen, bevor ich in die Öffentlichkeit hinaufstieg, aber wir mussten schleunigst zu unserem Schiff. Also kletterte ich hastig die Leiter hoch und begann anschließend sofort, meine einstmals weiße Tunika abzustreifen. Eigentlich hatten wir geplant, später die Kleider zu wechseln, aber ich konnte nicht warten. Die dunkle Tunika darunter war ebenfalls nass und stank fürchterlich, aber zumindest war sie nicht von Unrat verkrustet. Nakari rümpfte die Nase.

»Puh, Luke, was ist das? Sind Sie ausgerutscht und in die …«

»Reden wir nicht darüber, in Ordnung? Solange wir es nicht laut aussprechen, kann ich es vielleicht irgendwann in tausend Jahren vergessen.«

»He, jeder hat mal einen Unfall.« Sie gab sich alle Mühe, ein Lächeln zu unterdrücken, aber es schien ihr nicht ganz zu gelingen. Ich bin sicher, dass ich rot wurde; ich konnte die Hitze in meinem Gesicht spüren.

Nakari stieß die Zugangsluke mit dem Fuß zu, und wir zwängten uns in den geschlossenen Speeder mit den getönten Scheiben. Erzwo und Drusil warteten bereits auf uns, und ich schob die Repulsorregler auf maximalen Schub, während ich auf das Parkhaus am Rande des Distrikts zuhielt. Nakari und die Givin tauschten höflich Begrüßungsgleichungen aus, und Drusil dankte uns für den Rettungsversuch, der noch immer in vollem Gange war.

»Ich hoffe, Ihnen nach einer erfolgreichen Flucht meine Dankbarkeit zeigen zu können«, fügte sie hinzu, und ihre Worte unterstrichen nur die Tatsache, dass wir noch längst nicht in Sicherheit waren.

Wir hatten einen weiteren Mietgleiter in dem Parkhaus abgestellt, und bevor wir uns in den Erfassungsbereich der Überwachungskameras wagten, nahmen wir uns die Zeit, unsere Kleidung vollständig zu wechseln. Wir hatten eine Haube für Drusil besorgt, die ihr ganzes Gesicht verbergen sollte; es gab leider nicht viel, was wir tun konnten, um Erzwo zu tarnen, darum würde er versuchen, die lokalen Übertragungen ein paar Minuten lang zu stören, während wir im Inneren des Parkhauses waren. Als wir die Operation am Vortag geplant hatten, war ich der Ansicht gewesen, dass wir es mit der Vorsicht übertrieben und wertvolle Zeit opferten, aber Nakari hatte darauf bestanden. Sie war überzeugt, dass das ISB bei der Suche nach uns sämtliche Kameraaufzeichnungen anzapfen würde, und falls sie uns entdeckten, bevor wir den Planeten verlassen hatten, würde das mehr Verstärkung auf den Plan rufen, als wir bewältigen konnten.

Erzwo hatte den primitiven Navigationscomputer des Speeders mit einem Kurs programmiert, welcher das Fahrzeug aus dem Parkhaus schweben und dann in willkürlichen Mustern durch den Lodos-Distrikt fliegen lassen würde. Diese List würde nicht ewig funktionieren, aber wie alles andere auch diente es dazu, uns ein bisschen mehr Zeit zu verschaffen – hoffentlich genug, um den Sprung aus dem System zu schaffen. Sollen sie die Teile des Puzzles doch zusammenfügen, hatte Nakari gesagt, solange es dann zu spät ist, um uns noch aufzuhalten.

Während Erzwos Störprogramm seinen Zauber wirkte, kletterten wir in den anderen Speeder, dessen Kanzel ebenfalls getönt war, und ließen Lodos hinter uns, während unser Lockgleiter tiefer in den Distrikt hineinflog. Mehrfach sahen wir lokale und imperiale Polizeifahrzeuge, die in Richtung Café über uns hinwegsausten, und Nakari blickte ihnen mit einem Hauch von Selbstzufriedenheit nach.

»Können Sie die Wahrscheinlichkeit dafür abschätzen, dass sie uns jetzt noch erwischen, Drusil?«, fragte ich.

»Ich habe nicht genügend Informationen, um das zu berechnen«, erwiderte sie. »Eine solche Gleichung würde derzeit größtenteils aus Variablen bestehen, mit nur wenigen echten Werten, sodass kaum mehr als eine Vermutung dabei herauskäme.«

»Oh, entschuldigen Sie.«

»Vielleicht könnten Sie mir sagen, ob Sie konkrete Beweise dafür haben, dass es meiner Familie gut geht. Oder sprechen wir, was das angeht, auch nur von Wahrscheinlichkeiten?«

»Wahrscheinlichkeiten«, gestand ich. »Wir haben der Allianz mitgeteilt, dass wir heute versuchen würden, Sie zu befreien, also sollte ein zweites Team gerade Ihre Familie holen.« Ich hoffte, dass Major Derlin Erfolg gehabt hatte, andernfalls würden wir es mit einer äußerst unglücklichen Givin zu tun bekommen.

»Warum Omereth, falls ich fragen darf?«, wandte ich mich an Drusil.

»Der Planet ist unbedeutend und weder für das Imperium noch für die Allianz von Interesse. Vernachlässigbare Infrastruktur, keine intelligenten Lebensformen und geringes

Mineralvorkommen haben daraus einen Urlaubsort für Abenteurer gemacht. Er kann keine größere Bevölkerung ernähren, und viele moderne Annehmlichkeiten wären nur mithilfe massiver Importe von anderen Welten möglich. An einem Ort, der so von den aktiven Netzwerken kommerzieller und militärischer Zentren abgeschnitten ist, würde sicher niemand eine Kryptographin vermuten. Omereth gehört zu den unwahrscheinlichsten Aufenthaltsorten. Sie können mir glauben, ich habe es berechnet.«

Mit einem Schmunzeln sagte ich: »Daran habe ich keinen Zweifel. Wir können uns weiter unterhalten, sobald wir aus dem System raus sind.«

Ich lenkte den Speeder zu unserer Landeplattform, und wir setzten sanft ein kleines Stück von der *Wüstenjuwel* entfernt auf. Wie bei dem anderen Gleiter ließen wir auch diesen auf einer vorprogrammierten Route weiterfliegen, kaum dass wir ausgestiegen waren. Es bestand eine Chance, dass man dieses Gefährt nicht gleich finden würde, darum hatte Erzwo dafür gesorgt, dass der Speeder landen würde, bevor ihm der Treibstoff ausging.

»Ich hoffe, die Imperialen haben noch nicht damit begonnen, abfliegende Schiffe zu kontrollieren«, murmelte Nakari, als die Rampe herunterfuhr und wir an Bord stiegen.

»Wie viele meiner Bewacher haben überlebt?«, erkundigte sich Drusil. »Zwei starben direkt neben mir, drei weitere in den Abwasserkanälen. Bleiben noch drei, es sei denn, Sie haben sie später eliminiert.«

»Nein, drei stimmt schon«, bestätigte Nakari. »Drei haben überlebt und koordinieren sicher gerade die Bemühungen, uns zu schnappen.«

Erzwo rollte in die Kabine auf der Steuerbordseite, um sich

in den Navigationscomputer der *Juwel* einzuklinken. Er war bereits über unseren ersten Sprung im Bilde, aber er musste die Berechnungen für den frühestmöglichen Abflug anpassen. Ich ging geradewegs ins Cockpit, um die Triebwerke zu starten, während Nakari und Drusil sich auf dem Gang unterhielten. Die Givin führte gerade all die Wissenslücken der Imperialen auf – größtenteils durch den Verlust ihres Überwachungsdroiden bedingt –, die uns zusätzliche Zeit verschaffen sollten.

»Sie wissen, dass Sie und Ihr Astromech-Droide involviert waren, aber Luke haben sie vermutlich erst gesehen, als er hinter mir aus den Abwasserkanälen auftauchte. Ich nehme an, dass sie die Kommeinheiten der drei getöteten ISB-Agenten geortet und den Schacht inzwischen gefunden haben. Jetzt werden sie gewiss die Stadt durchkämmen und nach unserem ersten Speeder suchen. Die Frage ist nicht, ob sie willens sind, auch den orbitalen Sicherheitsdienst einzuschalten und die Zivilbevölkerung zu verärgern, um unsere Flucht zu verhindern; die Frage ist nur, wie lange sie warten, bis sie den Befehl geben.«

Es wäre alles andere als einfach, die orbitalen Flugrouten zu sperren, da Denon an der Kreuzung zweier Hyperraumrouten lag, die zu den verkehrsreichsten in der ganzen Galaxie gehörten.

»Sie sind vielleicht noch nicht darauf gekommen, dass wir zur Allianz gehören«, rief ich über die Schulter, während ich die Systeme überprüfte und zufrieden die Reihe grüner Lichter betrachtete. »Wir könnten auch Söldner sein, die für die Hutten arbeiten, oder etwas in der Art.«

»Das stimmt, wird aber vermutlich keinen Einfluss auf ihr Vorgehen haben. Sie wollen, dass ich unter ihrer Kontrolle bleibe, und werden alle Mittel ergreifen, um das zu erreichen.«

»Ich verstehe. Aber falls sie glauben, wir handeln im Auftrag der Hutten, verschwenden sie vielleicht Zeit damit, in der hiesigen Unterwelt nach uns zu suchen.« Vielleicht maß ich dieser Möglichkeit zu viel Bedeutung zu, nur weil ich selbst zögern würde, wichtige Entscheidungen zu treffen, wenn ich mehrere Optionen abwägen musste. Ich hatte bislang wenig Freiheiten gehabt, meine eigenen Operationen zu planen und durchzuführen. Die meiste Zeit flog ich dorthin, wo die Allianz mich hinschickte, und schoss vom Himmel, was sie mir als Ziel nannte. Ich kann es nicht leugnen, es macht einen Heidenspaß, dem Imperium mit einer Blasterkanone den Tag zu verderben, aber Pläne zu entwickeln und die Aktionen des Feindes abzuschätzen hatte einen ganz eigenen Reiz, den ich immer verlockender fand. Ich löste die Bremsen und sagte: »Sie schnallen sich besser an. Wir starten, und das könnte ein aufregender Flug werden.«

Die *Wüstenjuwel* hob geschmeidig von ihrem Landeplatz ab und glitt durch die Atmosphäre, ohne von Imperialen verfolgt zu werden. Nachdem ich den Kurs einprogrammiert hatte, bat ich Erzwo, als Subroutine die Frequenzen des Sicherheitsdienstes zu überwachen; unser Hyperraumsprung sollte aber weiterhin oberste Priorität haben. Dieser Sprung würde uns in Richtung Kern über die Hydianische Handelsstraße nach Exodeen bringen, und von dort wollten wir eine kleinere Hyperraumroute nehmen, die Nanth'ri-Route, die uns mehrere Optionen bot, nach Omereth zu fliegen.

Der Himmel verschwand und wurde von Sternen ersetzt, als wir Denons Atmosphäre hinter uns zurückließen, und noch immer gab es keine Probleme. Als ich eine dahingehende Bemerkung machte, stieß Drusil ein trockenes Glucksen aus.

»Wir werden uns noch früh genug in Schwierigkeiten wiederfinden«, sagte sie. »Die Wahrscheinlichkeit grenzt an Gewissheit.«

Erzwo gab Alarm, und eine Reihe von Buchstaben erschien auf dem vorderen Holodisplay, um seine Worte für uns zu übersetzen: DAS IMPERIUM HAT EINE SYSTEMWEITE BLOCKADE ANGEORDNET, UM REBELLENSPIONE ZU ERGREIFEN. ABFANGKREUZER SIND UNTERWEGS. ALLE SCHIFFE, DIE VOR EINER IMPERIALEN INSPEKTION ABFLIEGEN, WERDEN NOTIERT.

Drusils Voraussicht weckte den Wunsch in mir, mehr Zeit mit dem Studium der Mathematik zu verbringen. »Sollen sie doch unsere Transpondercodes notieren! Hast du den Kurs berechnet? Dann machen wir den Sprung.«

WIR SPRINGEN.

Ich hatte gehofft, das System zu verlassen, ohne für eine Verfolgung notiert zu werden, aber das hatte sich nun erledigt. Wir mussten also hoffen, dass unser Schiff schneller war als das Fangnetz, das das Imperium um uns zusammenzog.

13. Kapitel

Sobald wir im Hyperraum waren, suchte ich als Erstes den Erfrischer auf, um meine Hand zu waschen und kurz zu duschen. Den Schmutz von Denons Kanalisation fortzuspülen war ebenso ein Dienst an der Allgemeinheit als auch ein persönlicher Wunsch, wieder sauber zu sein, denn obwohl ich nach Verlassen des Abwasserkanals die schmutzverkrustete Kleiderschicht ausgezogen hatte, stank ich noch immer abscheulich. Vorsichtshalber nahm ich auch mehrere starke antibakterielle Medikamente. Meine Schnitte würden sich bald schließen und verheilen, aber schmerzen würden sie vermutlich noch eine ganze Weile.

Sauber geschrubbt, mit einem Verband und endlich wieder vorzeigbar kehrte ich zu Nakari ins Cockpit zurück, ein paar Minuten bevor wir das Exodeen-System erreichen würden. Sie lächelte, als sie meine frische Kleidung und nassen Haare begutachtete.

»Ich bin sicher, das fühlt sich besser an«, sagte sie.

»Sie haben ja keine Ahnung, wie sehr.«

»Nach dem nächsten Sprung werde ich mir das Gleiche gönnen.«

»Ist die Bordsprechanlage eingeschaltet?«, fragte ich, wobei ich mich auf dem Pilotensitz festschnallte. »Kann Drusil mich hören?«

»Ich höre Sie«, erklang die Stimme der Givin.

»Gut. Ich wollte Sie fragen, warum das Imperium und die Allianz so großes Interesse an Ihnen haben. Was unterscheidet Sie von den anderen Kryptographen da draußen?«

»Die Allianz interessiert, dass ich einige Infiltrationsprogramme geschrieben habe, mit denen sich imperiale Codes mit niedriger Sicherheitsstufe problemlos entschlüsseln lassen. Die werde ich Ihnen geben, sobald ich wieder mit meiner Familie vereint bin. Außerdem kann ich auch einige Codes mit höherer Sicherheitsstufe knacken, sofern man mir genügend Zeit dafür gibt.«

»Verzeihen Sie bitte, aber wie können wir da sicher sein?«

»Haben die Kupohaner meine Fähigkeiten denn nicht bezeugt?«

»Sie haben den Entscheidungsträgern der Allianz davon berichtet, und die schenkten ihnen genug Glauben, um uns loszuschicken. Aber Tatsache ist: Die Allianz hat noch keinen Beweis dafür, dass Sie wirklich all das leisten können, was Sie behaupten. Verstehen Sie mich nicht falsch. Es ist nicht so, als würde ich an Ihnen zweifeln; ich hätte nur gern eine Bestätigung.«

»Was schlagen Sie vor?«

Die Sterne nahmen wieder normale Form an, als wir im Exodeen-System den Hyperraum verließen. Unsere Scanner meldeten sofort die Gegenwart mehrerer imperialer Schiffe, darunter ein schwerer Kreuzer und ein Sternzerstörer. Aufgrund der Lichtgeschwindigkeit waren die Daten über die Schiffe ein paar Minuten alt, und aus demselben Grund würden sie uns erst in paar Minuten sehen.

»Berechne den Sprung nach Nanth'ri, Erzwo!«, sagte ich, und nach seiner gezirpten Bestätigung fügte ich an Drusil gewandt hinzu: »Vielleicht könnten Sie ja eine imperiale Übertragung abfangen und sie entschlüsseln, während wir hier warten.«

»Falls es sich um eine niedrige Sicherheitsstufe handelt, kein Problem. Scannen Sie bitte das System auf imperiale Kommunikation, während ich meine Ausrüstung aufbaue. Dann wird sich ja zeigen, was ich zu leisten imstande bin.«

»Ihre Ausrüstung war in der Tasche, die Sie mitgebracht haben?«

»Ja. Ein Datenblock, von mir selbst mit speziellen Koppelungen versehen, damit ich mich mit den meisten fremden Datenbuchsen kurzschließen kann. Er ist ... einmalig.« Ein unverkennbarer Hauch von Stolz schlich sich in die Stimme der Givin, die noch immer klang, als hätte sie etwas Klebriges im Mund.

Nakaris rechte Hand zuckte vor und deaktivierte die Sprechanlage, dann wackelte sie, die Augenbrauen nach oben gezogen, mit dem Kopf und murmelte: »Hui, sind wir was Besonderes?«

Ich lachte. »Wir sollten wirklich etwas finden, um sie auf die Probe zu stellen. Falls sie uns nur zum Besten hält, wäre es gut, das zu wissen.«

Nakaris Finger legten ein paar weitere Schalter um und drehten an einem Knopf. Als nach ein paar Sekunden statischen Rauschens eine Woge unverständlicher Silben das Cockpit erfüllte, stellte sie die Kommverbindung mit den steuerbordseitigen Kabinen wieder her, sodass auch Drusil es hören konnte.

»Ah! Einen Moment, bitte«, sagte die Givin. »Ich muss nur noch kurz das Signal abstimmen ... Verbindung hergestellt. Decodierung läuft.« Das Gebrabbel verstummte vielleicht dreißig

Sekunden lang, bevor ein weiterer, kurzer Schwall erklang, vermutlich eine standardmäßige Bestätigung der vorigen Übertragung. Drusils Stimme füllte die darauffolgende Stille. »Geschafft! Das Imperium hat von Denon aus Befehle durch ihr HoloNetz geschickt. Wir haben den Anfang der Nachricht verpasst, darum fängt es leider mitten im Satz an: *... kleines, modifiziertes Schiff, nähert sich von Denon aus. Suchen Sie nach zwei Menschen, einer Givin, einem Droiden. Höchste Priorität. Sichtungen müssen unverzüglich dem ISB gemeldet werden. Belohnung für Gefangennahme ausgeschrieben. Dürfen nicht eliminiert werden.* Was dann folgt, ist lediglich eine Bestätigung.«

»Danke, Drusil«, sagte Nakari. »Bitte warten Sie einen Moment.« Sie deaktivierte die Sprechanlage, sodass wir uns unter vier Augen unterhalten konnten. »Ihnen ist klar, dass sie sich das einfach aus den Fingern hätte saugen können, oder?«

»Ja, ich weiß. Die Sache zu überprüfen dürfte schwierig werden. Wir müssten weiter auf den Planeten zufliegen, uns von den Imperialen entdecken lassen und dann abwarten, ob sie die Verfolgung aufnehmen.«

»Wir könnten zwar mühelos entkommen«, warf Nakari ein, »aber dann hätten sie eine Sichtung, die sie melden könnten – und sie hätten eine ziemlich gute Vorstellung davon, wohin wir unterwegs sind. Im Moment senden sie diese Nachricht quer durch die ganze Galaxie, aber sie haben keine Ahnung, wo sie ihre Kapazitäten bündeln müssen. Falls wir ihnen Schützenhilfe geben, könnten wir uns in große Schwierigkeiten bringen. Ist es das Risiko wert, hier zu bleiben, nur um herauszufinden, ob sie Standardbefehle dechiffrieren kann?«

»Nein, vermutlich nicht.«

»Sie werden ohnehin bald wissen, dass wir hier sind, weil sich das reflektierte Licht des Eintritts nicht verbergen lässt, aber falls wir jetzt verschwinden, können sie zumindest keinen Tiefenscan durchführen und bestätigen, dass sich drei Lebensformen an Bord befinden – sofern es stimmt, was Drusil sagt und sie wirklich nach uns suchen. Und noch etwas: Falls es stimmt, weiß das Imperium, dass wir gemeinsam geflohen sind, nachdem du aus den Kanälen geklettert bist. Sie müssen definitiv eine Überwachungsaufzeichnung gesehen haben.«

»Das sehe ich auch so. Es wäre eine schlechte Idee, irgendwo längere Zeit zu bleiben, bis wir Omereth erreichen. Ich wüsste wirklich gern, ob sie die Wahrheit sagt, aber herauszufinden, ob sie eine Hochstaplerin ist, gehört nicht zu unserer Mission. Wir sind nur ein leicht bewaffnetes Taxi.«

Nakari verzog das Gesicht. »Sagen wir doch *schwer* bewaffnetes Taxi, in Ordnung? Das klingt besser.«

Ich zuckte mit den Schultern. »Sicher.«

»Keine Widerrede, hm? Schön.« Sie schaltete die Sprechanlage wieder ein.

»Erzwo, können wir springen?«, fragte ich. »Bring uns hier fort, sobald du bereit bist.«

WIR SPRINGEN, erschien die Antwort, und nachdem wir sicher im Hyperraum waren, löste Nakari ihre Gurte und stand auf, um nach hinten zu gehen. Dabei imitierte sie wieder ihren Vater: »Pilot! Eine Erfrischung ist angebracht! Flieg verantwortungsbewusst, bis ich wiederkomme!« Sie ließ ihren Finger über meine Schulter streifen, als sie sich an mir vorbeischob, und ich konnte angesichts der Berührung ein Grinsen nicht unterdrücken. Ich mochte sie, und allmählich begann ich zu glauben, dass sie mich ebenfalls mochte.

Doch dafür war jetzt nicht der richtige Moment. Während einer Mission zu flirten, ist ein sicherer Weg, diese Mission in den Sand zu setzen – und die aufkeimende Romanze gleich mit. Ich hatte oft genug gesehen, wie Han Solo in Schwierigkeiten geriet, während er versuchte, Leia zu beeindrucken, und bislang hatte er ihr Herz nicht wirklich erobert.

Es lagen noch fünf Planeten zwischen uns und Nanth'ri, wo wir entscheiden mussten, welche Route wir nehmen wollten. Wir könnten den Weg durch den galaktischen Norden nehmen, wo es eine direktere Verbindung gab, wir aber viele imperiale Welten passieren müssten; oder wir könnten ein Stück nach Süden fliegen und dann nach Osten, durch den Huttenraum, wo wir zwar vor dem Imperium sicher wären, aber nicht vor all jenen, die sich auf der schäbigen Schattenseite der Galaxie herumtrieben. Eine der wahrscheinlichsten Gefahren in der Nähe des Hutten-Raums waren Kopfgeldjäger; falls die Imperialen ihre Nachricht auf nicht codierten Kanälen gesendet hatten, dann würde die Erwähnung einer Belohnung für unsere Ergreifung alle möglichen Wesen auf unsere Fährte locken, die sich nicht an das imperiale Protokoll und Prozedere halten mussten. Und auch sonst wurden sie nicht durch die Aufgaben behindert, die imperiale Truppen erfüllen mussten, etwa gewaltige Raumbereiche zu überwachen, gegen die Allianz vorzugehen, Schmuggler zu überführen und so weiter. Die Kopfgeldjäger könnten sich ganz und gar darauf konzentrieren, uns zu finden. Der Gedanke machte mich nervös, aber trotzdem würde ich mich lieber dem Schiff eines einzelnen Kopfgeldjägers stellen als der massiven Feuerkraft, die die imperiale Flotte zum Einsatz bringen konnte. Den südlichen Weg zu nehmen, war also vermutlich die bessere Option.

»Erzwo, beginn mit den Berechnungen für einen Sprung durch den Hutten-Raum, sobald wir Nanth'ri erreichen. Falls wir ohne Zwischenstopp bis auf die andere Seite springen können, wäre das optimal.«

Gerade als die Bestätigung des Droiden auf meinem Holoschirm aufleuchtete, erklang Drusils Stimme aus der Sprechanlage. »Soll ich Ihnen bei der Berechnung dieser Sprünge behilflich sein? Das sollte nicht allzu kompliziert sein – um die Wahrheit zu sagen, würde ich es erfrischend finden.«

Ich suchte nach einer diplomatischen Möglichkeit abzulehnen. Falls sich das schlimmste Szenario bewahrheitete, falls die Givin in Wirklichkeit eine Spionin des Imperiums und alles bislang nur Teil einer ausgefeilten List war, dann könnten ihre Berechnungen uns direkt zur Position einer imperialen Flotte führen. Und davon abgesehen war ich nicht sicher, ob ich den Kurs unseres Schiffes von ein paar Kopfrechnungen abhängig machen wollte. Was, wenn sie eine Kommastelle vergaß oder etwas in der Art?

»Danke, Drusil, aber Erzwo ist bereits eingeklinkt und mit den Eigenheiten des Schiffes vertraut, überlassen wir ihm also die Arbeit. Falls Sie möchten, können Sie seine Berechnungen ja später überprüfen.« Ich schnitt eine Grimasse und hoffte, dass sie meine Worte nicht als Geringschätzung ihrer Fähigkeiten interpretieren würde.

»Das würde ich gerne tun«, erwiderte sie, bevor sich Stille im Cockpit ausbreitete. Offensichtlich waren Erzwo und die Givin beide mit mathematischen Berechnungen beschäftigt und hatten mir nichts mehr zu sagen. Da Nakari noch eine Weile fort sein würde, blieb mir nichts zu tun, außer für den Fall eines Notfalls im Pilotensitz zu bleiben.

Das war die perfekte Gelegenheit, um zu meditieren und zu testen, ob ich meine Verbindung mit der Macht stärken konnte. Als ich sie an Bord des *Millennium-Falken* zum ersten Mal gespürt hatte, war ihre Präsenz ein kaum merkliches Prickeln in meinem Unterbewusstsein und in der Luft ringsum gewesen, das ich keinem meiner fünf Sinne zuordnen konnte. Seitdem hatte ich viele Male den Kontakt mit der Macht gesucht, und jedes Mal wurde es ein kleines bisschen leichter, Kontakt herzustellen und zu spüren, wie sie um mich herumwirbelte, ein nicht wirklich greifbares, aber unzweifelhaft reales Gefühl; in etwa so wie eine Leibesübung, bei der man im Lauf der Zeit feststellt, dass sie einfacher wird, weil die eigene Kraft und Ausdauer zugenommen haben.

Ich hatte kein bestimmtes Ziel im Sinn, außer eben, mein Gefühl für die Macht zu stärken; zudem gab es hier kein Gemüse oder andere Gegenstände, die ich durch das Cockpit hätte bewegen können. Ich nahm aber an, dass es mir leichter fallen würde, später solche Kunststücke zu vollbringen, wenn ich eine bessere Kontrolle über die Macht hätte. Vielleicht könnte ich dann sogar größere Objekte bewegen oder eine andere Jedi-Übung meistern.

Die vorbeiziehenden Sternlinien des Hyperraums waren perfekt, um meinen Geist zu klären. Es gab keine Ablenkung, nur das visuelle Äquivalent statischen Rauschens. Ich dachte an die Übung mit dem Trainingsdroiden, als ich einen Helm mit heruntergeklapptem Sichtschutz getragen und die Macht als Energie in mir und um mich herum wahrgenommen hatte, als Kraft, die im Einklang mit mir wirkte, ohne Teil von mir zu sein. Ich hatte ein Prickeln gespürt, das Erwachen eines neuen Teils meiner selbst; es war wie ein Sonnenaufgang gewesen, beobachtet durch schlafverkrustete Augen. Ich wusste, dass ich noch nicht nicht wirklich wach war, und ich glaubte, dass ein Teil von mir wieder einschlafen wollte. Aber die Sonne geht auf, ob man nun schläft oder wacht, und ich vermute, mit der Macht verhält es sich genauso – sie ist immer da, aber man muss sich konzentrieren, um sie zu sehen.

Meine Atmung wurde langsamer und tiefer, und schon bald wurde ich mir der anderen atmenden Wesen an Bord bewusst. Drusil war mir am nächsten; sie saß in Gebetshaltung – oder vielleicht in Meditationshaltung, so wie ich selbst – und versuchte, ihre Sorgen zu verdrängen. Ihre geistige Aktivität mochte pure Mathematik sein. Ein Stück weiter hinten und links befand sich Nakari; sie war glücklich, wenngleich ich nicht sagen konnte, worüber, ihr Atem kam ungleichmäßig und ähnelte einem Schnurren; summte sie etwa? Ich hörte es nicht, also konnte ich es natürlich auch nicht bestätigen, aber ich spürte in der Macht, dass es so war.

Und wie sah es … jenseits des Schiffes aus? Da war rein gar nichts in der Nähe, so viel stand fest, aber ich wusste, dass die Macht mir Dinge zeigen konnte, die jenseits unserer unmittelbaren Umgebung lagen. Ben hatte es mir demonstriert. Als Alderaan vom Todesstern zerstört worden war, hatte er es gefühlt, obwohl wir Lichtjahre entfernt im Hyperraum waren. Ob ich wohl irgendetwas außerhalb des Hyperraums wahrnehmen könnte?

Ich öffnete mich ein Stück weiter – oder vielleicht sollte ich sagen, ich verlor mich ein Stück weiter. Ich streifte meine fünf Sinne ab und konzentrierte mich ganz auf das, was die Macht mir zeigen konnte. Nanth'ri wartete vor uns, und ringsum … lauerte da eine Gefahr? Zorn? Nein, ich spürte nichts derart Persönliches. Es war eher ein Gefühl von Widerstand, von Aggression. Wer diese Emotionen empfand, konnte ich leider nicht sehen, und ebenso wenig, wem sie galten.

Erzwos warnendes Zirpen, ein abruptes Zerren an meinem Gehörsinn, brach die Trance. Ich blinzelte und sah seine Worte auf dem Holodisplay auftauchen: EINE MINUTE BIS ZUR ANKUNFT IM NANTH'RI-SYSTEM.

Nakari kehrte zurück und nahm wieder ihren Platz ein, als ich Erzwos Meldung bestätigte. Nachdem ich in der Macht gespürt hatte, dass sie glücklich war und gesummt hatte, versuchte ich nun, einen visuellen Beweis dafür zu finden, dass sie in guter Stimmung war. Sie hatte ihr lockiges Haar zu einem Pferdeschwanz zurückgebunden, und ich bewunderte, wie das ihr Profil zur Geltung brachte, ihren Hals, ihr ... oh, sie hatte mich ertappt. Als meine Augen sich wieder auf ihr Gesicht richteten, hatte sie eine Braue und einen Mundwinkel nach oben gezogen, als wollte sie fragen: *Was starren Sie denn so*? Kurz spürte ich Panik – falls ich zugab, dass ich sie für wunderschön hielt, wäre das wie flirten, aber falls ich stumm blieb, würde ich wie ein Einfaltspinsel wirken.

Also räusperte ich mich und sagte: »Ich frage mich, ob die Jedi geheime Tricks hatten, um zu verhindern, dass sie sich dumm vorkommen.«

Amüsiert fragte sie: »Hat Ben Kenobi *darüber* nichts erzählt?«

»Nun, er meinte immer wieder, ich solle ›auf meine Gefühle vertrauen‹, und die sagen mir, dass ich mir ziemlich dumm vorkomme. Tut mir leid, dass ich Sie so angestarrt habe.«

Nakari prustete. »Beruhigen Sie sich, Luke. Sie sind nicht der erste Mann, den ich dabei ertappt habe – und es ist auch nicht das erste Mal, *dass* ich Sie dabei ertappe. Ich lasse Sie nur zum ersten Mal wissen, dass Sie ein bisschen zu offensichtlich starren.«

Ich schreckte zurück. »Kann man denn starren, *ohne* dass es offensichtlich ist?«

»Nein. Ich wollte nur nett sein. Es war ziemlich offensichtlich.«

Zum Glück traten wir einen Moment später ins Nanth'ri-

System ein, denn so wurde unsere Aufmerksamkeit auf etwas anderes gelenkt. In meinem Kopf ging ein Alarm los – hier lauert Gefahr –, und ohne nachzudenken, zog ich das Schiff in einer scharfen Wende nach steuerbord und beschleunigte. Kurz darauf tauchte eine kleine Flotte von Schiffen auf unseren Scannern auf, die ganz eindeutig nicht zum Imperium gehörten. Es war aber auch nicht die Allianz, warum also flogen zwanzig Schiffe in loser Formation backbord unter uns dahin? Bei den meisten von ihnen handelte es sich um kleine Jagdmaschinen, und sie eskortierten einen Kreuzer, der groß genug war, dass sie alle daran hätten andocken können. Ein paar der Jäger am hinteren Ende der Formation waren nahe genug, um uns anzugreifen, falls sie wollten, und binnen weniger Sekunden stellte sich heraus, dass sie genau das wollten. Die anderen drehten bei, um uns ebenfalls zu verfolgen, aber sofern ich nicht direkt auf sie zuflog, würden sie zu lange brauchen, um noch etwas auszurichten. Mein erster Eindruck war, dass uns nur fünf der Schiffe wirklich gefährlich werden konnten. Hätte ich die paar Sekunden länger gewartet, bis sie auf den Schirmen angezeigt wurden, und dann erst die Situation eingeschätzt, bevor ich reagierte, wären wir ihnen viel näher gekommen und hätten uns innerhalb der Reichweite weiterer Jäger wiedergefunden.

Während ich gleichzeitig die Deflektorschilde hochfuhr, beschleunigte ich weiter, bis auf drei Viertel des maximalen Schubs, und ihre ersten Schüsse verfehlten ihr Ziel. Nakari erkannte erst, dass wir angegriffen wurden, als die Lichtblitze am Cockpit vorbeizischten.

»He, wer feuert da auf uns?«

»Vermutlich Piraten«, entgegnete ich. »Im Moment denken sie vermutlich nur, wir haben ein schickes Schiff, das sicherlich etwas von Wert an Bord haben muss. Sollten sie aber entdecken, dass wir keine teure Ladung an Bord haben …«

»Werden sie das Schiff nehmen und uns in die Sklaverei verkaufen. Oder von meinem Vater ein Lösegeld für uns erpressen.«

»Oder sie händigen uns dem Imperium aus, sobald sie hören, dass ein Kopfgeld auf uns ausgesetzt ist.«

»Mir gefiel, was Sie vorhin gemacht haben, Sie wissen schon, damit das Schiff schneller fliegt«, sagte Nakari. »Ich finde, Sie sollten es noch mal tun.«

»Ich werde darüber nachdenken, aber fürs Erste sollte das nicht nötig sein.« Ihr Kanonenfeuer kam nun verstärkt, und es begann sich zu konzentrieren, aber noch hatten sie uns nicht getroffen; die *Wüstenjuwel* war ein schlankes Ziel, und ich bin schon zuvor Ausweichmanöver geflogen. Die Triebwerke hatten noch Spielraum nach oben, aber ich wollte nicht zu schnell davonziehen, da die Piraten beschließen könnten, ihre Raketen einzusetzen, falls die Entfernung zu groß wurde; unsere Deflektorschilde sollten eine gewisse Menge an Blasterfeuer absorbieren können, aber ein Raketentreffer wäre zu viel für sie.

»Erzwo, wie lange, bis du uns in den Hyperraum bringen kannst?«

FÜNFUNDVIERZIG SEKUNDEN … UNGEFÄHR, lautete seine Antwort.

»Gut, wir verschwinden, sobald es geht; warte nicht auf meinen Befehl.«

»Fünfundvierzig Sekunden sind eine lange Zeit, wenn jemand auf einen schießt«, gab Nakari zu bedenken, und die Anspannung in ihrer Stimme war deutlich zu hören. Ich warf ihr einen verstohlenen Blick zu und erkannte, dass sie noch nicht allzu viele Feuergefechte wie dieses erlebt hatte. Ein Kampf in der Atmosphäre, mit einem Projektilwerfer an der Schulter und einem Blaster als Ersatz, damit kannte sie sich aus. Fliegen war für sie etwas, um von einem Planeten zum nächsten zu gelangen, und ihre offensichtliche Sorge zeigte, dass sie nur wenige Weltraumgefechte überstanden hatte – falls überhaupt. Falls es bei der Arbeit für ihren Vater zum Schusswechsel kam, dann wohl meistens erst, nachdem sie gelandet war.

Das soll nicht bedeuten, dass ich selbst nicht auch ein wenig besorgt war; fünf gegen einen ist kein gutes Verhältnis, vor allem nicht, wenn man weitere fünfzehn im Nacken hat, aber wir hatten das bessere Schiff, und der Feind wusste das nicht. Ich wäre jede Wette eingegangen, dass diese Sublichttriebwerke es in Sachen Geschwindigkeit mit einem TIE-Abfangjäger aufnehmen konnten. Die Sensoren der *Juwel* verrieten mir, dass die Piraten, die auf uns feuerten, Manteljäger und ein paar B-Flügler flogen, und obwohl sie ihre Maschinen zweifelsohne ein wenig aufgemotzt hatten, war es doch unwahrscheinlich, dass sie mit der *Wüstenjuwel* mithalten konnten, sobald ich erst vollen Schub gab. Doch falls es sich verhindern ließ, wollte ich den Treibstoff nicht so verschwenden; wir hatten eine lange Reise vor uns, und sollten wir in Schwierigkeiten geraten, gab es nur wenige sichere Raumhäfen, die wir anfliegen konnten. Sofern die Schilde und unsere rodianischen Verbesserungen der Sache gewachsen waren, wollte ich mich darauf beschränken.

»Ich bin sicher, wir schaffen es«, sagte ich, und kaum dass die Worte über meine Lippen gekommen waren, bekamen wir natürlich den ersten Treffer am Steuerbordflügel ab. Die Schilde verhinderten jeglichen Schaden, aber der Aufprall ließ uns herumwirbeln und veränderte unseren Vektor. Ich musste das

Schiff zurück auf Kurs zwischen, um für die Piraten weiter ein möglichst kleines Ziel abzugeben.

»*So* schaffen wir es ganz bestimmt nicht, Luke! Worauf warten Sie noch? Schneller!«

»Die Schilde sind noch immer im grünen Bereich. Die meisten ihrer Schüsse gehen daneben.«

Wir wurden getroffen und wieder aus der Flugbahn geworfen, und diesmal sackte die Schildenergieanzeige sichtlich nach unten.

»Mir machen auch eher die Schüsse Sorgen, die uns treffen!«, rief Nakari.

»Jedes Mal wenn ich versuche, Sie zu beruhigen, kriegen wir was ab. Also werde ich ab jetzt den Mund halten und einfach nur fliegen, in Ordnung?«

Bevor sie etwas entgegnen konnte, grollte die Stimme eines der Piraten aus dem Kommsystem. »Nicht identifiziertes Schiff. Ergeben Sie sich, damit wir eine Inspektion durchführen können, und wir garantieren Ihre Sicherheit. Falls Sie weiter versuchen zu fliehen, werden Sie vernichtet.«

Nakari knurrte und ließ ihre Frustration am Komm aus. Sie drückte den Sendeknopf und sagte: »Nicht identifiziertes Loch, halten Sie die Klappe und inspizieren Sie sich selbst. Falls Sie uns weiter belästigen, werden Sie ignoriert.«

Zumindest auf eine Weise zeigte ihre Rüge Wirkung: Die Piraten versuchten nicht noch einmal, Kontakt aufzunehmen. Doch die hitzesuchenden Raketen, die die drei Manteljäger abfeuerten, sagten mehr als tausend Worte. Ich war auf einen derartigen Zug vorbereitet gewesen, trotzdem überraschte er mich ein wenig. Schließlich würde niemand ihnen Geld für ein Schiff zahlen, wenn es in tausend Teile zerfetzt war.

Vielleicht hatten sie einen harten Tag hinter sich, oder vielleicht juckte sie auch nur der Abzugfinger – ich dachte nicht lange darüber nach. Die sechs Raketen zu überleben erschien mir wichtiger, als über ihre Beweggründe zu sinnieren. Ich hatte gehofft, mich nicht mit Raketen herumschlagen zu müssen, aber nun, da es dazu gekommen war, sollten sich die Täuschkörper bezahlt machen, die wir auf Rodia installiert hatten.

Phosphorfackeln können kurzzeitig viel heißer brennen als ein Triebwerk und hitzesuchende Geschosse von diesem fortlenken, aber dabei hängt alles vom richtigen Zeitpunkt ab. Setzte man sie zu früh ein, könnten sie vorzeitig verglüht sein, und die Hitzesucher würden sich wieder auf die Sublichttriebwerke einpendeln; setzte man sie zu spät ab, konnte die Explosion das eigene Schiff trotzdem beschädigen. Während ich darüber nachdachte, änderte ich meine Meinung über die Strategie der Piraten: Diese Kerle versuchten nicht, uns zu töten – sie versuchten, unsere Triebwerke außer Gefecht zu setzen. Sie zählten darauf, dass wir über Täuschkörper verfügten, und hofften, dass wir sie unklug einsetzen würden – oder dass sie mehr Raketen hatten als wir Phosphorfackeln. Falls sie uns beschädigten, hätten sie ihr Ziel erreicht; falls nicht, würden sie einfach die nächste Salve abfeuern, und die nächste, bis wir flugunfähig wären. Und sollten sie sich verschätzen und wir doch zerstört werden, würden sie deswegen trotzdem nicht schlechter schlafen, schließlich hatten sie uns eine Chance zur Kapitulation gegeben.

Wäre Drusil hier, könnte sie vielleicht anhand von Vektor und Geschwindigkeit der heranrasenden Raketen den perfekten Moment zum Absetzen der Täuschkörper berechnen, aber so musste ich mich auf meinen Instinkt verlassen – oder genauer: auf meinen von der Macht gestärkten Instinkt. Wir konnten nicht in den Hyperraum springen, bevor die Geschosse uns erreichten, und schneller als sie sein zu wollen war die Art von Idee, bei der C-3PO unser sicheres Ende vorausgesagt hätte. Nein, wir mussten es mit den Fackeln schaffen.

Als ich die Augen schloss und mich der Macht öffnete, war es, als wäre die Verbindung vor ein paar Minuten überhaupt nicht unterbrochen worden; ich konnte sie noch immer deutlich spüren, eine Woge, die meinen Geist erfüllte wie eine zusätzliche Sinneswahrnehmung, die mir meine Umgebung zeigte, innerhalb des Schiffs ebenso wie außerhalb. Nakari war besorgt und versuchte, es mich wissen zu lassen; Drusil war ebenfalls beunruhigt, blieb aber stumm; Erzwo war einfach nur da, und ich vermutete, dass er gerade den Navigationscomputer für unseren Sprung vorbereitete. Die fünf Piraten und sechs Raketen unmittelbar hinter uns spürte ich ebenfalls, und ausgehend von ihren Positionen und Feuermustern korrigierte ich den Kurs der *Juwel*. Jetzt blieb mir nur noch, auf den richtigen Moment zu warten und die Täuschkörper abzusetzen.

Als es so weit war, öffnete ich die Augen, um sicherzugehen, dass mein Finger auch über dem richtigen Schalter an der jüngst eingebauten rodianischen Kontrolltafel schwebte – ein Moment des Selbstzweifels, schätze ich –, und sobald meine Augen mir die Bestätigung lieferten, drückte ich ihn. Die Phosphorfackeln wurden ausgestoßen und lockten die hitzesuchenden Raketen an; Explosionen ließen den Raum hinter uns erbeben, während das Kanonenfeuer ohne Unterlass weiter hämmerte, und dann feuerten die Piraten eine weitere Salve Raketen auf uns ab.

»Haben wir es geschafft? Haben wir alle erwischt?«, fragte Nakari.

»Die ersten sechs, ja, aber die nächsten sechs sind schon unterwegs.«

»Haben wir genug Täuschkörper für die?«

»Ich glaube, wir haben genug, aber wir werden sie nicht brauchen.«

»Warum nicht?«

Ich grinste sie an. »Weil inzwischen fünfundvierzig Sekunden vergangen sind.« Die Sterne verwandelten sich in Streifen wie Regentropfen vor einem Fenster, als Erzwo wie geplant in den Hyperraum sprang.

Nakari schloss die Augen, verkrampfte die Finger um die Armlehnen ihres Sessels und atmete tief ein. Als sie die Luft wieder entweichen ließ, wich die Anspannung aus ihren Schultern und Fingern, und sie öffnete ein Auge, um zu mir herüberzublicken. »Tut mir leid, dass ich geschrien habe, Luke. Sie wussten offensichtlich, was Sie tun, und ich war nicht gerade hilfreich.«

»Das ist schon in Ordnung«, erwiderte ich. »Leute schreien im Kampf ständig. Liegt am großen Stress. War das das erste Mal, dass Sie so gejagt wurden?«

Sie nickte, die Lippen fest zusammengepresst.

»Hätten wir die *Harvester* genommen, hätten Sie allen Grund zur Sorge gehabt«, erklärte ich weiter. »Aber Sie haben die weise Entscheidung getroffen, all Ihre Credits in diese Triebwerke zu investieren. Eine Luxuskabine hätte uns nicht gerettet.«

»Danke.« Sie atmete noch einmal tief durch und bemühte sich um ein Lächeln. »Wissen Sie, wir hatten keine Gelegenheit, unsere Unterhaltung von gerade eben zu Ende zu führen.«

Oh. »Hatten wir nicht?«

»Nein, wir wurden unterbrochen.« Sie löste ihre Gurte und schob sich näher zu mir heran, dann hob sie die rechte Hand zu meiner linken Wange. Ich zuckte unmerklich zusammen, nicht sicher, ob ich durch mein Starren vorhin vielleicht eine Linie überschritten hatte und jetzt dafür bezahlen würde. Doch dann geschah etwas völlig anderes. Sie legte ihre Hand sanft auf meine linke Wange und hauchte mir einen Kuss auf die rechte. Anschließend wisperte sie in mein Ohr: »Ich wollte sagen, dass es mir nichts ausmacht, wenn Sie starren. Aber da Sie all meine subtileren Signale übersehen, dachte ich mir, ich mache es ein wenig offensichtlicher.«

»Oh«, war alles, was ich hervorbrachte, so überwältigend war die Verwirrung. Nakari ließ ihre Hand auf meinem Gesicht, aber ihr Kopf zog sich zurück, um mir mit ungläubiger Miene in die Augen zu blicken. »Das ist alles, was Sie dazu zu sagen haben? ›Oh‹?«

Ich räusperte mich überflüssigerweise und murmelte: »Mir gefiel, was Sie vorhin gemacht haben. Sie wissen schon, als Sie mich küssten. Ich finde, Sie sollten es noch mal tun.«

14. Kapitel

Drusils Stimme hallte aus der Sprechanlage und unterbrach einen Kuss, der mehr war als nur ein leichte Berührung an der Wange. »Reaktionsschnell gehandelt, Luke Skywalker. Und bemerkenswert geflogen. Aber Sie sollten wissen, dass das Imperium jetzt vermutlich weiß, wo wir sind.«

Wir lösten uns voneinander, und Nakari boxte mich einmal gegen die Schulter, wobei sie flüsterte: »Wir sind noch nicht fertig miteinander.« Anschließend kehrte sie in ihren Sessel zurück und schnallte sich an, während ich Drusil antwortete.

»Wieso glauben Sie das?«

»Die kleine Flotte, die in diesem Sektor patrouilliert hat, kommt aller Wahrscheinlichkeit nach von Exodeen.«

»Und? Es waren Piraten.«

»Ist es normal, dass Piraten Treibstoff verschwenden, indem sie Begleitschiffe zu einem schnellen Angriff losschicken, wo sie einfach auf einen langsamen, nichts ahnenden Transporter warten könnten? Die meisten ihrer üblichen Beuteschiffe würden keinen Verdacht schöpfen, wenn sie diesen Kreuzer auf sich zukommen sehen – bis die Piraten ihnen ihre Jäger auf den Hals hetzen, und dann ist es ohnehin schon zu spät. Ein schnelles Schiff zu verfolgen, das von einer fluchtbereiten Besatzung gesteuert wird, verlangt hingegen nach einer anderen Strategie, nicht wahr? Darum waren die Jäger bereits in Position. Oder sehen Sie einen anderen Grund für diese Ressourcenverschwendung?«

»Sie meinen also, die Piraten hatten bereits von dem Kopfgeld gehört und patrouillierten hier für den Fall, dass wir auftauchen«, schlussfolgerte ich.

»Ja. Und jetzt können sie Profit machen, indem sie melden, dass sie uns gesehen haben, und dem Imperium verraten, welche Richtung wir genommen haben.«

»Sie hatten genug Zeit, um uns zu scannen, Luke«, warf Nakari ein. »Sie werden wissen, dass sich drei Personen an Bord befinden. Und falls sie uns sofort melden, könnten wir schon sehr bald auf Imperiale treffen.«

Drusil schaltete sich wieder ein. »Eine Nachricht von den Piraten macht einen Zusammenstoß mit dem Imperium nicht zwangsläufig wahrscheinlicher. Wir befinden uns nahe eines stark überwachten Bereichs der Galaxie. Ich weiß zufällig, dass das Imperium jeglichen Schiffsverkehr in den Hutten-Raum überwacht – und behindert –, um die Geschäfte der Hutten zu stören und ihre Unabhängigkeit zu schwächen.«

»Seit wann ist das so? Wann haben Sie davon gehört?«

»Vor Kurzem erst. Während der vergangenen Wochen haben die Imperialen mich an verschlüsselten Nachrichten arbeiten lassen, die in diesen Sektoren abgefangen wurden.«

Das klang wie ein schlechtes Omen, aber es gab nichts, was ich deswegen tun konnte, insofern war es sinnlos, sich den Kopf darüber zu zerbrechen. »Nun, abgesehen davon, dass sich die Deflektorschilde aufladen, wird fürs Erste nichts geschehen. Ich könnte einen Kaff vertragen.« Ich löste meine Gurte und schälte mich aus dem Pilotensitz. »Möchtest du auch eine Tasse?«, fragte ich Nakari.

»Ich weiß nicht«, erwiderte sie. »Ist dein Kaff genauso gut wie deine Nerf-Steaks?«

»Ich werde versuchen, ihn nicht zu verbrennen, aber ich kann für nichts garantieren.«

»Also gut, dann riskiere ich es. Nicht, dass das Risiko geringer wäre, wenn ich ihn machen würde.«

Ich war ziemlich euphorisch, als ich zur Bordküche ging, denn ich nahm an, dass der Automat etwas Trinkbares produzieren würde, aber wie sich herausstellte, war das Resultat eine leichte bis mittelschwere Katastrophe. Zu spät erinnerte ich mich daran, dass der Kaff auf dem Flug nach Fex genauso ungenießbar gewesen war. Da diese Art Automat praktisch überall Verwendung fand, lag das Problem aber wohl eher bei mir und vermutlich auch bei Nakari und nicht bei dem Gerät. Schließlich gab ich auf und beschloss, meine Inkompetenz mit viel Milch und Zucker zu tarnen.

Ein schriller Alarm aus dem Cockpit und eine Explosion digitalen Entsetzens aus Erzwos Richtung waren der erste Hinweis darauf, dass irgendetwas schiefgelaufen war. Der zweite Hinweis bestand darin, dass sich das Schiff aufbäumte und ich die Hälfte des heißen Kaffs über meine Kleider kippte. Und zu guter Letzt rief Nakari: »Luke, komm her! Es gibt Ärger!«

Ich klopfte auf meine Tunika, um zumindest einen Teil des Kaffs loszuwerden, und rannte zurück ins Cockpit, wo mich ein ganzes Arsenal roter Lämpchen erwartete und die endlose Schwärze des Normalraums den Ausblick verdunkelte.

»Wir sind aus dem Hyperraum gezogen worden. Die Notfallsysteme wurden durch einen Masseschatten aktiviert.«

»Was? Aber Erzwo hat den Kurs doch anhand der Karten ...

oh.« Wir waren von einem imperialen Abfangkreuzer aus dem Hyperraum gezogen worden; ein Schiff, geformt wie ein Sternzerstörer, aber ungleich kleiner und ausgestattet mit vier mächtigen Gravitationsprojektoren. Einer dieser Generatoren hatte uns in den Normalraum zurückgeholt, und die anderen versperrten uns zweifelsohne den Fluchtweg aus dem System. Wir konnten erst von hier fort, wenn wir uns um den Abfangkreuzer gekümmert hatten. Also gut, wenn es so sein sollte.

»Fahr die Schilde hoch und mach sämtliche Waffen scharf«, wies ich Nakari an, während ich mich festschnallte. »Erzwo, wo sind wir?«

DAALANG-SYSTEM, erschien die Antwort.

»Gut, wir brauchen einen Kurs von hier fort. Wegen der Piraten können wir nicht zurück, und wenn wir auf dem eingeschlagenen Weg weiterfliegen, werden wir vermutlich auf mehr imperialen Widerstand stoßen. Gibt es eine andere Route aus diesem System?«

JA. DIE HANDELSROUTE NACH KUPOH.

Das Heimatsystem der Kupohaner. Perfekt – oder zumindest die beste Option, die wir im Moment hatten. Da die Kupohaner nach außen hin mit dem Imperium kooperierten, würde keine Flotte von Sternzerstörern im Orbit postiert sein, um das gute Benehmen der Einheimischen zu garantieren.

»Also gut, bereite einen Sprung nach Kupoh vor und sag mir, welcher der Gravitationsprojektoren an diesem Abfangkreuzer den Weg dorthin blockiert.«

»Moment mal, schlägst du etwa vor, dass wir allein diesen Kreuzer angreifen?«, fragte Nakari.

»Die einzige Alternative wäre, uns gefangennehmen zu lassen. Ich glaube jedenfalls nicht, dass sie auf eine höfliche Bitte reagieren werden, uns in Ruhe zu lassen. Außerdem ist das eines der alten Modelle. Er hat nur vierundzwanzig TIE-Jäger an Bord, und er ist allein. Wir müssen verschwinden, bevor Verstärkung kommt.«

»*Nur* vierundzwanzig? Wir sind ein Schiff mit einer Handvoll Blasterkanonen und ein paar Raketen!«

»Mehr brauchen wir auch gar nicht. Und wer weiß, vielleicht sind die TIE-Piloten gerade in der Mittagspause. Uns sollten auf jeden Fall ein oder zwei Minuten Zeit bleiben, und wir haben die Geschwindigkeit und das Überraschungsmoment auf unserer Seite.« Ich klang vermutlich zuversichtlicher, als ich mich eigentlich fühlte, aber nur so durfte man sich dem Feind stellen – das hatte ich von Han gelernt: »Wenn es zu einem Gefecht kommt, darfst du nie denken: ›Tja, ich schätze, ich werde um mein Leben kämpfen.‹ Im Kampf brauchst du den Willen zum Sieg, um zu überleben.« Ich zog die Nase des Schiffes in Richtung Abfangkreuzer nach unten und beschleunigte erstmals auf volle Angriffsgeschwindigkeit. Es war atemberaubend: Die *Wüstenjuwel* war definitiv schneller als mein X-Flügler.

»Luke, inzwischen müssen sie uns gesehen haben! Du kannst sie nicht überraschen!«

»Ich meinte die Überraschung, die wir beim Chekkoo-Clan auf Rodia eingebaut haben. Und angesichts ihrer augenscheinlichen Überlegenheit werden sie ganz sicher überrascht sein, dass wir angreifen.«

Die Laserbatterien des Kreuzers schwenkten nach oben und begannen, grüne Strahlen aus ihren Vierliegskanonen zu speien, aber das diente hauptsächlich der Einschüchterung, denn nur eine Handvoll ihrer Geschütze konnte uns überhaupt erfassen. Die erste Staffel TIE-Jäger, die in Bereitschaft gewesen sein musste – oder ihr Mittagessen im Cockpit zu sich genommen hatte –, schoss unter dem Abfangschiff hervor.

»Verschwinden wir von hier!«, beharrte Nakari. »Das ist Wahnsinn!«

Ich war anderer Ansicht; ich stürmte nicht einfach blindlings drauflos, in der Hoffnung, das die Sache gut für mich ausging. Ich hatte einen Plan. »Ich bevorzuge die Bezeichnung *riskant*«, sagte ich. Die Worte erinnerten mich an meine Unterhaltung mit Leia an Bord der *Verheißung*. Gewiss war das hier nicht so gefährlich wie der Angriff auf den Todesstern. »Erzwo, welchen Gravitationsprojektor soll ich anvisieren?«

IHRE STEUERBORDSEITE, VON UNS AUS BACKBORD.

»Alle beide?«

JA.

»Das macht die Sache ein wenig komplizierter.«

»Und davor war sie nicht kompliziert?«, schnappte Nakari. »Dieser Kreuzer hat doch bestimmt starke Schilde.«

»Die hat er, aber das ist eines der Immobilisierer-Modelle, und die haben wir studiert, seit das Imperium sie bei unseren Überfällen gegen uns einsetzt. Sie besitzen zwölf Schildgeneratoren – ein Teil davon Strahlenschilde, der Rest Partikelschilde. Wir schalten zuerst die Partikelschilde auf der Steuerbordseite aus und setzen alles, was wir dann noch zur Verfügung haben, ein, um die Gravitationsprojektoren zu zerstören.«

»Und weichen dabei TIE-Jägern und dem Beschuss der Vierlingslaser aus? Hörst du überhaupt, was du da sagst?«

Beides – TIE-Jäger und Laserbeschuss – kam nun auf mich zu, und ich lenkte die *Juwel* in einer Spirale von einem besonders aggressiven TIE-Piloten fort. Nakari sah es nicht einmal, so sehr war sie darauf konzentriert, mich zur Flucht zu überreden. »Ich sagte doch, es ist ein wenig kompliziert.«

»Luke, versuchen wir einfach, den Rand des Abfangfeldes zu erreichen. Die *Juwel* ist schnell genug.«

Daran hatte ich auch schon gedacht, und vielleicht hätte es funktioniert, wäre ich im Cockpit gewesen und nicht in der Bordküche, um dem Automaten etwas halbwegs Trinkbares zu entlocken. Während dieser fünfzehn Sekunden, die wir tatenlos geblieben waren, hatten wir einfach zu viel Zeit und Raum verloren. »Nein, sie haben uns zu nahe herangeholt. Die TIEs haben uns bereits erreicht.«

Nakari drehte den Kopf, sah das Großaufgebot möglicher Todesarten, das uns entgegenflog, zuckte in ihrem Sessel zusammen und schrie: »Gah!« Danach versuchte sie nicht mehr zu argumentieren; sie sah, dass es zu spät war. Eine Situation entwickelt sich schnell, wenn Schiffe so schnell aufeinander zurasen. Wir flitzten im Zickzack zwischen den ersten sechs TIE-Jägern hindurch und entgingen dabei ihrem Feuer ebenso wie einem direkten Zusammenprall. Ich schaffte es sogar, einen von ihnen mit unseren Laserkanonen zu erwischen – wir hatten jetzt drei, nicht mehr nur eine –, und er trudelte in einen Kameraden hinein. Beide TIEs explodierten. Ich versuchte gar nicht erst, auf den Kreuzer zu feuern, denn es war völlig ausgeschlossen, dass ein Schiff wie unseres die Schilde ganz allein erschöpfen könnte. Aber ich zögerte nicht, den Feuerknopf zu drücken, wann immer sich die Möglichkeit bot, einen TIE-Jäger aufs Korn zu nehmen.

Das Imperium hatte die Produktion dieser speziellen Abfangkreuzer eingestellt, weil sie so verwundbar waren. Doch auch wenn keine neuen mehr hergestellt wurden, gab es doch noch immer mehr als genug davon. Die Allianz stieß immer wieder auf sie, darum übten wir seit Neuestem, wie man sie ausschalten konnte, bevor unsere Überfallkommandos von den Zerstörern vernichtet wurden, die diese Kreuzer meist begleiteten. Das Imperium rüstete inzwischen seine Sternzerstörer mit Gravitationsprojektoren aus, und die zu beschädigen, war auch mit einer Gruppe von Schiffen schwierig und für ein Schiff allein völlig unmöglich. Soweit ich wusste, hatte auch noch niemand einen Immobilisator-Kreuzer mit nur einem Schiff zerstört, aber ich hatte mit Wedge über die Möglichkeit gesprochen. Dennoch hätte ich es nicht auf den Versuch ankommen lassen, wären wir nicht in einer so verzweifelten Lage – und hätten wir nicht diese spezielle Waffe, die wir auf Rodia installiert hatten. Das Imperium musste panisch nach uns gesucht haben, wenn es einen Abfangkreuzer ohne jeglichen Begleitschutz am Rande des Hutten-Raums postierte.

Ich hatte bereits Kontakt mit der Macht hergestellt, öffnete mich ihr nun noch weiter und schlüpfte in jenen Zustand von Bewusstsein, Voraussicht und Reaktion jenseits des Denkens. Gleichzeitig lenkte ich die *Wüstenjuwel* in einen Vektor, der den Kanonieren des Kreuzers möglichst wenig Angriffsfläche bot und uns direkt auf die backbordseitigen Schildgeneratoren zutrug.

Wir waren ein wenig schneller als der standardmäßige TIE-Jäger. Nachdem die erste Hälfte der Staffel an uns vorübergeflogen war und hart gewendet hatte, um an uns dranzubleiben, tauchte die zweite Hälfte aus dem Bauch des Schiffes auf. Zu beiden Seiten des Kreuzers flogen die Maschinen nach oben, um eine Zangenformation zu bilden, wobei sie sich aber hinter mir hielten, um nicht selbst ins Kreuzfeuer zu geraten. Ihre Schüsse waren schlecht gezielt, und sie scherten sich nicht weiter darum, ob sie den Immobilisator trafen; sie vertrauten darauf, dass die Schilde jeden Laserstrahl absorbieren würden, der sich in ihre Richtung verirrte. Die *Juwel* flog sich prächtig – dies war ihr erster Geschwindigkeitstest unter schwerem Feuer –, und wir mussten nur ein paar Treffer einstecken, die unsere Schildkapazität auf 70 Prozent senkten. Ich war froh, dass ich sie vollkommen aufgeladen hatte, bevor wir in diese Situation geraten waren.

»Erzwo, zeig mir ihren Partikelschildgenerator auf dem Zielholo an.« Ein kleines Rechteck begann, an der klingengleichen Kante des Abfangkreuzers zu blinken, und ich visierte es mit zwei unserer sechs Erschütterungsraketen an, während ich den Generator gleichzeitig mit der Macht erfasste. Sollte es mir nicht gelingen, ihn auszuschalten, würde auch sonst nichts funktionieren; die Raketen mussten ihr Ziel einfach treffen. Die Kanoniere des Kreuzers würden gewiss versuchen, sie abzuschießen. Wirbelnd und rollend ging ich tiefer, und ich spürte, dass der perfekte Moment näher rückte. Zwei weitere Male wurden wir von TIEs getroffen, dann feuerte ich die Raketen ab. Der Beschuss vom Kreuzer ebbte ab, als er sein Feuer auf die Geschosse verlagerte, und nun konnte ich mich mehr darauf konzentrieren, den Jagdmaschinen auszuweichen. Ich zog die Nase der *Juwel* nach Steuerbord, sodass wir kurz nach dem Aufprall der Raketen unter den Schildgeneratoren hinwegtauchen würden. Die Sensoren würden mir dann verraten, ob wir getroffen hatten oder nicht.

Der Kreuzer selbst erzeugte einen toten Winkel, denn der Hangar, der die TIEs ausgespien hatte, befand sich an der Unterseite des Schiffes, und ich konnte nicht sehen, was dort unten noch lauerte. Mein Finger presste sich auf den Feuerknopf und hielt ihn gedrückt, als wir uns der Seite des Immobilisators näherten; zwei TIE-JÄger tauchten unterhalb des Kreuzers auf – die Vorhut der zweiten Staffel –, aber mein Laserbeschuss brannte sich in ihre Cockpits und ließ sie explodieren. Vier hin, zwanzig im Sinn, obwohl die zweite Staffel sich noch nicht aktiv ins Geschehen eingeschaltet hatte.

Die Erschütterungsraketen trafen ihr Ziel eine nach der anderen, wobei die erste den Schild des Generators schwächte und die zweite ihn durchschlug und zerstörte. Bevor wir daran vorbeiflogen, reduzierte ein weiterer Treffer unsere eigenen Schilde auf 50 Prozent, aber dann waren wir kurzzeitig vor unseren Verfolgern sicher, denn ich zog die *Juwel* hoch und raste dicht unter dem Kreuzer entlang, nur einen Meter von den Schilden entfernt. Das machte es den Jagdmaschinen über dem Schiff unmöglich, meinen Kurs zu verfolgen – für ihre Sensoren war ich jetzt unsichtbar, verschmolzen mit dem Schatten des Immobilisators. Mein Plan war es, auf der anderen Seite wieder aufzusteigen und einen Schuss auf den nunmehr schutzlosen Gravitationsprojektor abzugeben.

Ich behielt meinen Kurs aber nicht bei; die TIEs über dem Kreuzer würden genau gegenüber der Stelle auf mich warten, wo ich verschwunden war, und diesen Bereich mit Sperrfeuer eindecken. Deswegen driftete ich nach achtern; so würde ich an der steuerbordwärtigen Ecke des Schiffes auftauchen, und dann müsste ich nur noch über die Brücke hinweghuschen, um freies Schussfeld auf den Generator zu haben. Drei Jäger sausten hinter mir her, konnten mich aber nicht ins Visier nehmen. Aufgrund ihrer Flügel konnten sie nicht so nahe an den Bauch des Immobilisators heran wie die *Juwel*, und die Zeitspanne, bis ich die andere Seite erreicht hatte, war viel zu kurz, um mich manuell zu erfassen. Sie gaben trotzdem ein paar Schüsse ab, damit es wenigstens so aussah, als würden sie es versuchen, doch die Strahlen verblassten wirkungslos an den Schilden des Kreuzers. Die Kanoniere an Bord des Abfangschiffes konnten mich ebenfalls nicht sehen, oder sie hatten das Feuer eingestellt, um nicht ihre eigenen TIEs zu treffen; zwei weitere der Jagdmaschinen waren gerade aus dem

Hangar gestartet, und bald würden mir noch mehr im Nacken sitzen.

Als ich auf der Steuerbordseite unter dem Schiff hervorschoss und in einen Steigflug überging, zischten grüne Energiestrahlen ein Stück vor mir durchs All, dort wo die anderen TIEs mich erwartet hatten. Die Schützen waren so nahe, dass sie nicht rechtzeitig den Kurs korrigieren konnten, als sie mich entdeckten – sie mussten hart beidrehen und dann den nächsten Angriffsflug starten. Ein paar Maschinen, die sich hatten zurückfallen lassen, sahen mich noch rechtzeitig und gingen auf Abfangkurs. Einer von ihnen raste dabei geradewegs in einen TIE, der hinter mir unter dem Kreuzer auftauchte – noch zwei weniger. Ich hielt mich dicht an der Oberseite des Immobilisators, um kein leichtes Ziel für ihre Laserkanonen abzugeben, und sobald ich über die Brücke hinweg war, visierte ich die beiden Halbkugeln der Gravitationsprojektoren an und feuerte auf jede zwei Erschütterungsraketen ab. Damit waren wir nicht zwangsweise gerettet; solange die beiden anderen Generatoren noch aktiv waren, mussten wir erst die simulierte Masse des Kreuzers hinter uns lassen, bevor wir das Hyperraum-Triebwerk aktiveren konnten, und falls die Mannschaft des Abfangschiffes effizient und aufmerksam genug war, hätten sie jede Menge Zeit, ihre Steuerbord-Generatoren in Richtung Kupoh auszurichten. Wir mussten sie also endgültig schachmatt setzen, und wir hatten genau das richtige Mittel an Bord, Teil des geheimen Waffenkatalogs der *Utheel Ausrüstungswerke* und unter großem finanziellem Aufwand erworben. Das Problem war nur, dass wir die Sache vielleicht selbst nicht überleben würden. Doch es war keine Zeit, darüber nachzudenken; falls unser Trumpf stechen sollte, musste ich ihn sofort einsetzen, bevor die Raketen ihr Ziel trafen. Das war aus physikalischen Gründen notwendig. Ich konnte nicht davon ausgehen, dass ich mit nur 50 Prozent Schildenergie einen weiteren Überflug schaffen würde – die TIEs formierten sich bereits, die Überraschung über meinen Angriff verflog, außerdem würde die andere Staffel in ein paar Sekunden ebenfalls voll einsatzbereit sein, und wenn es achtzehn gegen einen stand, dann müssten sie einfach nur unsere Schilde schwächen, bevor ich den entscheidenden Schuss anbringen konnte.

Also machte ich unsere seismische Kompaktladung, den *Utheel*-Felszermalmer, scharf und ließ ihn aus seiner Halterung an der Unterseite der *Juwel* auf den hintersten Gravitationsprojektor hinabtrudeln. Der Zermalmer besaß kein Lenk- oder Antriebssystem, stattdessen folgte er der Flugbahn unseres Schiffes, als ich ihn abwarf. Ein Annäherungszünder würde ihn zur Explosion bringen, wenn er sein Ziel erreichte. Da der Gravitationsprojektor noch funktionierte, flog die Kompaktladung nicht auf einem geraden Kurs dahin, sondern beschrieb einen Bogen nach unten.

Nakari sog den Atem ein und wisperte: »Oh, oh«, als sie sah, wie ich den Knopf drückte, aber ich konnte es mir nicht leisten, zu ihr hinüberzublicken.

Die Gase im Innern des Zermalmers vermischten sich vor der Detonation, und ich nutzte die Gelegenheit, die *Juwel* kurz nach oben und dann wieder in die Horizontale zu ziehen, sodass wir über die Laserbatterien hinweghuschten. Jetzt detonierten die Erschütterungsraketen, und ich flog in einer möglichst geraden Linie und so schnell die Triebwerke es zuließen von dem Immobilisator fort. Kurz sah es aus, als wäre die *Wüstenjuwel* eine Nadel, die einen Faden von TIE-Jägern hinter sich herzog, dann fächerten die imperialen Maschinen hinter uns zu einer V-Formation aus, damit sie mich alle gleichzeitig unter Beschuss nehmen konnten.

Nun, da ich Zeit dafür hatte, linste ich kurz zu Nakari hinüber. Sie atmete schwer, ihre Augen waren geweitet, und ihre Hände hatte sie in die Armlehnen gekrallt – soweit es ihr möglich war, zumindest; ihre linke Hand konnte noch nichts umschließen. Meine Abgelenktheit ermöglichte dem Feind einen direkten Treffer am hinteren Deflektor, und die Schildanzeige sank auf 20 Prozent.

Unmittelbar danach fiel die seismische Ladung in die offene, ungeschützte Wunde des Gravitationsprojektors und detonierte. Die gewaltige Schockwelle zerriss den Kreuzer von innen heraus; der Mittelteil beulte sich aus und zerplatzte dann in einem Durcheinander aus Metall und Leichen. Bug- und Hecksektion waren durch nichts mehr verbunden und trudelten als leblose Brocken Weltraumschrott in entgegengesetzte Richtungen davon. Die *Juwel* wurde sofort ein wenig schneller, als sich das simulierte Gravitationsfeld auflöste. Nun hielt uns nichts mehr davon ab, in den Hyperraum zu springen, was ich Erzwo unverzüglich mitteilte.

Doch die Schockwelle breitete sich weiter aus, auch in unsere Richtung, und pflügte dabei durch die TIEs hinter uns. Die Jagdmaschinen wurden so heftig durchgeschüttelt, dass sie auseinanderbrachen. Wir sahen freilich nur, dass die roten Dreiecke, die den Feind auf unserem Scanner symbolisierten, eines nach dem anderen verschwanden. Sie feuerten aber weiter grüne Laserstrahlen auf uns ab, als wären sie entschlossen, uns in den Tod zu schicken, bevor sie selbst vernichtet wurden. Der Großteil des Beschusses zischte an unserem Cockpit vorbei in die Leere, aber so konzentriertem Feuer konnte man nicht ewig ausweichen, und schon bald erwischte uns der erste Strahl. Der

Treffer zwang unsere Schilde praktisch in die Knie; übrig blieb nur ein Schleier aus Energie, so dünn wie ein Negligee. Das Feindfeuer ließ nach, als die TIEs explodierten, aber der Jäger, der uns am nächsten war, hatte einen idealen Schusswinkel und verpasste uns noch einen Treffer auf der Steuerbordseite, bevor er zerstört wurde. Das Sublichttriebwerk auf dieser Seite der *Juwel* fiel aus – was unser sicheres Ende bedeutete.

Es gab nichts, was mich vor der heranrollenden Woge des Todes schützen konnte, und ich spürte, wie Furcht meinen Körper durchzuckte, kalt und gnadenlos. Ich hatte schon früher scheinbar unüberwindbaren Widrigkeiten getrotzt, aber es war völlig ausgeschlossen, dass wir der Schockwelle in diesem Zustand entkamen, und es gab leider keine Bonuspunkte dafür, beinahe überlebt zu haben. Ich wollte mich gerade zu Nakari umdrehen und mich dafür entschuldigen, dass ich uns alle auf dem Gewissen hatte, als Erzwo plötzlich triumphierend zwitscherte und den Hyperantrieb aktivierte. Wir schossen nach vorne in einen weißen Wirbel hinein, und das Puzzle aus Trümmern imperialer Nachzügler blieb hinter uns zurück.

»Wir ... haben es geschafft? Wir haben es geschafft! *Jaa!*« Nakari trommelte auf ihre Armlehnen und stampfte mit den Füßen auf den Boden, bis ihr der Atem ausging. »Dreimal Drachendung, Luke, so etwas möchte ich nie wieder durchmachen müssen! Ich *hasse* Raumschlachten, hörst du? Man kann nichts tun, außer angespannt dazusitzen, den Kerl am Steuer anzustarren und zu hoffen, dass man nicht stirbt.«

»Ich weiß. Es tut mir leid.«

Sie drehte sich zu mir herum, und die Erleichterung verschwand von ihren Zügen, als sie sich daran erinnerte, dass ich uns in den Kampf geführt hatte. »Diesen Kreuzer anzugreifen war dumm, Luke! Normalerweise wären wir jetzt tot!«

Ich zog die Schultern hoch. Sie hatte recht, aber jetzt, wo ich mich aus dem Trancezustand der Schlacht löste, spürte ich eine Mischung aus zwei Vierteln Erleichterung, einem Viertel Euphorie und einem Viertel Selbstzufriedenheit. »Es hat funktioniert.«

Sie erkannte, dass sich an meinem Erfolg nicht rütteln ließ und sagte: »Ja, aber ... nun, ja.« Ein Grinsen trat auf ihr Gesicht. »Also, das war schon ziemlich gut geflogen. Vielleicht sogar legendär gut.«

»Erzähl nur bitte nicht deinem Vater davon.«

Sie lachte. »Werd ich nicht.«

»Ich werde mal nach Drusil sehen.«

»Gut. Ich rufe, wenn wir noch mal in den Normalraum zurückgezogen werden.«

Als ich den Wohnbereich erreichte, schlang ich zunächst die Arme um Erzwo und sagte ihm, dass er der beste Droide der Galaxie war. Im selben Atemzug bat ich ihn, um Himmels willen C-3PO nicht zu erzählen, dass ich das gesagt hatte, weil ich mich sonst die nächsten zehn Jahre mit patzigen Bemerkungen herumärgern müsste. »Danke, dass du uns gerettet hast.«

R2-D2 trillerte zufrieden, und ich wandte mich Drusil zu, um nach ihrem Wohlbefinden zu fragen.

Sie saß noch stocksteifer da als sonst, und ihre Stimme klang noch belegter, noch undeutlicher. »Ich erhole mich gerade vom Hormonausstoß durch die Aufregung, aber danke der Nachfrage.«

»Ähm, ich ... entschuldigen Sie? Geht es Ihnen schlecht?«

»Ich habe gehört, es ist vergleichbar mit den Nachwirkungen von Adrenalin bei Menschen.«

»Oh, diese Art von Aufregung! Gut. Nein, ich meine ... es tut mir leid, dass Sie sich Sorgen gemacht haben. Ähm. Wir sind fürs Erste in Sicherheit und unterwegs nach Kupoh.«

»Eigentlich hätten wir sterben sollen. Mathematisch betrachtet ging unsere Überlebenschance gegen null, als wir angegriffen wurden. Wie haben Sie das nur geschafft?«

Ich zuckte mit den Schultern. »Erzwo hat uns da rausgeholt.«

»Der Droide hat seine Aufgabe erfüllt«, meinte die Givin, eine Geringschätzung, die Erzwo mit einem Ausbruch elektronischer Empörung quittierte. »Aber ich spreche von Ihren Fähigkeiten als Pilot, die Sie unter Beweis gestellt haben. Sind Sie letzten Endes wirklich ein Jedi, Luke Skywalker?«

»Nein«, wiegelte ich ab. »Nicht mal annähernd.«

»Sie lehnen den Titel ab, umgeben sich aber mit den Statussymbolen eines Jedi. Sie tragen ein Lichtschwert. Geben Sie es zu, Sie haben die Macht benutzt, um das Schiff so zu fliegen.«

»Ja«, gestand ich, nicht sicher, wohin das führen würde.

»Erstaunlich. Ich habe noch nie darüber nachgedacht, da ich keinen Grund und keine Gelegenheit dazu hatte, aber es scheint mir, als müsste die Macht eine Richtvariable sein. Ja, mit dieser Theorie muss ich mich eingehender beschäftigen.«

»Entschuldigen Sie, eine ... Richtvariable?«

»Eine Variable, die Unwahrscheinlichkeiten in Wahrscheinlichkeiten verwandelt und umgekehrt. Das Unmögliche wird möglich – und das mathematisch berechnen zu wollen kann eigentlich nicht gut enden. Aber verständlicherweise möchte ich es trotzdem versuchen.«

Ich war erleichtert, dass ihre Neugier nur der Anreiz für einen weiteren Mathematikmarathon war, aber ich konnte der Versuchung nicht widerstehen, sie nach unseren Chancen zu fragen. Zwar hatte ich noch immer Zweifel an Drusils Nutzen für die Allianz, und wie sie mich über meine Verbindung zu den Jedi gefragt hatte, war beunruhigend, aber solange ihre und unsere Interessen sich überschnitten, konnte sie uns vielleicht behilflich sein.

»Hören Sie, da Ihnen das Spaß zu machen scheint, könnten Sie vielleicht die Wahrscheinlichkeit dafür berechnen, dass wir Kupoh ohne weitere Begegnungen mit Abfangkreuzern erreichen – oder überhaupt ohne imperialen Kontakt? Falls Sie es für unwahrscheinlich halten, sollten wir unseren Plan aufgeben und uns nach einem neuen Ziel umsehen, denn wir haben ein Triebwerk verloren und können nur noch unsere Laserkanonen einsetzen. In dem Zustand entkommen wir sicher nicht noch einmal einer Falle.«

Drusils Mund weitete sich zu einem Ausdruck, den ich als Freude interpretierte, dann griff sie nach ihrem Datenblock und erweckte ihn aus seinem Schlummer. »Eine Aufgabe! Ausgezeichnet! Danke sehr. Ich werde Ihnen meine Ergebnisse umgehend mitteilen.« Sie senkte den Kopf, und ich erkannte, dass ich gerade das Signal zum Wegtreten erhalten hatte.

15. Kapitel

Ich fand das Kupoh-System wunderschön. Mit anderen Worten: Es war frei von Schiffen der imperialen Flotte. »Das ist gut. Wir werden landen und ein paar Reparaturen durchführen müssen«, sagte ich. »Im Moment könnte die *Juwel* nicht mal ein Bantha abhängen.«

»Hast du einen bestimmten Ort im Sinn?«, fragte Nakari.

»Erinnerst du dich noch an die Liste von Kupohanern, die Sakhet uns auf Denon gegeben hat? Vermutlich hat sie nicht damit gerechnet, dass wir uns auf ihrer Heimatwelt wiederfinden, aber vielleicht ist da ein Name dabei, an den wir uns wenden können.«

»Oh, richtig! Die Datei, die wir mit *Rancorsauce* entschlüsseln sollten. Einen Moment.«

Sie verließ das Cockpit, um ihren Datenblock zu holen, und ich setzte derweil Kurs auf eine kleine Stadt auf der gegenüberliegenden Seite des Planeten. Falls nötig, könnte ich ein anderes Ziel ansteuern – und angesichts der Besonderheiten, die diese Welt barg, freute ich mich auf die Herausforderung eines Kurswechsels.

Kupoh genießt unter Piloten einen schon beinahe legendären Ruf. Angeblich wurde der Planet beständig von heftigen Winden gepeitscht – wir sprechen hier nicht von sanften Brisen, sondern von höllisch lauten, gefährlichen Böen –, die nicht nur das Fliegen, sondern auch das Hören erschwerten. Die Oberfläche war in ein solches Rauschen gehüllt, dass die meisten Fremdweltler über ihr Helm-Interkomm kommunizieren mussten – entweder das, oder sie brüllten, so laut sie nur konnten. Oder benutzten Zeichensprache. Die Kupohaner hatten frequenzfilternde Organe entwickelt, um all den Lärm auszublenden und Stimmen wahrzunehmen, und natürlich half ihnen das auch bei der Jagd. Es gab ein ganzes Ökosystem von Kreaturen, die im Wind lebten, Geschöpfe, die nur höchst selten landeten und ihr ganzes Leben in der Luft verbrachten. Piloten mussten innerhalb der Atmosphäre mit hochgefahrenen Schilden fliegen, denn ein Zusammenstoß mit einem größeren Tier konnte ein Schiff ernsthaft beschädigen. Und sie mussten darauf hoffen, dass die Winde sie nicht wie einen schlecht gesteuerten Drachen in den Boden rammten.

Aus Notwendigkeit hatten die Kupohaner hohe Schutzwände errichtet, damit anfliegende Schiffe landen konnten und Abstürze die Ausnahme bildeten. Zudem hatten sie Dutzende empfohlener Atmosphäreneintrittspunkte festgelegt, wo die Windmuster lediglich störend waren, und nicht mörderisch. Man musste diesen Winden dann folgen, bis man hinter einem Berg oder einer Schutzwand hinabsinken und landen konnte. Obwohl man auch an diesen Anflugrouten plötzliche Böen oder Luftwirbel fürchten musste, hatte man dort größtmögliche Sicherheit sichergestellt.

Nakari kehrte mit dem Datenblock in der Hand ins Cockpit zurück. »Da ist ein Kontakt auf Kupoh, in der Stadt Tonekh auf dem östlichen Kontinent. Sein Name ist Azzur Nessin. Warte eine Sekunde, mal sehen, ob ich noch weitere Informationen finde.« Ihre Aufmerksamkeit wanderte vom Datenblock zum Schiffscomputer, der auf Kupohs von Satelliten und Orbitalplattformen gestütztes Infonetz zugreifen konnte. Sie gab einen Suchbegriff ein, stöhnte, als sie sich vertippte, löschte den Eintrag und gab ihn erneut ein, wobei sie auf die Tasten hämmerte, um dem Wort zu zeigen, wer hier der Boss war.

Aufgrund der Entfernungen, die hier zum Tragen kamen, gab es eine kurze Verzögerung bei der Verarbeitung, aber das Netz funktionierte einwandfrei, und schon bald erschien eine Fülle von Informationen auf dem Schirm. Nakari fasste es für mich zusammen. »Azzur Nessin ist Gründer und Vorsitzender der Fracht-und-Transport-Gesellschaft Nessin. Er hat Einrichtungen überall auf dem Planeten, aber sein Hauptquartier deckt sich mit der Adresse aus Sakhets Datei.«

»Also gut, dann fliegen wir dorthin. Genau das richtige Gewerbe, wenn man ein Spion ist, findest du nicht?«

»Ja. So hat er einen legitimen Grund, ständig umherzureisen.«

»Und falls er seine eigene Transportflotte besitzt, hat er vielleicht auch seine eigenen Reparaturhangars.« Ich wechselte den Kurs entsprechend des empfohlenen Atmosphäreneintrittspunkts für Tonekh und bat Erzwo, Nessin unter der Nummer zu kontaktieren, die Sakhet uns gegeben hatte. Unterdessen versuchten mehrere Schiffe im Orbit und Behörden am Boden, *uns* zu kontaktieren, und alle wollten sie unsere Namen und den Grund unseres Besuchs erfahren.

»Ein neugieriger Haufen, hm?«, bemerkte Nakari, nachdem sie zum dritten Mal jemandem erklärt hatte, wir wären Touristen, die »auf Kupoh windsurfen« wollten.

Obwohl das Imperium das interstellare HoloNetz streng

überwachte, gestatteten sie den Kupohanern, ihr lokales Infonetz zu betreiben, welches notwendig war, um Wetterinformationen auszutauschen und Schiffen bei der sicheren Landung zu helfen. Ein paar Minuten nach Erzwos Kommgesuch erhielten wir auf diesem Netz einen Anruf von Azzur Nessin. Er tauchte auf dem Holoschirm auf, eine stämmige Erscheinung in einer Weste, die Arme vor der Brust verschränkt. Irgendwann war ihm ein bissgroßer Teil seines linken Basisohrs verloren gegangen, den er nie chirurgisch ersetzt hatte. Das Fell, das unter seinem Kiefer herabhing, war lang, zu Zöpfen geflochten und mit Perlen verziert, was mir für einen Kupohaner äußerst untypisch erschien, da es sicher bei jeder Bewegung störende Geräusche verursachte. Ich wusste nicht, ob ihn die Perlen als Mitglied einer Geheimgesellschaft auszeichneten oder ob er der Gesellschaft dadurch einfach nur seine Verachtung zeigen wollte.

»Ja? Was wollen Sie?«, fragte er.

»Guten Tag, Azzur«, erwiderte ich. Gut möglich, dass es unhöflich war, ihn mit seinem Vornamen anzusprechen, obwohl wir Fremde waren, aber es war davon auszugehen, dass andere das Gespräch belauschten, wir konnten ihm also schlecht erklären, dass wir zur Allianz gehörten und dringend Hilfe brauchten.

»Wir kommen gerade von Denon, und wir haben Sakhets Nudeln probiert, genau wie Sie vorgeschlagen haben. Aber Sie haben uns nicht gesagt, wie gut ihre Nerf-Happen sind! Ich würde sagen, das sind die besten Nerf-Happen der Galaxie.«

Azzur Nessin legte den Kopf schräg; die Bewegung lenkte noch mehr Aufmerksamkeit auf sein verstümmeltes Ohr, und ich fragte mich, ob genau das seine Absicht war. »Nerf-Happen, hm? Ich nehme an, Sie haben mir keine mitgebracht.«

Sakhet hatte nicht erwähnt, wie wir auf weitere Fragen reagieren sollten; falls das hier ein Test, ein Code oder etwas Derartiges war, kannte ich die Antwort nicht. Vielleicht war es auch nur eine indirekte Art zu fragen, ob unsere Mission erfolgreich gewesen war. Ich beschloss, es auf diese Weise zu interpretieren, und sagte: »Natürlich! Sakhet hat uns extra eine Portion für Sie mitgegeben.«

Der Kupohaner richtete den Kopf auf und entblößte die Zähne in einem breiten Grinsen. Bei der Bewegung schwangen die Zöpfe in seinem Bart hin und her wie Ranken im sanften Wind. »Ich kann es kaum abwarten. Seitdem wir uns das letzte Mal gesehen haben, bin ich allerdings umgezogen. Ich schicke Ihnen die neuen Koordinaten nach dem Ende der Übertragung. Bis gleich.«

Sein Abbild verblasste und wurde durch eine Reihe von Zahlen ersetzt, die Erzwo auf meine Bitte hin in den Autopiloten eingab. Wie sich zeigte, war nur eine leichte Abweichung von dem Kurs nötig, den ich bereits gesetzt hatte.

»Oh, und Erzwo, da wir mit nur einem Triebwerk vor uns hinhumpeln, kannst du eine ungefähre Angabe unserer Ankunftszeit machen?«

Drusil Bephorin meldete sich augenblicklich über die Sprechanlage. »Drei Stunden, dreiundvierzig Minuten und zwölf Sekunden, plus minus ein paar Minuten, abhängig davon, ob Sie manuell fliegen, und von ein paar anderen Variablen.«

»Danke Drusil«, sagte ich, dann fügte ich hinzu: »Wir werden versuchen, unsere Vorräte aufzustocken, während wir hier sind. Möchten Sie irgendetwas mit auf die Liste setzen?«

»Meine Grundbedürfnisse werden erfüllt, und ich möchte um nichts bitten, was unsere Abreise hinauszögern könnte.

Mein primärer Wunsch ist es, mit meiner Familie wiedervereint zu sein.«

»Gut, wir werden unser Bestes tun.«

Knapp vier Stunden bis zur Landung; das würde dem Imperium Zeit geben, zu uns aufzuschließen, sofern sie wussten, wo sie suchen mussten. Zudem könnten uns so sämtliche Spione im System genau unter die Lupe nehmen, und vielleicht würden sie dabei stutzen und sich fragen, warum wir dem Planeten wie ein toter Vogel entgegentrudelten, und nicht wie die reichen, windsurfenden Touristen in einer maßgeschneiderten Yacht, die wir zu sein vorgaben.

»Weißt du, was ich jetzt möchte?«, fragte ich Nakari.

»Außer einem neuen Triebwerk, meinst du?«

»Ja, außer einem neuen Triebwerk. Bevor wir vom Imperium unterbrochen wurden, war ich in der Schiffsküche und habe versucht, Kaff zu machen. Ich könnte jetzt wirklich eine Tasse gebrauchen.«

Ihr Blick huschte zu meiner Tunika. »Die erste Tasse steht dir wirklich großartig, Luke. Diese Mode ist ihrer Zeit wirklich voraus.«

»Ach, komm schon …«

»Nicht jeder kann Flecken so tragen. Sieht geradezu nach Kunst aus. Hast du die Macht benutzt, um dieses Muster hinzubekommen?«

»Umziehen werde ich mich wohl am besten auch gleich, wenn ich nach hinten gehe.«

Als ich aufstand, unterbrach Nakari ihre Hänselei und sagte: »Luke? Wir haben fast unser ganzes Geld für die Waffen ausgegeben.«

»Das war es wert. Sie haben uns gerettet.«

»Ich weiß. Aber wie sollen wir das neue Sublichttriebwerk

bezahlen? Wir haben genug Credits für Nahrung und dergleichen, aber es reicht längst nicht, um diese Reparaturen zu finanzieren. Ich kann mir nicht vorstellen, dass der Allianz plötzlich die Taschen überquellen – das heißt, falls wir Admiral Ackbar überhaupt von hier erreichen könnten.«

»Vielleicht können wir einen zukünftigen Gefallen anbieten oder einen Auftrag für Azzur Nessin erfüllen. Man muss nicht immer mit Credits bezahlen.«

»Ich weiß nicht. Er sah mir nach dem Typ aus, der nur Credits akzeptiert.«

»Warum? Wegen der Perlen in seinem Bart?«

»Ich dachte, das könnte ein Anhaltspunkt sein, ja. Ich weiß, dass man Farben auf dem billigen Holoprojektor nicht sonderlich gut erkennen kann, aber ich hatte den Eindruck, sie waren aus Gold.«

»Dann klacken sie bestimmt, wenn er beim Essen kaut. Vermutlich machen sie ständig irgendwelche Geräusche.«

Sie gab ein kurzes Höflichkeitslachen von sich, dann sagte sie: »Bleib bitte ernst.«

»Also gut.« Ich lehnte mich gegen die Cockpitluke und verschränkte die Arme in einem erfolglosen Versuch, meine befleckte Tunika zu verbergen. Nakari drehte sich auf ihrem Sessel zu mir herum, als ich weitersprach. »Ich glaube, wir haben ein Problem. Dieser Azzur Nessin könnte uns ans Messer liefern, sobald irgendjemand vom Imperium ihm noch mehr Perlen für seinen Bart anbietet. Und er ist nicht der Einzige, dem wir nicht trauen können. Es ist dieses gesamte System. Informationen sind Geld, und gerade jetzt bietet das Imperium jede Menge Geld für Informationen über unseren Aufenthaltsort. All die Leute, die uns während des Anflugs Fragen gestellt haben? Denen ist nicht entgangen, dass drei Lebensformen an Bord sind, da kannst du sicher sein. Und allein das macht uns schon interessant. Sie werden uns bestimmt genauer überprüfen. Und wir haben keine Ahnung, auf wessen Seite jemand hier steht, ganz gleich, was sie uns auch erzählen.« An dieser Stelle deutete ich mit dem Daumen in Richtung Wohnkabine und verdrehte die Augen; über die Sprechanlage konnte Drusil noch immer jedes Wort hören, das wir sagten. »Aber uns bleibt keine andere Wahl«, fuhr sie fort. »Wir müssen versuchen, diese Mission zu Ende zu bringen. Vorher können wir nicht zur Flotte zurück.«

»Wie willst du ihn dazu bringen, dass er uns hilft?«

»Ich hoffe, mir fällt noch was ein, bevor wir ihn treffen.«

Leider fiel mir nichts ein. Ich kannte viele Geheimnisse der Allianz, aber die waren nicht verkäuflich. Die *Wüstenjuwel* selbst hätte uns vielleicht einen hübschen Batzen Geld eingebracht, genug, um davon ein anderes Schiff zu kaufen, aber ich bezweifelte, dass wir unsere Kosten decken könnten. Nein, es wäre ein riesiges Verlustgeschäft; wir würden nie ein ebenso schnelles Schiff bekommen. Davon einmal ganz abgesehen traute ich mich nicht, den Vorschlag Nakari gegenüber auch nur laut auszusprechen.

Nachdem ich mich gewaschen und umgezogen hatte, stattete ich Drusil und Erzwo in der Wohnkabine einen Besuch ab. Die Givin saß in Meditationshaltung kerzengerade auf der oberen Koje, und ihre lange Tunika hing von ihren Schultern herab wie ein Vorhang. Auf ihren überkreuzten Beinen lag der Datenblock, aber sie benutzte ihn nicht, als ich eintrat, stattdessen starrte sie aus irgendeinem Grund zur Decke hoch – oder vielleicht waren ihre Augen auch geschlossen, wer weiß? Ihr Kinn war jedenfalls nach oben geneigt, und ich überlegte, ob sie vielleicht nach Fehlern in der Konstruktion des Schiffes suchte? Oder betete oder meditierte sie tatsächlich?

»Drusil? Könnte ich kurz mit Ihnen sprechen?«

Ihr Kopf ruckte nach unten, und diese schwarzen Augenhöhlen musterten mich mit undeutbarem Ausdruck.

»Falls es gerade passt«, schob ich nach. »Ich hoffe, ich habe Sie nicht gestört.«

»Sie stören mich nicht. Nach unserer letzten Unterhaltung über die Macht habe ich mich mit kaskadierenden Problemketten beschäftigt, aber denen kann ich mich auch später wieder zuwenden.«

»Großartig«, sagte ich, ohne die geringste Ahnung, wovon sie da sprach. Ich trat in den Raum und schob mich an Erzwo vorbei, wobei ich seine Kuppel tätschelte, um zu zeigen, dass ich seine Arbeit wirklich zu schätzen wusste. Anschließend setzte ich mich auf die untere Koje und erklärte ihr, dass wir selbst im besten Fall ein neues Triebwerk und Treibstoff benötigen würden, falls wir nach der Landung je wieder abheben wollten. Und wer immer uns bieten konnte, was wir brauchten, würde Geld oder wichtige Informationen dafür verlangen. Drusil erklärte sich bereit, ihr spärliches Wissen über die imperialen Aktivitäten in den Sektoren rund um den Hutten-Raum zur Verfügung zu stellen, und ich erwiderte, dass wir das als Zahlungsmittel anbieten würden. Doch es war davon auszugehen, dass die Kupohaner das meiste inzwischen selbst herausgefunden hatten und diesen Informationen keinen allzu großen Wert beimessen würden.

»Vielleicht könnte ich dann ja wertvollere Informationen beschaffen, während wir hier sind«, überlegte die Givin mit einem Wink in Richtung ihres modifizierten Datenblocks. »Falls unser Gastgeber auf eine bestimmte Datenbank zugreifen und Einblick in spezielle Informationen erhalten möchte, könnten wir das als Zahlungsmittel anbieten. Ich bin sicher, dass ich uns den Weg zu einer Übereinkunft freihacken könnte.«

»Sie wären bereit, das zu tun?«

»Natürlich.« Ausnahmsweise war ihre Stimme klar und nicht so undeutlich wie sonst. »Ich werde tun, was immer nötig ist.«

Ich glaubte ihr, aber trotzdem war ich beunruhigt. Gut möglich, das sie schon einmal jemandem dieses Versprechen gegeben hatte – jemandem vom Imperium. Nachdem sie so viel Zeit unter dem »Schutz« des imperialen Sicherheitsbüros verbracht hatte, war nicht auszuschließen, dass sie jetzt für die Gegenseite arbeitete. Leia und Admiral Ackbar hatten mich nicht in die Einzelheiten ihrer Geschichte eingeweiht. Woher wollten sie wissen, dass die Givin tatsächlich eine Gegnerin der Neuen Ordnung war? Das ISB könnte sie benutzen, um die Allianz zu infiltrieren.

Unsere Flucht aus dem Daalang-System hatte ebenfalls meinen Argwohn geweckt. Wie viel Mühe hatte sich das Imperium wirklich gegeben? Es hatte definitiv den Anschein gehabt, als wollten sie uns vernichten, aber strategisch gesehen hätte dieser Kreuzer nicht allein sein dürfen. Das Imperium wusste um die Schwächen seiner Immobilisatoren, andernfalls hätten sie es nicht zur Regel gemacht, diese Schiffe nur mit Begleitschutz zu entsenden. Warum also hatten sie diesmal nur einen einsamen Kreuzer eingesetzt? Sie hatten es zwar auf uns abgesehen, aber sie hätten auch etwas deutlich Gefährlicheres als nur ein flüchtendes Schiff in den Normalraum zerren können. Das roch nach einer Verzweiflungstat – oder nach einem Bauernopfer.

Doch welchem Zweck könnte dieses Opfer dienen? Würde der Imperator einen ganzen Kreuzer samt Besatzung abschreiben, um die Glaubwürdigkeit eines Spions zu testen? Ich wusste nicht, ob er herzlos genug war, um Leben so leichtfertig wegzuwerfen. Vader war es bestimmt, aber es gab keinen Hinweis darauf, dass er in die Sache involviert war.

Ich schüttelte den Kopf, um ihn zu klären. Vielleicht war das alles wirklich nur ein ausgefeilter Plan, und jemand hatte seine Züge auf dem Holo-Schachbrett lange im Voraus geplant, aber falls dem so war, ließ sich kein Muster im Handeln unserer Feinde erkennen. Da schien es mir wahrscheinlicher, dass das Imperium einfach nicht damit gerechnet hatte, dass ein einzelnes Schiff die Feuerkraft und den Mut haben würde, einen Abfangkreuzer allein anzugreifen. Was aber nicht bedeutete, dass Drusil nicht eigene Interessen verfolgte und dafür beide Seiten ausnutzte – intelligent genug für einen solchen Plan war sie allemal.

Wie immer die tatsächliche Situation aussehen mochte, unsere beste Option war es, die *Juwel* reparieren zu lassen und das System dann so schnell wie nur möglich zu verlassen. Dass ich inzwischen ein klein wenig paranoid geworden war, konnte während unseres Aufenthalts sicher nicht schaden. Die Kupohaner waren nicht so bekannt für ihre Spionagekünste wie die Bothaner, aber in meinen Augen belegten sie in dieser Hinsicht ganz klar den zweiten Platz – oder vielleicht waren sie sogar besser, gerade *weil* sie nicht für etwas berühmt waren, von dem niemand wissen sollte. Ihr außergewöhnliches Gehör war ein perfektes Lauschwerkzeug, und sie konnten eine gewisperte Unterhaltung selbst von der anderen Seite einer vollen Cantina aus mithören, indem sie alle anderen Stimmen mithilfe ihrer Schallfilter ausblendeten. Gerüchten zufolge konnten Kupohaner, die von der Polizei ausgebildet worden waren, sogar den Herzschlag eines Wesens isolieren oder winzige, stimmliche Veränderungen erkennen, die eine Lüge verrieten. Und während es so gut wie unmöglich war, sich an sie heranzuschleichen, erlernten sie während des Aufwachsens ganz von selbst, sich unbemerkt zu bewegen. Sie würden also auch exzellente Attentäter abgeben, und vielleicht *waren* sie das sogar – die wirklich guten Meuchelmörder erwischte man schließlich nicht. Wir mussten also davon ausgehen, dass jedes unserer Worte auf dem Planeten belauscht wurde. Daran erinnerte ich auch Drusil noch einmal, weil wir in einem Moment der Unachtsamkeit ganz leicht preisgeben könnten, wer wir waren und was wir taten – Informationen, die im Moment wirklich viel Geld wert waren.

Ich wies Erzwo an, während des Aufenthalts auf der Oberfläche nicht von unserer Seite zu weichen. »Du darfst nie allein sein. Jemand könnte versuchen, dich zu entführen, um an deinen Speicher zu gelangen.« Der bloße Gedanke daran ließ den Droiden auf seinen Stützbeinen vor und zurück wippen und ein entrüstetes Zirpen ausstoßen.

»Danke, dass Sie sich die Zeit genommen haben, Drusil. Ich lasse Sie jetzt weiter an Ihren, ähm, Problemketten arbeiten.«

Die Givin antwortete mit einem kurzen Nicken und richtete den Blick wieder zur Decke, als ich die Kabine verließ, aber dann rief sie mich zurück.

»Ja?«

»Eine der Wahrscheinlichkeiten dürfte Sie interessieren. Es ist so gut wie sicher, dass die Systeme unseres Schiffs gehackt wurden, seit wir den Sektor erreicht haben.«

»Was? Wie?« Erzwo fügte mehrere empörte Zwitschergeräusche hinzu. »Glauben Sie nicht, dass meinem Droiden so etwas aufgefallen wäre?«

»Ich bin sicher, falls er noch einmal nachsieht, wird er etwas finden.« Erzwos Monofotorezeptor bewegte sich surrend, und das Licht an seiner Kuppel begann zu flackern, als er sich der Aufgabe annahm, und Drusil fuhr fort: »Es wird kein offensichtlicher Code sein, der sich in den Datenstrom eingeklinkt hat. Nein, vermutlich hat er sich irgendwo angehängt, wie ein Mynock, und infiltriert das System auf diese Weise. Aber er wird diesen Leuten verraten, was wir tun. Sie werden wissen, wohin Sie fliegen und mit wem Sie sprechen wollen. Wären wir wirklich nur Touristen, wäre das kein Problem, denn die Informationen wären wertlos. Aber wir sind leider keine Touristen, nicht wahr?«

»Nein, offensichtlich nicht.«

Erzwo spie einen langen, tirilierenden Strom wütenden Gefiepes aus, und die Oberseite seiner Kuppel rotierte vor Aufregung. Ich würde erst ins Cockpit gehen müssen, um zu sehen, was er sagte, aber Nakari hatte die Übersetzung bereits gelesen, und ihre lautstarke Reaktion klang alles andere als glücklich.

»Bin gleich wieder da«, erklärte ich.

Nakari hatte die Brauen zusammengezogen, als ich den Kopf ins Cockpit streckte. »Luke, wer könnte sich in den Computer der *Juwel* hacken?«

»Warte, lass mich erst mal sehen, was Erzwo gesagt hat.« Die Nachricht lautete: EIN BÖSARTIGER CODE WURDE ENTDECKT UND NEUTRALISIERT. EIN ÜBERWACHUNGSPROGRAMM, HERKUNFT UNBEKANNT, VOR KURZEM INS SYSTEM GESPEIST.

»Das müsste unmittelbar passiert sein, nachdem wir hier angekommen sind und uns in ihr Netz eingeklinkt haben«, murmelte sie. »Als wir diese Suche nach Azzur Nessin durchgeführt haben. Ich kann nicht glauben, dass wir so schnell und so leicht angezapft wurden.«

»Nun, wir wissen bereits, dass einige Kupohaner als Spione arbeiten. Vielleicht ist das ihre Art, Hallo zu sagen.«

»Eine sehr unhöfliche Art.«

»Für sie ist es vermutlich ganz normal. Bestimmt denken sie, dass wir es verdienen, ausspioniert zu werden, wenn wir uns nicht schützen können.«

»Offensichtlich brauche ich bessere Firewalls. Und mehr davon. Viel mehr davon«, sagte sie. »Könnte Nessin selbst dahinterstecken? Oder einer seiner Angestellten?«

»Sicher.« Ich zuckte mit den Schultern. »Es könnte so ziemlich jeder in diesem System sein.« Mit einer Kopfbewegung deutete ich in Richtung der Wohnkabine. »Ich muss zurück. Behalte die Scanner im Auge und ruf, falls sich irgendetwas tut.«

»Mach ich.«

Ich versuchte, mich nicht in Verschwörungstheorien zu verlieren. Sobald man anfängt, danach zu suchen, sieht man überall Verrat, aber meistens ist es nur eine mentale Fata Morgana, nichts weiter. Trotzdem – das war schon ein ziemlich großer Zufall. Ich kehrte zu den Kojen zurück, steckte die Hände in die Taschen und blickte zu der Givin hoch.

»Wissen Sie, Drusil, ich glaube, wir sollten uns unterhalten.«

»Sie sagen das, als hätten wir nicht erst vor Kurzem miteinander gesprochen oder als würden wir uns nicht auch jetzt gerade unterhalten.«

»Tut mir leid, das ist eine menschliche Redensart. Was ich damit ausdrücken wollte, ist: Wir sollten über die Dinge unter der Oberfläche reden.«

»Unter welcher Oberfläche? Oh!« Sie nickte. »Ich verstehe. Wir haben den Punkt erreicht, an dem Sie auf möglichst höfliche Weise fragen wollen, ob ich eine imperiale Spionin bin.«

»Woher wissen Sie … Kennen Sie eine Gleichung, um menschliches Verhalten vorherzusagen?«

»Würde ich eine kennen, wäre ich jetzt wohl Imperatorin.

Aber für diese Schlussfolgerung war keine Mathematik nötig. Menschliche Gesichter sind ausdrucksstark, und Ihres ist nicht sonderlich schwer zu deuten. Zudem kann ich Ihnen kaum verdenken, dass Sie misstrauisch sind. Sie kennen mich nicht sehr gut – und wohl auch keinen anderen Givin –, und bis vor Kurzem hatte mich das Imperium für seine Zwecke eingespannt, wenn auch gegen meinen Willen. Ein gewisses Maß an Skepsis ist völlig gerechtfertigt. Ich fühle mich nicht beleidigt.«

»Nun, das ist gut, schätze ich. Es freut mich, dass Sie sich nicht angegriffen fühlen und bereit sind, so offen darüber zu sprechen. Aber das allein reicht nicht, um meine Zweifel zu zerstreuen. Dieser Code, von dem Sie behaupteten, dass er unseren Computer infiziert hätte – was auch tatsächlich der Fall war –, hätten Sie den nicht viel einfacher ins System speisen können als irgendein Kupohaner, der kaum genug Zeit hatte, unsere Ankunft zu registrieren?«

»Ihr Argument beruht auf der Annahme, dass jemand den Code manuell in den Computer eingeschleust hat. Sie vergessen dabei, dass der Code ins hiesige Kommunikationsnetz eingebettet sein könnte und automatisch in Aktion tritt. Aber da wir hier nur über Möglichkeiten sprechen und nicht über Wahrscheinlichkeiten, muss ich Ihnen recht geben, Luke Skywalker. Ich hätte jederzeit die Kontrolle über das gesamte Schiff übernehmen können, denn es ist geradezu lachhaft einfach, seine Sicherheitsmechanismen zu umgehen. Ich hoffe, Sie sehen den Fehler in Ihrer Argumentation. Hätte ich sicherstellen wollen, dass das Imperium uns erwischt, warum bin ich dann in den Abwasserkanälen auf Denon nicht einfach langsamer gegangen? Warum habe ich das Schiff nicht im Nanth'ri-System lahmgelegt, damit die Piraten uns erwischen? Oder im

Daalang-System – dort hätte ich einfach nur darauf warten müssen, dass das Imperium uns gefangen nimmt.«

»Ich habe nie behauptet, es wäre Ihr Ziel, uns dem Imperium auszuliefern.«

»Ah! Sie denken also, ich hätte andere Absichten. Worum könnte es dabei wohl gehen?«

»Im Moment tendiere ich zu der Theorie, dass Sie die Position der Rebellenflotte in Erfahrung bringen sollen – das wäre die einzige Information, die eine so aufwändige List rechtfertigen würde. Sie zapfen unsere Kommunikationssysteme an, um etwas Nützliches herauszufinden. Jetzt müssen Sie nur noch warten, bis wir uns mit einem Mitglied der Allianz in Verbindung setzen.«

Drusil Bephorin nickte. »Ich verstehe. Ihr Gedankengang ist vollkommen schlüssig; das Imperium würde in der Tat so gut wie alles tun, um herauszufinden, wo sich die Rebellen verstecken. Würde es Ihre Zweifel an meiner Loyalität vielleicht zerstreuen, wenn ich sagte, das ich die Position Ihrer Flotte bereits kenne?«

Meine Gedärme verwandelten sich in Eis. »Ist das eine hypothetische Frage nach meiner Reaktion, oder wollen Sie damit sagen, dass Sie die Position wirklich kennen?«

»Die exakte Position der Flotte ist mir natürlich nicht bekannt, aber angesichts meiner Kenntnis der gegenwärtigen imperialen Flotteneinsätze und der Berücksichtigung weiterer Variablen bleibt nur eine Handvoll möglicher Verstecke. Die Rebellenflotte hält sich am Äußeren Rand auf.«

Ein erleichtertes Lachen kam über meine Lippen. Dieses Wissen konnte uns nicht gefährlich werden. »Natürlich. Jeder weiß, dass sie dort ist. All die unbewohnten Systeme, in denen man sich verbergen kann. Das ist doch offensichtlich.«

»Aber das Gros dieser unbewohnten Systeme kann aufgrund modaler Argumentationsmatrizen ausgeschlossen werden. Hinzu kommt die logistische Schleifentheorie und die hohe Wahrscheinlichkeit, dass die Allianz nur bekannte Hyperraumrouten benutzt.«

»Ähm, da komme ich nicht mehr ganz mit.«

»Dann will ich mich nicht mit Methodik aufhalten. Aber hätte ich die Rebellenflotte wirklich finden wollen, hätte ich das Imperium bereits darauf hingewiesen, in den Zaddja-, Kowak- und Pantora-Systemen nach ihr zu suchen.«

Die Kälte kehrte zurück. Hätte sie den Imperialen einen solchen Hinweis gegeben, dann wären sie im Orbit um Orto Plutonia im Pantora-System tatsächlich fündig geworden. Ich versuchte gar nicht erst, ihre Analyse anzufechten; ich bin kein guter Lügner, also beschloss ich, dass es meine beste Option wäre, stumm zu bleiben und nichts zu bestätigen.

»Ihr Schweigen ist äußerst vielsagend, Luke Skywalker.«

»Können alle Vertreter Ihrer Spezies auf diese Weise Flottenbewegungen analysieren?«, fragte ich. Sollte dem so sein, könnte das Imperium einfach irgendeinen anderen Givin um Hilfe bitten. Oder ihn zwingen, was mir wahrscheinlicher erschien.

»Die meisten sind mit der grundlegenden Mathematik vertraut, aber ich hoffe, Sie halten mich nicht für egoistisch, wenn ich sage, dass mein Talent für Wahrscheinlichkeitsberechnungen wirklich außergewöhnlich ist. Das kommt mir im Bereich der Kryptographie natürlich sehr entgegen. Und ich kann mir nicht vorstellen, dass einer meiner Artgenossen Zugang zu denselben Informationen hat, die ich während meiner erzwungenen Arbeit für das ISB sammeln konnte. Ich weiß, wo die Imperialen bereits gesucht haben, und da es ihnen an Einfallsreichtum fehlt und sie der Macht willkürlicher Anordnungen misstrauen, kann ich mit hoher Wahrscheinlichkeit voraussagen, wo sie als Nächstes suchen werden.«

»Das wären nützliche Informationen.«

»Und ich werde sie liebend gern mit Ihnen teilen, sobald ich erfolgreich mit meiner Familie wiedervereint bin.«

»Sie können imperiale Flottenbewegungen voraussagen, aber Sie behalten es für sich? Dieses Wissen könnte Leben retten!«

»Aber ich brauche es, um mein eigenes Leben zu retten.«

Ich konnte ihren Standpunkt verstehen, dennoch war es frustrierend, gegen eine Wand aus Eigeninteresse zu prallen, wo doch alle von einer Zusammenarbeit profitieren könnten. Trotzdem wollte ich sie noch nach den Berechnungen fragen, die sie vorhin hatte durchführen wollen. »Wissen Sie inzwischen, wie hoch die Wahrscheinlichkeit ist, dass das Imperium uns erwischt, bevor wir auf Kupoh landen?«

»In der Tat. Es ist möglich, aber höchst unwahrscheinlich. Wir werden es auf die Oberfläche schaffen. Die Chance, ohne imperiale Einmischung wieder von dort zu starten, ist hingegen deutlich geringer.«

Ich nickte und überlegte im Stillen, ob sie diese imperiale Einmischung selbst auf den Plan rufen würde. Wir waren unterwegs zu einem kupohanischen Spion, der vielleicht nicht für die Allianz arbeitete, aber von jemandem empfohlen worden war, der zur Rebellion gehörte. Azzur Nessin war wie ein loser Faden, und sollte das Imperium an diesem Faden ziehen, würde sich ein großer Teil unseres Spionagenetzes auflösen. Ich musste Nakari sagen, dass sie ihren Datenblock nicht an den Schiffscomputer anschließend durfte. Andernfalls könnte Drusil – oder sonst jemand in diesem System, falls wir wirklich von außen gehackt worden waren – auf die Daten zugreifen und die Liste von Sakhets Kontakten entdecken.

Als hätte sie meine Gedanken gelesen, sagte die Givin: »Falls ich eine Feststellung machen dürfte: Das Problem mit Verschwörungstheorien ist, dass sie ihre eigene Gravitation haben. Sie sind schwarze Löcher, aus denen man nur selten wieder entkommt. Vorsicht ist natürlich immer angebracht, aber manchmal muss man einfach akzeptieren, dass die Wesen, mit denen man zu tun hat, keine geheimen Ziele verfolgen.«

»Zur Kenntnis genommen«, sagte ich, wobei ich mich um ein Lächeln bemühte. »Und ich stimme Ihnen zu. Betrachten Sie mich also lediglich als vorsichtig.«

»Das tue ich, und ich danke Ihnen.«

Ich verabschiedete mich mit einem knappen Nicken, aber erst, nachdem ich Erzwo angewiesen hatte, sämtliche Systeme auf eine Dateninvasion zu überprüfen; anschließend kehrte ich ins Cockpit zurück, wo ich Nakari auf den neuesten Stand brachte und sie ermahnte, ihren Datenblock nirgends anzuschließen und ihn stets bei sich zu tragen, bis wir die Liste kupohanischer Kontaktpersonen nicht mehr brauchten.

Drusils Berechnungen erwiesen sich einmal mehr als korrekt, denn der Wind war das Einzige, was uns verfolgte, als wir tiefer in die Atmosphäre eindrangen und schließlich auf Kupoh landeten.

Die »milden« Winde des Eintrittspunktes bescherten mir dennoch den schrecklichsten Anflug, den ich je erlebt hatte, und ich war heilfroh, dass die *Wüstenjuwel* ihn in einem Stück überlebte, ohne dass ihre Flügel abgerissen wurden. Trotz der Beschleunigungskompensatoren wurden wir heftig durchgeschüttelt, und auch mit der ersten Schutzmauer im Rücken blieb es ein rauer Ritt. Die Winde zerrten selbst dann noch an uns, als wir hinter die zweite und dritte Wand gesunken waren und von Tonekhs Verkehrskontrolle im Slalom zwischen hoch aufragenden Windfängern aus Stein hindurchgeschleust wurden. Diese machten nicht nur uns das Leben leichter, sondern boten auch dem bleichen Gras Schutz, das auf den Ebenen in der Tiefe wuchs und hie und da von Pahzik-Herden plattgetrampelt wurde.

Ich ließ die verbesserten Scanner der *Juwel* die Tiere heranzoomen und machte ein Holo, da ich noch nie ein Pahzik gesehen hatte. Sie sind breiter als Nerfs, aber nicht so lang, und bedeckt von dickem, schwarzem Fell. Die Hörner auf ihren Köpfen sind nach vorne gerichtet, aber seltsam angeordnet, als hätte jemand versucht, eine riesige Schriftrolle oben auf ihrem Schädel auszubalancieren. Angeblich sind sie hohl, sodass die Luft hindurchströmen kann, und indem sie den Kopf in den Wind halten oder ihn mit ihrem Hinterteil vom Wind abschirmen, können sie eine Vielzahl von Geräuschen erzeugen, um Artgenossen herbeizurufen. Diese Geräusche sind viel lauter als jeder Schrei, den ihre Stimmbänder hervorbringen könnten. Da der Großteil des Planeten eine weite, windgepeitschte Ebene war, hatten die Pahzik jede Menge Platz, um umherzuziehen, zu grasen und sich fortzupflanzen, und da ihr Fleisch angeblich köstlich schmeckte, ließen die Kupohaner sie fröhlich gewähren.

Die Windfänger erfüllten ihre Aufgabe, und die Bedingungen verbesserten sich, bis wir beim finalen Anflug auf Tonekh durch fast unbewegte Luft glitten. Wie alle kupohanischen Städte befand sich auch diese in einem schützenden Bergtal, und um sie zu erreichen, mussten wir einen Tunnel passieren, der in die Flanke des mächtigen Gebirgszuges auf dem östlichen Kontinent gebohrt worden war. Als wir die andere

Seite erreichten, sahen wir die Stadt unter uns, zwischen die umliegenden Gipfel gequetscht, als wären die Gebäude bei einem Erdrutsch von den Hängen geschlittert.

Die Kurier- und Transportgesellschaft Nessin war ein ausladender Komplex, der an Tonekhs geschäftigen Raumhafen anschloss, mit mehreren Reihen von Lagerhäusern, Hangars und Frachterdocks. Unsere Kontaktperson schien ein erfolgreiches Unternehmen auf die Beine gestellt zu haben, und schon bald stellten wir fest, dass er nicht die Art Geschäftsmann war, die sich im Büro entspannte, wenn sie nicht ein ausgedehntes und größtenteils aus Alkohol bestehendes Mittagessen zu sich nahm. Wie Fayet Kelen spielte auch Azzur Nessin lieber eine aktive Rolle im täglichen Geschäft seiner Firma.

Uniformierte Arbeiter und blinkende Glühfelder lotsten uns in eine leere Halle in einem großen Hangar, und als wir ausstiegen, fiel mir ein seltsamer, tierischer Geruch in der Luft auf, wie nach einem nassen Hund oder verbrannten Federn. Ich war nicht sicher, ob das Kupohs natürlicher Duft war, ob er sich auf dieses Gebiet beschränkte oder vielleicht nur vom Wind herbeigetragen wurde. Denn besagter Wind war selbst in der abgeschirmten Stadt allgegenwärtig: Er pfiff und ächzte und zerzauste unsere Haare, auch wenn ich annahm, dass zumindest das Ächzen auf die Hörner der Pahzik zurückzuführen war.

In der Landebucht neben uns wurde gerade ein leichter Frachter repariert, und ich sah, dass seine Besatzung nicht nur aus Kupohanern bestand, sondern aus verschiedenen Spezies. Dazu gehörte auch ein Wookiee, dessen Anblick mich Chewbacca vermissen ließ. Azzur Nessin erwartete uns am Fuße der Landerampe, gekleidet in dieselbe graugrüne Uniform wie all die anderen Arbeiter.

Das soll aber nicht heißen, dass nichts auf seinen höheren Status hindeutete. Da waren die Ringe an seinen Basisohren, die Perlenstränge in seinem Bart, die, wir wir vermutet hatten, aus Gold bestanden. Außerdem schwangen sie hin und her und klackten gegeneinander wie bei einem Abakus, wann immer er den Mund öffnete. Der Anblick war hypnotisch, und allmählich dämmerte mir, dass genau das die Absicht dahinter war. Man konzentrierte sich so sehr auf das Schwingen und Klicken an seinem Kinnfell, dass seine anderen Bewegungen kaum noch registriert wurden – zum Beispiel wenn er unauffällig mit dem Finger auf einen Miniatur-Datenblock tippte, der um die Innenseite seines linken Arms geschlungen war, oder wenn sein Blick sich kurz trübte, weil er etwas auf der Anzeige der Linse las, die er über zwei seiner vier Augen gestülpt hatte. Während unseres Holo-Gesprächs hatte er die noch nicht getragen, aber jetzt mussten wir seine Aufmerksamkeit offensichtlich mit etwas anderem teilen.

»Willkommen auf Kupoh, Freunde. Falls Ihnen Sakhets Nudeln zugesagt haben, kann ich Ihnen vielleicht etwas ähnlich Schmackhaftes anbieten. Was möchten Sie denn?«

Er führte hier kein Restaurant, insofern war seine Wortwahl gleich doppelt ungewöhnlich. Ich fragte mich, wann wir offen mit ihm über den Grund unseres Besuches reden könnten – falls überhaupt. Konnte es sein, dass wir sogar hier von feindlich gesonnenen Augen beobachtet wurden? Ich entschied, dass wir keine Zeit hatten, lange um den heißen Brei herumzureden, und erklärte kurz und knapp, was uns hergeführt hatte.

»Wir brauchen Treibstoff, sechs Erschütterungsraketen, und je nachdem, wie stark es beschädigt ist, muss eines unserer Sublichttriebwerke repariert oder ausgetauscht werden.«

»Die ersten beiden Punkte sollten kein Problem sein«, erklärte Azzur. Während er sprach, ging er zum Heck des Schiffes hinüber und tippte auf seinen Datenblock. »Aber um einen Triebwerksschaden zu beheben, brauchen wir mehr Zeit – Tage, vielleicht sogar Wochen, je nach Sachlage – und natürlich die nötigen Teile. Wollen wir mal sehen, was getan werden muss.«

Mit einem pfeifenden Geräusch erregte er die Aufmerksamkeit eines uniformierten Mechanikers, der daraufhin seine Arbeiten an dem leichten Frachter ruhen ließ und herüberkam, um sich unser Schiff anzusehen. Es handelte sich um einen weiteren Kupohaner, aber er hatte nur zwei Halsringe, einen Ohrring in seinem Basisohr und einen gänzlich schmucklosen Bart. Azzur stellte ihn uns als Ruuf Waluuk vor, und er begrüßte uns freundlich, aber wie sich schon bald herausstellte, war sein Fachwissen nicht nötig: Das Triebwerk war ein Totalschaden. Der letzte TIE-Jäger, der uns bei der Flucht aus dem Daalang-System verfolgt hatte, hatte ihn halb zu Schlacke geschmolzen.

»Wie unpraktisch«, das war alles, was Azzur zu dem Thema zu sagen hatte. »Was für eine Art Triebwerk ist das?« Nakari sagte es ihm, und er ließ seinen Datenblock nach dem Modell suchen. Als er die Ergebnisse erhielt, blinzelte er mit allen vier Augen. »Das ist – oder war – ein hervorragendes Triebwerk. Leider führt niemand auf diesem Planeten das Modell.« Er schüttelte den Kopf, und die Perlen klackten, als sie gegeneinanderstießen. »Das ist der Nachteil an wunderschönen, maßgeschneiderten Yachten, nicht wahr? Sie sind allen anderen Schiffen überlegen, bis sie repariert werden müssen. Wir könnten das Triebwerk von einem anderen Planeten bestellen, aber ich weiß nicht, ob Sie sich den Luxus leisten können, so lange zu warten.«

»Können wir nicht«, bestätigte Nakari.

»Dann müssen wir wohl einen Ersatz für Sie finden, der sofort verfügbar ist. Natürlich wird das Schiff nicht so schnell sein wie dieses hier, und sie werden ein wenig Effizienz einbüßen, da Ihr System Schubdifferenzen ausgleicht.«

»Solange es schneller ist, als mit einem Triebwerk zu fliegen«, erwiderte Nakari. »Was können Sie mir anbieten?«

»Falls Sie mir folgen wollen. Ich habe einen Holotisch, wo ich Ihnen die technischen Daten zeigen kann.« Er führte uns an dem leichten Frachter vorbei zu einem Verwaltungsbüro. Mir fiel auf, dass es auf dieser Seite des Hangars mehrere Büros gab, auf der anderen Seite, in der Nähe der *Juwel*, befanden sich eine Küche und ein Speiseraum, wo die Arbeiter ihre Mittagspause verbrachten. Auch Erfrischer und Spinde entdeckte ich dort drüben.

Kaum dass sich die Tür hinter uns geschlossen hatte, ließ Azzur Nessin seine Maske höflicher Professionalität fallen, und darunter kam ein knurrender Kupohaner zum Vorschein. Er wirbelte zu uns herum und ballte die Hände an seinen Seiten zu Fäusten. »Ich weiß nicht, wer Sie sind, aber Sie beten besser, dass Sie nicht das Imperium hierher führen! Sagen Sie mir die Wahrheit: Muss ich damit rechnen, dass Sturmtruppen hier auftauchen und mein Lebenswerk um mich herum niederbrennen?«

»Vielleicht«, antwortete Nakari, »aber die Möglichkeit besteht in dieser Galaxie jeden Tag. Das Imperium tut, was es will, bis wir es zerstören.«

»Ich weiß, dass es mich jederzeit enttarnen kann«, grollte Azzur, »aber deswegen müssen Rebellenspione es nicht mit der Nase darauf stoßen. Dieses Triebwerk ist nicht von selbst geschmolzen, und ich vermute mal, dass Sie mit den letzten sechs Erschütterungsraketen auf jemanden geschossen haben.«

Nakari passte ihren Tonfall dem seinen an. »He, uns wäre es auch lieber, wenn wir nicht hier sein müssten, und hätten wir eine Wahl gehabt, wären wir nie zu Ihnen gekommen. Aber Sakhet sagte, falls wir Hilfe bräuchten, sollten wir uns an Sie wenden. Also – werden Sie uns helfen, oder hätte Sakhet Ihnen besser nicht vertraut?«

Azzur schnaubte abfällig. »Sie vertraut mir nicht. Sie weiß, dass ich das Imperium hasse, das ist alles.«

»Dann sollten wir Ihnen also besser auch nicht vertrauen?«

»Nein. Aber wie gesagt, ich hasse das Imperium. Und ich liebe Geld. Darauf können Sie vertrauen. Kann ich im Gegenzug darauf vertrauen, dass Sie Geld haben?«

»Nein.«

Ein paar Sekunden sagte der Kupohaner nichts, aber die Anspannung stieg, während sein Gesicht zuckte, seine Ohren sich flach an den Schädel legten und er Nakari ungläubig anstarrte. Schließlich explodierte er. »Warum sind Sie dann hier? Haben Sie etwa erwartet, dass ich Ihnen ein Triebwerk *schenke*?«

»Wir haben Informationen. Die lukrative Sorte.«

Azzur beruhigte sich sichtlich, und seine Primärohren kehrten in ihre natürliche Position zurück. »Oh, das ändert die Sache natürlich. Sie hätten mir davon erzählen können, bevor ich die Beherrschung verlor. Um was für Informationen handelt es sich?«

Drusil bot zunächst ihr Wissen über die imperialen Bewegungen außerhalb des Hutten-Raums an, und als der Kupohaner fragte, wie sie in den Besitz dieser Informationen gelangt sei, versetzte ihn die Antwort ein weiteres Mal in Aufruhr. »Diese Flüchtigen, auf die ein Kopfgeld ausgesetzt ist – das sind *Sie*, nicht wahr? Die halbe Galaxie sucht nach Ihnen, und Sie haben nichts besseres zu tun, als in meinen Hangar zu fliegen!«

»Die Informationen sind deswegen nicht weniger wert«, konterte Nakari.

»Sie sind wertlos!« Azzur deutete barsch mit einem dicken Finger auf die Givin. »Falls ich irgendwelche Informationen verkaufe, die von ihr stammen, wird das Imperium herkommen und mich fragen, woher ich sie habe! Das kann ich nicht riskieren, tut mir leid.« Sein Finger tippte erneut auf dem winzigen Datenblock. »Wie die Sache steht, muss ich meine Familie auf einen Notfallurlaub schicken. Dann haben zumindest sie eine entfernte Chance zu überleben. Sollte ich Sakhet je wiedersehen, werde ich ihr die Kniescheiben brechen. Denn wissen Sie was: Alle meine Leute haben Sie und Ihr Schiff gesehen. Falls auch nur einer von ihnen darauf gekommen ist, wer Sie wirklich sind, dann könnte das Imperium bereits auf dem Weg hierher sein.«

»Wie wahrscheinlich ist es, dass Mechaniker sich als Informationshändler etwas dazuverdienen?«, fragte Drusil.

»Woher soll ich das wissen? Ich spioniere meine Angestellten nicht aus – damit lässt sich kein Profit machen.«

»Nur aus Neugier«, warf Nakari ein, »wie viel Profit lässt sich mit uns machen? Ich meine, falls Sie uns ans Messer liefern – wie hoch ist das Kopfgeld?«

Azzur hatte den Anstand, unbehaglich dreinzublicken, während er von uns wie von exotischen Waren sprach. Er schniefte, zog die Schultern hoch, und verzichtete darauf, ins Detail zu gehen. »Informationen, die zur Gefangennahme der Givin führen, werden großzügig honoriert, aber wenn man sie dem Imperium direkt aushändigt, ist die Summe noch größer.«

»Eine fürstliche Belohnung also?«, hakte Nakari nach, ihr Tonfall beflissen, aber eindeutig spöttisch.

»Es gibt noch eine andere Möglichkeit«, sagte Drusil. »Ich bin eine ausgezeichnete Hackerin und Kryptographin; das ist auch der Grund, warum das Imperium mich unbedingt zurückhaben will. Falls Sie lieber Informationen erwerben wollen, die sich hier auf Kupoh befinden, bin ich zuversichtlich, dass ich sie Ihnen besorgen kann.«

Azzur Nessin begann, den Kopf zu schütteln, bevor sie den letzten Satz beendet hatte. »Nein, nein, nein. Ich bin ein ehrlicher Geschäftsmann.«

»Und Sie sind ein Spion, der ständig mit Geheimnissen handelt!«, erinnerte Nakari ihn.

»Ich *handle* mit Geheimnissen, ja – dafür gibt es einen Markt, und der Austausch erfolgt in beiderseitigem Einvernehmen. Aber ich stehle weder Daten, noch erpresse ich irgendjemanden oder tue sonst etwas, außer eine Ware gegen eine andere einzutauschen. Ich will meine Familie nicht entehren oder noch einen von denen hier verlieren.« Sein Finger deutete nach oben auf seine Statusohrringe. »Darum muss ich Ihr Angebot ablehnen, auch wenn ich Ihnen dafür danke. Haben Sie sonst noch etwas, das die Kosten eines Triebwerks aufwiegen könnte?«

Das folgende Schweigen zog sich in die Länge, bis es den gesamten Raum auszufüllen schien. Die Perlen in Azzurs Bart bewegten sich keinen Millimeter, während er wartete; sie glänzten räuberisch, wie Augen einer Katze kurz vor dem Sprung.

»Haben Sie schon mal von den Kelen-Biolaboren auf Pasher gehört?«, fragte Nakari, ihre Stimme leise und dumpf, als sie sich geschlagen gab.

»Ja, natürlich. Ein äußerst profitables Unternehmen.«

»Ich bin Nakari Kelen, Tochter von Fayet Kelen. Ich kann Ihnen Informationen aus erster Hand liefern, über etwas, das mein Vater ›die bedeutendste biologische Entdeckung seit Jahrzehnten‹ nannte. Außerdem besitze ich die Koordinaten, an denen Sie diese Entdeckung finden können.«

»Nakari, was tust du da?«, fragte ich.

»Ich beschaffe uns ein Triebwerk«, erwiderte sie.

Azzur Nessins Augen wurden schmal und seine Ohren legten sich wieder flach an den Schädel an, sodass sie nach hinten zeigten. »Was soll das? Wollen Sie mir allen Ernstes weismachen, die Erbin der Kelen-Biolabore arbeitet als Spionin für die Allianz?«

»Ich bin sicher, dass Sie meine Identität mithilfe dieses Datenblocks an Ihrem Arm bestätigen können. Außerdem erzählt man sich, dass Kupohaner in der menschlichen Stimme Lügen identifizieren können? Die Frage ist nicht, was ich Ihnen weismachen will. Die Frage ist, ob wir mit diesen Informationen kaufen können, was wir brauchen.«

»Ich denke, schon. Sofern es wirklich die größte Entdeckung seit Jahrzehnten ist.«

»Mein Vater versteht sein Geschäft, und er liebt Geld ebenso wie Sie. Wenn er sagt, das dieser Fund enormes Potenzial hat, dann können Sie sich darauf verlassen.«

»Und Sie sagen, Sie haben Informationen aus erster Hand über diesen … Fund? Was ist es? Ein Planet?«

»Ein Mond. Und ja, wir waren dort. Bislang haben weniger als zehn Personen ihren Fuß auf seine Oberfläche gesetzt, und fast alle waren Angestellte meines Vaters.«

Azzur Nessin richtete seinen Blick auf mich. »Und wer genau sind Sie?«

»Er ist mein Pilot«, erklärte Nakari, bevor ich Gelegenheit

zu einer Antwort hatte. Es war die Wahrheit, wenn auch nicht die ganze Wahrheit, und Nessins Reaktion bestand darin, dass seine Augen wieder zu Nakari zurückkehrten und seine Ohren erwartungsvoll zuckten. Anstatt mich nach meinem Namen zu fragen – der sicher nicht dazu beigetragen hätte, seine Bedenken zu zerstreuen –, lenkte der Kupohaner das Gespräch nun in eine andere Richtung.

»Warum sollten Sie diese Informationen verkaufen und Ihrem Vater in den Rücken fallen?« Das war eine ausgezeichnete Frage; ich brannte selbst darauf, die Antwort zu hören.

»Ich falle ihm nicht in den Rücken. Er hat mir die Erlaubnis erteilt, im Notfall auch eine geschäftsschädigende Entscheidung zu treffen, und da wir unsere Mission ohne neues Triebwerk nicht erfüllen können, gilt das hier wohl als Notfall. Davon abgesehen ist es nicht so, als würde ihm dieser Mond gehören oder als hätte er die Exklusivrechte, dort zu forschen. Es war unvermeidbar, dass früher oder spätere andere Personen davon erfahren würden. Warum also nicht jetzt, wo wir davon profitieren können?« Sie deutete mit dem Daumen auf Drusil und fügte hinzu: »Vor allem wenn das Imperium dadurch eine wertvolle Ressource verliert. Mein Vater hasst das Imperium ebenfalls, wissen Sie? Er würde liebend gern auf die Gewinne verzichten, die dieser Mond abwerfen mag, wenn die Allianz dadurch den Sieg erringt. Und solange es mein Überleben sichert.« Auf diesen letzten Satz ließ sie ein trockenes Lächeln folgen. Azzurs Ohren zuckten noch ein paar Sekunden, und ich sah, wie die kiemenartigen Kämme in seinen Frequenzfiltern sich bewegten – er lauschte, vermutlich auf der Suche nach einem ungleichmäßigen Herzschlag, einer Beschleunigung der Atmung oder irgendeinem anderen Anzeichen für eine Lüge. Schließlich nickte er, kurz und abgehackt, und seine Perlen klimperten, wie um ihr Einverständnis mit diesem Handel anzuzeigen.

»Also gut, dann her mit den Details. Ich werde die Information umgehend verkaufen und ein Triebwerk Ihrer Wahl bestellen, dazu die Erschütterungsraketen und den Treibstoff, den Sie brauchen.«

Nakari ruderte zurück. »Zur Sicherheit werden wir die Koordinaten für uns behalten, bis Sie einen Käufer haben.«

Nessin nahm daran keinen Anstoß. »Natürlich.«

»Entschuldigen Sie bitte«, schaltete sich Drusil ein. »Angenommen, Sie finden sofort einen Käufer, wie lange würde es dauern, bis das Triebwerk eingebaut ist? Wann wäre der frühestmögliche Zeitpunkt, an dem wir unsere Reise fortsetzen können?«

»Selbst wenn ich jetzt gleich die Bestellung aufgebe, wird es ein paar Tage dauern«, erwiderte Nessin. »Aber vielleicht auch ein paar Wochen. Das hängt ganz davon ab, wie schnell ich einen Käufer finde.«

Die Schultern der Givin sackten sichtlich nach unten. »Ich verstehe. Danke für Ihre Ehrlichkeit.«

»Ich versichere Ihnen, ich werde versuchen, das Ganze zu beschleunigen, soweit es mir möglich ist«, erklärte der Kupohaner. »In der Zwischenzeit werde ich eine komfortable Unterkunft für Sie organisieren. Und dann, fürchte ich, muss ich wohl damit anfangen, meine Angestellten auszuspionieren.«

»Sagten Sie nicht, dass sich damit kein Geld machen lässt?«, fragte ich.

»Das ist auch so. Aber ich muss sichergehen, dass das Imperium nicht hier auftaucht, bis Sie verschwunden sind.«

»Ich könnte Ihnen in der Hinsicht vielleicht behilflich sein«, sagte Drusil, wobei sie den hochgerüsteten Datenblock aus ihrer Tragetasche fischte. »Nennen Sie mir die Namen Ihrer Arbeiter, und ich werde dafür sorgen, dass sie bis zu unserer Abreise nicht mit dem Imperium in Kontakt treten können.«

»Wie das? Glauben Sie, Sie können sie einfach so vom Netz abschneiden?«

»Nein, das wäre viel zu krude. Ich leite die abgesendeten Nachrichten um, auf einen zeitlich befristeten Account, wo wir sie überprüfen können, bevor wir sie freigeben.«

»Was ist mit Holo-Gesprächen?«

»Der Holo-Dienst wird kurzzeitig durch rätselhafte Probleme lahmgelegt.«

Nessin blickte zu Nakari hinüber. »Kann sie das wirklich bewerkstelligen?«

Die Angesprochene zog die Schultern hoch. »Denken Sie an die großzügige Belohnung, die das Imperium auf ihren Kopf ausgesetzt hat. Das sollte Antwort genug sein.«

»Nun gut«, sagte er. »Da sich Ihre Interessen in diesem Punkt mit meinen Interessen überschneiden, kann ich Ihnen wohl vertrauen.« Er nannte Drusil die Namen, und nachdem sie ihm versichert hatte, dass er regelmäßig Berichte von ihr erhalten würde, klatschte der Kupohaner in die Hände und ließ sich in den plüschigen Bürosessel hinter seinem Hartholzschreibtisch sinken. »So.« Seine Stimme war beinahe ein Schnurren, als er zu den deutlich unbequemeren Stühlen auf der anderen Seite des Tisches deutete, die wir bislang ignoriert hatten. »Bitte, setzen Sie sich und erzählen Sie mir mehr über diesen faszinierenden Mond.«

16. Kapitel

Nachdem er alles gehört hatte, war Azzur Nessin zuversichtlich, dass sich Nakaris Informationen über Fex zu Geld machen ließen – schließlich ging es um gehirnsaugende Schädelbohrer! –, und er ließ uns das schnellste Triebwerk im System auswählen, das mit der *Juwel* kompatibel war.

»Es wird mindestens ein paar Tage dauern, bis es hier ankommt, und ich bin sicher, Sie sind erschöpft«, sagte er. »Und jetzt suchen wir einen Ort, an dem Sie unbemerkt unterkommen, bis die Sache geklärt ist. Ich melde mich, wenn es so weit ist.«

Wir gingen noch einmal an Bord des Schiffes und schlüpften in Mäntel mit Kapuzen, bevor wir uns auf den Weg zu einem Hotel in der Nähe des Raumhafens machten. Ich befürchtete, dass Erzwo leicht zu erkennen wäre, aber er hätte irgendein Astromech-Droide seiner Baureihe sein können, nicht zwangsläufig der, der an der Operation auf Denon beteiligt war.

Nach einem Tag, der in einem anderen Teil der Galaxie begonnen hatte, war ich völlig erschöpft, und mir fielen beinahe sofort die Augen zu, als ich mich auf das Bett fallen ließ. Nach einer Nacht wohlverdienten Schlafs ließen wir uns vom Zimmerservice etwas zu essen bringen und taten uns in meinem

Zimmer daran gütlich. Das erschien uns ratsamer, als unsere Gesichter am Hotelbüfett zu zeigen – oder sonst irgendwo.

Drusil hatte nur wenig geschlafen; den Großteil der Nacht war sie damit beschäftigt gewesen, die Kommunikationskonten von Azzur Nessins Angestellten zu hacken.

»Der Wookiee war vollkommen sauber«, berichtete sie, »aber das war auch nicht anders zu erwarten. Warum sollte eine Spezies auch mit einem Regime sympathisieren, das sie versklaven will? Einer der Mechaniker, ein Duros, bessert sein Einkommen auf, indem er zermahlenes Pahzik-Horn als Aphrodisiakum an Abnehmer auf anderen Planeten verkauft, aber er hat ebenfalls keinen Grund, an uns interessiert zu sein. Die beiden anderen könnten uns hingegen Ärger bereiten.«

»Von welchen beiden reden wir?«, fragte Nakari.

»Ruuf Waluuk und Migg Birkhit – beide Kupohaner.« Ich blickte durch den Hangar zu dem leichten Frachter neben der *Wüstenjuwel* hinüber und stellte fest, dass weit und breit keiner der Kupohaner zu sehen war; nur der Wookiee und der Duros waren heute zur Arbeit erschienen. Drusil fuhr fort: »Die Versuche des Ersteren konnte ich unterbinden, aber Birkhit konnte bedauerlicherweise eine Nachricht ans Imperium senden, bevor ich die Umleitung eingerichtet hatte.«

»Was war das für eine Nachricht?«

»Eine vage Angabe, dass wir irgendwo auf Kupoh wären und dass er die Suche des Imperiums gegen einen Aufpreis erleichtern könnte. Aber obwohl er unseren genauen Aufenthaltsort nicht genannt hat, kann das Imperium seine Übertragung in diese Stadt und vermutlich sogar bis zu seinem Arbeitsplatz zurückverfolgen. Ich habe die Nachricht gelöscht, aber es könnte sein, dass sie bereits geöffnet und gelesen wurde und dass das Imperium darauf reagiert.«

»Darauf reagiert?«

»Sie könnten in diesem Moment hierher unterwegs sein, um nach Migg Birkhit und genaueren Informationen zu suchen. Oder sie könnten einen Agenten eingeschaltet haben, der sich bereits auf dem Planeten befindet. In dem Fall hat er Migg vielleicht schon aufgespürt.«

Nakari fluchte. »Dann können wir nicht hierbleiben.«

»Wir können sonst nirgendwohin«, erinnerte ich sie. »Und wenn wir jetzt verschwinden, bevor die Reparaturen abgeschlossen sind, würde das den Rest der Arbeiter ebenfalls misstrauisch machen. Es wäre besser und einfacher, Migg wäre nicht hier, um irgendwelche Fragen zu beantworten, wenn das Imperium auftaucht.«

»Du schlägst also vor, wir sollen ihn verschwinden lassen?«

»Kurzzeitig«, erwiderte ich. »Nicht dauerhaft. Wenn er zum Beispiel die nächsten Tage gefesselt in einem Hotelzimmer verbringt ... Danach kann Azzur Nessin entscheiden, was er mit ihm macht.«

»Aber was, wenn das Imperium ihn bereits gefunden hat?«

»Dann müssen wir ihn vielleicht doch endgültig verschwinden lassen – aber nur, weil er in dem Fall vermutlich gemeinsam mit den imperialen Truppen das Feuer auf uns eröffnet, sobald wir auftauchen.«

Die Givin schüttelte den Kopf. »Ich bezweifle, dass das Imperium auf Grundlage einer einzelnen, vagen Nachricht seine Truppen mobilisiert. Vermutlich werden sie zunächst einen gelangweilten Ermittler mit einer elektronischen Bitte um weitere Informationen darauf ansetzen. Ich werde natürlich sämtliche Nachrichten abfangen, die an Migg und Ruuf adressiert sind. Seine persönlichen Interaktionen kann ich aber nicht kontrollieren.«

»Dann wird uns die nächsten Tage zumindest nicht langweilig«, warf Nakari ein. »Ohne das Ersatztriebwerk könnten wir ohnehin nichts tun, außer uns in unseren Hotelzimmern zu verstecken. Und, Drusil, ich finde, das ist genau, was Sie tun sollten. Im Moment wird jeder Givin, der in der Öffentlichkeit gesehen wird, mehr Aufmerksamkeit erregen, als wir brauchen können.«

»Dem widerspreche ich nicht«, erwiderte Drusil. »Davon abgesehen muss ich das Kommunikationsnetz im Auge behalten. Aber was werden Sie tun?«

»Wir suchen nach Migg Birkhit«, erklärte ich.

Nakari runzelte die Stirn. »Und wo sollen wir suchen?«

»Zuerst bei ihm zu Hause«, antwortete ich. »Ich bin sicher, Drusil hat bereits seine Adresse.« Sie nickte. »Falls er dort nicht ist, klappern wir die örtlichen Cantinas ab.«

»Sie meinen die Spelunken, wo uns jeder für einen Drink ans Messer liefern würde?«

»Wir können uns verkleiden und die Kapuzen aufsetzen. Das sollte ausreichen.«

»Dieser Ermittler könnte so ziemlich jeder sein«, warnte Drusil. »Er wird Ihnen nicht den Gefallen tun und eine ISB-Uniform tragen.«

»Wir passen schon auf.«

»Könnten Sie vielleicht auch versuchen herauszufinden, ob meine Familie erfolgreich nach Omereth gebracht wurde?«

»Ja, wir werden nachfragen. Es gibt einen toten Briefkasten hier auf dem Planeten. Ich weiß zwar nicht, ob wir eine Antwort erhalten, bevor wir abreisen, aber einen Versuch ist es wert.«

Drusil nannte uns Migg Birkhits Adresse, anschließend brachten wir sie zu ihrem Zimmer und gaben ihr strikte Anweisung, niemandem die Tür zu öffnen, es sei denn, er kannte das Passwort.

»Oh! Darf ich diesmal das Passwort auswählen?«, fragte die Givin, während sie auf der Türschwelle und wir draußen auf dem Korridor standen. Ihr Mund blieb einen Spalt breit offen, was womöglich ein Lächeln andeutete. Da ihr die Sache so viel zu bedeuten schien, erklärte ich mich einverstanden, aber bevor sie uns ihr Passwort nennen konnte, schoben wir uns in ihr Zimmer und schlossen die Tür, damit niemand uns belauschen konnte. Auf dem Gang war zwar niemand zu sehen gewesen, aber auf Kupoh konnte man nicht vorsichtig genug sein. Darum riet ich Drusil auch, ihre Stimme zu senken.

»Ausgezeichnet«, flüsterte sie. »Klopfen Sie, sooft Sie möchten, und sagen Sie dann $(p+l)(a+n) = pa + pn + la + ln$.« Diesmal stand ihr Mund ein wenig weiter offen, so als wäre sie aus irgendeinem Grund erwartungsfroh.

»Das ist zwar ein wenig lang für ein Passwort, aber in Ordnung, nehmen wir es.«

Ihr Mund klappte zu. »Moment. Verstehen Sie denn nicht?«

»Was soll ich verstehen?«

»Ich habe Ihren Plan *auseinandergenommen*!« Als sie nur ratlose Blicke erntete, senkte die Givin den Kopf und starrte zu Boden. »Der älteste Witz in der Galaxie, und Menschen verstehen ihn einfach nicht. Ach, ich vermisse meinen Ehemann.« Sie drückte einen Knopf an der Wand, und die Tür hinter uns glitt auf – deutlicher hätte sie uns nicht zum Gehen auffordern können.

Als wir draußen auf dem Korridor waren, stieß Nakari den Atem aus. »Jetzt verstehe ich. Es ist ein Algebra-Scherz. Du musst es dir geschrieben vorstellen, im Galaktischen Standard. *P, L, A, N.* Sie muss uns für schrecklich langsam halten.«

»In gewisser Weise sind wir das wohl auch. Aber wir haben andere Talente.«

»So wie kochen, meinst du?«

Ich schnaubte. »Nein, definitiv nicht.«

Erzwo klinkte sich an einem öffentlichen Terminal ein, und nachdem er die Bitte um Informationen über Drusils Familie chiffriert hatte, schickte er die Nachricht über einen Allianz-Account ab, der nach einmaliger Benutzung automatisch gelöscht wurde. Falls die Rebellen in diesem Sektor aktiv waren, sollten wir eine Antwort erhalten. Nun, da das erledigt war, taten wir unser Bestes, uns zu verkleiden, und riefen ein Droidentaxi, um uns zu Migg Birkhits Adresse zu bringen.

Es war eine kurze Fahrt, die durch die Straßen von Tonekh in ein Armenviertel führte, und Birkhits Wohnung erwies sich als winziger Würfel in einem Apartmentblock voller derartiger Wohnungen. Einst hatte die Fassade des Gebäudes vermutlich gestrahlt, aber diese Zeiten waren längst vorbei; nun war ihr deutlich anzusehen, wie viele Leute hier schon gelebt hatten und dass Krankheit, Sucht und Verzweiflung ihre Untermieter waren. Keine spielenden Kinder waren vor dem Komplex zu sehen, nur kapuzentragende Gestalten wie wir, die herumlungerten und umherblickten, ihre Absichten ebenso verborgen wie ihre Identität. Da war es kaum verwunderlich, dass Birkhit sofort die Chance ergriffen hatte, sich ein besseres Leben zu erkaufen.

»Ich schätze, als Schiffsmechaniker verdient man hier nicht sonderlich gut«, bemerkte Nakari.

»Vielleicht, aber so schlecht dürfte der Lohn trotzdem nicht sein«, entgegnete ich. »Vielleicht hat er Spielschulden oder eine bewegte Vergangenheit.«

Wir spürten Blicke auf uns, als wir zu Birkhits Tür gingen

und die Besucherklingel drückten. Die Konsole informierte uns daraufhin höflich, dass der Anwohner derzeit nicht zu Hause war.

»Was für eine Zeitverschwendung«, stöhnte Nakari.

»Nun, immerhin wissen wir, dass er nicht aus Krankheitsgründen bei der Arbeit gefehlt hat. Diese Möglichkeit mussten wir ausschließen.« Ich drehte mich um und sah mich den Blicken mehrerer Gestalten ausgesetzt, ihre Gesichter ebenso unter Kapuzen verhüllt wie meines. »Außerdem wird er erfahren, dass jemand hier war und nach ihm gesucht hat, während er weg war.« Obwohl ich nicht lauter sprach, wusste ich, dass die Kupohaner meine Worte genau verstehen konnten.

Als Nächstes besuchten wir zwei stickige, raucherfüllte Cantinas, wo niemand je von einem Migg Birkhit gehört hatte. Aber Informationen über Azzur Nessin hätten wir erhalten können, sofern der Preis stimmte. In der dritten Cantina hatte der Wirt von Migg gehört, und er war sogar bereit, uns zu verraten, wo er den Großteil seiner Freizeit verbrachte, aber natürlich nur gegen »eine kleine Vergütung«. Wir akzeptierten, gaben ihm Geld, und er wies uns den Weg zu einer vierten Cantina, die sich nur einen Kilometer entfernt befand. Wir beschlossen, zu Fuß zu gehen, da der Wind mild war und die Sonne schien; außerdem führte der Weg zu unserem Ziel durch den Markt des Bezirks, was einen Spaziergang zwischen bunten Ständen und lauten Marktschreiern versprach.

»Weißt du, wären wir nicht auf einer Mission, würde ich das richtig genießen«, rief Nakari in den Wind. »Sogar an den Geruch könnte ich mich gewöhnen, was immer das auch ist. Pahzik vielleicht?«

»Gut möglich.«

»Irgendwie ist das ganz angenehm – die Fremdheit einer

neuen Welt zu entdecken, wenn man sie einfach erforschen kann.«

Ich stimmte ihr zu. Die Galaxie zu bereisen wäre wirklich eine schöne Erfahrung, würde das Imperium nicht ständig versuchen, uns zu töten.

Wir hatten im Hangar nur einen flüchtigen Blick auf Migg Birkhit erhascht, und während wir uns seiner vermeintlichen Lieblingsbar näherten, fragte ich mich, ob wir ihn überhaupt erkennen würden.

Wie sich herausstellte, machte er uns die Sache leicht, denn als wir noch zwanzig Schritte entfernt waren, trat er in seiner graugrünen Nessir-Uniform vor die Tür. Leider entdeckte er uns ebenfalls – obwohl wir uns bestmöglich verkleidet hatten, stachen zwei Menschen in Tonekh doch immer noch aus der Masse hervor. Mäntel und Kapuzen waren großartig, um Details zu verbergen, die Tatsache, dass wir anders gebaut waren und uns anders bewegten als Kupohaner, konnten sie leider nicht überdecken. Man konnte uns auch nicht mit anderen Menschen verwechseln, da es in dieser Gegend so wenige Vertreter unserer Spezies gab – die meisten Fremdweltler blieben in der Nähe des Raumhafens, wohingegen wir uns hier tief im Eingeborenenviertel der Stadt befanden. Mit einem geknurrten Fluch auf den Lippen rannte Migg um die Ecke, und wir setzten ihm nach, während Erzwo einen Strom von Piepgeräuschen quiekte, vermutlich eine Aufforderung, wir sollten auf ihn warten.

Schon nach fünf Schritten wurde mir klar, das Nakari deutlich schneller rennen konnte als ich. Sie war größer und hatte längere Beine, aber sie war auch in exzellenter Form. Und da sie nicht nur schneller als ich war, sondern auch schneller als Migg, hatte sie ihren Blaster gezogen und ihn betäubt, ehe er die Gasse hinter sich lassen und uns im Gewirr der nächsten Marktstraße abhängen konnte.

Sie drehte sich um, leckte sich die Fingerspitze ab und machte ein imaginäres Häkchen in die Luft. »Ein imperialer Informant für mich. Jetzt wird er niemanden mehr verraten.«

»Gut gemacht. Sollen wir so tun, als wäre er ein betrunkener Freund, der gerade aus der Cantina kommt, und dann mit ihm ein Droidentaxi zurück zum Hotel nehmen?«

»Ja, das klingt gut.«

Wir zogen Birkhit zwischen uns in die Höhe, Nakari zu seiner Linken, ich zu seiner Rechten, dann legte sich jeder einen Arm des Bewusstlosen über die Schulter, sodass seine Füße hinter ihm über den Boden schleiften.

Ein Zirpen erklang vor uns, aber als ich die Gasse entlangblickte, entdeckte ich nicht nur Erzwo, sondern auch eine zweite Gestalt, die entschlossen vor ihm herstapfte. Es war ein braunhäutiger Gotal mit gelben Augen und buschigen Brauen. Letztere stützten die empfindlichen Hörner, die es seiner Spezies ermöglichten, elektronische Felder aller Art wahrzunehmen. Das machte sie zu ausgezeichneten Jägern, außerdem besonders einfühlsam im Umgang mit vielen anderen Spezies und im Kampf zu gefährlichen Gegnern, da sie oft fühlten, was man vorhatte, bevor man es in die Tat umsetzen konnte. Han hatte mich gewarnt, dass viele von ihnen mit dem Imperium sympathisierten.

»Entschuldigung«, begann der Gotal. »Das da ist mein Freund. Ich wollte mich gerade mit ihm treffen, als er plötzlich in diese Gasse rannte.«

»Er ist auch unser Freund«, erklärte Nakari souverän und mit einem Lächeln. »Der arme Migg hatte ein paar Drinks zu viel und ist hierher gerannt, um sich zu übergeben. Wir bringen ihn nach Hause.«

»Er ist nicht bewusstlos, weil er zu viel getrunken hat.« Der Gotal deutete mit dem Daumen auf seine Hörner. »Ich weiß Bescheid. Er wurde betäubt. Von euch.«

Ein wenig perplex entgegnete Nakari: »Und wenn schon, Kumpel. Er muss trotzdem nach Hause gebracht werden. Möchtest du mitkommen?«

»Nein, ich möchte, dass ihr ihn loslasst und mir verratet, wo die Givin-Frau ist.«

»Wovon redest du da?«, fragte Nakari, und jedes Wort troff vor Verständnislosigkeit. Dennoch hob sie Miggs Arm an und schob ihren Kopf darunter hervor, um zumindest diesem Teil der Aufforderung nachzukommen. Gleichzeitig zog sie mit der rechten Hand, die hinter Miggs Körper verborgen war, ihren Blaster.

Sie sollte aber keine Gelegenheit bekommen, ihn einzusetzen, denn das linke Bein des Gotal zuckte in einem geraden Tritt nach vorn, der sie am Bauch traf und ihr den Blaster aus der Hand schleuderte, gerade als sie ihn zwischen sich und Miggs Körper schob, um auf den Fremden zu zielen. Als sie zurücktaumelte, lastete plötzlich Miggs ganzes Gewicht auf mir und zerrte mich nach links. Unser Angreifer knickte derweil das ausgestreckte Bein am Knie ab, wirbelte ein Stück herum und trat nach meinem Gesicht. Er traf, und ich schätze, ich sollte glücklich sein, dass ich nicht in seinen Stiefel hineingelaufen war; so blieb meine Nase heil, und ich verlor auch keine Zähne. Dennoch beförderte der Tritt mich – und Migg – auf den Boden.

Nakari sprang nach vorne, nunmehr unbewaffnet, und die folgenden Schläge hörte ich mehr, als dass ich sie sah: Da war das Klatschen von Fäusten auf Fleisch, schmerzerfülltes und angestrengtes Ächzen. Ich rollte mich herum und kämpfte mich in die Höhe, aber gerade als ich wieder auf meinen wankenden Beinen stand, stürzte Nakari – der Gotal hatte ihr die Beine unter dem Körper weggefegt. Diesmal war er zu weit entfernt, um sofort nach mir treten zu können. Er hätte sich erst herumdrehen und zwei Schritte machen müssen, bevor ich wieder in Reichweite wäre, und mir war gerade eingefallen, dass ich ja noch meinen Blaster hatte, wenn ich auch nicht mehr wusste, ob ich ihn auf Betäubung geschaltet hatte oder nicht. Leider hatte der Gotal ebenfalls einen Blaster, und er hatte dieselbe Idee wie ich.

R2-D2 allerdings hatte einen ausfahrbaren Arm, mit dem er unliebsamen Personen einen Stromschlag verpassen konnte. Unser Angreifer sah nicht einmal, was ihn da traf; er hatte dem Droiden keinerlei Beachtung mehr geschenkt, seitdem er ihn in der Gasse überholt hatte, außerdem hatte er bestimmt nicht damit gerechnet, dass sich eine Maschine in den Kampf einschalten würde. Er schrie und umklammerte seine Hörner, die den Stromschlag aufgrund ihrer Empfindlichkeit gegenüber Elektrizität doppelt schmerzhaft machten. Anschließend brach er zuckend auf dem Boden zusammen, wo seine Bewegungen erlahmten und er einen Kurzurlaub im Reich der Träume antrat.

Erleichtert atmete ich auf. »Danke, Erzwo.« Ich war nicht sicher, ob ich schneller gezogen hätte als der Gotal.

»Alles in Ordnung?«, fragte Nakari, während sie aufstand und sich den Staub von den Hosen klopfte.

»Ich bin ein bisschen benommen, und ich glaube, ich werde ein paar Blutergüsse davontragen, aber davon abgesehen geht es mir gut. Was ist mit dir?«

»Ganz sicher ein paar blaue Flecken. Das da«, sagte sie und deutete auf den Gotal, »ist ein gefährliches Individuum. Wie siegessicher er war, obwohl er uns mit bloßen Händen angegriffen hat … Verrückt.«

»Er hatte allen Grund, siegessicher zu sein. Wir haben uns nicht gerade mit Ruhm bekleckert.«

»Jetzt müssen wir ihn auch mitnehmen. Du hast es ja gehört: Er hat nach der Givin gefragt.«

»Ja, du hast recht. Unsere Geschichte können wir beibehalten – wir haben jetzt einfach nur zwei betrunkene Freunde, die wir von der Cantina zurück zu unserem Hotel bringen müssen.«

Wir schleiften Migg und den Gotal durch die Gasse zum Eingang der Cantina, wo wir uns noch einmal versicherten, dass unsere Kapuzen richtig saßen, dann rief Erzwo ein Droidentaxi, um uns zurück zum Hotel zu bringen. Ein paar Passanten starrten uns an, aber niemand wollte die Sache zu seiner Angelegenheit machen. Da unser Hotel nur ein kleines Stück entfernt lag, konnten wir unsere Gefangenen in mein Zimmer bringen und sie auf das große Bett legen, bevor sie sich wieder zu rühren begannen, woraufhin Nakari ihnen sogleich noch einen Betäubungsschuss verpasste.

»Wir brauchen etwas, um sie zu fesseln«, sagte sie. »Und jemanden, der auf sie aufpasst.«

»Ja. Bin gleich wieder da.«

Bei dem Portier des Hotels handelte es sich um einen silbernen Protokolldroiden, dem irgendjemand einen zum Schreien komischen Schnurrbart angeklebt hatte. Ich achtete darauf, dass die Kapuze weit nach vorn gezogen war, damit er mein Gesicht nicht scannen konnte, und verstellte meine Stimme ein wenig, als ich mich an ihn wandte.

»Sag mal, gehen die Leute hier gerne Bergsteigen?«

Der Droide surrte und klapperte, bevor er antwortete.

»Selbstverständlich, mein Herr. Das ist eine beliebte Freizeitaktivität hier in Tonekh. Möchten Sie eine Wegbeschreibung zu den nächstgelegenen Steilwänden?«

»Nein, ich weiß schon, wo ich klettern gehen will, nur an der Ausrüstung hapert es noch. Du weißt nicht zufällig, wo ich Seile, Felshammer und so weiter bekommen kann, oder?«

»Gewiss, mein Herr.« Er nannte mir die Adresse eines Ladens, und ich rief einmal mehr ein Taxi, um mich dorthin bringen zu lassen. Mit einem Seil würden sich unsere Gefangen zwar nicht narrensicher fesseln lassen, aber ich konnte den Droiden wohl kaum fragen, wo es hier Betäubungshandschellen gab, ohne dabei Misstrauen zu erregen. Neben vier Taurollen kaufte ich auch etwas zu essen, und als ich zurückkehrte, fand ich den Kupohaner und den Gotal bei Bewusstsein, aber völlig reglos vor, denn Nakari und Erzwo hatten beide ihre Waffen auf sie gerichtet.

»Was habe ich verpasst?«, erkundigte ich mich.

»Nichts. Ich habe ihnen gesagt, wenn sie nicht noch mal betäubt werden wollen, sollen sie den Mund halten, bis du zurück bist.«

»Gut. Und jetzt bin ich zurück. Hallo«, wandte ich mich an den Gotal, »wir wurden uns noch nicht formell vorgestellt. Wer bist du?«

Seine Antwort lautete: »Ihr habt einen großen Fehler gemacht. Ich bin kein Datendieb, den ihr einfach so entführen könnt.«

»Was du nicht sagst.«

»Ich bin ein Agent der Neuen Ordnung. Wenn ich nicht Bericht erstatte, wird das Imperium nach mir suchen, und dann werden sie euch finden.«

»Ich glaube nicht, dass du so wichtig bist«, schaltete sich

Nakari ein. »Wir kennen sämtliche imperialen Agenten in der Gegend, und ich kann mich nicht erinnern, einen Gotal auf der Liste gesehen zu haben.« Die Lüge kam ihr so zwanglos über die Lippen, dass ich sie beinahe selbst glaubte.

Der Gotal schnaubte. »Ich gehörte nicht zur Flottensicherheit. Ich bin vom ISB.«

Nakari musterte ihn aus zusammengekniffenen Augen, dann blickte sie zu mir herüber, und die Maske der Selbstsicherheit machte Verunsicherung Platz. »Die ISB-Liste, die wir haben, ist nicht nach Spezies geordnet. Er könnte die Wahrheit sagen.«

Ich beschloss, bei dieser Scharade imaginärer Listen mitzuspielen, und zuckte mit den Schultern. »Könnte sein.«

»Wie heißt du?«, wollte Nakari wissen.

»Barrisk Favvin.«

»Ist das der Name, den du beim ISB benutzt?«

»Ja. Und das ISB wartet auf meinen Bericht. Lasst mich gehen, dann sorge ich dafür, dass ihr gut behandelt werdet, wenn man euch festnimmt.«

Nakari ignorierte ihn und wandte sich wieder zu mir um. »Würdest du bitte überprüfen, ob der Name auf der Liste steht?«

»Sicher«, erwiderte ich, bevor ich den Raum verließ, um Drusil auf der anderen Seite des Korridors zu besuchen. Ich versuchte gar nicht erst, mich an ihre Formel von vorhin zu erinnern, sondern klopfte einfach und sagte: »Ich habe Ihren Plan auseinandergenommen«, woraufhin sie mir öffnete.

»Luke Skywalker, Sie haben eine Prellung im Gesicht. Ist Migg Birkhit Ihnen entwischt?«

»Nein, wir haben ihn. Und wir haben einen Gotal in meinem Zimmer, der behauptet, ein ISB-Agent zu sein. Er wollte sich gerade mit Migg treffen, als wir aufgetaucht sind. Sein Name ist Barrisk Favvin. Gibt es eine Möglichkeit herauszufinden, ob er ein Informant ist?«

»Wollen wir mal sehen.« Drusil ging zu ihrer Ausrüstung hinüber, gab eine Reihe von Befehlen mit der Tastatur ein und beäugte anschließend die Ergebnisse. Das wiederholte sie mehrere Male, bevor sie schließlich erklärte: »Ja, er ist ein Agent. Er wurde hergeschickt, um sich mit Migg Birkhit zu treffen und seine Behauptung zu überprüfen, was bedeutet, dass das Imperium seine Nachricht doch gelesen hat. Sein Befehl lautet, Bericht zu erstatten, sobald er etwas in Erfahrung gebracht hat.«

»Dann muss er sich also nicht zu einer bestimmten Zeit melden?«

»Ich bin gerade in seiner persönlichen Akte und sehe mir die Befehle von seinem Vorgesetzten an. Da steht nichts über einen Zeitplan.«

Also hatte er gelogen, was das anging. »Perfekt. Dann können wir ihn hier festhalten, ohne dass gleich das Imperium auftaucht. Aber behalten Sie diesen Kommunikationsaccount bitte trotzdem weiter im Auge. Falls irgendjemand nach dem Fortschritt der Mission fragt, antworten Sie, dass Birkhit derzeit unauffindbar ist und er sich wieder meldet, sobald er fundierte Informationen hat.«

»Wäre es nicht besser, wir erklären einfach, Birkhits Informationen hätten sich als falsch entpuppt?«

»Nein, denn dann würde das ISB Barrisk zurückrufen, und sie sollen glauben, dass er hier noch ein paar Tage beschäftigt ist. Wir wollen sie nur ein wenig hinhalten, also sagen wir, dass Favvin irgendwelchen Hinweisen nachgeht, aber nichts Genaues.«

»Ich verstehe.«

Als ich in mein Zimmer zurückkehrte, ließ ich Nakari wissen, dass Favvin in der Tat zum ISB gehörte, aber dass wir uns keine Sorgen um fahrplanmäßige Berichte machen müssten. »Wir können ihn hier festhalten, solange wir wollen.«

»Dann *seid* ihr also die Flüchtigen!«, entfuhr es ihm. »Wo ist die Givin?«

»Irgendwo«, antwortete Nakari, dann betäubte sie die beiden, damit wir sie leichter fesseln konnten. Nachdem wir die Taue um ihre Handgelenke und Knöchel geschlungen hatten, warteten wir darauf, dass sie wieder zu sich kämen, und genossen dabei unser Mittagessen. Ich ernannte Erwzo zu ihrem Aufseher, da weder ich noch Nakari längere Zeit im selben Zimmer mit einem ISB-Agenten verbringen wollten. Es ist nicht so, als hätte ich das Verlangen gespürt, ihn zu töten, aber es erschien unklug, ihn mehr von uns sehen und hören zu lassen, als unbedingt nötig, außerdem stand mir der Sinn nicht nach einem endlosen Strom von Drohungen und imperialer Propaganda.

Hotelzimmer sind nicht gerade ein perfektes Gefängnis, aber zusammengeknotete Seile geben passable Fesseln ab, und ein unermüdlicher Droide, der Elektroschocks austeilen kann, macht sich auch als Wächter nicht schlecht.

»Beschwert euch besser nicht zu laut, Freunde«, sagte Nakari, als die beiden erwachten und feststellten, dass sie gefesselt waren. »Ihr habt ein weiches Bett, wir bringen euch zu essen, und ihr könnt Unterhaltungsholos ansehen, so viele ihr wollt. Aber solltet ihr versuchen, das Bett zu verlassen oder Hilfe zu rufen, wird der Droide euch außer Gefecht setzen. Falls ihr den Erfrischer benutzen müsst, sagt es dem Droiden, und er wird uns per Komm informieren. Benehmt euch, dann seid ihr in ein paar Tagen wieder auf freiem Fuß. Und du, ISB-Agent, falls du ein paar Blutergüsse und blaue Augen brauchst, damit deine Vorgesetzten nicht denken, du hättest dich hier amüsiert, kann ich dir gern behilflich sein.« Sie lächelte gewinnend. »Du musst nur darum bitten.«

17. Kapitel

Es hat eine Zeit gegeben, da hatte ich Krieg für aufregend gehalten, mir vielleicht sogar gewünscht, daran teilzunehmen. Verglichen mit der unerbittlichen Langeweile meiner Jugend auf Tatooine hatte so ziemlich alles verlockend gewirkt. Doch inzwischen habe ich herausgefunden, dass ein Krieg für keinen Beteiligten ein aufregendes Abenteuer ist; der ständige Stress, der Verlust von Freunden ... das ist, als würde man sich zwischen den Dünen meiner Heimatwelt verirren: Das Gewebe des Lebens trocknet langsam aus, und zurück bleibt nur die verdorrte Hülle einer Person. Aber manchmal – eigentlich nur höchst selten, sollte ich hinzufügen – findet man eine Felsformation im Sand, und irgendwo in ihren Spalten ist eine Quelle verborgen, eine lebensrettende Oase, die umso süßer schmeckt, weil man gar nicht mehr damit gerechnet hat, sie zu finden.

Nakari war wie eine solche Oase.

Nachdem wir die Gefahr, die von Migg Birkhit und Barrisk Favvin ausging, isoliert hatten, blieb uns ein freier Nachmittag und Abend, da das Triebwerk erst am nächsten Tag eintreffen würde, und Nakari überraschte mich, indem sie mich in ihr

Zimmer einlud, eine Suite mit einer Couch, einem Tisch und einem Holoprojektor. Ich nahm die Einladung an, und ein Nachmittag voller Geschichten über die Wüste ging über in ein vom Zimmerservice geliefertes Abendessen aus Pahzik-Fleisch, das meiner Ansicht nach noch besser als Nerf schmeckte und einen klaren Pluspunkt für Kupoh darstellte. Als sie während des Essens über etwas lachte, war ihr Lächeln so bezaubernd, dass ich meinen Vorsatz vergaß, sie nicht anzustarren, und natürlich ertappte sie mich erneut dabei. Mehr noch, sie musste mit den Fingern schnippen, um mich aus meiner Trance zu reißen.

»He.« *Schnipp.* »He.« *Schnipp.*

»Was?«

»Falls du nach Essen suchst, Luke, das ist da unten vor dir«, sagte sie und wies mir mit ihrer Gabel die Richtung.

»Tut mir leid«, murmelte ich, wobei ich den Kopf sinken ließ. Hitze strömte in meine Wangen, und ich versuchte mich an einen Moment zu erinnern, als ich mir ähnlich dumm vorgekommen war, aber mir wollte keiner einfallen.

Sie lachte sanft. »Du bist ganz anders, als ich es mir vorgestellt habe, weißt du?«, erklärte sie, während sie darauf wartete, dass ich wieder aufblickte. Als sie meine hochgezogenen Augenbrauen bemerkte, nickte sie aufmunternd. »Das ist nichts Schlechtes. Du warst schon seit unserer ersten Begegnung auf der *Verheißung* nicht so, wie ich es mir vorgestellt habe.«

»Du hattest ein Bild von mir im Kopf, bevor wir uns getroffen haben?«

»Nun, ja. Du hörst von diesem Kerl, der den Todesstern in die Luft gejagt hat – der zum Helden der Allianz hochstilisiert wird –, und du denkst dir: *Dem ist die Brust vor Stolz bestimmt schon so angeschwollen, dass er eine eigene Schwerkraft hat.*

Oder aber er ist jemand, der nur an Pflicht und Rechtschaffenheit denkt und superenge Unterwäsche trägt. Du verstehst schon, jemand ohne Sinn für Humor. Denn wenn jemand als Held hingestellt wird, redet man nicht von ihm, als wäre er eine echte Person. Er wird zu einem Ideal des politischen Fanatismus.«

Gleichzeitig amüsiert und entsetzt sagte ich: »Dann hast du also einen eingebildeten, ideologisch festgefahrenen Kerl mit zu enger Unterwäsche erwartet?«

Sie lachte ein wenig verlegen. »Vielleicht. Etwas in der Art, ja.«

»Oh, Mann, ich war noch nie so froh, Erwartungen enttäuscht zu haben.«

»Ich bin auch froh darüber.«

Der Gedanke an die Folgen von Yavin entlockte mir ein Seufzen. Das Abendessen war völlig vergessen. »Wenn ich ehrlich sein soll, ist mir die Sache eine Weile wirklich zu Kopfe gestiegen.«

»Aha, dann habe ich also einen guten Zeitpunkt erwischt?«

»In gewisser Weise. Hast du nie an die Person zurückgedacht, die du vor zwei Jahren warst, und den Kopf darüber geschüttelt, wie dumm du damals gewesen bist?«

Ihre Miene hellte sich auf. »Ja. Ich kenne das Gefühl. Am liebsten würde man in der Zeit zurückreisen und sich selbst die Leviten lesen.«

»Genau! Vor zwei Jahren dachte ich, dass ich ewig auf Tatooine festsitzen würde, und ich habe mich über alles und jeden beklagt.« Bei der Erinnerung an mein Verhalten schnitt ich eine Grimasse. »Dem Jungen von damals hätte ich definitiv so einiges zu sagen. Aber dann hat sich alles verändert. Ich traf einen Jedi, schloss mich der Rebellion an und hatte unmittelbar darauf dieses gewaltige Erfolgserlebnis. Ich rettete eine Prinzessin und zerstörte eine Superwaffe, erhielt von derselben Prinzessin einen Orden, mir zu Ehren wurde ein Feuerwerk abgebrannt, und so weiter. Da entwickelt man schon mal ein planetengroßes Ego.«

»M-hm.«

Erst glaubte ich, das Geräusch wäre nur eine höfliche Aufforderung fortzufahren, aber Nakari trommelte mit den Fingern auf die Tischplatte, und dann stellte sie mit gurrendem Tonfall eine wirklich gefährliche Frage. »Sag mal, Luke, irre ich mich, oder hegst du Gefühle für diese Prinzessin? Es kam mir nämlich so vor, als hätte ich da ein bisschen Sehnsucht herausgehört.«

Meine Augen richteten sich auf ihr Gesicht und entdeckten dort eine abwartende Miene und einen forschenden Blick. Nach ein paar Sekunden der Verlegenheit erinnerte ich mich an eine weitverbreitete Einstellung, wonach die Wahrheit oft das beste Mittel darstellte.

»Nein, ganz falsch liegst du nicht«, gestand ich. »Aber wir sind nur Freunde.«

»Oh, oh, Pilot, damit kommst du nicht durch. Ich rede davon, was du *möchtest*, nicht davon, was ihr *seid*.«

Kaum zu glauben, dass die Unterhaltung so schnell so unangenehm geworden war. Ich war kein Experte, was Beziehungen angeht, aber ich war sicher, dass ich zu viel gesagt hatte; es war unklug, einer Person von seinen Gefühlen für eine andere zu erzählen. Die Wahrheit, überlegte ich, war wohl doch nicht immer das beste Mittel. Manchmal war es besser, einer Frage einfach auszuweichen.

»Ich glaube, es ist unwichtig, was ich will. Ich bin ein Farmjunge, sie ist eine Prinzessin. Ihr Freund zu sein ist so ziemlich alles, was ich mir erhoffen kann.«

Nakari schüttelte langsam den Kopf, während sie sprach; sie wollte mich einfach nicht vom Haken lassen. »Sie ist nicht unerreichbar für dich. Schließlich bist du kein Farmjunge mehr.«

»Na schön, vielleicht nicht, aber sie hat nie ein Interesse an mir gezeigt, das über Freundschaft und meinen Nutzen für die Allianz hinausgeht. Ich hoffe doch, wir werden uns jetzt nicht wegen ihr streiten.«

Ihre Augen wurden hart, und ihre Lippen pressten sich zu einer schmalen Linie zusammen. »Hoffnungen sind zerbrechlich, Luke. Vor allem jetzt. Denn es klingt, als wäre die Person, die du willst, nicht die Person, mit der du gerade zusammen bist.«

Eine flüchtige halbe Sekunde lang war ich euphorisch – sie hatte gesagt, dass wir *zusammen waren* –, aber ich verscheuchte das Gefühl, denn es sah aus, als stünde sie kurz davor, ihre Meinung in dieser Hinsicht zu ändern. »Nein, das ist es nicht. Wirklich nicht. Warum bist du wütend? Du hast gefragt, ob ich Gefühle für sie habe, und ich war ehrlich und habe es zugegeben. Aber mehr ist da nicht.«

Nakari hob ihre heile Hand, um jedes weitere Wort zu unterbinden, dann rieb sie sich damit den Nasenrücken, wobei sie die Augen schloss und tief Luft holte. Nachdem sie wieder ausgeatmet hatte, ließ sie die Hand sinken, und ihre Augen öffneten sich. »Ehrlichkeit ist meistens gut, Luke, da hast du recht. Aber manchmal möchte man etwas anderes hören.«

»Oh. Nun, ich wünschte, ich könnte zu dem Luke von vor zwei Minuten zurückreisen und *ihm* die Leviten lesen.«

Zu meiner Erleichterung musste sie lachen, und ihr Mund verzog sich zu einem breiten Lächeln. »Du solltest aber nicht zu hart mit ihm umspringen. Sein erster Impuls war gar nicht so verkehrt.«

Ich gestattete mir ein vorsichtiges Grinsen und sagte: »Also gut, ich werde nicht zu hart mit ihm ins Gericht gehen. Aber ich entschuldige mich dafür, dass ich mit meiner Ehrlichkeit irgendwelche Zweifel genährt habe. Die Wahrheit, und das solltest du wissen, ist, dass ich wirklich, wirklich glücklich bin, dich getroffen zu haben.«

»Schon besser«, ermunterte sie mich. »Immer her mit dem Honig. Nur weiter.«

Es dauerte einen Moment, bis ich erkannte, dass sie das metaphorisch gemeint hatte, und ich war froh, dass mir das klar wurde, bevor ich anfing, das Hotelzimmer nach klebrigem Zeug abzusuchen. »Ja, Honig ... Nun, du bist ...«

»Ich bin was, Luke? Jetzt nicht aufhören.«

»Ähm ... Ich habe keine Ahnung, wie andere Leute das machen. Alles, was mir einfällt, klingt abgedroschen und falsch.«

»Keine Sorge. Du hast mit deiner übermäßigen Ehrlichkeit Bonuspunkte verdient, die kannst du jetzt verbraten. Was nicht heißen soll, dass es nicht originell sein darf. Ich meine nur, falls du jetzt irgendwas sagst, was ich schon mal gehört habe, werde ich vielleicht ein Auge zudrücken und es trotzdem glauben.«

»Nun, da gibt es etwas, das ich an dir bewundere. Du setzt mich nicht unter Druck.«

Nakaris Augen wurden schmal. »Bist du sicher, dass das in die Kategorie Honig fällt.«

»Definitiv. Das ist vielleicht nicht das direkteste Kompliment, aber ich dachte mir, ich versuche es mit Originalität.«

»Also gut, dann beeindrucke mich mal.«

»Nun, ich habe nicht das Gefühl, von deinen Erwartungen erdrückt zu werden. Ich meine, du hast Erwartungen – das hast du gerade deutlich gemacht –, aber ich wäre nie darauf gekommen, wenn du es nicht gesagt hättest. Und glaube mir, das ist erfrischend. Und wichtig.«

Nakari wollte es genauer wissen. »Inwiefern wichtig?«

Ich suchte nach den richtigen Worten. »Seit der Schlacht von Yavin habe ich manchmal das Gefühl, dass die Leute von mir erwarten, eins obendrauf zu setzen. Eine Steigerung. Und sie fragen sich, warum ich es nicht bereits getan habe. Bei dir habe ich das Gefühl, du *ermutigst* mich. Das ist was ganz anderes – und etwas wirklich Seltenes.« Die einzige andere Person, die mir immer wieder Mut schenkte, war Leia, aber das behielt ich lieber für mich.

Nakari lehnte sich auf ihrem Stuhl zurück. »Nicht schlecht. Ich ermutige dich, die Zerstörung des Todessterns zu toppen.«

»Tut mir leid, das kam vermutlich falsch rüber. Lass es mich noch mal versuchen. Das Geheimnis der Schlacht von Yavin war, dass ich von der Macht unterstützt wurde. Mit Steigerung meine ich also keine größere Explosion oder mehr Sturmtruppen auszulöschen. Ich meine, den nächsten Schritt auf dem Weg zum Jedi zu machen. Und seit ich dir begegnet bin, habe ich in der Hinsicht mehr Fortschritte gemacht als in der gesamten Zeit seit Bens Tod. Mittlerweile wage ich sogar zu hoffen, dass ich die Macht eines Tages wirklich beherrschen könnte – allein wegen deiner Ermutigung ... Verstehst du, du ...« Ich suchte nach einer originellen Art, meine Gefühle auszudrücken, aber ohne Erfolg. Aus Angst, ich würde keinen Pieps mehr hervorbringen und wieder in unbehagliches Schweigen verfallen, wenn ich nicht gleich weitersprach, beendete ich den Satz mit einer simplen Tatsache: »Du tust mir gut.«

Nakari wartete ein paar Augenblicke, um sicherzugehen, dass ich nichts hinzufügen wollte. »Das war eine ziemlich unorthodoxe Weise, jemandem Honig ums Maul zu schmieren«, meinte sie, ihr linker Mundwinkel neckisch nach oben gezogen. »Aber am Ende hast du doch noch die Kurve gekriegt.« Sie beugte sich wieder vor, schob den Teller aus dem Weg und platzierte einen Ellbogen auf dem Tisch, die Wange in ihre heile Hand gebettet. Ihr halbes Lächeln verwandelte sich in ein ganzes. »Das war nicht übel, Luke Skywalker.«

Ich fühlte mich gleichzeitig euphorisch und erschöpft, so, wie man sich fühlt, wenn man dem Tod mit knapper Not entkommen ist. Es war schön, dass sie nicht weiter Öl in die Flammen der Eifersucht gießen wollte, und obwohl ich keine Sekunde daran zweifelte, dass sie Leia noch immer als eine Rivalin ansah, schien sie das Thema zumindest fürs Erste ruhen zu lassen. Und ich hatte nicht vor, mein Glück überzustrapazieren. Nachdem ich gerade erst einen Weg durch dieses Minenfeld gefunden hatte, müsste ich schon ein Narr sein, um gleich wieder hineinzuspringen.

Ich streckte den Arm aus, um ihren Teller zu nehmen, stellte ihn auf meinen eigenen und stand auf, um den Tisch abzuräumen.

»Weißt du was?«, sagte ich, als ich zur Küchenzeile hinüberging. »Falls ich diesen alten Luke irgendwann tatsächlich treffen sollte – den Luke, dem nach der Schlacht von Yavin Orden umgehängt wurden und der sich für was Besonderes hielt, weil er seinen Protonentorpedo in diesem Ventilationsschacht versenkt hatte … Nun, falls ich ihn treffe, könnte ich ihm wegen seiner Gefühle vermutlich keinen Vorwurf machen. Aber ich würde ihm sagen, dass es nicht immer so leicht sein wird. Denn das Imperium ist noch immer da. Ein großer Erfolg für uns ist für sie nur ein kleines Ärgernis. Sie morden und versklaven weiterhin – nun, ich schätze, dich muss ich daran nicht erinnern. Wir verstecken uns am Äußeren Rand wie das Ungeziefer, als das das Imperium uns darstellt, und riskieren unser Leben bei Missionen wie diesen, von denen wir nicht wissen, ob sie überhaupt einen Unterschied machen. Wir haben keine Ahnung, ob *irgendetwas*, das wir tun, einen Unterschied macht.«

»Oh, es macht einen Unterschied, Luke«, entgegnete Nakari. Als ich mich umdrehte, um sie anzublicken, hatte sich eine Furche zwischen ihren Augen gebildet, und sie musterte mich durchdringend. »Wenn der Imperator die Galaxie als seinen persönlichen Garten betrachtet, dann sind wir der Dorn in seinem Auge. Und weißt du, wen er bestraft, wann immer wir einen kleinen Erfolg feiern? Vader.«

»Was? Woher weißt du das?«

»Weil Poodoo nach unten fällt, und Vader ist nicht an der Spitze. Sicher, er gibt diese Bestrafung an diejenigen unter ihm weiter, aber er bekommt es als Erster zu spüren, wenn der Imperator unzufrieden ist. Und die Tatsache, dass wir noch immer hier sind, stimmt ihn bestimmt äußerst unzufrieden.«

»Du hast es wirklich auf Vader abgesehen, oder?«

»Sicher. Ich meine, nicht *nur* auf ihn. Aber ich würde bestimmt nicht Nein sagen, falls man ihn mir vor den Blaster setzen würde. Er hat mir meine Mutter geraubt und deinen Vater verraten. Willst du ihn denn nicht tot sehen?«

»Ich will ihn besiegt sehen.«

»Nun, wenn er tot ist, ist er eindeutig besiegt«, erklärte Nakari.

»Ja. Aber ich würde wissen wollen, wie er zu diesem Ding wurde, das er heute ist. Damit ich nicht denselben Fehler begehe. Ein Toter kann keine Fragen mehr beantworten.«

»Moment mal, du denkst, du könntest zu einem solchen Monster werden? Glaubst du wirklich, dass so viel Böses in dir steckt?«

»Nein, nein, so meinte ich das nicht. Ben sagte, Vader wurde von der dunklen Seite der Macht verführt, fast so, als hätte er keine Wahl gehabt. Ich muss mehr darüber erfahren.«

Nakaris Stimme wurde tiefer, ebenso wie die Furche zwischen ihren Augen. »Er hat meine Mutter in die Gewürzminen geschickt und sie dort zu Grunde gehen lassen, Luke. Dazu hat ihn keine metaphysische dunkle Macht gezwungen. Das war seine Entscheidung, so wie auch alles andere seine Entscheidung war. Er ist für sein Handeln verantwortlich.«

Ich erkannte, dass ich einen Fehler gemacht hatte, und beeilte mich, ihn auszubügeln. »Ja, das ist er, natürlich. Ich sage ja auch nicht, dass ich Ben recht gebe – ich würde nur gerne wissen, was er damit meinte. Die Macht ist voller Mysterien, und Vader könnte mir einige Fragen beantworten.«

»Sicher, aber du könntest seinen Worten nicht trauen. Also, warum solltest du dir überhaupt die Mühe machen, mit ihm zu reden?«

»Ob es mir nun gefällt oder nicht, er ist eine der letzten Personen in der Galaxie, mit der ich über dieses Thema sprechen kann.«

Nakari blinzelte. »Und was soll das bedeuten? Willst du, dass er dich ausbildet?«

»Nein, natürlich nicht. Ich denke nur, dass ich etwas von ihm lernen könnte.«

Sie gab ein Geräusch von sich, das klang, als würde Dampf aus einem Ventil entweichen. »Ich bezweifle, dass Vader dir etwas Nützliches beibringen könnte. Er wird dir nicht helfen, dein Glück zu finden.«

»Nein, vermutlich nicht.«

»Vermutlich weiß er nicht mal, was Glück ist? Weißt du, ich bin sicher, er hat nie ein Stück Kuchen gegessen.«

Der plötzliche Themenwechsel irritierte mich. »Was? Kuchen ist gleichbedeutend mit Glück?«

»Natürlich. Du möchtest ihn befragen, wenn du ihn besiegt hast? Frag ihn, ob er schon mal Kuchen gegessen hat.« Sie verstellte ihre Stimme, aber diesmal ahmte sie nicht ihren Vater nach, sondern mich. »Lord Vader! Haben Sie schon mal Kuchen gekostet? Antworten Sie!« Ihre Stimme klang seltsam und näselnd.

»Ich höre mich nicht wirklich so an, oder?«

»Darum geht es hier nicht! Wir reden über Vaders Vorlieben. Falls er antwortet, ja, er hat schon mal Kuchen gegessen, dann war er früher einmal ein Mensch und erinnert sich noch daran, was es heißt, glücklich zu sein. Dann kannst du ihn weiter befragen, weil es einen gemeinsamen Nenner gibt. Aber falls er noch nie Kuchen hatte, kannst du das Gespräch gleich beenden. Wirf ihn aus der Luftschleuse und erlöse ihn von seinem Elend.«

Wir begannen zu lachen, und obwohl ihre Worte nicht wirklich lustig waren, lachten wir weiter, bis uns der Bauch wehtat und Tränen aus unseren Augenwinkeln quollen. Wenn man über etwas lacht, das einem Angst macht, dann ist es plötzlich nicht mehr furchterregend. Das war vermutlich auch der Grund, warum Vader Nakaris Mutter in die Gewürzminen geschickt hatte. Er wollte gefürchtet werden und konnte es nicht dulden, wenn man sich über ihn lustig machte.

Ich sagte es Nakari nicht, aber ich fand, diese ungezwungenen Augenblicke in dem Hotel auf Kupoh waren besser als jedes Stück Kuchen.

18. Kapitel

Am nächsten Morgen sahen wir nach unseren Gefangenen, und abgesehen davon, dass sie wütend auf uns waren, schien es ihnen gut zu gehen. Der Zimmerservice brachte uns Beeren und eine Auswahl seltsamer Käsesorten, und nachdem Favvin und Birkhit gegessen hatten, ließen wir sie einen nach dem anderen den Erfrischer benutzen, aber natürlich nicht, ohne erst sichergestellt zu haben, dass es dort keine Fluchtmöglichkeit gab – und auch nicht, ohne sie auf dem Weg hinein und hinaus mit gezücktem Blaster zu begleiten. Als wir sie wieder auf dem Bett platziert hatten, sodass sie trotz ihrer Fesseln bequem lagen, überprüften wir Erzwos Ladestand, und Nakari schloss ihren Datenblock an seine Schnittstelle an, damit er den Ereignisbericht der letzten Nacht für uns herunterladen konnte. Favvin hatte einmal versucht, sich aufzurichten und den Droiden anzugreifen, was ihm einen bewusstseinsraubenden Stromschlag eingebracht hatte; danach war er friedlich geblieben. Migg Birkhit hingegen schien die Stunden der Erholung und Holounterhaltung in dem Hotelzimmer genossen zu haben, zumal diese Umgebung deutlich luxuriöser war als seine eigene Wohnung.

»Euer kleiner Urlaub dauert nur noch einen Tag, Freunde«, sagte ich. »Morgen lassen wir euch zurück an eure Arbeit gehen.« Favvin knurrte, aber Birkhit grinste uns hinterher, als wir das Zimmer verließen.

Im Vergleich zu dem Empfang, den Drusil uns auf der anderen Seite des Ganges bereitete, waren diese Reaktionen regelrecht freundschaftlich. Die Givin ließ uns nicht einmal in ihr Zimmer, stattdessen sprudelten uns durch das Komm mathematische Formeln entgegen, unterbrochen nur von den Worten »Gehen Sie«. Also gaben wir auf und teilten ihr mit, dass wir drüben im Hangar wären, falls sie etwas brauchte. Offensichtlich war sie so tief in komplexe Berechnungen vertieft, dass sie nicht einmal eine Pause machen konnte, um mit uns zu sprechen.

Den Rest des Vormittags und den gesamten Nachmittag verbrachten wir auf dem Gelände der Kurier- und Transportgesellschaft Nessin, wo wir Ruuf Waluuk, dem Duros, und dem Wookiee dabei halfen, das beschädigte Triebwerk der *Wüstenjuwel* abzumontieren. Als der Wookiee Ruuf etwas zuknurrte, schüttelte der Kupohaner den Kopf und sagte: »Ich weiß nicht, wo Migg steckt. Vielleicht ist er krank, vielleicht vergnügt er sich mit einer seiner Freundinnen. Zum Glück sind diese Leute bereit, mit Hand anzulegen; ich glaube nicht, dass wir das zu zweit schaffen würden.«

Die Tatsache, dass auch Nessin nirgends zu sehen war, beunruhigte mich ein wenig. Hinzu kam, dass wir von der Allianz noch keine positiven Nachrichten bezüglich Drusils Familie erhalten hatten. Diesen Sorgen stand gegenüber, dass wir nun zumindest das alte Triebwerk ausgebaut hatten und alles für die Montage des neuen bereit war, als es am Ende des Arbeitstages eintraf.

Kurz darauf gesellte sich schließlich auch Drusil zu uns, das Gesicht unter einer Kapuze verborgen, ihre Arme beladen mit Essensschachteln. Sie ging in den Speiseraum, breitete ihre Last auf dem Tisch aus und lud uns ein, zum Essen zu kommen. Auf ihr Drängen hin nahmen auch Nessins Mechaniker jeweils eine der Schachteln, aber zu uns setzen wollten sie sich dann doch nicht.

»Nessin hat strenge Regeln, was den privaten Kontakt mit Kunden angeht«, erklärte Ruuf. »Wir würden wirklich gerne bleiben, aber es geht einfach nicht. Trotzdem danke für das Essen«, fügte er hinzu. »Wenn nur alle unsere Kunden so aufmerksam wären.«

Der Wookiee brummte zustimmend und unterstrich den Laut mit einem dankbaren Nicken. Bevor die beiden sich für die Nacht verabschiedeten, versicherten sie uns noch, dass sie gleich morgen früh damit beginnen würden, das neue Triebwerk einzubauen.

»He, Nakari, machen wir Schluss für heute«, rief ich, und ihr lockiger Kopf tauchte aus dem Maschinenraum der *Juwel* auf, um mir zu antworten.

»Da sind noch ein paar Sachen, die ich erledigen möchte. Fangt schon mal ohne mich an; ich komme in ein paar Minuten nach.« Sprach's und verschwand wieder.

Ich drehte mich zu Drusil um. »Also, ich bin hungrig genug, um ohne sie anzufangen, und da sie uns ihren Segen gegeben hat ... Lassen Sie mich mal sehen, was Sie gekauft haben.«

»Ja, bitte, greifen Sie zu«, sagte die Givin. In den Schachteln befand sich eine reiche Auswahl an Fleisch, Gemüse und Nudeln, die mit mehreren Saucen kombiniert werden konnten.

»Ah, Sie haben nicht nur Pahzik-Fleisch besorgt, sondern auch Nerf-Happen! Nakari wird Ihnen ewig dankbar sein«, begann ich, dann fügte ich mit gesenkter Stimme hinzu. »Wie geht es unseren Gästen?«

»Unverändert gut, aber dieser Gotal ist eine schrecklich mürrische Kreatur.«

Mit einer sauberen Gabel aus der Besteckschublade begann ich, Nudeln und Nerf-Happen zu verteilen. »Sie scheinen bei besserer Stimmung zu sein als heute Morgen. Konnten Sie das Problem lösen, das Sie beschäftigt hat?«

»Die Quelle meiner Sorgen ist und bleibt, dass ich von meiner Familie getrennt bin und mir Sorgen um sie mache. Als Sie mich heute Morgen unterbrachen, war ich gerade mit Wahrscheinlichkeitstabellen beschäftigt, um die Möglichkeit weiterer Zusammenstöße mit dem Imperium vor unserer Abreise zu berechnen. Das Ergebnis hat mich nicht gerade dazu beigetragen, mich zuversichtlich zu stimmen. Dessen ungeachtet habe ich bislang aber nur eine Meldung von Barrisk Favvins Vorgesetzten erhalten, in der sie um eine Statusmeldung bitten. Noch scheinen sie also keinen Verdacht geschöpft zu haben. Und nachdem ich mich eine Weile mit experimenteller Geometrie auseinandergesetzt habe, habe ich wieder mein inneres Gleichgewicht gefunden.«

»Wie funktioniert das?«, fragte ich. »Ich meine, nicht die Geometrie selbst, sondern dass Sie dadurch ihre Balance wiederfinden?«

»Haben Sie schon einmal meditiert, Luke Skywalker?«

»Ja«, antwortete ich, und meine Gedanken kehrten zu unserem Flug nach Nanth'ri zurück, genauer gesagt, zu meiner Übung im Cockpit.

»Würden Sie sagen, dass das einen ausgleichenden Effekt auf Sie hat, Ihren Fokus schärft, Sie große und kleine Probleme aus einem neuen Blickwinkel sehen lässt?«

»Bis zu einem gewissen Grad, ja. Ich kann leider nicht behaupten, dass ich wirklich gut darin bin.«

»Nun, ich nehme an, dass Sie sich dabei trotzdem auf etwas konzentrieren, um Ihre routinemäßigen Denkmuster zu durchbrechen. Ich benutze dafür experimentelle Geometrie. Was ist es bei Ihnen?«

»Visuelle Eindrücke helfen«, erwiderte ich, »aber meistens konzentriere ich mich auf meine Atmung.«

»Ausgezeichnet. Viele Wesen bedienen sich dieser Methode. Aber ganz gleich, wie wir in diesen alternativen Bewusstseinszustand finden – sobald er erreicht ist, erlaubt er uns, unseren Blickwinkel zu ändern und vermeintlich unüberwindliche Herausforderungen auf eine Weise zu betrachten, die sie lösbar erscheinen lässt.«

Auf diese Weise hatte ich nie darüber nachgedacht – ich versuchte immer nur, eine stärkere Verbindung mit der Macht einzugehen –, aber was sie sagte, ergab Sinn.

»Ich bin nicht sicher, wie ich Ihren gegenwärtigen Gesichtsausdruck einordnen soll. Habe ich Sie wütend gemacht?«, fragte die Givin.

»Nein, nur nachdenklich.« Ich suchte nach Worten, um meine Wertschätzung zum Ausdruck zu bringen. »Was Sie gerade gesagt haben, hat mir ganz ohne Meditation einen neuen Blickwinkel eröffnet.«

»Wirklich? Falls es Ihnen nicht um eine frische Perspektive ging, warum haben Sie dann meditiert?«

Ich überlegte, ob ich ihr die Wahrheit erzählen sollte. Drusil war entweder meine Verbündete oder meine Feindin. Falls Ersteres zutraf, hatte ich nichts zu befürchten; und falls sie für die Gegenseite arbeitete ... nun, dann würde es auch keinen Unterschied machen, wenn ich ihr davon erzählte, schließlich hatte sie bereits gesehen, wie ich mein Lichtschwert einsetzte und uns durch lebensbedrohliche Situationen navigierte. Meine Talente waren nicht gerade ein Geheimnis. »Ich habe meine Sinne nach der Macht ausgestreckt.«

»Ah, die Macht! Die Wunderquelle der Jedi. Für mich ein überaus mysteriöses Konzept.«

»Mir kommt Ihre Mathematik auch ziemlich mysteriös vor.«

Die Givin beugte sich vor und wisperte: »Ist es nicht erstaunlich, dass wir trotz dieses gegenseitigen Unverständnisses eine gemeinsame Gesprächsgrundlage gefunden haben?«

Ich lachte, und Drusils Mund klappte zu diesem weiten Lächeln auf, begleitet von heiseren, ächzenden Geräuschen, die möglicherweise ein Kichern darstellten. Doch obwohl sie scherzhaft gemeint waren, zeigten mir ihre Worte, wie ich einem Fremden erscheinen musste: So, wie ich und andere ihre Fähigkeiten schnell und achtlos als »Mathematik-Unsinn« abtaten, wurden auch die Fähigkeiten der Jedi nur allzu leicht herabgewürdigt. Ich fragte mich, ob ich meinen kleinen Triumph von Denon auch ohne Nakaris Gegenwart wiederholen könnte.

»Würde es Sie stören, wenn ich etwas probiere?«, fragte ich.

»Was möchten Sie denn probieren?«

Ich schob meine Gabel unter eine einzelne Nudel und ließ sie auf den Tisch fallen. »Ich möchte diese Nudel mithilfe der Macht bewegen.«

»Das fände ich sogar äußerst unterhaltsam. Das heißt, sofern Sie nicht vorhaben, sie in meinen Mund zu bewegen. Ich hege große Zweifel am hygienischen Zustand dieses Tisches.«

»Keine Sorge. Ich brauche nur einen Zeugen, falls ich erfolgreich bin.«

Ich konzentrierte mich auf die Nudel und versuchte die Macht zu rufen, aber sie antwortete nicht. Auf der Suche nach dem Grund erkannte ich, dass ich nicht so entspannt war wie bei Nakari auf Denon. Damals hatte ich keinerlei Druck empfunden; jetzt hingegen schon, was natürlich lächerlich war, da ich die Demonstration ja selbst vorgeschlagen hatte. Vielleicht lag es an dem fahlen, unlesbaren Gesicht von Drusil, das mir das Gefühl gab, sie hätte bereits bis auf die fünfzehnte Kommastelle ausgerechnet, was für ein Aufschneider ich war.

Mir wurde klar, dass es diese kleinlichen Bedenken waren, die mich von der Macht abschnitten – ein Schott aus Verunsicherung und Stress, das ihren Fluss unterbrach. Die Augen weiterhin auf die Nudel gerichtet, tat ich so, als wäre es nicht Drusil, die mir gegenübersaß, sondern Nakari. Ihre Zuversicht und ihr Vertrauen in mich ersetzten die Skepsis der Givin, ihr Lächeln und ihre dunklen Augen nahmen den Platz von Drusils Totenkopfmiene ein, und als ich nun erneut nach der Macht hinausgriff, stieß ich nicht länger auf eine Mauer, sondern wurde warm willkommen geheißen. Ich öffnete mich der Macht, spürte, wie ein kleiner Teil ihrer Stärke durch mich hindurchströmte, dann konzentrierte ich mich ganz darauf, die Nudel zu bewegen. Und tatsächlich, sie schlängelte sich in einem feuchten, ungleichmäßigen Muster über den Tisch, bis ich sie in der Nähe von Drusils Schale verharren ließ.

»Bemerkenswert«, murmelte die Givin, einen Finger auf die Nudel gerichtet. »Für Sie mag das vielleicht ganz trivial gewesen sein, aber die meisten Wesen in der Galaxie wären nicht dazu in der Lage. Ist Ihnen bewusst, wie klein die Gruppe ist, zu der Sie gehören, Luke Skywalker? Statistisch gesehen ist sie praktisch nicht existent.« Sie lehnte sich zurück, verschränkte die Arme und legte den Kopf schräg. »Die Macht wurde nie mathematisch beschrieben«, sagte sie. »Es gibt Geschichten – obwohl Legenden wohl der bessere Ausdruck wäre – über ein paar Givin, die einst zu Jedi wurden, aber sie weigerten sich, ihr Wissen mit dem Rest unserer Spezies zu teilen. Sie taten ihr Bestes, damit die Macht ein Rätsel blieb, und dabei waren sie äußerst erfolgreich. Darum kann ich nicht beurteilen, was Sie da gerade getan haben. Sicher weiß ich nur, was Sie *nicht* getan haben.«

»Was?«

»Sie haben die Nudel nicht mit Ihrem Geist bewegt. Das wäre physisch nicht möglich. Die passendere Beschreibung wäre also, dass Sie etwas anderes bewegt haben, und das hat dann seinerseits die Nudel bewegt.«

»Oh!« Drusil hatte ein Talent dafür, meine Sicht der Dinge mit einem Satz zu ändern. Bevor sie es ausgesprochen hatte, wäre mir der Gedanke nie gekommen, aber ihre Feststellung ließ mich erkennen, dass ich die Macht bewegt hatte, nicht die Nudel.

»Haben Sie es schon mal mit etwas Größerem versucht?«

»Noch nicht.«

»Wie wäre es dann mit einem Experiment? Versuchen Sie, die Gabel zu Ihrer Schale zu bewegen.«

»Ich weiß nicht. Die ist deutlich schwerer als eine Nudel.«

»Was ist schwerer? Die Macht? Oder die Gabel?«

»Nun, die …« Einmal mehr verblüfften mich ihre Worte. Ich hatte die Sache aus dem falschen Blickwinkel betrachtet – was nur weiter verdeutlichte, dass ich Hilfe brauchte. »Ich meinte die Gabel, aber ich schätze, dass das keine Rolle spielt. Sie haben mir gezeigt, dass ich mental festgefahren bin. Es wird einige Zeit dauern, bevor ich meine alten Vorstellungen abgeschüttelt habe. Aber ja, falls ich die Gabel bewege, manipuliere ich die Macht, nicht das Metall. Ich will es mal versuchen.«

Meine Finger streckten sich unterbewusst nach der Gabel

aus, aber als ich das bewusst zur Kenntnis nahm, hielt ich inne. Warum hatte ich das getan? Meine Finger konnten die Macht nicht bewegen; das war Aufgabe meines Geistes. Womöglich spiegelt diese ungewollte Geste meinen mentalen Fokus wider; meine Aufmerksamkeit hatte sich auf die Gabel gerichtet, und meine Hand war meinem Willen automatisch gefolgt, einfach weil sie daran gewöhnt war. Vielleicht war das auch alles, was hinter Obi-Wans Geste in Mos Eisley steckte, damals, als er die Sturmtruppen beeinflusst hatte. Die Handbewegung war nicht Bestandteil der Machtmanipulation gewesen, sondern lediglich eine Reflexion seines geistigen Fokus'. Bei diesem Gedanken erinnerte ich mich an meinen erfolglosen Versuch, den Rodianer am Chekkoo-Raumhafen zu beeinflussen, und einmal mehr kam ich mir töricht vor. Wie ein Vollidiot hatte ich mit der Hand vor seinem Gesicht herumgefuchtelt.

Doch selbst diese winzige Erkenntnis musste ich in Frage stellen. Falls ich je das Glück haben sollte, von einem echten Jedi ausgebildet zu werden, dann würde er mir womöglich erklären, dass die Handbewegungen unabdingbar waren und einem Zweck dienten, den ich mir im Moment nicht einmal vorstellen konnte. Jeder Fortschritt, den ich zu machen glaubte, war kaum mehr als ein blindes Umhertasten in der Dunkelheit. Nur zu leicht könnte es mich auf den falschen Weg führen.

Ich sammelte meine Gedanken, atmete ein paarmal tief durch und streckte der Macht meine Sinne entgegen, auf dass sie die Gabel aus der Schale hob. Doch die Gabel glitt nicht nach oben, drehte sich nur träge in der Brühe, wie ein Jugendlicher, der sich demonstrativ im Bett herumrollt und weiterschläft, wenn man ihm sagt, er solle aufstehen.

»Ich möchte Ihnen nicht sagen, was Sie zu tun haben, aber vielleicht sollten Sie die Augen schließen?«, schlug Drusil vor.

»Die Macht ist eine unsichtbare Kraft, insofern erscheint es plausibel, dass visuelle Impulse die Verbindung stören. Sie beanspruchen einen Teil Ihres Geistes, der sich auf etwas anderes konzentrieren sollte.«

Natürlich hatte sie recht. Es war nicht so, als würde ich gerade einen X-Flügler steuern oder als würden Erzwos übersetzte Statusmeldungen vor mir über einen Bildschirm scrollen; ich musste nichts sehen. Und meine jüngsten Erfahrungen hatten gezeigt, dass ich die Macht wirklich deutlicher spürte, wenn es möglichst wenige visuelle Ablenkungen gab. »Gut, dann versuche ich es so noch einmal.«

Ich schloss die Augen, mein Bewusstsein breitete sich aus, und die Macht wurde mit einem Mal zu einer stärkeren Präsenz, als würde sie mir nun ihre ganze Aufmerksamkeit schenken. Vermutlich war es eher anders herum – meine ganze Aufmerksamkeit galt jetzt der Macht. Sie wuchs in mir heran, und ich brachte sie dazu, die Gabel aus der Schale zu heben. Kein Wackeln, kein Drehen, kein Umkippen; nein, sie schwebte langsam und gleichmäßig empor, beladen mit Nudeln; es platschte laut, als die Brühe herabtropfte und sich der Geruch nach Knoblauch und Erdnüssen verbreitete. Ich rechnete es Drusil hoch an, dass sie keinerlei Geräusch von sich gab, um mich nicht abzulenken, und ich wollte schon grinsen und meinen Triumph genießen, als ganz in der Nähe eine Stimme erklang, die eindeutig nicht der Givin gehörte.

»So ist es richtig, Pilot, füttere deine Kameraden mit magischen Nudeln!«

Erschrocken öffnete ich die Augen. Meine Konzentration war unterbrochen, und die Gabel fiel mit einem lauten Klirren zurück in die Schale, woraufhin sich gut und gerne die Hälfte der Brühe auf meiner Kleidung verteilte.

»Oh, nicht schon wieder«, stöhnte ich, während ich auf die Sauerei hinabblickte.

»Das nenne ich mal eine nützliche Fähigkeit, Luke!«, sagte Nakari, anschließend zog sie sich auf Drusils Seite einen Stuhl an den Tisch heran und nahm Platz. Ihre Augen leuchteten hinter einer Strähne dunkler Locken hervor. »Ich setze mich vorsichtshalber hier drüben hin, in Ordnung? Übrigens, Glückwunsch zu den neuen Flecken. Du siehst aus, als würdest du richtig gut riechen.«

Ihr Lächeln war ansteckend, trotzdem versuchte ich, ihre Neckerei zu beenden, indem ich fragte: »Bist du jetzt fertig?«

»Noch lange nicht. Weißt du, du solltest deine Tuniken in einer dieser angesagten Galerien im Kern ausstellen. Was denken Sie, Drusil? Hat er eine Chance, es als Künstler zu schaffen, falls nichts aus der Pilotenkarriere wird?«

Die Givin blickte verstört drein, während sie nach einer Antwort suchte. Vermutlich glaubte sie, Nakari erwartete ernsthaft eine Wahrscheinlichkeitsrechnung, obwohl sie doch ganz eindeutig nur die Gelegenheit nutzte, mich zu necken. »Kunstgeschmack lässt sich nicht kalkulieren«, murmelte sie schließlich.

Meine Verlegenheit war mir wohl deutlich anzusehen, denn Nakari sagte: »Keine Sorge, Luke. Ein wenig verschüttete Brühe ist vergleichsweise harmlos. Vergiss nicht, ich habe dich schon von Kopf bis Fuß mit Poodoo beschmiert gesehen, und ich mag dich trotzdem noch.«

19. Kapitel

Am nächsten Morgen vergeudeten Nakari und ich keine Zeit. Nachdem wir kurz nach unseren Gefangenen gesehen hatten, kehrten wir bei Tagesanbruch in den Hangar zurück, um das neue Triebwerk schnellstmöglich einzubauen. Die Arbeit erwies sich jedoch als zeitaufwändiger, als wir gehofft hatten; das Triebwerk war ein übergroßes Modell der Kuat-Triebwerkswerften, bei dem das Hauptaugenmerk auf Schubkraft lag und nicht auf einem schlanken Gehäuse. Deshalb mussten wir einige ziemlich hässliche Modifikationen an den klaren Linien der *Juwel* vornehmen, um es zu montieren. Ein Teil der Außenhaut musste entfernt und durch flachere, graue Platten ersetzt werden, was es deutlich schwerer machen würde, innerhalb einer Atmosphäre zu fliegen – ganz besonders in der Atmosphäre von Kupoh. Nakari war auch alles andere als glücklich, aber sie sprach mit der *Juwel*, während sie arbeitete, erklärte dem Schiff, dass die Änderungen nur vorübergehend wären, und versprach, ihr später wieder zu ihrer alten Schönheit zu verhelfen.

Als Drusil gegen Vormittag mit einer großen Tragetasche den Hangar betrat, ihren Datenblock wie eine Waffe in der Hand, rechnete ich automatisch mit schlechten Neuigkeiten, obwohl ich mir nicht vorstellen konnte, dass sie anders aussehen würde, falls sie gute Nachrichten hätte. Nakari und ich machten eine Pause und gesellten uns zu ihr an einen Metalltisch im Speiseraum für die Angestellten.

»Drusil …«

Sie hob die Hand, um mich zu unterbrechen, und schüttelte einmal den Kopf, anschließend deutete sie auf ihre Tasche und bedeutete uns, näher zu kommen. Nachdem wir uns neben sie gestellt hatten, zog sie mehrere dicke Helme hervor, die abgesehen von der Elektronik an der Innenseite wie Goldfischgläser aussahen. »Setzen Sie die auf«, forderte die Givin, »und versiegeln Sie sie, bevor Sie sprechen.«

Es war eine merkwürdige Bitte, außerdem konnte ich kein Sauerstoffsystem erkennen, trotzdem tat ich ihr den Gefallen und nahm einen Helm; in ein paar Minuten würde ich ihn sicher wieder abnehmen können. Als wir alle die Glaskugeln über unsere Köpfe gestülpt und sie am Kragen versiegelt hatten, schallte Drusils blecherne Stimme aus dem eingebauten Komm.

»Man hat mir versichert, dass diese Helme schalldicht sind. Wir müssen reden, und wir können es nicht riskieren, dabei von Herrn Waluuk dort drüben oder sonst irgendjemandem belauscht zu werden.«

»Wo haben Sie die her?«, wollte Nakari wissen.

»Das ist unwichtig«, wiegelte Drusil in barschem Tonfall ab. »Ich habe die imperialen Frequenzen überwacht, während ich unsere Gäste im Auge behalten habe, und wie es aussieht, stehen wir vor einem Dilemma.«

»Was für ein Dilemma?«, fragte ich.

»Das Imperium hat den von Kupoh abgehenden Raumverkehr vollständig blockiert. Sie scheinen sicher zu sein, dass wir hier sind.«

Nessin hatte uns gegenüber nichts dergleichen erwähnt. »Wieso sind Sie da so sicher?«

»Sie könnten selbst darauf gekommen sein, oder sie könnten die Information von einer weiteren Quelle wie Migg Birkhit habe. Ich hatte keine Gelegenheit, die Wahrscheinlichkeiten zu berechnen und miteinander zu vergleichen. Wieso, ist das wichtig?«

Vermutlich nicht, also schüttelte ich den Kopf. Im Moment war die einzig wichtige Frage, wie wir entkommen konnten.

»Die Nachrichten, die ich abgefangen habe, deuten darauf hin, dass sie alle Schiffe kontrollieren, die das System verlassen wollen, und dass sie dabei nur Mannschaften und Passagiere überprüfen, nicht die Fracht.«

»Nicht gut. Ich schätze, wir könnten versuchen, uns in Frachtkisten zu verstecken«, überlegte ich.

»Das würde nicht funktionieren. Sie benutzen Lebensformenscanner.«

»Ich kann nicht glauben, dass die Kupohaner sich das einfach so gefallen lassen«, sagte Nakari.

»Sie beschweren sich natürlich, und sie verlangen, dass die imperialen Schiffe sofort abziehen, aber fürs Erste hält das Imperium sie hin. Sie haben erklärt, dass sie sich nicht in kupohanische Angelegenheiten einmischen wollen, sondern nur nach Verbrechern suchen, und es scheint, als wäre dem wirklich so. Sie halten niemanden auf, inspizieren die Schiffe nur und deaktivieren dann die Gravitationsprojektoren ihrer Abfangkreuzer, damit die Schiffe weiterfliegen können. Der Verkehr in Richtung Kupoh wird in keiner Weise behindert. Da ihre Aktion also nichts weiter als eine Unannehmlichkeit darstellt und nur die vom Planeten fortführenden Schifffahrtsrouten betrifft – und da das alles ja nur der Suche nach ›Kriminellen‹ dient –, haben die Kupohaner keinen Grund für laute Proteste. Vor allem, da jeder Ansatz von Widerstand eine noch viel größere Flotte herbeirufen würde.«

»Gut, danke«, brummte ich, hauptsächlich, weil ich nicht wusste, was ich sonst sagen sollte. Ich musste nachdenken.

»Ich bin noch nicht fertig«, entgegnete Drusil. »Ich habe einen Vorschlag bezüglich unseres weiteren Vorgehens.«

»Oh. Tut mir leid. Dann nur zu.«

»Falls wir unser Ziel erreichen wollen, sollten wir zwei Maßnahmen ergreifen, um unsere Chancen zu verbessern: Erstens: Wir lassen die *Wüstenjuwel* hier und finden ein anderes Schiff, um den Planeten zu verlassen. Zu viele Leute haben die *Juwel* inzwischen gesehen, und wir würden Aufmerksamkeit erregen, sobald wir mit ihr den Hangar verlassen. Nun, da sie repariert ist, können wir sie gegen ein anderes Schiff eintauschen. Zweitens: Wir berechnen eine völlig neue Hyperraumroute zwischen Kupoh und Emereth – eine Route, die das Imperium nicht blockieren kann.«

»Ist das überhaupt möglich?«, fragte Nakari. Es überraschte mich, dass sie dem Vorschlag, ihr Schiff zurückzulassen, nicht sofort eine Abfuhr erteilte.

»Ja, ich habe so etwas früher schon gemacht«, erklärte ich. »Sogar mit der *Juwel*, wenn ich darüber nachdenke. Es war nur ein kurzer Sprung, um bei der Rückkehr zur Rebellenflotte Verfolger abzuschütteln. Erzwo ist ein Genie, was das angeht. Wie lang soll dieser Sprung denn sein, Drusil?«

»Ich wäre für mehrere kurze Sprünge, bis wir sicher sein können, dass der Sperrgürtel des Imperiums weit hinter uns liegt. Dann können wir auf einer sicheren, etablierten Route nach Omereth weiterreisen.«

Ein paar Tage zuvor hätte ich überlegt, welche Hintergedanken die Givin wohl mit diesem Vorschlag verfolgte, aber obwohl sie mehrfach Gelegenheit gehabt hatte, uns in den Rücken zu fallen – vor allem hier auf Kupoh –, hatte sie nichts dergleichen getan. Mehr noch, wir verdankten es allein ihr, dass unsere Gegenwart hier geheim geblieben war. Ich war bereit zu akzeptieren, dass sie nichts weiter wollte, als auf Omereth mit ihrer Familie wiedervereint zu werden. Davon abgesehen *spürte* ich ganz einfach, dass sie die Wahrheit sagte, auch wenn ich nicht wusste, ob ich dieses Gefühl der Macht zuschreiben sollte oder nicht.

»Was ist mit den Abfangkreuzern?«, drängte Nakari. »Werden ihre Gravitationsprojektoren uns nicht im Normalraum halten?«

»Sie würden uns davon abhalten, eine der etablierten Hyperraumrouten aus dem System zu nehmen«, antwortete die Givin. »Aber das haben wir ja nicht vor. Wir verlassen das System in eine andere Richtung, sodass die simulierte Masse des Kreuzers unseren Hyperantrieb nicht behindern kann. Falls ich es Ihnen zeigen dürfte?«

»Ja, bitte«, sagte ich mit einem unsicheren Blick auf die Oberfläche des Esstisches. Er war mit braunen Kaffringen und einer erlesenen Kollektion von Krümeln verziert, die man nicht weiter beachtete, wenn man nur dasaß und der Sammlung seine eigenen Krümel hinzufügte. Doch wenn man etwas Wertvolles darauf platzieren wollte, wirkte er mit einem Mal ziemlich gruselig. Drusil scherte sich jedoch nicht darum; sie trat an den Tisch und legte ihren Datenblock darauf, sodass wir ihn alle sehen konnten, ohne über ihre Schulter spähen zu müssen. Der Bildschirm zeigte eine Karte des Systems, die mit leuchtenden gelben Punkten versehen war, umgeben von blauen Kreisen, die an Umlaufbahnen erinnerten.

»Die Immobilisatoren des Imperiums blockieren die Abflugrouten hier, hier und hier.« Sie deutete mit einem fahlen Finger auf die drei gelben Punkte. »Die Masseschatten ihrer Gravitationsprojektoren habe ich anhand dieser blauen Linien dargestellt. Um zu entkommen, müssen wir also einen Kurs zwischen diesen Masseschatten hindurch berechnen. Und natürlich müssen wir erst eine ausreichend große Distanz zum Planeten erreichen, bevor wir den Hyperantrieb aktivieren können. Wie Sie sehen, bieten sich mehrere Möglichkeiten an – aber die weiseste Entscheidung wäre es wohl, den galaktischen Osten anzusteuern, nicht wahr?«

»Ja«, nickte ich, »aber in dieser Richtung gibt es nur wenige kartografierte Systeme.«

»Und genau deshalb werden die Imperialen nicht damit rechnen, dass jemand dorthin flieht.«

»Das stimmt. Niemand würde das in Erwägung ziehen. Und ich auch nicht. Verstehen Sie mich nicht falsch, ich bin für eine überraschende Flucht, aber was wollen Sie als Anhaltspunkte für die Navigation benutzen? Doch sicher nicht Gamorr, oder? Denn zwischen uns und diesem System liegt ein ganzer Raumsektor, der so gut wie unerforscht ist. Falls wir einfach diese Richtung wählen und auf gut Glück losfliegen, könnten wir mitten in einem braunen Zwerg oder einem Planeten oder irgendetwas anderem Unangenehmen in den Normalraum zurückkehren.«

»Ah. Einen Moment, bitte.« Drusil schloss die Karte und rief eine andere auf, die in einem viel größeren Maßstab mehrere Sektoren zeigte. Außerdem war sie über und über mit mathematischen Symbolen bedeckt. »Wir werden diesen Stern hier benutzen.« Sie tippte auf eine Gleichung links unter der Mitte, aber ich konnte dort beim besten Willen keinen Stern erkennen; für mich unterschieden sich diese Markierungen in nichts von all dem anderen Gekritzel auf der Karte. Ich hatte keine Ahnung, was sie meinte.

»Tut mir leid, welcher Stern? Sie haben auf eine Gleichung gedeutet.«

»Die Gleichung ist der Stern.«

»Ich ... was?«

»Nur, weil ein Bereich nicht erforscht ist, heißt das nicht, dass sich dort nichts beobachten lässt. Wenn man die Bewegungen der anderen Sterne ringsum analysiert, kann man ermitteln, wo sich dort Sonnen befinden. Bislang hat niemand sie gesehen, außer eben durch die Linse der Mathematik, aber diese Linse ist oft besser und schärfer als schlichtes Glas.«

Nakari und ich wechselten einen Blick aus großen Augen, eine stumme Frage, ob der andere das gerade eben auch gehört hatte. »Aber bei einer Glaslinse kann ich die Hand ausstrecken und mich vergewissern, dass sie auch da ist«, sagte ich.

»Ihre Sinne können getäuscht werden. Mathematik und Physik lügen nie.«

»Nein, das soll nicht heißen, dass Ihre Berechnungen falsch sind. Ich frage mich nur, wie Sie so sicher sein können, dass Sie wirklich alles berücksichtigt haben. Was, wenn Sie versehentlich eine Variable übersehen haben. Ihre Sinne können schließlich auch getäuscht werden, oder?«

»Natürlich kann ich nicht zu einhundert Prozent sicher sein, aber ich bin zuversichtlich, dass ich die Position der Sterne in diesem Raumbereich ausgehend von den uns bekannten Sternen korrekt extrapoliert habe.«

»Nun, das Gute ist, dass das Imperium dort sicher nicht nach uns suchen wird«, warf Nakari ein. »Aber falls Sie sich irren, werden wir aller Wahrscheinlichkeit nach sterben, und das ist ein dicker Minuspunkt.«

»Das Risiko ist wirklich ziemlich groß, Drusil«, fügte ich hinzu.

»Es ist weit weniger riskant, als noch länger hierzubleiben. Wie lange, denken Sie, werden wir hier noch unbemerkt bleiben, bis uns jemand dem Imperium meldet? Wie lange wollen wir Migg Birkhit und Barrisk Favvin noch gefangen halten? Die Variablen sind zu zahlreich, als dass man sie alle erfassen könnte, aber die Imperialen werden die Kupohaner unter enormen Druck setzen, bis wir gefunden und ausgeliefert sind.« Ihre Augen huschten zur *Juwel* hinüber, wo Ruuf Waluuk und der Wookiee die Arbeiten am Triebwerk ohne uns weiterführten. Obwohl wir angeblich schalldichte Helme trugen, senkte sie die Stimme, bevor sie weitersprach. »Selbst falls Azzur uns nicht verrät – einer seiner Leute wird es tun. Sie haben bereits gesehen, wie unzuverlässig diese Personen sind. Die Astronavigation hingegen beruht auf quantifizierbaren und verifizierbaren Daten. Falls Sie wünschen, kann ich die Berechnungen für Sie wiederholen.«

»Nein, schon gut. Ich glaube Ihnen«, erwiderte ich. »Für mich sieht es einfach nur so aus, als würden wir blind springen.«

»Dann schlagen Sie bitte eine andere Möglichkeit vor, von diesem Planeten zu flüchten und Omereth zu erreichen, bevor meine Familie die Hoffnung verliert und davonfliegt.«

»Geben Sie mir ein wenig Zeit, um darüber nachzudenken.«

»Wie viel Zeit?«

»Bis die Reparaturen an der *Wüstenjuwel* beendet sind. Ich weiß, das ist keine genaue Angabe, aber immerhin ist es eine Frist.«

»Ich dachte, wir nehmen ein anderes Schiff.«

»Kein anderes Schiff kann die *Juwel* ersetzen. Im Augenblick mag sie wie Flickwerk aussehen, aber wir werden kein zweites Schiff wie sie finden, und wir brauchen jeden Vorteil, den wir kriegen können.« Nakari reckte den Daumen hoch, um ihre Zustimmung anzuzeigen.

»Welche Vorteile brauchen wir denn?«, entgegnete Drusil. »Sobald wir die imperialen Truppen hinter uns gelassen haben und das Omereth-System erreichen, sollte es keine weiteren Schwierigkeiten geben. Unsere Verfolger müssen einen gewaltigen Bereich abdecken; sie können nicht überall sein.«

Das klang gar nicht nach Drusil. Ich hatte damit gerechnet, dass sie statistische Wahrscheinlichkeiten herunterrattern und präzise erklären würde, an welchem Fleck in der Galaxie die imperiale Flotte zu jedem beliebigen Zeitpunkt sein würde. Ich glaube, der verzweifelte Wunsch, Kupoh zu verlassen und mit ihrer Familie wiedervereint zu werden, hatte ihre sonst so klaren Gedanken getrübt. »So wertvoll, wie Sie sind, könnte es sein, dass die Imperialen Ihre Familie überwacht haben«, sagte ich. Wir hatten von der Allianz noch keine Informationen über diesen Teil der Mission erhalten. »Es gibt keine Garantie, dass Major Derlin sie nach Omereth bringen konnte, und selbst falls es ihm gelungen ist – was, wenn sie verfolgt wurden? Dann könnten jetzt Kopfgeldjäger rund um den Planeten auf der Lauer liegen und auf Ihr Erscheinen warten, jeder mit seinem eigenen, modifizierten Schiff. Sogar das Imperium könnte dort sein. In einer solchen Situation möchte ich nicht in einem flügellahmen Frachter sitzen.«

»Können Sie nicht die Allianz kontaktieren, damit sie Unterstützung nach Omereth schickt?«

»Ich habe es bereits versucht«, gestand ich. »Erst über den toten Briefkasten, und dann habe ich Azzur gebeten, den Rebellen eine Bitte um Hilfe zukommen zu lassen. Aber da das

Imperium ein solches Großaufgebot hierher geschickt hat, müssen sie vermutlich die Füße stillhalten.«

Der Tonfall der Givin wurde mürrisch. »Unter den gegebenen Umständen würde das eine Verzögerung von unbestimmter Dauer bedeuten, ohne Aussicht auf Unterstützung.«

»Ich fürchte, das ist korrekt.«

Mit knappen Bewegungen löschte Drusil die Karte auf ihrem Datenblock, aber sie bemühte sich um einen versöhnlichen Tonfall. »Sofern es keine unvorhergesehenen Komplikationen gibt, werden wir uns also an Bord der *Juwel* einen neuen Pfad durch die Stille bahnen.«

»Ja«, sagte ich. Bislang waren die Arbeiten viel schneller vorangeschritten, als wir uns erhofft hatten, und ich vermutete, dass die *Wüstenjuwel* technisch gesehen bis zum Abend flugbereit wäre. Eine Reise wie die unsere wollte ich aber erst nach einer Nacht erholsamen Schlafs antreten, denn auch ohne einen übermüdeten Piloten mussten wir uns schon mit genug Gefahren herumschlagen. »Wir werden einen neuen Transponder einbauen, der uns als eines von Nessins Kurierschiffen ausweist. Morgen sollten wir zum Aufbruch bereit sein.« Ich wollte die Worte mit einem Nicken unterstreichen, stieß dabei aber mit der Nase gegen die Innenseite des Helms. Nach dem Tritt ins Gesicht, den Favvin mir verpasst hatte, tat selbst diese leichte Berührung höllisch weh. Nun, zumindest Nakari schien meine schmerzerfüllte Reaktion herrlich amüsant zu finden.

20. Kapitel

Drusil zitterte beinahe vor Ungeduld, als sie uns am nächsten Morgen beim Frühstück beobachtete. Wir fühlten uns nach wie vor unwohl bei dem Gedanken, im Büfettbereich des Hotels zu essen, wo jeder uns sehen konnte, aber wir hatten auch die Nase voll von unseren Zimmern, also hatten wir alles in die relative Abgeschiedenheit von Nessins Hangar mitgenommen und taten uns im Speiseraum der Angestellten gütlich daran, wenngleich das Frühstück inzwischen schmierig und nur noch lauwarm war. Im Hotel hatten wir Speisen für unsere Gefangenen bestellt und sie dann, nachdem sie gegessen hatten, geknebelt und so gefesselt, dass sie sich keinen Zentimeter mehr rühren konnten. Drusil behauptete, dass sie im Moment keine Stärkung bräuchte, und sie starrte uns an, während wir aßen, als könnte sie uns durch die Kraft ihrer Gedanken dazu bringen, schneller zu kauen. Vermutlich hatte sie schon mehrfach berechnet, wie lange es dauern würde, bis wir die Teller bei unserer gegenwärtigen Geschwindigkeit geleert hätten. Was für mich und Nakari eine angenehme Abwechslung war, stellte für die Givin ein Fegefeuer der Ungeduld dar.

»Bitte, lassen Sie es mich wissen, falls ich unsere Reise irgendwie beschleunigen kann«, sagte sie, gefolgt von zwei weiteren, ganz ähnlichen Bemerkungen, während wir Eier in unsere Münder schaufelten und mit großen Schlucken Kaff nachspülten. Obwohl wir das Frühstück hinunterschlangen, so schnell wir nur konnten, dauerte es ihr noch immer zu lange, und sie sah aus, als hätte sie uns am liebsten eine Nährlösung gespritzt, damit wir endlich losfliegen konnten. Um sie davon abzulenken, dass wir nicht bereits auf dem Weg nach Omereth waren, beschloss ich, sie etwas zu fragen.

»Können Sie sich in den imperialen Komm-Verkehr einklinken und dann feststellen, ob sie Interesse an uns zeigen, wenn wir die Atmosphäre verlassen?«

»Sicher. Unser Plan ist noch immer, wie besprochen direkt in den galaktischen Osten zu fliegen?«

Ich hatte zuvor mit Nakari einen detaillierteren Plan ausgearbeitet, aber Drusil war während dieser Unterhaltung nicht zugegen gewesen. »Nein, ich dachte mir, wir verhalten uns fürs Erste wie ein gesetzestreues Kurierschiff und fliegen auf einen der Abfangpunkte zu, dann wenden wir scharf und rasen mit maximalem Schub davon, um Sprungdistanz zu erreichen, bevor sie ihre Gravitationsprojektoren neu ausrichten und uns aufhalten können. Dafür werden sie ein paar Minuten benötigen – genug Zeit für uns, um der imperialen Entscheidungsfindung zuvorzukommen. Danach liegt es ganz bei Erzwo und Ihnen, ob wir Omereth sicher erreichen.«

»Der Flug wird so reibungslos wie eine quadratische Gleichung«, versicherte Drusil. »Ich habe meine Berechnungen zweimal überprüft, und ihr bemerkenswerter Droide hat die Zahlen dreimal bestätigt.« Ich fand es amüsant, dass Erzwo auf einmal *bemerkenswert* war; vor gar nicht allzu langer Zeit hatte er in den Augen der Givin nur seine Aufgabe erfüllt. »Wir können den ersten Sprung in den Navcomputer einprogrammieren, sobald wir die Oberfläche verlassen. Am Ende jedes darauffolgenden Sprungs benötigen wir nur ein paar Sekunden für kleinere Angleichungen und Sicherheitschecks. Somit sollte sich die Länge unserer Zwischenstopps minimieren lassen.«

»Gut. Treffen Sie alle Vorbereitungen, und sobald Sie fertig sind – bevor wir die Atmosphäre verlassen –, möchte ich, dass Sie und Erzwo das System und das Schiff auf Spuren von Spionagesoftware oder Peilsendern überprüfen. Und vergessen Sie auch nicht, vor unserem Hyperraumsprung das Hotel zu kontaktieren und auszuchecken. Der Putzdroide wird Migg und Barrisk finden, dann können sie weiter ihrer Wege gehen, genauso wie wir.«

Nakari nickte. »Ich werde die Startvorbereitungen einleiten und mir dann selbst noch mal die Hülle ansehen.« Sie leerte den Rest ihres Kaffs und stand auf. »Dann machen wir uns mal an die Arbeit.«

»Ich helfe Ihnen«, ereiferte sich Drusil, und die beiden gingen gemeinsam davon, wobei Nakari mir noch in einer perfekten Imitation ihres Vaters zurief: »Beeil dich, Pilot!«

Ich blickte Erzwo an, dessen Monofotorezeptor von den beiden Frauen zu mir schwenkte. »Ist wohl die neueste Mode, nicht mehr zu kauen, bevor man schluckt, hm?« Nicht gerade das beste Thema für ein Gespräch mit einem Droiden. Sein Auge wanderte zurück zu Nakari und Drusil, dann folgte ihnen auch sein Körper, und ich erntete ein paar tadelnde Zirplaute, weil ich so herumtrödelte. Da nun alle drei zur *Wüstenjuwel* hinübergingen und mich nicht mehr zur Eile antrieben, frühstückte ich in aller Ruhe zu Ende und räumte danach den Tisch ab.

Azzur Nessin trat zu mir ans Waschbecken, als ich gerade meinen Teller recycelte. Er wollte uns eine sichere Reise wünschen, vor allem aber ging es ihm darum, mich auf den neuesten Stand zu bringen. »Nach eingehender Überlegung habe ich das Transpondersignal geändert. Es entspricht jetzt dem Code, den die Flotte eines Konkurrenten gestern Nacht benutzt hat«, erklärte er. »Die Firma nennt sich Polser Kurierdienst. Die Geschichte, die ihr dem Imperium beim Verlassen des Planeten erzählt, bleibt natürlich dieselbe: Ihr bringt noch immer wichtige diplomatische Dokumente nach Rishi. Sobald ihr den Kurs ändert und davonfliegt, wird sich das Imperium natürlich fragen, warum ein Kurier ein so seltsames Verhalten an den Tag legen und ins Nichts springen sollte. Ich habe entschieden, dass ich solche Fragen lieber nicht beantworten möchte.«

Ich schüttelte seine Hand und dankte ihm für die Hilfe, woraufhin Nessin nickte; sein perlengespickter Bart rasselte. Er erklärte gerade, dass es ein Vergnügen gewesen wäre, mit mir Geschäfte zu machen, als seine Basisohren plötzlich zuckten. Seine Mundwinkel wanderten nach unten, und er begann: »Jemand …«

Einen Moment später explodierte sein Kopf, getroffen von einem Strahl supererhitzten Plasmas, und ich wurde mit Blut, Knochenfragmenten und Gehirngewebe bespritzt. Ein zweiter, durchschlagskräftiger Blasterstrahl folgte dicht auf den ersten, aber da hatte ich mich bereits instinktiv geduckt, weswegen er über mich und Azzur Nessins umgekippten Körper hinwegzischte. Während ich meinen Blaster aus dem Holster riss, erspähte ich den Schützen aus meiner knienden Position. Es war der Mechaniker, Ruuf Waluuk, und er hatte Verstärkung dabei – einen gehörnten Devaronianer in schwarzer

Kleidung mit einem ganzen Waffenarsenal. Sie waren durch den Hangareingang hereingekommen und hatten sich neben den Triebwerken der *Wüstenjuwel* zusammengekauert, sodass sie unter dem Flügel hervor auf mich schießen konnten. Der Kopfgeldjäger nannte den Kupohaner laut einen Idioten, weil er so schlecht gezielt hatte, und verriet damit, dass die beiden es eigentlich auf mich abgesehen hatten.

Ich gab ein paar Schüsse in ihre Richtung ab, damit sie nicht noch einmal ungestört zielen konnten, dann sprang ich hinter einen Essenstisch, kippte ihn auf die Seite und kniete mich dahinter, während Blasterfeuer gegen die Tischplatte prasselte. Lange würde das Metall nicht standhalten, und ich wusste, dass es taktisch gesehen eine fürchterliche Idee gewesen war, mich von meinen Feinden an einem Ort festnageln zu lassen, der praktisch keine Fluchtmöglichkeit bot, aber sie hatten den perfekten Moment für ihren Überfall gewählt, und die einzige Wahl, die ich hatte, war hinter den Tisch zu springen oder mich sofort erschießen zu lassen.

Drusil hatte Ruufs direkte Versuche vereitelt, mit dem Imperium Kontakt aufzunehmen, aber sie hatte nicht verhindern können, dass er von Cantina zu Cantina ging und nach Hilfe suchte. Es war möglich – und sogar äußerst wahrscheinlich –, dass er unseren Aufenthalt auf dem Planeten durch einen Freund oder Bekannten gemeldet und Migg Birkhits Geschichte bestätigt hatte. Doch mit dem Obolus für einen sachdienlichen Hinweis wollte er sich nicht zufriedengeben, darum der Blaster und der Kopfgeldjäger. Vermutlich dachte er sich, dass auch die Hälfte der vollen Belohnung mehr als ausreichend wäre – vorausgesetzt, er überlebte seine Zusammenarbeit mit dem Devaronianer lange genug, um das Kopfgeld zu teilen.

Ein Teil der Tischplatte gab unter einem Blasterstrahl nach, und mehrere dünne Nadeln aus heißem Metall zogen blutige Furchen über meine Kopfhaut. Ich spürte ein warmes Rinnsal aus Blut, das abkühlte, während es über meine Stirn lief und dann durch meine Augenbraue zur Seite umgeleitet wurde, wofür ich überaus dankbar war.

Was ich jetzt brauchte, war ein Gegenangriff. Den Körper weiter hinter dem Tisch zusammengekauert, streckte ich den rechten Arm aus und schob den Blaster um die Tischkante, dann drückte ich dreimal rasch hintereinander ab, um ihre Aufmerksamkeit zu erregen. In der Hoffnung, dass sich mein Kopf irgendwo in der Nähe befand, lenkten die beiden ihren Beschuss sofort auf diese Stelle. Ich richtete mich derweil über dem Tischrand auf und feuerte auf das leichtere der beiden Ziele, Ruuf Waluuk. Als er überrascht grunzte, war ich schon wieder hinter meiner Deckung verschwunden, ich hörte also lediglich, wie sein Blaster klappernd auf dem Hangarboden landete, dicht gefolgt von Waluuks Körper, der beim Aufprall ein dumpfes Klatschen verursachte.

Auf den Devaronianer hatte ich nur einen flüchtigen Blick erhaschen können; im Gegensatz zu Ruuf war er ein Profi und hatte sich flach auf den Boden gelegt, um ein möglichst kleines Ziel abzugeben. Es war sein Blaster, der methodisch meinen Tisch zerlegte; das Metall war darauf ausgelegt, ein paar Tabletts mit Essen zu tragen, nicht, dem wiederholten Beschuss eines entschlossenen Schützen standzuhalten.

Ich ahmte die Haltung des Devaronianers nach und streckte mich der Länge nach aus. Mein Plan war es, mich nach links zu rollen und dabei auf meinen Gegner zu feuern. Keiner von uns hatte in diesem Szenario große Chancen, den anderen zu treffen, aber mir blieb keine andere Wahl, denn nur eine Sekunde später hatte der Kopfgeldjäger ein Loch in den Tisch gebrannt und begann, mit besorgniserregender Präzision Blasterstrahlen hindurchzujagen. Vermutlich hatte er die Ellbogen auf dem Boden abgewinkelt und stützte mit der freien Hand das Handgelenk der anderen.

Ich wirbelte nach links und drückte den Abzug meiner Waffe, in der Hoffnung, dass ihm zumindest ein paar meiner Schüsse nahe genug kommen würden, um ihn von seiner Position zu vertreiben oder zumindest seinen Beschuss einzuschränken. Falls ich schnell genug war, könnte ich die Landerampe der *Juwel* zwischen uns bringen; dann *müsste* er sich eine neue Stelle suchen, wenn er mich ins Visier bekommen wollte – und ich würde bereit sein.

Der Devaronianer erkannte, was ich vorhatte; er stellte das Feuer ein und setzte sich sofort in Bewegung, um weiter in vorteilhafter Schussposition zu bleiben. Für mich war er nur ein schmaler Schatten mit einer roten Kugel als Kopf, und er bewegte sich rasend schnell. Ich hielt auf dem Boden inne und versuchte, ihn zu erwischen, bevor er wieder Deckung fand, aber die Schüsse waren nicht gut genug platziert. Er duckte sich außer Sicht, und nun konnte ich nicht mehr sicher sein, ob er mich von der Seite angreifen oder warten würde, bis ich meinerseits einen Flankenangriff riskierte.

Ein lauter Knall peitschte durch den Hangar und hallte von den Wänden wider, fast augenblicklich gefolgt von dem scharfen, surrenden Geräusch des devaronianischen Blasters. Noch einmal dieser Knall, dann Stille, und jetzt erkannte ich, dass ich das Geräusch schon einmal gehört hatte.

»Alles in Ordnung, Luke, er ist am Boden«, rief Nakari. »Und ich habe gerade sichergestellt, dass er auch am Boden bleibt.« Sie trat hinter der Landerampe hervor, in den Händen ihren Projektilwerfer. »Geht es dir gut? Du blutest.«

»Ich werde es überleben. Azzur Nessin hatte leider nicht so viel Glück. Ruuf hat ihn erwischt.« Der Frachtmagnat hätte wirklich besser daran getan, seinen Angestellten nachzuspionieren.

Nakari sah seine blutigen Überreste auf dem Fliesenboden und sagte: »Verflucht. Hätten wir nicht an seine Tür geklopft, wäre ihm das alles erspart geblieben.«

»Ich weiß. Aber falls wir nicht schnellstens von hier verschwinden, werden wir ihm bald Gesellschaft leisten«, erwiderte ich. »Die beiden haben vielleicht auf eigene Faust gehandelt, aber vermutlich haben sie auch ein paar Imperiale verständigt, denen sie uns aushändigen wollten.«

»Oder als Verstärkung«, fügte Nakari an. »Ich glaube, wir sind startbereit. Die Statusanzeigen sind alle grün.«

»Übrigens: Danke für die Hilfe.«

Sie zog eine Schulter hoch. »Danke, dass du ihn abgelenkt hast. Er sah mich erst, als es schon zu spät war.«

Wir hatten keine Zeit und eigentlich auch keinen Grund, die Leiche zu untersuchen; nichts, was der Kopfgeldjäger bei sich hatte, könnte uns bei der Flucht aus dem System helfen, und wir mussten längst von hier verschwunden sein, wenn die örtlichen Behörden herausfanden, was geschehen war, und versuchten, uns festzunehmen. Also stiegen wir an Bord und schlossen die Rampe, während ich Nakari über mein letztes Gespräch mit Azzur Nessin und die Ereignisse vor ihrem Eingreifen informierte. Anschließend machte ich einen kurzen Umweg zum Erfrischer, um meine Kopfhaut und meine Stirn mit Desinfektionsmittel zu behandeln und Pflaster auf die Wunden zu kleben, in der Hoffnung, dass sie keine Narben hinterlassen würden.

Erzwo meldete, dass er während der letzten Tage nicht nur eines, sondern insgesamt ganze fünf Spionageprogramme im

Code des Navigationscomputers entdeckt hatte, und Drusil entdeckte sogar noch eines, das ihm entgangen war, einen »imperialen Schläfer«, wie sie es nannte, der mit dem Chrono des Schiffes gekoppelt war; zu einem festgelegten Zeitpunkt hätte er sich aktiviert, unsere gegenwärtige Position und unseren Kurs erfasst und die Daten per Impulsmeldung an die nächste imperiale Welt geschickt. Wir wussten nicht, ob all die Programme von derselben Person installiert worden waren oder ob mehrere Wesen ihre Finger im Spiel gehabt hatten, und im Moment blieb uns nichts anderes übrig, als loszufliegen und zu hoffen, dass wir alle gefunden hatten.

Der Aufstieg durch die Atmosphäre war noch aufreibender als der Sinkflug zur Oberfläche, denn aufgrund der Modifikationen war unser Schiff nicht mehr so windschnittig wie zuvor. Während eines besonders stürmischen Abschnitts wurde Nakari von einer heftigen Turbulenz überrascht und biss sich auf die Zunge.

Als wir schließlich das Vakuum erreichten, flogen wir in Richtung des galaktischen Südens, wo ein Abfangkreuzer und ein halbes Dutzend Sternzerstörer den gesamten Raumverkehr zum Erliegen gebracht hatten. Die Zerstörer sandten Shuttles mit Truppen von einem Raumer zum nächsten, um sie zu inspizieren, und der Kreuzer deaktivierte seine Projektoren in regelmäßigen Intervallen, damit die freigegebenen Schiffe weiter ihren interstellaren Geschäften nachgehen konnten.

Mit halber Kraft unserer Sublichttriebwerke flogen wir auf diesen Flaschenhals zu. Da das Ersatztriebwerk nicht perfekt mit dem anderen harmonierte, gab es einen gewissen Widerstand bei Rollen oder scharfen Wenden nach Steuerbord, davon abgesehen erreichte er aber eine respektable, wenn auch nicht atemberaubende Geschwindigkeit.

Auf eine knappe Aufforderung hin, unseren Zielort, den Zweck unserer Reise und die Zahl der Passagiere und Mannschaftsmitglieder zu melden, antwortete Nakari genau mit dem richtigen Maß an Ungeduld in der Stimme. Nachdem sie schließlich die Aufforderung des imperialen Kontrolleurs bestätigt hatte, den Kurs beizubehalten und auf die Ankunft des Inspektionsteams zu warten, fragte ich Erzwo und Drusil, ob sie bereit für die Flucht nach Osten und den ersten Sprung waren.

»Bereit«, erklärte Drusil. Ein klackendes Geräusch drang aus der Sprechanlage, als sie mit den Fingern auf ihren Datenblock tippte. »Ich behalte die imperialen Frequenzen in diesem System im Auge.« Auch Erzwo bestätigte, dass es losgehen konnte, und so riss ich die *Wüstenjuwel* nach Backbord und fuhr die Triebwerke auf vollen Schub hoch.

Es dauerte nicht lange, bis dem Imperium auffiel, dass wir die Flugrichtung geändert hatten, und Nakari ignorierte die beiden Kommmeldungen, die uns befahlen, auf unseren vorigen Kurs zurückzukehren und die Nachricht zu bestätigen. Kurz darauf plärrte Drusils Stimme aus der Sprechanlage und informierte uns über die abgefangenen Funksprüche, die sie entschlüsselt hatte.

»Die Brücke des Abfangkreuzers hat der Brücke des Flaggschiff-Zerstörers im südlichen Kampfverband gemeldet, dass wir zu fliehen versuchen.«

»Solange sie nur reden, ist alles gut. Sie können melden, was immer sie wollen.«

»Der Zerstörer hat eine TIE-Staffel auf uns angesetzt«, fuhr die Givin fort. »Meinen Berechnungen zufolge werden sie uns in ungefähr zehn Minuten eingeholt haben. Zu spät, um uns vor dem Sprung zu erwischen, aber zum Glück wissen sie das nicht. Ein Shuttle fliegt uns ebenfalls hinterher, um die *Juwel* zu entern, sobald wir gestellt sind.«

»Wie lange dauert es, bis wir für den Sprung bereit sind, Erzwo?«, fragte ich.

VIER MINUTEN, ACHT SEKUNDEN, antwortete er.

»Der Captain des Zerstörers glaubt, dass es sich bei uns um die gesuchten Flüchtigen handelt. Er hat den Abfangkreuzer aufgefordert, seine Gravitationsprojektoren neu auszurichten.«

Das könnte ihnen vielleicht sogar rechtzeitig gelingen, insofern waren es keine guten Nachrichten.

»Aber jetzt mischt sich der Captain eines anderen Zerstörers ein«, informierte uns Drusil. »Er meint, dass wir ohne etablierte Hyperraumroute unmöglich in diese Richtung entkommen können und dass wir vermutlich nur Teil eines Ablenkungsmanövers sind. Mit anderen Worten, er glaubt, die echten Flüchtigen warten mit den anderen Schiffen in der Schlange, und sobald die Gravitationsprojektoren die Route nach Süden freigeben, werden die Gesuchten ihre Chance zum Sprung in den Hyperraum nutzen. Wie amüsant.«

Nakari lachte zustimmend.

»Der Captain des Flaggschiffes entgegnet nun, dass ich durchaus in der Lage wäre, eine neue Hyperraumroute zu berechnen, sollte ich an Bord sein. Das ist ernüchternd. Ich fürchte, wir haben es mit einem schrecklich kompetenten Offizier zu tun.«

»Oh, oh«, machte ich.

»Der Abfangkreuzer hat sich mit dem Polser Kurierdienst auf Kupoh in Verbindung gesetzt, um unseren Transpondercode zu bestätigen und zu verifizieren, dass wir wirklich in dessen Auftrag unterwegs sind.«

»Dann fliegen wir auf«, sagte Nakari.

»Aber es wird dauern, bis sie ihre Antwort bekommen«, erinnerte ich sie. »Selbst wenn es nur eine Minute ist, könnte das reichen.«

Drusil setzte derweil ihre Berichterstattung fort. »Hier bricht gerade ein offener Streit aus. Das Flaggschiff verlangt, dass die Gravitationsprojektoren augenblicklich auf uns gerichtet werden; der andere Zerstörer beharrt darauf, dass das nur ein Trick ist; und der Abfangkreuzer verlangt, dass die beiden auf die Antwort von Polser warten, bevor sie voreilig handeln.«

Nakari blickte mich an. »Warum befiehlt der Captain des Flaggschiffs nicht einfach, es auf seine Weise zu machen?«

»Das wird er vermutlich jeden Moment tun. Die anderen Captains wollen nur sicherstellen, dass ihre Bedenken gehört und aufgezeichnet wurden, damit man ihnen keine Mitschuld an seiner Entscheidung geben kann, sollte das Ganze ein Fehler sein.«

»Ah, ich verstehe.« Nakari nickte. »Das Standardprozedere in einem Regime der Schuldzuweisungen, wo Risikobereitschaft und Initiative bestraft werden. Hauptsache, man kann vor Lord Vader mit dem Finger auf jemand anderen zeigen.«

»Der Polser Kurierdienst hat ihnen die Entscheidung gerade erleichtert«, erklärte Drusil. »Sie melden, dass keines ihrer Schiffe in diese Richtung unterwegs ist und dass wir somit keines ihrer Schiffe sein können.«

»Das ging schnell.«

»Der Flaggschiff-Captain hat Order gegeben, uns unverzüglich aufzuhalten, und der Captain des Abfangkreuzers hat den Befehl bestätigt. Sie deaktivieren ihre Gravitationsprojektoren, um sie auf unseren gegenwärtigen Kurs auszurichten.«

»Können sie uns noch aufhalten?«, fragte Nakari.

»Vielleicht«, gestand ich. »Kommt drauf an, wie erfahren die Mannschaft ist und wie viel Energie sie noch haben. Vergiss nicht, dass sie schon eine ganze Weile hier sind und die Projektoren immer wieder ein- und ausschalten. Vielleicht sind ihre Energieressourcen schon halb erschöpft. Vielleicht auch nicht. Ich hatte es bei unseren Überfällen nur selten mit diesen Kreuzern zu tun, und alleine noch gar nicht. In ein paar Minuten sind wir schlauer. Oder schon früher. Erzwo, leg bitte einen Countdown bis zum Sprung auf den Schirm.«

Er zirpte, und das Display verriet uns, dass wir noch neunundachtzig Sekunden durchhalten mussten.

Mir ist schon oft aufgefallen, dass sich die Zeit in Momenten von Stress oder Langeweile in die Länge zieht und langsamer vergeht, wohingegen sie sich in Perioden der Erholung oder Zufriedenheit zu beschleunigen scheint. In diesem Augenblick war sie wie eine monströse, titanische Kreatur, die sich kaum von der Stelle rührte, während wir darauf warteten, dass die Sekunden verstrichen.

Als noch zweiunddreißig Sekunden verblieben, erstattete Drusil ein weiteres Mal Bericht. »Der Captain des Abfangkreuzers meldet, dass der Projektor deaktiviert ist und in unsere Richtung ausgerichtet wird. Sie fahren die Energie wieder hoch.«

Wir hatten nicht allzu viel Informationen über die Immobilisator-Klasse, aber es musste doch mindestens dreißig Sekunden dauern, um so ein Gravitationsfeld zu erzeugen – zumal die Schätzungen der Allianz bei ganzen zwei Minuten lagen –, aber noch waren wir nicht außerhalb ihres Erfassungsbereichs.

»Weiß du was, Luke? Du siehst richtig süß aus, wenn du nervös bist.«

Erst süß und dann nervös genannt zu werden war wie ein doppelter Schock, der meine Augen vom Countdownzähler losriss. Nakari schmunzelte mir zu. »Was mir auch an dir gefällt, ist, dass du vollkommen ruhig bist, wenn jemand auf dich schießt, aber sobald dir jemand ein Kompliment macht, gerätst du ganz aus der Fassung.«

»Nicht jeder kann mich dadurch aus der Fassung bringen«, entgegnete ich. »Nur du.« Sie legte den Kopf schräg, und ich fügte hastig hinzu: »Aber das ist was Gutes.«

Sie bleckte die Zähne und sagte: »Natürlich. Ich bringe dich auf eine gute Weise aus der Fassung.«

Das tat sie wirklich. Wie sonst wäre es ihr gelungen, mich vom Countdown abzulenken, bis der Hyperantrieb uns aus dem Sektor in eine Region der Galaxie katapultierte, die durch Drusils Gleichungen genauer erfasst worden waren als je durch eine offizielle Karte.

»He, sind wir gerade entkommen?«, fragte ich.

»Ja. Fürs Erste zumindest. Gut gemacht, Pilot.«

Ich seufzte erleichtert, in dem Wissen, dass Nakari mich nur wieder hänseln wollte. Dass uns die Flucht geglückt war, war wohl kaum mein Verdienst – dieser Teil der Reise war allein durch Mathematik und Physik möglich gemacht worden, und durch ein Gehirn, welches beides schneller und besser einzusetzen vermochte, als ich es je könnte. Das soll aber nicht bedeuten, dass ich nicht angespannt war. Solange wir keine etablierte Hyperraumroute nahmen, bestand immer die Möglichkeit, dass man nie wieder in den Normalraum zurückkehrte – zumindest lebendig. Aber falls wir es schaffen sollten, würden wir Teile der Galaxie sehen, die nie ein Wesen vor uns gesehen hatte.

Im Verlauf der nächsten acht Stunden verbrachten wir mehr

Zeit im Normal- als im Hyperraum. Drusils kurze Sprünge führten uns in immer neue Systeme, wo sie und Erzwo dann Informationen verglichen, die Sterne scannten und ihre Berechnungen für den nächsten Sprung anpassten. Ich ermunterte die Givin, sich ruhig so viel Zeit zu nehmen, wie sie benötigte.

Die meisten der Systeme, in denen wir uns wiederfanden, waren nur von nackten Felsbrocken oder Gasriesen bevölkert, aber eines beherbergte einen bewohnbaren Planeten, auf dem es Leben gab, und dort verweilten wir ein wenig länger, um die Koordinaten und den Weg dorthin abzuspeichern, und um vorläufige Scans vorzunehmen, die später in Ruhe analysiert werden konnten.

»Vielleicht gibt es dort ja etwas Nützliches für meinen Vater«, überlegte Nakari. »Ein Trostpreis, nachdem er seinen Vorteil auf Fex eingebüßt hat.«

»Vielleicht kommt der Planet auch als Basis für die Allianz in Frage«, sagte ich – aus diesem Grund hatte ich Erzwo bereits angewiesen, sich Notizen zu Wettermustern und Atmosphärewerten zu machen. »Falls das Wasser in Ordnung ist und die Raubtiere nicht so tödlich sind wie auf Fex, könnte das genau der Ort sein, nach dem General Ackbar sucht.«

Als Drusil und Erzwo meldeten, dass wir die andere Seite des Hutten-Raums erreicht hatten und zurück auf einer sicheren Hyperraumroute waren, wich die Sorge, auf ewig im All verschollen zu sein, der Sorge, wieder auf die Imperialen zu stoßen. Wir waren in Richtung des galaktischen Nordens in einem verlassenen System gelandet, und nun galt es nur noch, einen Kurs für unseren finalen Sprung zu berechnen.

Die Ankunft im Omereth-System verlief so unspektakulär, dass es geradezu enttäuschend war. Mir war nicht bewusst gewesen, wie sehr sich meine Schultern verspannt hatten, bis ich auf den Scannern keinerlei Gefahren entdeckte und im Orbit um den Planeten nur eine Handvoll Schiffe ausmachte, allesamt kleine Privatyachten ohne nennenswerte Bewaffnung.

»Oh«, machte ich, während ich versuchte, mich mit einer bewussten Willensanstrengung zu entspannen. »Niemand schießt auf uns. Mal was anderes. Gefällt mir. Das ist die Art Galaxie, in der ich leben möchte.«

»Da würde ich auch nicht Nein sagen«, warf Nakari ein, bevor sie eine Echtzeit-Ansicht des Planeten auf den Holoschirm holte. »Holla. Und da gibt es wirklich Land auf dieser Welt? Für mich sieht sie aus wie eine blaue Murmel mit ein paar Wolkenwirbeln.«

»Ich versichere Ihnen, es gibt Land«, meldete sich Drusil über die Sprechanlage. »Ich habe Ihrem überragenden Droiden die Koordinaten des Treffpunkts gegeben.«

»Danke«, erwiderte ich, und die Tatsache, dass R2-D2 in Drusils Augen um eine weitere Stufe in den Rang *überragend* aufgestiegen war, brachte mich zum Grinsen. Er hatte wirklich ganz schön Eindruck auf sie gemacht. »Erzwo, programmmier die Koordinaten und setz einen Kurs. Falls es Probleme gibt, übernehme ich wieder manuell die Kontrolle.« Sein bestätigendes Zwitschern entlockte mir ein fröhliches Seufzen, und ich blickte lächelnd zu Nakari hinüber. »Wir haben es beinahe geschafft.«

»Ich weiß. Ein Teil von mir kann es kaum glauben.«

Mein Lächeln verschwand, und ich spannte mich wieder an. Das Schicksal macht sich manchmal einen Spaß daraus, Leute zu bestrafen, die sich zu früh in Sicherheit wiegten. Ich überprüfte die Scanner noch einmal auf Gefahren und stellte sicher, dass die Schilde noch immer hochgefahren und geladen waren.

»Was ist?«, fragte Nakari. »Luke?«

»Nichts«, sagte ich. »Das war nur der Teil von mir, der es ebenfalls nicht ganz glauben kann. Dieser Krieg hat mich zu der Überzeugung kommen lassen, dass nichts wirklich einfach ist. Aber wer weiß, vielleicht haben wir das Imperium mit diesen Hyperraumsprüngen ins Blaue wirklich abgehängt.«

Wie sich herausstellte, hatten wir die Imperialen tatsächlich abgeschüttelt, und Drusil behielt Recht mit ihrer Annahme, dass ihre Verfolger niemals auf Omereth nach ihr suchen würden. Was aber nicht heißen soll, dass wir nicht bereits erwartet wurden, als wir in die Atmosphäre eintraten.

21. Kapitel

Als die *Wüstenjuwel* in die Atmosphäre von Omereth eintauchte, zog der Steuerknüppel viel stärker nach Steuerbord als noch beim Verlassen von Kupoh, und je tiefer wir gingen, desto schlimmer wurde es. Schließlich hatten wir Blau über uns und Blau unter uns, und obwohl ich keine Rauchspur hinter uns ausmachen konnte, hatte ich das Gefühl, als sollte da eigentlich eine sein – das Beben und Zittern im Innern des Schiffs war deutlich zu spüren.

»Das ist nicht gut«, murmelte ich. Vielleicht hatte ich dem Triebwerk während unserer Flucht vor dem Imperium zu viel zugemutet, vielleicht gab es auch ein Problem mit der Aerodynamik – die Modifikationen am Chassis hatten vielleicht unter den Turbulenzen auf Kupoh gelitten, und der Atmosphäreneintritt hier könnte dieses Problem noch vergrößert haben. Ich bezweifelte, dass wir auf diesem Planeten entsprechende Reparatureinrichtungen finden würden. Die Yacht nach links zu steuern wurde zur Kraftprobe, und wenn man den Knüppel in neutraler Position beließ, kippte sie von selbst nach rechts weg. Sollte ich in diese Richtung lenken, würde ich vermutlich vollends die Kontrolle verlieren.

Nakari schnitt eine Grimasse, als ich ihr die Situation erklärte. »Nun, ich schätze, das Triebwerk hat seinen Zweck erfüllt. Es war von Anfang an klar, dass es nur ein kurzfristiger Ersatz sein könnte. Denkst du, wir schaffen es mit einem Triebwerk zurück zur Flotte?«

»Sicher. Wir werden natürlich langsamer sein, aber wir werden es schaffen. Der Hyperantrieb ist in Ordnung. Ich überlege, ob ich das Triebwerk gleich herunterfahren soll. Falls es sich lockert und das der Grund für unsere Probleme ist, sollten wir so wieder manövrierfähiger werden.«

Schließlich deaktivierte ich das Steuerbordtriebwerk, und das Zittern und der Zug am Steuerknüppel ließen nach. Zwar wollte der Knüppel uns weiterhin ein wenig nach Steuerbord ziehen, aber er reagierte nun wieder deutlich leichter auf meine Befehle. Wir büßten erheblich an Geschwindigkeit ein, aber ich war sicher, dass es darauf nun nicht mehr ankäme. Und genau in diesem Moment plärrte ein Alarm los.

»Luke«, sagte Nakari, »wir haben zwei Kontakte auf dem Scanner. Schiffe, die sich von unseren Rendezvouskoordinaten nähern.«

Drusil, die alles über die Sprechanlage mithörte, warf mit einem hoffnungsvollen Ton in der Stimme ein: »Vielleicht hat meine Familie beschlossen, uns entgegenzufliegen.«

Ich wartete mit meiner Antwort, bis ich die Daten studiert hatte, die über den Schirm huschten. Daraufhin musste ich Drusil allerdings mitteilen, dass ihre Vermutung höchst unwahrscheinlich erschien. »Das glaube ich nicht. Es sind keine Personenshuttles, sondern modifizierte Schiffe, so wie unseres. Sie kommen sehr schnell näher und … he! Sie haben gerade ihre Deflektorschilde hochgefahren. Die sind uns definitiv nicht freundlich gesonnen.«

Ich aktivierte unsere eigenen Schilde, aber mir sank das Herz, als ich in Gedanken unsere Optionen durchging. Diese Schiffe waren im Moment viel schneller als die *Juwel*, und vermutlich wären sie es auch dann noch, wenn ich das Steuerbordtriebwerk wieder einschaltete. Und falls ich es wieder anwarf, würden wir das wenige an Manövrierfähigkeit einbüßen, das uns noch blieb – im Gegenzug für einen Geschwindigkeitsschub, der aller Wahrscheinlichkeit nach nicht ausreichend wäre. Es gab auch keine Schluchten oder anderen Landschaftsmerkmale, die ich hätte nutzen können, um unsere Mankos aufzuwiegen: In jede Richtung erstreckte sich mehrere Kilometer weit nichts als offenes Meer.

»Was sind das für Kerle?«, fragte Nakari.

»Kopfgeldjäger«, stieß ich zähneknirschend hervor. Sie hatten geduldig auf uns gewartet, und die einzige Erklärung dafür lautete, dass sie Drusils Familie hierher gefolgt waren. Major Derlins Teil der Operation war kompromittiert worden, wie ich befürchtet hatte. Kein Wunder, dass wir nie Nachrichten von ihm erhalten hatten. Ich konnte nur hoffen, dass Drusils Familie noch sicher war; soweit ich wusste, war auf sie keine Belohnung ausgesetzt, vielleicht hatten die Kopfgeldjäger sie also lediglich beschattet und im Verborgenen unsere Ankunft abgewartet. Und ich hoffte natürlich auch, dass es dem Major gut ging, sofern er sich noch auf dem Planeten befand.

Die Sprechanlage blieb stumm, Drusil enthielt sich jeglichen Kommentars. Sie war ein Genie, und angesichts dieser neuen Informationen mussten ihr die wahrscheinlichen Konsequenzen noch viel deutlicher sein als mir.

»Nakari«, sagte ich mit gesenkter Stimme, »wir sind hier klar im Nachteil, ganz gleich, was ich auch tue. Wir treffen besser Vorbereitungen für eine Notlandung auf dem Wasser.«

»Oh. Ja.« Sie nickte und begann, ihre Gurte zu lösen. »Was ist mit deinem Droiden?«

»Seine elektrischen Systeme sind wasserdicht, er wird das Bad also überleben, aber er ist kein guter Schwimmer. Wir werden ihm aus dem Schiff helfen müssen.«

»Ich verstehe.« Sie beugte sich vor und küsste mich auf den Kopf, bevor sie ging. »Flieg tapfer, mein Pilot.«

Ebenso wie die *Wüstenjuwel* hatten auch die Schiffe der Kopfgeldjäger ein extrem schmales, aerodynamisches Design, um ein möglichst schlechtes Ziel abzugeben. Eines war dunkel, flach und kompakt, wie eine fliegende, gepanzerte, bedrohliche Toastscheibe. Das andere segelte wie eine senkrecht stehende Nadel dahin, einem B-Flügler nicht unähnlich; das Cockpit war an der Spitze untergebracht, darunter befand sich eine rechteckige Laserbatterie, die pausenlos Feuer spie – ein Trommelfeuer, dem auszuweichen schier unmöglich war.

Nur das Nadelschiff feuerte auf uns, und obwohl es mir gelang, den meisten Blasterstrahlen zu entgehen und sogar selbst ein paar Schüsse anzubringen, wurden wir doch so oft getroffen, dass die Schilde schon nach dem ersten Angriffsflug der Kopfgeldjäger auf einen gefährlich niedrigen Stand gesunken waren. Die nächste Attacke würden wir vermutlich nicht überleben.

Doch dann geschah etwas Seltsames. Eine wütende Stimme raunzte den Nadeljäger auf einer offenen Frequenz an und verlangte, dass er sofort das Feuer einstellen sollte, sofern er nicht selbst abgeschossen werden wollte. Da keine anderen Schiffe in der Nähe waren, konnte es sich nur um den Piloten der fliegenden Toastscheibe handeln. Ihm gefiel nicht, dass sein Begleiter uns zerstören wollte, schließlich war ein saftiges Kopfgeld auf uns ausgesetzt, und wie wollten sie das kassieren, wenn wir im Meer versanken? Ich nutzte diesen Moment, um nach einem Fluchtweg zu suchen. Vor uns, ein Stück auf der Backbordseite, befand sich eine Insel, vielleicht zwei oder drei Dutzend Quadratkilometer Land, mit bewaldeten Hügeln über einer abgeschirmten Lagune mit einem Sandstrand. Das Beste wäre wohl, auf diesem Strand zu landen und uns in die Deckung der Bäume zurückzuziehen. Ich erinnerte mich aber an Admiral Ackbars Warnung über die Meere von Omereth. Sollten wir runtergehen müssen, bevor wir die Insel erreichten, wollte ich so wenig Wasser zwischen uns und dem Strand haben wir nur möglich.

Die *Wüstenjuwel* war stehend – oder fliegend – k.o.: Sie glitt gerade mal dreißig Meter über den Wellen dahin und wurde immer langsamer. Die Scanner zeigten zudem weitere Schiffe, die sich von dem Rendezvouspunkt im Osten näherten – nicht so schnell und windschnittig wie die beiden ersten, aber zweifelsohne wurden auch sie von Kopfgeldjägern geflogen. Ganz gleich, ob sie uns nun zerstören oder gefangennehmen wollten, ich fühlte mich, als würden wir von einem Schwarm Aasvögel verfolgt.

Der Nadeljäger feuerte erneut seine dicht bepackte Laserbatterie auf uns ab, und daraufhin nahm ihn der fliegende Toast plötzlich unter Beschuss. Die Gründe schienen mir ziemlich offensichtlich: Dem Nadel-Piloten ging es weniger darum, uns lebend in die Finger zu bekommen, vielmehr wollte er sicherstellen, dass uns keiner der anderen bei lebendigem Leib erwischte – vor allem nicht der Pilot der Toastscheibe. Hier schien eine interne Rivalität am Werk zu sein, und der Nadel-Pilot nahm sie so ernst, dass er sich lieber ein Kopfgeld entgehen ließ, als zuzulassen, dass einer der anderen es einstrich.

Wir hatten bei der Sache am meisten zu verlieren. Obwohl

ich weiterhin dem Gros des Feindfeuers ausweichen konnte, erreichten ein paar Schüsse ihr Ziel und zwangen unsere Schilde in die Knie. Der nächste Treffer beschädigte das Backbordtriebwerk. Das Schiff bäumte sich auf, und die Rauchfahne, die ich schon viel früher erwartet hatte, tauchte zu guter Letzt doch noch hinter uns auf.

Ich war sicher, dass dies unser Ende wäre, aber da lösten sich unter dem Bombardement des anderen Kopfgeldjägers auch die Schilde des Nadeljägers auf, und einen Moment später stürzte er, einen Schweif brennender Trümmer hinter sich herziehend, ins Wasser. Es war eine willkommene, wenn auch nur flüchtige Verschnaufpause, denn wir sahen einem ganz ähnlichen Schicksal entgegen. Die *Juwel* hatte noch weiter an Geschwindigkeit verloren, und alles, was ich tun konnte, war, ihre Nase oben zu halten und den Winkel unseres Sinkfluges zu minimieren. Kurz erwog ich, das Steuerbordtriebwerk wieder zu aktivieren, aber ich wollte nicht riskieren, dass sich das Feuer dorthin ausbreitete.

»Wir gehen runter!«, rief ich.

»Ich komme!«, meldete sich Nakari.

Ich wusste nicht, warum sie ins Cockpit zurückkehren wollte, wo sich die Ausstiegsrampe doch dahinter befand, aber jetzt war keine Zeit, um zu diskutieren. Ich rang solange ich nur konnte mit dem Steuerknüppel und dem allmählich versagenden Triebwerk, sodass wir einmal wie ein flacher Stein auf den Wellen hochhüpften, bevor wir durch das unbewegte grüne Wasser der geschützten Lagune pflügten. Nakari, Erzwo und Drusil entfuhren entsetzte Schreie, als sie nach vorne geschleudert wurden und neben mir im Cockpit landeten. Nakari hielt ein Bündel mit dem Logo der Kelen-Biolabore vor sich, ein Aquatisches Notfall-Irgendwas – ich konnte den Schriftzug nicht ganz entziffern –, und es bewahrte sie davor, sich an der Frontscheibe eine Schädelfraktur einzuhandeln. So entlockte ihr der Aufprall nur ein Ächzen, dann rief sie mir zu, ich solle meine Gurte lösen. Wir begannen nämlich bereits im dunklen Wasser der Lagune zu versinken, und obwohl wir uns in dieser abgeschirmten Bucht befanden, schien das Meer hier doch ziemlich tief zu sein.

»Nicht die Rampe öffnen!«, sagte sie und warf mir einen Wasserfilter für meine Nase zu. Den Projektilwerfer trug sie über der Schulter, und der Reißverschluss ihrer Jacke war bis zum Kragen hochgezogen. »Wir gehen vorne raus, aber wir müssen uns beeilen, bevor wir zu tief sinken.«

»Wie?«

»Wir entriegeln die Cockpitscheibe manuell und sprengen sie dann mechanisch ab. Sie wird nach oben weggleiten, das Wasser wird reinströmen, wir schnappen uns Erzwo und verlassen das Schiff, dann lassen wir uns von dem Notfallfloß an die Oberfläche bringen.« Sie drehte an Reglern und legte nacheinander hinter dem Sitz des Kopiloten ein paar Schalter um. »Mach auf deiner Seite dasselbe. Dreh diese Knöpfe nach rechts und drück dann diese Schalter nach unten«, instruierte sie mich.

Sie waren mir zuvor gar nicht aufgefallen, aber jetzt sah ich sie, in den Rand der Frontscheibe integriert. Offensichtlich lösten diese Schalter und Regler die luft- und wasserdichte Versiegelung. Die Luft im Innern des Schiffes hatte der *Juwel* bislang einen gewissen Auftrieb gegeben, aber damit wäre es in einem Moment vorbei, und dann würden wir sinken wie ein Stein. Ich drehte und drückte, bis die ersten Tropfen Wasser an den Rändern hereinzusickern begannen.

»Bereit? Hast du dein Atemgerät aufgesetzt? Dann geh neben Erzwo in Position, und wir ziehen die Sache durch. Drusil?«

»Bereit«, sagte die Givin. Sie hatte sich kein Atemgerät über die Nase gestülpt, aber wer einen Tag im Vakuum überleben konnte, der sollte keine Schwierigkeiten haben, ein paar Minuten unter Wasser durchzuhalten. In Erwartung der hereinströmenden Fluten hatte sie sich bereits gegen die Bordwand gepresst, die angeblich wasserdichte Tragetasche mit ihrer Ausrüstung hing quer vor ihrer Brust. Als ich mich ebenfalls neben Erzwo zusammengekauert hatte, die Beine gespreizt, um mich den Wassermassen entgegenzustemmen, riss Nakari den größten Regler in der Mitte über der Cockpitscheibe nach unten. Das Schiff erschauderte, ein metallisches Dröhnen vibrierte ringsum, und dann kündeten ein Zischen und ein lautes *Wusch* an, dass die Transparistahlscheibe aus ihrer Einfassung gesprengt worden war. Jetzt rauschte Salzwasser in die *Juwel*, was Erzwo alarmiert losplärren ließ, und auch ich keuchte angesichts des Kälteschocks, während ich die Arme um den Droiden schlang, um uns beide zu stützen.

Das Cockpitfenster trieb davon, genau, wie Nakari gesagt hatte, und das Schiff begann, nun, da es sich mit Wasser füllte, schneller in die Tiefe zu sinken. Nakari platzierte sich auf der anderen Seite neben Erzwo, ihre verletzte linke Hand über meine gelegt, dann stießen wir uns gemeinsam vom Deck ab und flohen, eingehüllt in einen Geysir aus Luftbläschen, von der *Wüstenjuwel*.

Im Gegensatz zu diesen Luftblasen stiegen wir aber nicht weiter auf. Erzwos Gewicht zerrte uns nach unten, meinen verzweifelt strampelnden Beinen zum Trotz. Nakari schob ihre rechte Hand, die das zu einem Bündel zusammengefaltete Notfallfloß hielt, direkt unter den Droiden und aktivierte dann das automatische Aufblasen. Der Kanister im Innern entließ stoßartig die darin komprimierten Gase, und ein großes Floß breitete sich unter uns aus. Ich sank darauf hinab, und auch Erzwo und Nakari fanden darauf Halt. Nun begannen wir aufzusteigen, erst langsam, dann schneller, und schließlich, als das Floß vollkommen aufgeblasen war, mit geradezu alarmierender Geschwindigkeit. Erst als wir schon auf halbem Weg zur Oberfläche waren, wurde mir bewusst, dass sich Drusil nicht mit uns auf dem Floß befand. Ungefähr einen Moment später gesellte sich die Erkenntnis hinzu, dass wir die Wasseroberfläche alles andere als sanft durchbrechen würden – und dann schossen wir auch schon darüber hinaus. Ich wurde mehrere Meter in die Höhe katapultiert, und während Erzwo aufgrund seines Gewichts und niedrigen Schwerpunkts blieb, wo er war, segelt Nakari sogar noch höher in die Luft. Wir landeten beide im Wasser und sanken unter die Oberfläche, wodurch Erzwo das Floß vorerst für sich allein hatte. Während ich mit energischen Beinbewegungen nach oben zurückkehrte, griff eine Hand nach meiner Tunika; es war Drusil. Wir tauchten neben dem Notfallfloß auf und hielten uns daran fest, und als einen Moment später auch Nakari durch die Wellen brach, konnte ich nicht umhin, erleichtert zu lächeln. Sie reagierte darauf mit einem Grinsen und zog sich auf das Floß hoch.

»Gut geflogen, Pilot.«

»Nicht schon wieder.«

»Nein, das ist mein Ernst. Wir sind noch am Leben und in der Nähe des Strandes.« Sie kroch zu uns herüber und half uns an Bord.

»Ja, aber jetzt können wir den Treffpunkt nicht mehr erreichen.«

»Eins nach dem anderen. Im Moment möchte ich einfach

nur an Land, und dank dir sollte sich mein Wunsch erfüllen. Wir haben es geschafft, Luke.«

Ein tiefes, pulsierendes Surren von oben lenkte unsere Augen zum Himmel, von wo uns die schwarze, fliegende Toastscheibe entgegensank. Vielleicht vier Meter über der Mitte der Lagune verharrte sie auf ihren Repulsoren, sodass sich das Wasser darunter kräuselte.

Der Kopfgeldjäger hielt sicheren Abstand zu uns – wir hätten das Schiff nur mit einem Paar Ruder erreichen können, wohingegen er nur den Abzug drücken musste, um uns außer Gefecht zu setzen. Das Cockpit war genauso dunkel getönt wie der Rest des Rumpfes und nicht einsehbar; selbst falls Nakari ihren Projektilwerfer ungehindert in Anschlag bringen könnte, würde sie nicht wissen, wohin sie zielen sollte – ganz abgesehen davon, dass der Kopfgeldjäger vermutlich ohnehin seine Schilde hochgefahren hatte.

»Jedes Mal wenn du sagst, wir haben es geschafft, passiert etwas Schlimmes«, stellte ich fest.

»Das heißt noch lange nicht, dass ich es heraufbeschwöre« entgegnete sie. »Aber irgendwie hast du recht. Verflucht.«

Eine flache, mechanische Stimme hallte von dem schwarzen Schiff herüber. »Rührt eure Waffen nicht an«, befahl sie. »Ich werdet jetzt zum Strand rudern, und dann wird die Givin …«

Ohne Vorwarnung schoss etwas Riesiges mit weit klaffendem Schlund aus der Lagune hervor, und es behandelte das Schiff genauso, wie man die Scheibe Toast behandeln würde, an die es erinnerte: Es biss hinein. Wir hörten über die Lautsprecher, wie der Kopfgeldjäger quiekte, und wir sahen, wie er einen verspäteten Fluchtversuch startete, aber die Kreatur hatte im perfekten Moment zugeschlagen, und die Maschine verschwand im Maul dieses Wesens, das an einen titanischen Aal erinnerte. Bevor es wieder in die Tiefen der Lagune zurücksank, eröffneten die Blaster des Schiffes das Feuer, aber selbst falls er das Monster von innen heraus töten konnte, gab es für den Kopfgeldjäger keinen Ausweg aus seinem Rachen.

Admiral Ackbars Warnung bezüglich des Planeten war mehr als begründet gewesen. Zweifelsohne hatte unsere Bruchlandung und der anschließende Aufstieg mit dem Floß die Aufmerksamkeit dieser Bestie geweckt.

Ihr unerwarteter Auftritt brachte jedoch einen weiteren Nebeneffekt mit sich: zwei gewaltige Wellen, ausgelöst, als sie aus den Tiefen der Lagune aufgetaucht und dann wieder darin verschwunden war. Beide hoben uns in die Höhe und trugen uns näher zum Strand. Als wir schließlich auf den Sand aufliefen, funkelten Nakaris Augen, und ihre Augenbrauen schossen in die Höhe. Sie konnte ihr Lächeln kaum unterdrücken, während wir Erzwo vom Floß herunterhalfen.

Schließlich hatten wir alle festen Boden unter den Füßen, und sie erklärte: »Na, hab ich's nicht gesagt, Luke?«

Ich streckte erschrocken den Arm vor. »Nein, nein! Sag es nicht noch mal …«

Nakari reckte die Faust zum Himmel und rief: »Wir haben es geschafft! Juhuu!«

In diesem Moment tauchten die langsameren Schiffe auf, die ich vor unserem Absturz auf dem Scanner gesehen hatte. Sie hatten nach uns gesucht, und nun kreisten sie über der Lagune, ihre Flügel mit diversen Waffensystemen bestückt. Ich zählte sechs von ihnen.

22. Kapitel

Nakari und ich rannten sofort los, auf die Bäume zu. Es war eine strategische Entscheidung, nicht auf Drusil zu warten, schließlich waren wir in den Augen der Kopfgeldjäger entbehrlich – im Gegensatz zu ihr. Von ihrer gegenwärtigen Position aus konnten die Schiffe nicht auf uns feuern, ohne das Risiko einzugehen, die Givin zuerst zu treffen. Im Grunde fungierte sie also als Schutzschild, der es uns ermöglichte, den Schutz des Waldes zu erreichen. Nun müssten die Kopfgeldjäger schon landen und uns zu Fuß verfolgen, und das würde nicht mehr so leicht sein.

Als wir unter dem Blätterdach waren, nahm Nakari ihren Projektilwerfer von der Schulter und versicherte sich, dass er nach dem Ausflug in die Tiefen der Lagune noch funktionierte. Sichtlich zufrieden zog sie anschließend ihren Blaster und warf ihn der Givin zu.

»Ich schlage vor, du bleibst bei Drusil und ihr nutzt den Höhenvorteil dort vorne aus.« Sie deutete auf eine Anhöhe im Süden. »Ich nehme die Flanke und schieße auf jeden, der euch folgt.«

»Aber was, wenn sie *dir* folgen?«, gab ich zu bedenken.

»Der Droide kommt mit mir. Unsere Spuren sollten eindeutig sein, und diese Kerle werden wohl kaum glauben, dass wir ihre wertvolle Zielperson unter den Schutz eines Astromech-Droiden stellen, oder? Also werden sie euch folgen, und dann erledige ich sie. Rennt ihr nur, so schnell ihr könnt, diese Anhöhe hoch.«

Ich nickte, sagte: »In Ordnung«, und anschließend machten Nakari und ich ein paar Schritte in unterschiedliche Richtungen, ganz auf unsere Mission konzentriert. Doch dann blieben wir beide stehen, als unsere Gedanken zum jeweils anderen wanderten. Wir drehten uns um und erstarrten, warteten darauf, dass der andere etwas sagte, und als ich schließlich beschloss, selbst etwas zu sagen, wählte ich natürlich denselben Augenblick wie sie, woraufhin wir beide innehielten, um das Gegenüber nicht zu unterbrechen. Mit jedem Sekundenbruchteil wurde die Situation unbehaglicher – und erschreckender. Ich hatte Angst, dass meine Worte die falschen wären, dass ich zu viel sagte oder zu wenig oder etwas völlig Unangebrachtes, etwas, das sie jetzt nicht hören wollte. Nakari schien es ähnlich zu ergehen, und ich wollte ihr erklären, dass sie mir alles sagen könnte, aber vermutlich wäre auch das das Falsche gewesen.

»Was ist los?«, fragte Drusil. »Ich bin mit diesem menschlichen Verhalten nicht vertraut. Haben Sie die Fähigkeit zu sprechen verloren?«

»Nein«, antwortete Nakari, während sie mit drei langen Schritten zu uns herüberkam. Ihr Kopf schoss vor, sie küsste mich kurz auf den Mund, und unsere Blicke begegneten sich. »Sei vorsichtig, Luke.«

Verglichen mit all den anderen Dingen, die ich hatte sagen wollen, bargen diese Worte wohl das geringste Risiko, falsch verstanden zu werden, also nickte ich erleichtert und erwiderte: »Du auch.«

»Das war erstaunlich direkt«, kommentierte Drusil mit offensichtlicher Verwirrung. »Was hat Sie abgehalten, diesen doch recht gewöhnlichen Ratschlag schon früher auszutauschen?«

Die Worte der Givin ließen uns beide verlegen lächeln, trotzdem war ich Drusil dankbar für ihre Bemerkung. Nakaris Augen sprachen Bände, und ich hoffte, dass meine ebenso viel zum Ausdruck bringen konnten. Laut sagte ich indes nur: »Wir haben jetzt keine Zeit, das zu erklären«, dann brach ich den Blickkontakt mit Nakari ab und sah zum Strand, wo gerade die ersten Kopfgeldjäger landeten. »Wir müssen los.« Ich dachte an all die Produkte im Katalog der *Utheel Ausrüstungswerke* auf Rodia, die auch von diversen anderen Unternehmen in der Galaxie angeboten wurden, und gab meinem Droiden letzte Instruktionen.

»Erzwo, vergiss nicht, neben visuellen Scans auch Infrarot und die anderen Kanäle abzudecken. Lass Nakari sofort wissen, falls du etwas siehst, das ihr entgehen könnte. Diese Kopfgeldjäger haben mit Sicherheit ein paar Asse im Ärmel.«

Er bestätigte mit einem kurzen, elektronischen Blöken, und seine Kuppel schwenkte in Richtung Lagune.

Anschließend teilten wir uns doch noch auf, und Drusil folgte mir, während ich uns zwischen den Bäumen hindurch einen Weg zur südlichen Anhöhe bahnte, in der Hoffnung, dass wir nicht auf eine steile Klippe zueilten; während des Fluges hatten so viele Dinge meine Aufmerksamkeit beansprucht, dass keine Gelegenheit geblieben war, mir die Topografie der Insel einzuprägen – ich hatte nicht mal einen wirklich guten Blick darauf werfen können, sie nur als Ziel für meine Notlandung wahrgenommen.

Während wir nach Süden hasteten, zogen Nakari und Erzwo

in südöstlicher Richtung davon. Nakari bewegte sich völlig lautlos, aber Erzwo machte genug Lärm für zwei; Astromechs waren nicht für unauffällige Fortbewegung entworfen, und auch nicht für das unebene Terrain eines Eilands, das größtenteils aus Fels bestand und lediglich von einer dünnen Schicht farnbesprenkelter Erde bedeckt war. Die Wurzeln der Bäume konnten nicht tief in den Boden dringen, weswegen sie sich wie hölzerne Schlangen über den Boden zogen, nur darauf wartend, uns ins Straucheln zu bringen und den rollenden Droiden aufzuhalten. Die weißen Stämme waren entsprechend dürr, aber das Blätterdach darüber erzeugte tiefe Schatten.

Als ich kurz innehielt, um die Spur zu betrachten, die wir hinter uns herzogen, fiel mir auf, dass Drusils Kopf in ständiger Bewegung war – kleine, ruckhafte Bewegungen, wie die eines Vogels.

»Was tun Sie da?«, fragte ich.

»Ich sammle Daten.«

Ein mechanisches Jaulen kündete das Nahen eines Swoop-Bikes an. Einer der Kopfgeldjäger musste es von Bord seines Schiffes geholt haben, um uns vor seinen Konkurrenten zu erwischen. Was mich zu der berechtigten Frage führte, wann die Neuankömmlinge wohl anfangen würden, sich gegeneinander zu wenden; ich für meinen Teil hoffte, dass es möglichst bald geschehen würde. Falls sie sich zuerst darauf konzentrierten, uns zu schnappen, um sich dann durch die Reihen ihrer Rivalen zu kämpfen, wäre das nicht wirklich ein Vorteil für uns; mir wäre es erheblich lieber gewesen, sie würden sich zuvor schon gegenseitig zerfleischen.

»Sie kommen«, erklärte ich Drusil, dann hielt ich inne und drehte mich um. »Benutzen Sie einen Baum als Deckung und machen Sie sich möglichst klein. Sie sollen ihr Feuer auf mich konzentrieren.« Ich machte einen Schritt nach rechts, und da erspähte ich den Düsenschlitten, der durch den Wald auf uns zukam. Ein Mensch mit einer Schutzbrille saß am Steuer, und sein dunkler Mantel wehte hinter ihm her.

»Mein Freund, das ist nicht nötig«, sagte Drusil.

»Was meinen Sie?«

Ein Knall erklang, und der Kopfgeldjäger klappte auf seinem Swoop-Bike zusammen, welches daraufhin unkontrolliert nach unten sackte und sich mit einem Donnerschlag in den Boden bohrte. Eine Hälfte des Geräuschs war berstendes Metall, die andere Hälfte waren berstende Knochen und zerreißendes Gewebe. Eine kleine Wolke erschrockener Vögel stob aus den umliegenden Bäumen in den Himmel empor.

»Ihre Gefährtin ist eine fähige Schützin«, erwiderte Drusil. »Entsprechend hoch war die Wahrscheinlichkeit, dass sie diese Bedrohung ausschalten würde, bevor sie uns gefährlich wird.«

»Meine *Gefährtin*?«, wiederholte ich, während ich auf dem Absatz kehrtmachte und weiter auf die Anhöhe zurannte.

»Haben Sie sich denn nicht gepaart?«

»Ich weiß nicht, was wir sind – aber was immer es ist, Sie sollten sich ein anderes Kriterium suchen, um menschliche Beziehungen zu bewerten.« Ich beschleunigte meine Schritte, wie um mich auch physisch von ihrer Wortwahl zu distanzieren.

»Ich dachte, das wäre eine gemeingültige Definition«, beharrte Drusil, die mir weiter dicht auf den Fersen blieb. »Welches Kriterium würden Sie denn bevorzugen?«

»So ziemlich jedes andere.«

»Oh. In dem Fall entschuldige ich mich aufrichtig«, erklärte die Givin in bekümmertem Tonfall. »Ich war mir nicht bewusst, dass es bei Ihrer Spezies ein seelisches Trauma auslöst, wenn man den Paarungsprozess anspricht.«

»Schon gut, gehen wir einfach weiter. Da sind noch immer fünf Kopfgeldjäger hinter uns und ein Hügel vor uns.«

»Diese dünnen Baumstämme bieten nur wenig Schutz«, stellte Drusil fest. »Die Büsche sind viel zu weit verstreut, und diese Farne wachsen nicht mal bis auf Kniehöhe, auch wenn sie schön anzuschauen sind.«

»Wir müssen das Beste draus machen«, sagte ich. »Und sobald sie das Feuer eröffnen möchte ich, dass Sie sich flach auf den Boden legen. Verbergen Sie sich zwischen den Farnen.«

Sie antwortete nicht, vermutlich weil der anstrengende Lauf die Anhöhe hinauf sie genauso außer Atem brachte wie mich. Als wir die Kuppe erreicht hatten, stellte ich erleichtert fest, dass das Gelände dahinter nicht senkrecht abfiel; der Hügel neigte sich sanft dem Wasser auf der anderen Seite entgegen.

In der Nähe befand sich zudem eine Felsformation, die uns als Deckung dienen könnte, falls wir uns in diese Richtung zurückziehen mussten. Doch im Moment wollte ich dort noch keinen Schutz suchen; unsere gegenwärtige Position bot einen guten Ausblick, und ich glaubte nicht, dass einer der Kopfgeldjäger uns umgehen und von hinten angreifen könnte. Diese Insel war für sie schließlich ebenfalls unbekanntes Terrain.

»Gehen wir hinter diesen Bäumen in Position«, schlug ich vor, während ich mir bereits einen aussuchte, hinter dem ich einen freien Blick den Hang hinab hätte.

»Es wäre vorteilhafter, wir würden ein Stück weiter unten in Position gehen«, entgegnete Drusil.

»Wieso?«

»Ihre … Nakari Kelen könnte uns dort besser Feuerschutz geben.«

»Wie können Sie da so sicher sein? Sie wissen doch nicht einmal, wo sie ist?« Nakari war gemeinsam mit Erzwo irgendwo zu unserer Rechten in Deckung gegangen, vermutlich ein Stück hangabwärts von unserer Position.

»Diese Information benötige ich gar nicht, um den geeignetsten Platz für uns zu bestimmen. Stellen Sie sich diese Bäume als Hindernisse in einem Gittermuster vor, berechnen Sie die Vektoren – unter Berücksichtigung des Höhenunterschieds, versteht sich –, und es sollte klar werden, dass sie uns viel effektiver unterstützen kann, wenn wir uns ein paar Meter tiefer postieren.«

»Na schön. Wo sollen wir in Deckung gehen?«

Anstelle einer verbalen Antwort stieg Drusil ungefähr zehn Meter den Hang hinab und kniete sich hinter einen Baum mit weißer Rinde, überzogen von schwarzen Flecken, wo Äste abgefallen waren. Vor diesem Hintergrund war ihr fahler Schädel perfekt getarnt. Anschließend deutete sie auf den Baum daneben und gab mir zu verstehen, dass ich dort in Stellung gehen sollte.

Nachdem ich geduckt zu ihr hinabgeschlichen war, versicherte ich mich mit einem Blick, dass wir den tiefer gelegenen Bereich zu unserer Rechten von hier aus tatsächlich besser sehen konnten – was bedeutete, dass Nakari uns vermutlich auch besser sehen konnte, ebenso wie jeden, der sich unserer Position näherte.

Stille breitete sich aus. Die Vögel waren bereits geflohen, wahrscheinlich in einen ruhigeren Teil der Insel, und selbst das Surren der Insekten ebbte ab. Ich bezweifelte, dass es hier Säugetiere gab, die uns stören oder von uns gestört werden könnten; es sah nicht aus, als gäbe es hier Trinkwasser, abgesehen von dem, was als Regen vom Himmel fiel.

Die Stille und Spannung einer Jagd sind nicht halb so aufregend, wenn man die Beute ist. Mindestens ein Kopfgeldjäger, wenn nicht mehr, mussten sich uns in diesem Moment zu Fuß nähern, aber ich konnte keine Bewegung zwischen den Bäumen ausmachen, nichts hören außer dem schwachen Summen der Schiffe drüben bei der Lagune, deren Triebwerke gerade herunterfuhren oder im Leerlauf vor sich hin brummten, bereit für einen schnellen Start.

Ich blickte zu Drusil hinüber und sah, dass sie nicht zum ersten Mal einen Blaster in der Hand hatte; sie hielt die Waffe nicht nur richtig, sondern behielt den Finger vorerst auch außerhalb des Abzugsbügels.

Die Sekunden verstrichen in fast völliger Stille, und ich glaubte, ein tiefes, mechanisches Surren zu hören, aber es erklang rechts von uns und stammte somit vielleicht nur von Erzwo.

Wie sich herausstellte, war es tatsächlich Erzwo; er gab einen Schuss aus dem Ionenblaster ab, den wir auf Denon installiert hatten und mit dem er bereits Drusils Überwachungsdrohne außer Gefecht gesetzt hatte. Der weiße Strahl schoss von rechts nach links durch unser Blickfeld und zerplatzte knisternd an einem eiförmigen Hindernis, das sich mit einem Zischen auflöste und den Blick auf einen rodianischen Kopfgeldjäger freigab. Er hatte den Tarnfeldprojektor an seinem Gürtel benutzt, um sich uns unbemerkt zu nähern, und nun legte er blitzschnell seinen Blaster an und feuerte dreimal in rascher Folge auf die Quelle des Ionengeschosses. Erzwos hohem Jaulen nach zu schließen traf mindestens einer seiner Schüsse ins Schwarze.

Er bekam jedoch keine Gelegenheit, ein viertes Mal abzudrücken. Nun, da sein Tarnfeld neutralisiert war, konnte Nakari ihn sehen, und sie jagte ihm eine Kugel durchs Auge, sodass sein

Hinterkopf auseinanderplatzte wie eine Jogan-Frucht. Damit waren zwei unserer Verfolger ausgeschaltet; blieben noch vier.

Ich hoffte, dass Erzwo nicht ernsthaft beschädigt war. Völlig zerstört schien er zumindest nicht zu sein, denn obwohl eine dünne Rauchfahne von seiner Position zwischen den Bäumen aufstieg, konnte ich hören, wie er wütend vor sich hin quietschte.

Das Problem war nur, dass er sich dadurch zu einem leichten Ziel machte – und nicht nur sich, sondern auch Nakari, die in seiner Nähe kauerte. Das Beste, was sie im Moment tun konnte, war, sich ein Stück von dem Droiden zu entfernen.

Drusil sprach das Problem an. »Der Schaden an Ihrem Droiden schmälert unseren taktischen Vorteil. Die anderen Kopfgeldjäger haben gesehen, was mit Ihrem Kollegen geschehen ist, und jetzt haben sie ein eindeutiges Ziel. Es ist also durchaus möglich, dass sie die beiden angreifen, anstatt den Hügel hochzukommen. Anschließend wären sie in einer guten Position, um uns von der Flanke anzugreifen. In jedem Fall hat Nakari nicht länger das Überraschungsmoment auf ihrer Seite.«

»Vielleicht können *wir* sie dann überraschen«, flüsterte ich und deutete auf zwei braunhäutige Gestalten in Wüstenkleidung. »Sehen Sie? Da kommen die Nächsten durch die Bäume, und sie arbeiten als Team zusammen. Es sind Weequay.«

»Ich bin dieser Spezies noch nie zuvor begegnet.«

»Sie haben eine ledrige Haut, die von Natur aus gegen Blasterfeuer resistent ist. Die Hutten setzen sie deswegen gern als Leibwächter und Kopfgeldjäger ein.«

Drusil senkte den Blick und musterte unsere Waffen. »Falls Blaster ihnen nichts anhaben können, was sollen wir dann tun?«

»Resistent bedeutet nicht unverwundbar. Mit einem Projektilwerfer hätten wir vermutlich leichteres Spiel, aber ich denke, wir können sie trotzdem verletzen. Außerdem werden wir so Nakaris – und ihre – Aufmerksamkeit erregen, und dann kann sie die beiden erledigen, während wir sie ablenken.«

»Falls sie eine bessere Aussicht auf Erfolg hat als wir, sollten wir das tun, ja. Aber falls Sie mir die Feststellung gestatten: Da stehen sechs Schiffe bei der Lagune. Wir sollten versuchen, sie zu erreichen und mit einem davon zu fliehen, um unsere ansonsten recht geringen Überlebenschancen zu steigern.«

»Kopfgeldjäger sind paranoid«, erklärte ich mit einem Kopfschütteln. »Sie werden Identitätsschlösser an die Zündungssequenz gekoppelt haben, und vielleicht haben sie sogar Fallen installiert, damit niemand außer ihnen ihre Schiffe fliegen kann.«

»Und weiter? Sie befinden sich in Begleitung der besten Hackerin der Galaxie«, sagte Drusil. Auf meine Reaktion hin zuckte sie mit den Schultern. »Na schön, *eine* der besten, falls Ihnen Bescheidenheit so wichtig ist. Aber auch wenn ich vielleicht etwas übertrieben habe, sollte meine Selbstsicherheit Sie zuversichtlich stimmen und Sie nicht schockieren. Bringen Sie uns lebend zum Strand zurück, Luke Skywalker, dann besorge ich uns ein Schiff.«

»Wie viel Zeit würden Sie brauchen?«

»Falls sie mit der modernsten Technik ausgestattet sind, eine halbe Stunde, vielleicht weniger. Sollte ein Schiff zu gut geschützt sein und die Zeit knapp werden, können wir noch immer ein anderes nehmen. Die Wahrscheinlichkeit, dass sie alle mit aufwendigen Sicherheitssystemen versehen sind, ist gering.«

»Also gut, dann gehen wir alle zurück zur Lagune. Aber erst müssen wir diese Weequay ausschalten. Vielleicht hatte dieser Rodianer noch ein paar andere Waffen bei sich, die ich benutzen kann.«

23. Kapitel

Manchmal sind die einfachsten Pläne die besten. Oder man plant überhaupt nicht, was nicht selten Hans bevorzugte Strategie ist. »Wenn dein Plan den ersten Kontakt mit dem Feind nicht übersteht, Junge, warum planst du dann überhaupt?«, hatte er mich einmal gefragt. »Zeit mit etwas zu verschwenden, das das erste Opfer eines Kampfes wird – und damit meine ich den Plan –, ist Zeitverschwendung.« Als ich ihn darauf hinwies, dass sich seine Logik im Kreis drehte, hatte er gesagt, dass ich nicht seine Zeit verschwenden sollte. »Was du brauchst, ist ein voller Blaster und ein schnelles Schiff. Und ein Wookiee kann auch nicht schaden. Bei mir funktioniert es jedenfalls.«

Ich hatte keinen Wookiee und auch kein schnelles Schiff mehr, aber einen Blaster hatte ich noch, also begann ich auf die Weequay zu schießen, damit sie Deckung suchen und ihren Vorstoß auf unsere Flanke einstellen mussten. Sobald sie sich erst zusammengekauert hätten und das Feuer erwiderten, konnte Nakari mit einer Kugel einen Schlusspunkt unter ihr Leben setzen. Drusil folgte meinem Beispiel und entpuppte sich dabei als zielsichere Schützin. Sie feuerte längst nicht so oft, dafür aber gut platziert, und gleich ihr erster Schuss traf einen der Weequay an der Schulter und riss ihn zu Boden. Sein Partner ließ sich ebenfalls zwischen die Farne fallen, aber dann tauchten die beiden auch schon wieder hinter einem Baumstamm auf und schossen zurück, wild und ungezielt und ohne uns gefährlich zu werden. Ich stellte fest, dass die Bäume keine sonderlich gute Deckung abgaben; als ich einen Stamm traf, stob das weiße, schwammige Holz in einer Splitterwolke davon. Der Baum kippte nach vorne um, und mehrere Sekunden behinderte sein Laubdach unsere Sicht. Einer der Kopfgeldjäger nutzte diese Pause, um sich eine bessere Position zu suchen, aber da erklang zweimal das Donnern von Nakaris Projektilwerfer. Ich sah nicht, wie der Kerl zu Boden ging, aber in jedem Fall feuerte er danach nicht mehr auf uns.

Der Stamm, hinter dem Drusil kauerte, explodierte unter einem Schuss des zweiten Weequay und knickte um. Die Givin rollte sich zu mir herüber, aus dem größer werdenden Schatten des stürzenden Baumes heraus, und feuerte dabei viermal auf den Kopfgeldjäger. Vielleicht war das nur eine wütende Reaktion – ich konnte ihren Gesichtsausdruck noch immer nicht wirklich interpretieren –, und ich wusste auch nicht, ob sie es war oder ich, aber einer von uns traf den Weequay und ließ ihn nach hinten in die Farne kippen; er war am Boden, aber nicht außer Gefecht.

»Er wird sich einen anderen Platz suchen und von dort feuern«, murmelte Drusil. Die Worte galten vermutlich ebenso ihr selbst wie mir, aber dann fügte sie etwas deutlicher hinzu: »Vermutlich wird er eine Position links von uns wählen, zehn bis fünfzehn Meter entfernt.«

Das erwies sich zumindest teilweise als richtig. Der Weequay tauchte links von uns wieder aus dem Grün auf, aber er feuerte nicht, sondern sprintete die Anhöhe hoch. Dort würde er sich auf gleicher Höhe mit uns befinden, und dann läge unsere Position zwischen ihm und Nakari.

Nur, dass Nakari ihn nicht gewähren ließ. Er war noch keine zwanzig Meter weit gekommen, da hallte das donnernde Stakkato ihres Projektilwerfers durch die Luft, und der Kopfgeldjäger wurde von den Beinen gerissen.

»Damit hätten wir vier erledigt«, erklärte ich, wobei sich ein hoffnungsvoller Unterton in meine Stimme schlich. Wir hatten unsere Position gut gewählt, und jetzt waren da draußen nur noch zwei Gegner.

»Der Aqualishaner könnte ein Problem werden«, sagte Drusil.

»Welcher Aqualishaner? Wo?«

»Da unten am Fuß des Hügels. Der mit dem Granatwerfer.«

Der war allerdings ein Problem. Zunächst konnte ich ihn nicht sehen, aber dann machte ich eine Bewegung zwischen den Bäumen aus. Unser Gegner hatte stämmige Gliedmaßen, zwei Hauer in dem walrossartigen Gesicht und große, dunkle Augen. Es hatte sich bereits gezeigt, dass die kränklichen Bäume keinen guten Schutz boten, aber sie waren alles, was Nakari und Erzwo an Deckung hatten – und wir ebenfalls. Der Kopfgeldjäger würde keine Granate auf uns abfeuern, schließlich brauchte er Drusil, und er kam auch gar nicht auf uns zu. Im Moment stand Nakari ganz oben auf seiner Liste; sie war bislang so effektiv gewesen, dass er sie als Hauptbedrohung ausgemacht hatte.

»Wir müssen ihn ausschalten.« Ich hob meinen Blaster und stützte ihn auf meiner linken Hand ab, um besser zielen zu können, die Ellenbogen angewinkelt. Der erste Schuss ging zwar eindeutig in seine Richtung, kam ihm aber nicht nahe genug, da der Blasterstrahl einen Baumstamm streifte und ein Teil seiner Energie absorbiert wurde.

»Auf diese Distanz und bei dieser Vielzahl von Hindernissen ist es äußerst schwer, einen tragbaren Blaster akkurat zum Einsatz zu bringen«, stellte Drusil fest. »Wir sollten näher herangehen. Aber wir müssen dabei die Augen nach dem letzten Kopfgeldjäger offen halten.«

Ich zögerte keinen Augenblick, sondern stemmte mich auf die Füße und musterte den Bereich vor mir, um eine freie Schussposition zu finden. Meinen Blaster hielt ich weiter mit beiden Händen umschlossen, bereit, ihn einzusetzen, sobald sich die Gelegenheit dazu bot. Doch der Aqualishaner bekam die erste Gelegenheit: Er brachte seine Waffe in Anschlag, und ein hustendes Geräusch zeigte an, dass er eine Granate abgefeuert hatte.

»Nein«, rief ich und schoss auf ihn, so gut es von dieser Position aus möglich war. Ich traf die Seite eines Baumstamms neben ihm, aber er drehte nicht einmal den Kopf, feuerte stattdessen eine zweite Granate ab, noch während die erste detonierte und eine spürbare Erschütterung durch die Insel lief. Das Geschoss war Nakari nicht einmal nahe gekommen, und auch das zweite schlug weit abseits ein, aber ich vermutete, dass der Kopfgeldjäger im Moment einfach nur den richtigen Schusswinkel suchte.

Da ich ohnehin nur Bäume traf, gab ich es auf, den Aqualishaner erwischen zu wollen, und zielte stattdessen ganz bewusst auf die Baumstämme – falls sie umstürzten und ihn trafen, könnte ihn das ablenken, bis ich nahe genug heran war, um wirklich etwas gegen ihn auszurichten. Drusil gab mir Feuerschutz, und mehrere Stämme rings um den Kopfgeldjäger kippten um, dennoch hatte er noch Zeit, zwei weitere Granaten abzufeuern, bevor unser Beschuss endlich so viel Wirkung zeigte, dass er einem umstürzenden Baum ausweichen musste.

Verzweifelt streckte ich meine Sinne in die Macht aus und versuchte, die beiden Granaten zu erfassen, um ihre Flugrichtung zu ändern, und sei es nur um eine Winzigkeit. Doch ich konnte sie weder sehen noch fühlen. Was ich hingegen wahrnahm, war Nakaris Präsenz, ebenso die des Aqualishaners, als er in Deckung sprang – und auch die des letzten Kopfgeldjägers, eines reptilischen Trandoshaners, der nahe der Lagune zwischen den Büschen hockte und das Geschehen beobachtete. All diese Wesen konnte ich spüren, als die Granaten explodierten, der Boden unter uns erbebte und ein abgewürgter Schmerzensschrei erklang, begleitet von Erzwos Zirpen. Einen Moment später war dort, wo zuvor Nakari gewesen war, nur noch eine stechende Leere in der Macht.

Es war wie ein Schlag in die Magengrube, als ich erkannte, was diese plötzliche Leere bedeutete. Ich hatte nicht gesehen, was passiert war, aber ich hatte gespürt, wie Nakaris Lebensflamme in der Macht erlosch und eine Lücke hinterließ. Diese Lücke füllte sich mit Zorn – Zorn und einem kalten Gefühl brutaler Macht und absoluter Unbesiegbarkeit. Mit einer Klarheit, wie ich sie nie zuvor gefühlt hatte, wusste ich, wohin sich der Aqualishaner und auch der Trandoshaner bewegten. Letzterer hatte offensichtlich beschlossen, erst seinen Rivalen auszuschalten, bevor er sich uns widmete. Verständlich, zumal der Aqualishaner einen Granatwerfer hatte und wir nur Blaster.

Ich gelangte zu demselben Schluss: Der Aqualishaner musste zuerst sterben. Doch gerade als ich ebenfalls auf die Jagd nach ihm gehen wollte und einen ersten Schritt gemacht hatte, blieb ich wieder stehen. Ich atmete schwer, schwitzte unkontrolliert, obwohl dieses Gefühl der Kälte in mir war, und die Macht schien sich um mich herum aufzubäumen.

»Etwas stimmt nicht mit mir«, murmelte ich, und als Drusil eine genauere Erklärung verlangte, antwortete ich mit Schweigen. Es war dieses Gefühl, unbesiegbar zu sein, das mir zu schaffen machte. Gerade eben erst hatte die Macht mir gezeigt, dass wir keine unbesiegbaren Wesen waren, und nun wollte sie mich davon überzeugen, dass diese Regeln für mich nicht galten? Ich bebte vor Emotionen, vor Kraft, aber die Macht fühlte sich nicht mehr so an wie noch zuvor – warm, stützend, fürsorglich. Was ich jetzt spürte, war so fremdartig, dass es mir Angst machte, und ich hatte keine Ahnung, was ich mit all dieser Energie anstellen sollte.

Also blieb ich reglos stehen, überließ die Kopfgeldjäger sich selbst und verlangsamte stattdessen ganz bewusst meine Atmung, um mich zu beruhigen und die Kontrolle über diesen Impuls zu gewinnen, der wollte, dass ich zuschlug, ohne nachzudenken. Wäre der Aqualishaner direkt vor mir gestanden, hätte ich dem Drang wohl nicht widerstehen können, aber er war mehrere Meter entfernt und hatte seine Taktik geändert. Er wollte sich an uns heranpirschen, um uns mit seinem Blaster zu betäuben – ich konnte es spüren, ebenso wie ich spürte, dass sich gleichzeitig jemand an ihn heranpirschte, ohne dass er es auch nur ahnte.

»Luke, es scheint Ihnen nicht gut zu gehen. Kann ich Ihnen irgendwie helfen?«

»Ich brauche nur einen Moment, Drusil«, brachte ich hervor, und erst jetzt wurde mir klar, dass sie noch gar nichts von Nakaris Tod wusste. Allein der Gedanke daran erfüllte diese leere Stelle in der Macht aufs Neue mit Hass, und ich sah, worum es sich dabei wirklich handelte: ein schwarzes Loch, das immer hungrig sein würde, ganz gleich, wie sehr ich es fütterte. Falls ich mich jetzt nicht wieder unter Kontrolle bekam, würde ich womöglich nie wieder Wärme spüren.

Am Fuß des Hügels erklang Blasterfeuer, als die beiden Kopfgeldjäger Strahlen tödlicher Hitze austauschten, und dann verschwand die Präsenz des Aqualishaners aus der Macht, was ein Gefühl der Gerechtigkeit in mir auslöste, wenn es mich auch nicht ins Gleichgewicht zurückbrachte. Aber nachdem ich tief durchgeatmet hatte und wieder die Augen öffnete, kehrte zumindest so etwas wie der Anschein von Ruhe in meine Gedanken zurück.

»Jetzt ist es nur noch einer«, sagte ich.

»Sind Sie sicher?«

»Ja. Der Trandoshaner. Haben Sie ihn gesehen?«

»Ja, vorhin, aber dann haben Sie sich plötzlich so besorgniserregend verhalten, und ich habe ihn circa neunzehn Sekunden aus den Augen gelassen.«

»Nun, wir müssen nicht hier herumsitzen und warten. Es ist vermutlich sogar besser, wenn wir es nicht tun. Wir haben unser Glück schon genug strapaziert. Machen wir lieber, dass wir zum Strand kommen und ein Schiff stehlen.«

»Glauben Sie, Nakari wird ihn …«

»Nein«, unterbrach ich sie mit einem Kopfschütteln. »Die Granaten.«

»Oh«, machte Drusil. Ihre Hand glitt zu ihrem Hals, und zum ersten Mal sah ich echte Emotionen auf ihrem Gesicht. »Das ist furchtbar. Haben Sie es gesehen?«

»Nein.« Ich senkte den Blick, versuchte mich zusammenzureißen. »Ich habe es gespürt.«

»Es tut mir schrecklich leid.«

»Mir auch.«

Die Givin drehte den Kopf und blickte die Anhöhe hinab. »Dann müssen wir uns wohl selbst um den Trandoshaner kümmern.«

Das mussten wir, aber meine geistige Klarheit war inzwischen wieder verschwunden, gemeinsam mit meinem Zorn. Ich konnte die Präsenz des Kopfgeldjägers nicht länger in der Macht spüren. Alles, was ich fühlte, war der Schmerz des Verlusts.

»Ich bin sicher, falls wir hierbleiben, wird er früher oder später herkommen«, murmelte ich.

»Warten Sie«, sagte die Givin, während sie angestrengt in den Wald starrte, dann hob sie einen fahlen Finger. »Sehen Sie das Dickicht zwischen diesen beiden Bäumen, von unserer Position aus gesehen sechs Grad links der y-Achse?«

Ich spähte zwischen den Baumstämmen hindurch, bis ich die Büsche entdeckte, von denen sie sprach. »Warum? Ist Ihnen dort etwas aufgefallen?«

»Nein. Aber ausgehend von der zur Verfügung stehenden Deckung, der räumlichen Geometrie und dem bisherigen Vorgehen des Kopfgeldjägers, ist die statistische Wahrscheinlichkeit äußerst hoch, dass er sich dort versteckt.«

Ich hatte nicht vor, mit ihr zu diskutieren. Selbst falls wir ihn verfehlten, würden unsere Schüsse ihn vermutlich zum Handeln bewegen. »Soll ich auf die Mitte des Dickichts schießen?«

»Ein Stück rechts der Mitte. Ich werde noch ein Stück weiter nach rechts zielen, auf die Stelle neben dem Baum. Lassen Sie uns ruhig anlegen und genau zielen, dann schießen wir auf mein Kommando.«

Drusils Countdown begann bei drei, und als wir gleichzeitig ins Blattwerk feuerten, wurden wir mit einem erschrockenen

Schrei belohnt. Wir gaben noch ein paar weitere Schüsse ab, um auf Nummer sicher zu gehen, anschließend blickte ich die Givin an, sprachlos, dass sie die Position des Trandoshaners so exakt hatte bestimmen können. Sie zuckte mit den Schultern.

»Was soll ich sagen? Mathematik.«

24. Kapitel

Ein grausiges, aber unvermeidbares Detail, das alle Kopfgeldjägerschiffe gemein haben, ist, dass man irgendwo im Inneren Leichensäcke für den Transport ihrer Beute findet. Oft verfügten sie sogar über Kühlräume und eine Kammer als Zelle für die Beute, die lebend mehr wert war.

So sehr es mich auch schmerzte, machte ich mich doch in einem der Schiffe, dessen Laderampe offen stand, auf die Suche nach einem Leichensack für Nakari, und als ich einen gefunden hatte, kehrte ich zurück in den Wald, wo meine Augen schließlich bezeugten, was ich bereits gefühlt hatte. Ich konnte sie nicht einfach auf Omereth lassen. Fayet Kelen war bereits seiner Frau beraubt worden, ohne Gelegenheit, sich von ihr zu verabschieden. Das Mindeste, was ich tun konnte, war, seine Tochter nach Hause zu bringen. Ich war es ihr schuldig – und noch viel mehr.

Nakaris Körper wies gezackte Löcher von den Schrapnellen auf, aber zu meiner Erleichterung war sie nicht völlig zerfetzt worden, und ihre Augen waren bereits geschlossen. Erzwo wartete nicht weit entfernt, und noch immer stieg Rauch von der Stelle auf, wo ein Treffer den Ionenblaster und einen

Teil seiner Halterung zerstört hatte. Der Rest des Droiden war mit einer dünnen Schicht schwarzen Staubs und Brandspuren bedeckt. Anstelle des üblichen Trillerns stieß er nur ein trauriges Seufzen aus, als er mich sah.

»Wir kriegen dich schon wieder hin, Erzwo«, versicherte ich ihm, dann kniete ich mich neben Nakari. Bereits jetzt füllten sich meine Augen mit Tränen, und auf eine seltsame Weise begrüßte ich es, dass sie meine Sicht verschwimmen ließen, weswegen ich gar nicht erst versuchte, sie zurückzuhalten. Ich hatte noch nie so offen einen Verlust beweint, weil nie der richtige Moment dafür gewesen war. Ben war bei mir gewesen, als ich die verbrannten Leichen meiner Tante und meines Onkels fand, und ich hatte die Trauer tief in mir weggesperrt; schließlich saß uns das Imperium im Nacken, und wir mussten nach Alderaan fliehen. Als Vader dann Ben niedergestreckt hatte, war ebenfalls keine Zeit für Tränen gewesen, die Flucht vom Todesstern hatte unsere ganze Aufmerksamkeit beansprucht, und unmittelbar danach war es zur Schlacht von Yavin gekommen. Während dieser Schlacht hatte ich meinen alten Freund Biggs verloren – ein TIE-Jäger schoss ihn vom Himmel –, aber ich konnte es mir nicht leisten, um ihn zu trauern, schließlich gehörte ich zur nächsten Gruppe, die in den Graben des Todessterns hinabfliegen musste. Als das Unmögliche geschah und wir die Schlacht gewannen, schäumten alle über vor Freude, und danach hatte es stets neue Aufträge und neue Aufgaben gegeben. Nie bot sich mir ein Moment, innezuhalten und mich mit alldem auseinanderzusetzen, was ich verloren hatte. Doch jetzt hatte ich Zeit: Das Imperium wusste nicht, wo ich war, Drusil würde warten, bis ich zurückkehrte, und Erzwo würde nicht über mich urteilen. Also riss ich diese Mauer ein, die ich in meinem Inneren errichtet hatte, und ließ der Trauer freien Lauf. Nakaris Lächeln, Bens Weisheiten, meine Tante und mein Onkel, das Herumalbern mit Biggs und so viel mehr – all das war mir durch diesen Krieg geraubt worden, und ich hatte es unterdrückt, weil ich glaubte, dass das der einzige Weg wäre. Aber damit war jetzt Schluss. Die Emotionen schnürten mir die Kehle zu, und ich vergrub den Kopf an Nakaris Schulter, während ich mir erlaubte, meine ganze Trauer zu fühlen, die schreckliche Tragödie, dass keine dieser geliebten Personen je wieder zu mir sprechen würde – selbst Bens Stimme war verstummt.

Es dauerte eine Weile, aber schließlich waren alle Tränen vergossen. Ich setzte mich auf, wobei ich eine Haarsträhne aus Nakaris Gesicht hinter ihr Ohr strich. »Es tut mir leid. Du hast mir mehr als nur gutgetan, und das hätte ich dir sagen sollen.« Es war völlig unpassend, aber es war das Einzige, was mir in diesem Moment einfiel.

Meine Gedanken wanderten zu unserer Unterhaltung am letzten Abend auf Kupoh zurück, und ich wünschte, dass ich zu dem Luke von vor ein paar Stunden zurückkehren und ihn aufrütteln könnte. *Sag ihr, was du empfindest, Luke, jetzt gleich, solange du noch kannst. Denn du wirst es ewig bereuen, falls du es nicht tust.*

Ich bin nicht sicher, warum mir das so schwerfällt. Vielleicht ist es angeboren, vielleicht hat es auch von Onkel Owen auf mich abgefärbt. Ich weiß, dass er starke Gefühle in sich trug, aber er fasste sie nur sehr selten in Worte. Er überraschte Tante Beru hin und wieder mit Kleinigkeiten, Gesten der Zuneigung, und in solchen Momenten leuchteten ihre Augen, und sie sagte ganz leise: »Owen.« So war es bei ihnen, und damit wuchs ich auf: Man sagt Leuten nicht, dass man sie liebt, man zeigt es ihnen. Vielleicht habe ich auch nur Angst, wie ein Riesentrottel zu klingen, wenn ich einer Person zu erklären versuche, dass ich mich wegen ihr freue, am Leben zu sein. Ich hoffe, meine Freunde wissen, dass ich für sie kämpfen und sterben würde. Und ich hoffe, dass das genug ist, obwohl ich fürchte, dass es vielleicht nicht reicht.

Vermutlich wäre ich bis zum Sonnenuntergang auf meinen Knien neben Nakari verharrt, hätte Drusil nicht in der Lagune auf mich gewartet. Eigentlich war mein Verharren sinnlos, denn ich würde diesen Anblick bestimmt nicht vergessen. Aber sie in diesen Sack zu hüllen bedeutete irgendwie, sie loszulassen, und das wollte ich nicht. Doch ich hatte keine andere Wahl. Ich musste sie loslassen. Sie und all die anderen.

Es kostete mich große Kraft, und noch mehr Tränen rollten dabei über mein Gesicht, aber schließlich hatte ich sie in dem Leichensack untergebracht. Ich fragte Erzwo, ob er es allein bis zum Strand schaffen würde, während ich behutsam den Verschluss zuzog. Zur Antwort piepte der Droide und rollte ein Stück nach vorne. »Also gut, gehen wir.«

Das dünne Plas knisterte, als ich Nakari hochhob und sie mir unter großem Kraftaufwand über die Schulter legte. Das Gewicht ihres Körpers war dabei längst nicht so schwer wie das erdrückende Gefühl der Trauer, und ich wusste, dass ich diese Trauer sehr viel länger mit mir herumtragen würde als den Leichensack.

Wir konnten aus sechs am Strand abgestellten Schiffen wählen, aber Drusil entschied sich für den Raumer, den ich gleich zu Beginn betreten hatte, um den Sack zu holen. Es war eine dunkelblaue Maschine, in ihrer Form einem Käfer nachempfunden, und unter dem schwer gepanzerten halben Dutzend Schiffe war sie die schnittigste. Vermutlich hatte sie dem Dressallianer gehört, den Nakaris Kugel auf seinem Swoop-

Bike erwischt hatte. Anstatt das Cockpit aufzusuchen, machte sich Drusil sofort auf die Suche nach dem Herzen des Navigationscomputers und der Wartunsgsbuchse für die internen Systeme. Erzwo begleitete sie, und ich hörte, wie er zwitscherte und sie leise mit ihm sprach, als ich Nakaris Leiche vorsichtig auf dem Deck ablegte.

Das leblose, schwarze Stück Plas zu sehen, das sie nun beherbergte, ließ eine Woge des Zorns in mir aufsteigen, und mit ihr kehrte auch die Kälte zurück. Doch ich schloss die Augen, konzentrierte mich auf meine Atmung und erinnerte mich daran, wie Nakari und ich gelacht hatten. Die Kälte verwandelte sich daraufhin allmählich in Wärme, und ich begann, mich deutlich besser zu fühlen. Anstatt dem machtlosen Zorn über all die Zeit zu erliegen, die uns geraubt worden war, beschloss ich, dankbar für die Zeit zu sein, die uns vergönnt gewesen war. Es war schön gewesen, und nicht jeder erhielt die Chance, so glücklich zu sein. Vorsichtig setzte ich mich neben ihr auf das Deck, die Beine im Schneidersitz verschränkt und fest entschlossen, meine Emotionen zu kontrollieren. Ich hatte noch immer eine Mission zu erfüllen, und ich würde mich nicht von meinen Gefühlen beherrschen lassen. Die Kopfgeldjäger, die wir ausgeschaltet hatten, waren vielleicht nicht die einzigen auf dem Planeten; weitere könnten am Treffpunkt auf uns warten.

Ich wusste nicht, wie viel Zeit vergangen war, als Drusil schließlich den Frachtraum betrat und erklärte, dass sie die Sicherheitssysteme überbrückt hätte und wir jetzt gefahrlos starten könnten. Die Sonne stand bereits tief über dem Horizont, und ich fühlte mich bereit.

»Haben Sie auch das Cockpit überprüft?«, fragte ich. »Vielleicht gibt es dort weitere Fallen.«

»Oh ja. Ich habe mich um alles gekümmert.«

»Gut. Dann fliegen wir zum Treffpunkt.«

Drusil hatte die Koordinaten bereits in den Computer eingegeben, und nachdem ich mir ein wenig Zeit genommen hatte, mich mit den Kontrollen vertraut zu machen, ließ ich das Schiff senkrecht bis auf sichere Höhe über den Ozean aufsteigen, anstelle es sofort nach Westen auszurichten. Ich hatte keine Lust, der nächste Snack für irgendein Monster unter den Wellen zu werden.

Der Scanner des Schiffs war nicht schlecht, aber nicht mit den Systemen der *Wüstenjuwel* zu vergleichen. Er zeigte uns eine Insel an, deutlich größer als jene, die wir gerade hinter uns gelassen hatten, auf der er nicht nur mehrere Hitzesignaturen und Biowerte registrierte, sondern auch eine corellianische Korvette. Es war eine für den Kampfeinsatz ausgerüstete CR90 mit sechs Zwillingsturbolasern, und als ich sie sah, fragte ich mich, ob Major Derlin tatsächlich noch hier sein könnte.

Falls ja, dann hatte er unser Schiff bestimmt schon einmal gesehen, was bedeutete, dass er uns abschießen würde, sobald er uns sah. Ich riss die Maschine gerade noch rechtzeitig in eine Reihe von Ausweichmanövern, und eine Salve aus Laserfeuer zuckte an uns vorbei in den Himmel. Hastig fuhr ich die Deflektorschilde hoch, wobei ich mich verfluchte, weil ich es nicht vorher schon routinemäßig getan hatte, anschließend änderte ich den Anflugvektor auf die Insel. Wir würden ein Stück entfernt landen und zu der Korvette laufen müssen – und dabei am besten lauthals unsere Gegenwart ankündigen, schließlich wollten wir nicht aus dem Hinterhalt niedergemäht werden. Ich hatte leider keine Ahnung, wie ich Major Derlin von diesem Schiff aus anfunken sollte. Aber vielleicht könnte Erzwo es herausfinden, immerhin hatte er sich bereits in dieses fremde System eingeklinkt. Er war nicht im Cockpit, und da ich nicht wusste, welcher der zahlreichen Knöpfe die Bordsprechanlage aktivierte, beschloss ich, es auf die altmodische Weise zu versuchen: Ich rief über die Schulter, in der Hoffnung, dass er mich hören würde.

»Erzwo, kannst du das Schiff auf der Insel kontaktieren und sie zu mir durchstellen, falls sie antworten? Hänge einen Allianzcode an die Anfrage an.«

Wir mussten außer Feuerreichweite der CR90 zurückweichen und dort eine weitere Minute warten, aber schließlich hallte eine Stimme durch das Cockpit, die wissen wollte, wie wir in den Besitz von Allianzcodes gelangt waren.

»Hier spricht Lieutenant Luke Skywalker. Wir wurden von Kopfgeldjägern angegriffen, aber wir haben sie alle ausgeschaltet und uns dieses Schiff ausgeliehen. Mit mir an Bord befindet sich Drusil Bephorin, die gern mit ihrer Familie wiedervereint werden möchte. Bitte stellen Sie das Feuer ein und lassen Sie uns landen.«

Nach einer Pause antwortete mir eine andere Stimme. Im Hintergrund war das unmissverständliche Geräusch jubelnder Rufe zu hören. »Lieutenant Skywalker, hier ist Major Bren Derlin. Es ist gut, Ihre Stimme zu hören, Sir. Drusils Familie ist am Leben und wohlauf. Sie haben Landeerlaubnis.«

»Verstanden. Wir gehen runter. Bis gleich.«

Ein Geräusch hinter mir ließ mich zusammenzucken – es war, als würde ein Bantha einen Schleimklumpen von der Größe eines kleinen Mondes hochwürgen, aber wie sich herausstellte, war es nur Drusil. Sie hatte das Gespräch belauscht, und das war ihre Reaktion auf die Nachricht. Die Givin besitzen keine Schleimhäute wie Menschen, auch keine Tränendrüsen, darum klang dieser laute Ausdruck ungefilterter Emotion in meinen Ohren so fremdartig.

Bren Derlins Team – zwei Einheiten erfahrener Soldaten – warteten bereits vor dem Schiff auf uns, die Waffen in den Händen – aber gesenkt –, für den Fall, dass sie es doch mit einem Kopfgeldjäger zu tun hatten. Doch sie lächelten und steckten ihre Blaster weg, als ich die Rampe herunterkam. Sie wirkten müde, und sogar Derlins legendärer Schnurrbart hing an den Seiten ein wenig nach unten, aber davon abgesehen schien es ihnen gut zu gehen. Der Major gab einer Soldatin ein Signal, und sie winkte jemanden nach vorne, der bislang im Innern der Korvette verborgen gewesen war. Wie sich herausstellte, war es Drusils Familie: Ihr Mann und zwei Kinder trippelten mit aufgeregten Schritten die Landerampe herab, und Drusil rannte ihnen entgegen. Sie kollidierten mit ausgestreckten Armen und begleitet von zahlreichen ungewöhnlichen Geräuschen.

»Was ist passiert?«, fragte ich Major Derlin. »Sind die Kopfgeldjäger Ihnen hierher gefolgt?«

»Der Preis, der auf die Familie ausgesetzt war, war zu gering, als dass sie sich deshalb gegenseitig bekämpft hätten, aber das Geld, das für Drusils Ergreifung winkte, schien es wert, uns zu beschatten und die Credits am Ende zu teilen. Wir hofften, dass Sie schon hier wären, damit wir sofort wieder starten könnten, aber stattdessen mussten wir uns verschanzen und versuchen, die Kopfgeldjäger auf Abstand zu halten.«

»Offensichtlich hatten Sie damit Erfolg.«

Der Major zuckte mit den Schultern und gleichzeitig mit seinem Schnurrbart. »Sie haben uns nicht angegriffen, nur unsere Komms blockiert, damit wir keine Nachrichten schicken konnten, und auf Ihre Ankunft gewartet. Wir konnten die Familie nicht hier zurücklassen, sonst hätten sie sie als Geiseln genommen, und hätten wir versucht zu fliehen, hätten sie uns ihre Übermacht spüren lassen.«

»Warum haben sie Sie nicht einfach angegriffen?«

»Wir haben keinen Zweifel daran aufkommen lassen, dass wir ein paar von ihnen mitnehmen würden, falls sie versuchen sollten, uns auszuschalten. Und sie ließen uns wissen, dass sie uns zerstören würden, falls wir versuchten, zu fliehen oder einen anderen Ort aufzusuchen. Insofern war es für beide Seiten die beste Option, Ihre Ankunft abzuwarten. Ich wusste, dass sie das Imperium nicht informieren würden, und ich war sicher, dass Ihnen etwas einfallen würde. Und ganz offensichtlich *ist* Ihnen etwas eingefallen.«

»Aber der Preis war hoch«, erwiderte ich, dann deutete ich mit dem Kopf in Richtung des Käferschiffes. »Wir haben die *Wüstenjuwel* auf einer anderen Insel verloren. Und Nakari Kelen wurde getötet.«

Derlin blickte betroffen drein. »Nakari war bei Ihnen? Das wusste ich nicht. Es tut mir sehr leid, Luke. Wir sind ihr vor Kurzem erst begegnet. Sie war eine hervorragende Scharfschützin. Konnte selbst mir und meinen Jungs noch ein paar Tricks beibringen.«

Ich nickte, darauf bedacht, meine Emotionen unter Kontrolle zu halten. »Mir hat sie auch einiges beigebracht.« Anschließend deutete ich auf seine Korvette. »Haben Sie Schaden genommen? Können Sie zur Flotte zurückfliegen?«

»Ja, wir haben ein paar Brandflecken davongetragen, aber das war's auch schon.«

»Haben Sie noch Platz für einen Passagier?«

»Natürlich.«

Drusil kam freudig erregt mit ihrer Familie herüber und stellte mir ihren Mann und ihre Kinder vor. Deren Kleidung sah aus wie ein langer, bunter Streifen Tapete mit einem Loch für den Kopf, zusammengehalten durch einen Gürtel um die

Mitte, und darunter trugen sie schlichte schwarze Hosen und Hemden. Ihr Sohn begann, mich mit mathematischen Fragen zu bombardieren, aber seine Mutter unterbrach ihn. »Das ist sehr höflich von dir, Pentir, aber in diesem Fall können wir, denke ich, auf Förmlichkeiten verzichten.«

»Oh. Entschuldigung«, sagte er.

»Kein Problem. Es ist mir ein Vergnügen, Sie alle kennenzulernen«, erwiderte ich.

»Ich bin Ihnen und der Allianz ewig dankbar dafür, dass Sie diese erfolgreiche Flucht arrangiert haben«, ergriff Drusil das Wort. »Ich bin mir nur zu gut der Opfer bewusst, die Sie bringen mussten, um uns zu befreien. Und ich habe Ihnen im Gegenzug zahlreiche wichtige Informationen über Chiffrierung und Suchmuster des Imperiums versprochen. Das Infiltrationsprogramm für imperiale Codes mit niedriger Sicherheitsstufe, das ich erwähnte, ist dabei nur eines von vielen. Wohin soll ich diese Daten transferieren?«

»Geben Sie sie Erzwo«, sagte ich. »Er wird sie dann an die entsprechenden Stellen der Allianz weiterleiten.«

»Ausgezeichnet. Ich werde gleich anfangen. Dürfte ich vorher aber noch um einen Gefallen bitten?«

»Nur zu.«

»Da dieser Ort nicht mehr sicher ist, werden wir den Planeten verlassen müssen. Würden Sie uns das Schiff des Kopfgeldjägers überlassen oder uns zur Lagune zurückbringen, damit wir ein anderes nehmen können? Wir werden uns auf einer anderen Welt niederlassen, und ich werde von dort aus mit der Allianz Kontakt aufnehmen, um die Details unserer weiteren Zusammenarbeit zu klären.«

»Sie können gerne dieses Schiff nehmen«, versicherte ich ihr.

»Und ich werde einen toten Briefkasten für Sie einrichten, sobald Sie in Sicherheit sind«, fügte Derlin hinzu.

Während Drusil sich zu Erzwo hinabbeugte, um die Dateien von ihrem Datenblock in seinen Speicher zu übertragen, und der Major alles für den Start der CR90 vorbereitete, trug ich Nakaris Leiche aus dem Käferschiff in die Korvette. Wir würden auf dem Rückweg zur Rebellenflotte bei Pasher Halt machen, auch wenn ich bereits wusste, dass es keine Worte gab, um ihrem Vater verständlich zu machen, welche Trauer ich angesichts ihres Schicksals empfand – und selbst wenn, hätte es keinen Unterschied gemacht; er würde genauso untröstlich sein wie ich es war, denn ganz gleich, wie reich und mächtig er war, ganz gleich, wie sehr er es versuchte, er würde nie in der Lage sein, alle zu beschützen, die er liebte. Ebenso wenig wie ich.

Nach dem Abschied und den gegenseitigen Zusicherungen, bald wieder miteinander in Kontakt zu treten, verließen wir Omereth und überließen den Planeten wieder seiner Isolation. Major Derlin und seine Mannschaft lenkten mich ab und leisteten mir Gesellschaft, während wir zur Flotte zurückflogen, aber letztlich fand ich mich doch wieder allein in der Messe wieder, wo ich über einer Schale mit Nudeln saß, Erzwo an meiner Seite, unfähig, mit den anderen zu essen oder zu reden. Der Gedanke an meine kleinen Erfolge mit Nudeln ließ mich Nakari noch viel mehr vermissen und meine Emotionen hochwallen, brachte aber auch Erinnerungen daran zurück, wie amüsant diese Momente gewesen waren und wie sehr sich Nakari über meine Fortschritte mit der Macht gefreut hatte – oder zumindest über meine fliegenden Nudeln. Ich kam zu dem Schluss, dass ich mich nicht in einem Sumpf des Bedauerns wälzen, sondern weiter an mir arbeiten sollte, um ihr Andenken zu ehren. Und dass ich diese Leere in mir nicht durch Zorn, sondern durch schöne Erinnerungen füllen sollte.

Die Tür zur Messe stand offen, und ich blickte kurz hinüber und lauschte, um mich zu vergewissern, dass niemand in der Nähe war. Als ich sicher sein konnte, dass ich zumindest die nächsten paar Minuten ungestört bleiben würde, schloss ich die Augen und streckte mich der Macht entgegen. Die Erinnerung an die Zuversicht und die Ermutigung, die Nakari mir geschenkt hatte, erfüllte mich, als ich mich auf die Gabel konzentrierte, die gegenwärtig unter einem Berg Nudeln in der Gemüsebrühe ruhte. Es fühlte sich genauso an wie zuvor, warum und gütig, und nicht kalt und unersättlich wie auf der Insel. Als ich spürte, wie die Macht die Gabel umschloss, ließ ich sie mitsamt einiger Nudeln in die Höhe schweben und dirigierte sie in Richtung meiner Lippen. Ich biss zu, saugte die Nudeln in meinen Mund und hielt die Gabel mit meinen Zähnen fest, dann öffnete ich die Augen, um mich zu vergewissern, dass ich mir das Ganze nicht nur einbildete. Ein Grinsen verzerrte meine Lippen um die Gabel, und ein wenig Brühe tropfte aus meinen Mundwinkeln auf meine Tunika hinab. Natürlich. Ich musste lachen, und Erzwo wippte auf seinen Beinen vor und zurück, während er seine eigene Belustigung hinausträllerte. Bevor es noch schlimmer werden konnte, hob ich den Arm und nahm die Gabel in die Hand.

»Ich weiß, eine ziemlich komische Art zu essen«, sagte ich, an den Droiden gewandt. »Aber Nakari hätte es gefallen.«

Erzwo zwitscherte zustimmend. Ich atmete tief ein und dann langsam wieder aus und fand einen klaren, stillen Ort in meinem Geist. Die Macht auf diese Weise benutzen zu können war Nakaris Geschenk an mich gewesen, und es wäre unsinnig, dieses Geschenk verkümmern zu lassen.

Ich würde üben und dabei an sie denken. Und ich würde besser werden. Viel besser.

Natürlich wäre es mir noch immer lieber, ich hätte einen Lehrer, aber Nakari hat mir gezeigt, dass man auch ohne Anleitung Fortschritte machen kann. Darum bin ich es ihr schuldig – genauso wie Ben und all den anderen, die ich verloren habe und vielleicht in Zukunft verlieren werde –, dass ich mein Bestes gebe.

Gut möglich, dass es noch viele Jahre dauern wird, aber ich bin fest entschlossen, eines Tages ein Jedi zu werden. So wie mein Vater.

Danksagung

Als 1980 *Das Imperium schlägt zurück* in die Kinos kam und ich sah, wie Luke in der Wampa-Höhle das Lichtschwert in seine Hand schnellen lässt, dachte ich: »Mann! Grandios!« Und nachdem ich mir den Film mindestens noch zehn weitere Male angeschaut hatte, fragte ich mich irgendwann: »Wo hat er *das* eigentlich gelernt?« Als Neunjähriger hätte ich niemals gedacht, dass ich eines Tages die Chance bekommen würde, die Antwort darauf zu liefern, und ich bin Del Rey und Lucasfilm für diese besondere Gelegenheit ausgesprochen dankbar.

Mein Dank gebührt außerdem Alan O'Bryan, der mit mir die potenzielle Anwendbarkeit von Eigenwerten und Eigenvektoren im Hyperraum diskutierte. Das war zweifellos eine der nerdigsten Unterhaltungen aller Zeiten!